Arabeske

Das Buch

Erol Urfa ist der Star der türkischen Arabesk-Musik, Idol und Sex-Symbol für seine weiblichen Fans. Seine Affäre mit der alternden legendären Sängerin Tunsu wird in den Klatschspalten ausführlich besprochen. Was niemand weiß: Urfa ist mit einer jungen Kurdin aus seinem Heimatdorf verheiratet. Doch diese wird ermordet und die nur wenige Wochen alte Tochter verschwindet. Die Polizei steht vor einem Rätsel, zumal der einzige potentielle Tatzeuge und Verdächtige das Down-Syndrom hat und sich aus Angst weigert zu reden.

Inspektor Çetin İkmen ist unterdessen dazu verurteilt, das Haus zu hüten – aufgrund eines Magengeschwürs muss er sogar auf seinen geliebten Brandy verzichten. Doch zum Glück bekommt er schon bald Besuch von seinem Freund und Kollegen Mehmet Süleyman, der ihn um Rat bei den Ermittlungen in Sachen Urfa bittet. Weder İkmen noch der Aristokrat Süleyman können mit der Welt der populären arabesken Musik viel anfangen, lassen sich aber zögernd auf sie ein und vertiefen sich schließlich sogar ausführlich in die teils recht schwülstigen Melodien und Texte …

Die Autorin

Barbara Nadel wuchs im Londoner East End auf, bereist die Türkei seit über zwanzig Jahren und hat seitdem »ein Liebesverhältnis zu Istanbul«. Ausgebildet als Schauspielerin und Psychologin, arbeitet sie seit vielen Jahren im Bereich Erziehung und mentale Gesundheit. Sie lebt mit ihrem Mann Malcolm und einer Perserkatze in Essex, verbringt aber jedes Jahr mehrere Wochen in der Türkei.

In unserem Hause sind von Barbara Nadel bereits erschienen:

Belsazars Tochter
Der gläserne Käfig
Stille Wasser

Barbara Nadel

Arabeske

Roman

Aus dem Englischen
von Franziska Weyer

List Taschenbuch

Besuchen Sie uns im Internet:
www.list-taschenbuch.de

Umwelthinweis:
Dieses Buch wurde auf chlor- und säurefreiem Papier gedruckt.

List Verlag
List ist ein Verlag der Ullstein Buchverlage GmbH, Berlin.
Deutsche Erstausgabe
1. Auflage März 2004
3. Auflage 2004

Titel der englischen Originalausgabe:
Arabesk (Headline Book Publishing Ltd., London)
Übersetzung: Franziska Weyer
Redaktion: Annekatrin Heuer
Umschlagkonzept: HildenDesign, München – Stefan Hilden
Umschlaggestaltung:
Hauptmann und Kampa Werbeagentur, München – Zürich
Gesetzt aus der Stempel Garamond
Druck und Bindearbeiten: Clausen & Bosse, Leck
Printed in Germany
ISBN: 3-548-60397-1

Für meine Eltern

1. Kapitel

Vom Balkon der Wohnung aus beobachteten die beiden Männer das allmorgendliche Erwachen der Stadt. Gähnende Männer und Frauen gossen, vom kurzen Schlaf noch müde, Wasser über die Bürgersteige vor ihren Läden, ihren Cafés und Lokalen, um dem dicken Staub zuvorzukommen, der später durch den bereits jetzt schon stockenden Verkehr und die Schuhe der vorbeischlendernden Kunden, Pendler und Touristen entstehen würde. Wie der Zigarettenqualm über der ständig wachsenden Gruppe verschlagener Gestalten auf dem Sultan-Ahmed-Platz bewies, wurden an diesem Tag besonders viele Touristen erwartet. Kein Teppichhändler oder Touristenführer, der etwas auf sich hielt, lag noch im Bett, wenn die Sonne über dem Bosporus aufging, denn schließlich lieben etliche Touristen diesen romantischen Unsinn, vor allem im Sommer, wenn an Schlaf nicht lange zu denken ist. Sie stehen früh auf, um den ersten Lichtschein auf dem Wasser zu erleben, und geraten, angeregt durch dieses Naturschauspiel, auf dem Weg zurück zu den Hotels und Pensionen beim Anblick eines wunderschönen Teppichs oder bei der Aussicht auf einen Abstecher in den legendären Belgrader Wald leicht in Verzückung. Und wirklich, hier bekommen die Touristen gewöhnlich all das, wofür sie bezahlen – was auch immer das sein mag. Es heißt, man könne in Istanbul alle weltlichen und göttlichen Begierden sehr leicht befriedigen. Dass die Erfüllung ihrer Wünsche Männer wie Frauen jedoch unzufrieden oder gar wütend machen kann, hat wenig mit der Stadt oder ihren Einwohnern zu tun. Wenn ein

Ort schon so lange auf der Bühne der Welt zu finden ist wie Istanbul, rechnet man damit, dass alle Erwartungen auf das reichhaltigste erfüllt werden. Mit einer Mischung aus Geringschätzung und Bewunderung beobachtete Çetin İkmen die rasch größer werdende Zahl der aufdringlichen Händler und gewieften Kundenwerber.

»Könnte ich die Teppichhändler nur mit anderen Augen sehen, dann fände ich ihre gerissene Art ja vielleicht ganz interessant«, sagte er, während er sich die dritte Zigarette an diesem Morgen anzündete.

Der Mann neben ihm war etwas größer und deutlich jünger. In jeder anderen Hinsicht jedoch (bis hin zu der Angewohnheit, fast ununterbrochen Zigaretten zu rauchen) war er das genaue Ebenbild. »Also immer noch gelangweilt?«, fragte der junge Mann, während er seinem Vater das Gesicht zuwandte.

»Ich habe das unangenehme Gefühl, nicht zu existieren, wenn ich nicht arbeite.«

»Da hast du Recht, wenn man bedenkt, wie sehr du deine gesamte Persönlichkeit auf deinen Beruf als Polizeiinspektor ausgerichtet hast. Hättest du dich schon vor Jahren auch mit anderen Dingen beschäftigt, dann hättest du jetzt mehr Interessen.«

İkmen kannte die Einstellung seines ältesten Sohnes, und obwohl dieser ohne Groll sprach, wusste er dessen Worte doch richtig zu deuten.

»Ich schätze, du findest, ich hätte mich mehr um euch und eure Mutter kümmern sollen.«

»Unter anderem, ja. Zum Beispiel hättest du gestern Abend mit uns Fußball gucken können, anstatt schlecht gelaunt hier draußen rumzuhängen.«

İkmen beobachtete eine zierliche rothaarige Frau, die, wie er wusste, als Prostituierte arbeitete. Als sie auf der anderen Straßenseite vor einem Zigarettenkiosk anhielt, erinnerte er sich daran, dass sie meist Camels rauchte. Um sich selbst zu bestrafen, versuchte er sich die Zigarettenmarke seines Sohnes ins Gedächtnis zu rufen, jedoch vergeblich, was seine trübsinnige Stimmung nur verschlimmerte.

»Fußball beschwört Verbrechen herauf, deshalb mag ich diesen Sport nicht«, erklärte er und atmete schwer in der bereits drückend werdenden Morgenluft. »Oh, Sinan, was soll ich nur mit all dieser verdammten freien Zeit anfangen! Vor allem, wenn ich nicht mal ein läppisches, kleines Bier trinken darf?«

Sein Sohn musste lächeln. »Du weißt selbst am besten, was Doktor Akkale gesagt hat: Wenn du viel ruhst, ordentlich isst und keinen Alkohol trinkst, wirst du in einem Monat wieder arbeiten können. Aber wenn du die Zeit der Krankschreibung als Freizeit ansiehst, die dir ja bekanntlich verhasst ist, wirst du nur noch unruhiger werden und dadurch deinen Zustand verschlimmern.«

»Meinst du wirklich? Ist das deine professionelle Meinung? Nicht als mein Sohn, meine ich, sondern als Arzt?«

»Ich bin zwar kein Experte für Magengeschwüre, aber ich habe oft genug beobachtet, wie sich der Zustand bei Patienten mit einer negativen Einstellung gegenüber ihrer körperlichen Verfassung verschlechtert.« Für einen winzigen Augenblick legte er die Hand sanft auf die dünne Schulter seines Vaters. »Entspann dich doch einfach, guck Fernsehen – nicht Fußball, andere Sachen –, unterhalte dich mit Mutter und den Kindern, lies … Du bist ein sehr belesener Mann. Du hast uns immer zum Lesen ermuntert.«

»Das stimmt, aber ich glaube, in meinem Alter habe ich die meisten Dinge gelesen, die es wirklich *wert* sind, gelesen zu werden.«

»Ach, das ist doch Blödsinn!« Und wie um seinen Standpunkt zu bestätigen, streckte Sinan seine Hand nach dem kleinen staubigen Tischchen aus, auf dem die Mitglieder der İkmen-Familie, die den Balkon benutzten, für gewöhnlich ihre Bücher liegen ließen. Wahllos griff er ein Buch aus dem Stapel. »Hast du dieses hier gelesen?«

İkmen, dessen Sehkraft seit einem Jahr etwas nachließ, beugte sich vor, um den Titel besser lesen zu können. »*Das schwarze Buch* von Orhan Pamuk«, las er laut vor und zuckte mit den Achseln. »Und?«

»Es ist sehr gut, und im Gegensatz zu den meisten Büchern, die du bis jetzt gelesen hast, lebt der Autor noch, ist Türke und kein Alkoholiker. Aber das sollte dich nicht abstoßen.«

İkmen gab ein undeutliches Gemurmel über die Bereicherung, Thomas Hardys Werke im Original zu lesen, von sich und warf dabei einen flüchtigen Blick auf das Buch dieses in seinen Augen sehr jungen Autors.

»Im Grunde genommen ist es ein Kriminalroman«, erklärte Sinan, »doch gleichzeitig enthält es eine philosophische Betrachtung der Frage, wer wir eigentlich sind, wir Türken.«

»Hm?«

»Es gleicht einer Collage, jedoch aus Gedanken, nicht aus Bildern. Es ist geistreich und klug und handelt von ...«

In diesem Moment gingen Sinans Worte in einem lauten Schwall arabesker Musik unter, der plötzlich aus einer offenen Taxitür von der Straße unter ihnen hochdrang. Arabeske Musik, eine unangenehme Mischung aus türkischen Melodien und ägyptischen Klageliedern, wird aus gutem Grund auch die »Musik der Slums« genannt. Die meisten Interpreten stammen vom Lande und haben lebhafte, manchmal auch schmerzliche Erinnerungen an die Armut in den Hüttenvierteln und billigen Hochhäusern, die auch jetzt noch viele Landarbeiter beherbergen, die auf der Suche nach Arbeit in die Stadt gekommen sind. Die arabeske Musik wirkt immer klagend und enthält oft eine Kritik an der Situation der Armen, daher wurde sie von den

Politikern immer wieder von Zeit zu Zeit gefördert, um sie dann unter dem Vorwand, diese Musik untergrabe die Fröhlichkeit des Volkes, erneut zu verbannen. Nicht dass die Millionen Anhänger dieser Musik sich von solchen Meinungen beeinflussen lassen würden. İkmens Gesichtszüge und die seines Sohnes entspannten sich jedoch erst wieder, als die Musik verklang. Für sie war der Arabesk ein Fluch.

»Elende, sentimentale Scheiße!«, fluchte İkmen so laut, dass man es unten auf der Straße hören konnte.

Sein Sohn zuckte mit den Schultern. »Der Arabesk ist genauso ein Teil unserer nationalen Identität wie das Sultanat oder das Harem-System oder wie unsere verrückte Meinung, dass uns die Europäer vielleicht eines Tages mögen werden, wenn wir sie nur gut genug nachahmen.«

İkmen lächelte. »Gehörst du jetzt auch schon zu denen, die meinen, wir sollten unseren Blick nach Osten lenken?«

»Nein. Aber wie Pamuk nicht müde wird zu schreiben: Wir gehören zu den widersprüchlichsten Geschöpfen Allahs. Der typische grausame Türke, der schon immer die Zielscheibe arroganten europäischen Gespötts war. Und dann der melancholische, sich in Liebe verzehrende Türke, der sowohl untreu als auch durchtrieben ist. Unsere Frauen rauchen, trinken und arbeiten wie Männer, und dennoch wird ihr Leben nach wie vor von ihren Vätern und Ehemännern bestimmt. Ich könnte noch lange so fortfahren.«

»Ja«, stimmte ihm sein Vater zu, »da hast du vermutlich Recht.« Während er sich vorbeugte, um seinem Sohn das Buch abzunehmen, fuhr er fort: »Doch vermutlich ist es besser, ich lese das Buch selbst. Wenn dieser Pamuk so gut ist, wie du sagst, werden mich seine Worte leichter überzeugen.« Er seufzte. »Und wenn es sich auch noch um einen Kriminalroman handelt, dann ist es ja umso besser.«

Sinan wischte sich den ersten Schweißtropfen des Tages von

der Stirn und lächelte. »Sicherlich wirst du an seinen Methoden etwas auszusetzen haben.«

»Davon gehe ich aus. Und vermutlich werde ich mich darüber ärgern und muss dann allein sein, um meinem Zorn freien Lauf lassen zu können.«

»Wenn ich dich also fluchen und toben höre, als hättest du Schmerzen ...«

»Dann weißt du, dass ich mich nur an einer guten Lektüre über Mord und Totschlag, türkische Identität und türkische Geschichte erfreue.«

»Und nicht ...«

»Und nicht auf irgendwelche Art und Weise vergiftet werde. Nur angeregt und aufgewiegelt.« Er lachte und zündete sich eine weitere Zigarette an.

»In Ordnung«, stimmte ihm Sinan zu und steckte sich ebenfalls eine an.

»Okay.«

»Okay, Vater, gut.«

Sanft, aber bestimmt nahm Sinan seinem Vater das Buch wieder ab.

Verwirrt murmelte İkmen: »He! Was zum ...«

»Kein schlechter Versuch, Vater«, sagte der Jüngere und drückte das Buch fest an seine Brust. »Aber wenn du glaubst, irgendjemand aus der Familie ließe dich länger als eine Minute in dieser Wohnung allein, auch wenn du angeblich ein Buch lesen willst, dann hast du dich geschnitten.«

Einen Moment lang war İkmen völlig sprachlos, was sonst eher selten vorkam.

»Siehst du, Vater«, fuhr sein Sohn fort, »ich weiß genau, dass du Bülent bestochen hast, dir eine Flasche Brandy zu besorgen. Er und sein Freund haben sie übrigens wahrscheinlich inzwischen längst selbst getrunken.« Bevor sein Vater lospoltern konnte, machte er jedoch eine beschwichtigende Handbewegung. »Ich weiß es, weil ich heute Morgen, nachdem du Mutter mit einem Trick aus dem Haus gelockt hattest, aufgestanden bin und meinen Bruder abgefangen habe, bevor er nach dir schauen konnte. Bülent ist jetzt in Samis Wohnung und wird, wenn er später zurückkommt, vermutlich einen ziemlich dicken Kopf haben. Du wirst keinen Brandy bekommen, und ich werde mit der Lektüre dieses Buches fortfahren, damit es dir nicht als Vorwand für deine Trinkerei dienen kann.«

Bleich und verzweifelt fuhr sich İkmen mit den Fingern durch sein dickes, angegrautes Haar. »Aber ich habe diese Krankheit und die Schmerzen so satt! Dieses Gefühl, so verdammt nutzlos so sein, demütigt mich einfach!« Mit Tränen der Frustration in den Augen drehte er sich zu seinem Sohn um und fügte hinzu: »Und ich schäme mich so für den laienhaftesten Täuschungsversuch in der Geschichte der Unehrlichkeit!«

Sinan lächelte. »Er war miserabel, das stimmt. Ginge es dir nicht so schlecht, müsste ich fürchten, du hättest vielleicht ...«

»Den Verstand verloren? Ja«, sagte İkmen und schaute wieder hinab auf die sonnendurchflutete Straße. »Ja, genauso fühle ich mich. Wenn mir nicht gerade übel ist, reißt so ein unsichtbarer Quälgeist an meinen Eingeweiden herum. Das ist die Hölle! Alles, was ich will, ist, wieder der zu sein, der ich war – wieder zur Arbeit zu gehen und, ja, ein *paar* Drinks zu mir zu nehmen, damit der Tag etwas ruhiger verläuft. Wieder ich selbst sein mit all meinen Fehlern und Schwächen und ... und, oh, einfach das zu tun, was ich nun einmal tue!«

»Solange es dir nicht besser geht, ist das ausgeschlossen.«

»Aber diese Untätigkeit zerrt noch viel mehr an meinen Nerven!« Und als ob İkmen den letzten Satz beweisen wollte, hielt er seine leicht zitternde Hand vor das Gesicht seines Sohnes. »Was, wenn sie beschließen, mich in den Ruhestand zu schicken? Immerhin haben sie Süleyman schon zum Inspektor ernannt.«

»Auf deine Veranlassung hin, Vater.«

»Das will ich nicht bestreiten. Ich würde es auch nicht mehr ändern wollen. Ich mag ihn. Er ist ein guter Kerl und ein tüchtiger Polizist. Aber«, er zog die Schultern hoch und brachte die Andeutung eines Lächelns zustande, das seinen sonst üblichen Sinn für Humor zumindest erahnen ließ, »Magengeschwür hin oder her, wenn ich nicht bald zur Arbeit zurückkehren kann, werde ich noch einer von diesen widersprüchlichen Männern, die dein Herr Pamuk beschreibt.«

»Identitätskrisen gehören zum Alltag eines Türken.«

»Ach ja?« Mühsam richtete sich İkmen zu voller Größe auf. »Das glaube ich nicht. Zumindest gilt es nicht für mich, oder besser gesagt, galt es nicht für mich, bis ich diese verdammte Krankheit bekommen habe.«

»Ja, aber, Vater ...«

»Nein! Ich weiß, du denkst, all dieser Unsinn wäre die Antwort auf meine Probleme, doch ich kenne mich selbst besser als irgendwer sonst und kann dir deshalb sagen, dass das nicht stimmt. Ich muss da draußen sein.« Er wies mit ausgebreiteten Armen in Richtung des eindrucksvollen Altstadtpanoramas mit der blauen Moschee, dem Hippodrom und der Hagia Sophia – seine Stadt. »Auf der Straße mit Süleyman, Cohen, Arto Sarkissian, sogar mit dem verdammten Ardiç.«

Sinan, den die funkelnden Augen und die heroische Haltung seines Vaters eher amüsierten, zog İkmens Arme zurück und drückte sie ihm wieder an den Leib. »Tut mir Leid, Vater, aber diese Eva-Peron-Pose ist ein bisschen viel für mich.«

İkmen fühlte sich plötzlich leer und, um die Wahrheit zu sagen, auch sehr müde. Schwer sank er auf einen der Holzstühle neben dem Tisch und sagte: »Entschuldige.«

»Schon in Ordnung. Ich wünschte, ich könnte dir helfen, das ist alles. Doch solange du nicht etwas zu tun hast, was du auch wirklich tun *willst*, machst du meiner Ansicht nach keine Fortschritte.«

»Ich muss abwarten, was passiert.« İkmen zuckte mit den Achseln.

Sinan ließ sich neben seinem Vater nieder und ergriff vorsichtig seine Hand. »Vielleicht solltest du diese Phase im gleichen Licht betrachten wie die, in der du auf einen Durchbruch bei deinen Ermittlungen wartest.«

»Tote Zeit.«

Sinan lachte. »So nennst du das?«

»Ja«, meinte İkmen, während ein Grinsen über sein schmales Gesicht huschte.

»Was machst du denn normalerweise während dieser toten Zeit?«, erkundigte sich Sinan hoffnungsvoll. Vielleicht konnte sich sein Vater jetzt mit etwas beschäftigen, womit er normalerweise seine »tote Zeit« ausfüllte.

»Nun, zuerst konzentriere ich mich ganz auf das Problem«, erläuterte İkmen.

»Und dann?«

»Dann betrinke ich mich hoffnungslos, befrage ein paar zweifelhafte Wahrsager und danach steht mein Plan für gewöhnlich.«

»Vater!«

»Nun, du hast mich gefragt«, sagte İkmen mit boshaft funkelnden Augen. »Du hast gefragt, ich habe geantwortet, dir gefällt meine Antwort nicht ...«

»Und wo genau stehen wir jetzt?« Sinan ließ die Hand seines Vaters los und zündete sich eine weitere Zigarette an.

İkmen leistete seinem Sohn beim Rauchen Gesellschaft, legte den Kopf in die Hände und seufzte. »Abwarten, was passiert, schätze ich.« Und mit zusammengebissenen Zähnen zischte er: »Geduldiges, verfluchtes Abwarten!«

Als die İstiklâl Caddesi noch Grand Rue de Pera genannt wurde, damals zur Zeit der Osmanen, als die Sultane mit ihren riesigen Turbanen noch Vorkoster, lustige Zwerge und andere exotische Geschöpfe um sich scharten, waren die Häuser an dieser gewaltigen Hauptverkehrsstraße hauptsächlich zum Wohnen da. In jüngster Zeit wurden diese Gebäude wegen hoher Mieten, Mangel an moderner Ausstattung und einer gewissen Verkommenheit, die jüngere türkische Einwohner nicht mehr akzeptieren wollten, hauptsächlich als Büros und Lagerräume genutzt. Doch wer ein Auge dafür hat, kann zwischen den Boutiquen, die Nike, Armani oder Hugo Boss verkaufen, leicht die einst eindrucksvollen, reich mit Stuck verzierten Portale entdecken. Türstürze aus dem späten 19. Jahrhundert verkünden stolz in römischen Lettern »Appartements Paris«, »Appartements de Grand Rue de Pera« – Beispiele für die Liebe und unsterbliche Bewunderung der Osmanen für alles Französische. Heute beherbergen die meisten dieser einst eleganten Gebäude entweder große Mengen gefälschter Lacostehemden oder kleine Gruppen junger Männer und Frauen in Callcentern, die fleißig vor den Bildschirmen sitzen und meistens türkisch sprechen, was zeigt, wie rasant und grundsätzlich sich die Zeiten geändert haben. Man hat sich so daran gewöhnt, diese einst so vornehmen, aber nun heruntergekommenen Wohnhäuser für kommerzielle Zwecke zu nutzen, dass man von den wenigen verbliebenen Bewohnern fast keine Notiz nimmt.

Der İstiklâl Caddesi, auf die der junge Mann mit den scharf geschnittenen kurdischen Gesichtszügen hinauslief, nachdem er die Leiche der jungen Frau entdeckt hatte, waren Tragödien wie Geburt, Hochzeit und Tod fremd geworden. Aus seiner zu den İzzet-Paşa-Apartments gehörenden Wohnung rannte er auf eine Straße, die früh am Morgen noch so still war, als wäre es tiefste Nacht. Nur zwei alte Landarbeiter mit Filzmützen, die zwischen ihren Fingern unablässig Rosenkranzperlen hin und her schoben und billige Zigaretten rauchten, sahen den schluchzenden jungen Mann mit rotem Gesicht vorbeilaufen, wie ein gefallener Engel, der verzweifelt vor seinem zornigen Gott flieht. Doch natürlich kommentierten die beiden dies nicht. Der junge Mann hatte ganz offensichtlich irgendwelche Probleme, doch bei seinem Zustand hätten es die Alten nicht nur schwierig, sondern vermutlich auch aufdringlich gefunden, ihn danach zu fragen.

Worüber sie sich jedoch unterhielten, war seine Identität.

»War das nicht ... du weißt schon«, fragte der Schäbigere von den beiden seinen etwas modischeren Begleiter, »dieser Sänger, der ...«

»Ein Verhältnis mit dieser Blonden hat«, erwiderte der andere flüsternd und erregt. »Allah wird ihn für ein derart unnatürliches Verhalten strafen«, meinte er und fügte mit zum Himmel erhobenen Armen hinzu: »Wenn es Ihm gefällt.«

Sein Freund seufzte schwer, während er dem schnell aus ihrem Blickfeld verschwindenden jungen Mann nachsah, und sagte dann sanft: »Ich glaube, so wie er aussah, hat er seine Strafe schon erhalten.«

Es ist nie einfach, mit anderen zusammen unter einem Dach zu leben, egal wie freundlich und tolerant sie auch sein mögen. Nachdem sich der kürzlich zum Inspektor beförderte Süleyman im vergangenen Jahr von seiner Frau getrennt hatte, bewohnte er bei dem rangniedrigeren Kollegen, Wachtmeister Cohen, ein Zimmer zur Untermiete. Obwohl sie in beinah jeder Hinsicht, vor allem, was Alter, Religion, gesellschaftliche Stellung und Werteskala betraf, grundverschieden waren, hatten sich Süleyman und Cohen schon miteinander angefreundet, als Ersterer noch Uniform trug. Und trotz Süleymans raschem Aufstieg zum Inspektor hatte die Freundschaft gehalten. Nachdem der Jüngere seine Frau verlassen hatte, wollte ihn Cohen sogar mietfrei bei sich wohnen lassen, damit, wie er sich ausdrückte, »die hinterhältigen Anwälte dein Bankkonto leer räumen können«.

Cohen und seine Frau Estelle, beide laut, farbenfroh und freundlich, integrierten den eleganten und gebildeten Süleyman in all ihre familiären und religiösen Angelegenheiten. Süleyman wurde nicht nur im Hinblick auf seinen eigenen muslimischen Kalender fachmännisch umsorgt, sondern er wurde auch eingeladen, dem Passahfest und Chanukka beizuwohnen. Ebenso hatte er an einem großen und, wie sich später herausstellte, unglückseligen Festmahl teilgenommen, mit dem die Rückkehr von Cohens ältestem Sohn Yusuf von seinem Wehrdienst in den östlichen Provinzen gefeiert werden sollte. Yusuf, der an für das menschliche Auge unsichtbaren Stellen verwundet worden war, benahm sich an jenem Abend jedoch recht sonderbar, und sein psychischer Zustand verschlechterte sich von da an so rapide, dass er schließlich in eine Anstalt eingewiesen wurde. Süleyman und die Cohens waren darüber zwar traurig, aber doch auch erleichtert gewesen.

Es wäre allerdings falsch zu behaupten, Süleyman habe seit Yusufs Fortgang ein ruhiges Leben gehabt. Außer den häufigen Wutausbrüchen Estelles über die wiederholte Untreue ihres Mannes galt es auch noch, die Nachbarn zu ertragen. Cohens Wohnung war zwar groß, lag aber nicht in einer der besten Gegenden Istanbuls. Karaköy, das Viertel, das sich vom östlichen Ende der Galata-Brücke den gleichnamigen Hügel hinauf bis zur İstiklâl Caddesi erstreckt, ist nichts für Zartbesaitete. Obwohl es in Karaköy viele schöne alte Gebäude Genueser oder armenischen Ursprungs gibt sowie die inzwischen hervorragend restaurierte Neve-Schalom-Synagoge, ist doch der Anteil an schäbigen Wohnblocks recht groß. Die Cohens bewohnten ihre Wohnung bereits seit sechsundzwanzig Jahren. In dieser Zeit war die Wohnung nicht ein Mal frisch gestrichen, geschweige denn renoviert worden. Mit Ausnahme eines neuen

Fernsehers und eines unsinnig verlegten Wasserleitungssystems hatte sich in dieser Zeit nicht viel verändert, und erst recht nicht zum Guten. Die Anwohner waren schon immer etwas zweifelhafte Gestalten gewesen, doch in den letzten zehn Jahren waren sie, um einen typischen Ausdruck Cohens zu gebrauchen, viel »ernst zu nehmender« geworden. Obwohl die Behörden der Stadt, die momentan von der konservativen Refah-Partei regiert wurde, große Anstrengungen unternahmen, derlei Leute zu vertreiben, kamen sie nur schwer gegen gewisse Traditionen an. Im Gegenteil, sie blühten hier geradezu auf. Zwar waren die billigen Tänzerinnen, die Taschendiebe und sogar die legalen Bordelle verschwunden, dafür standen jetzt an jeder Ecke Nutten, Drogendealer und Betrunkene. Das sehr laute und sehr junge Mädchen, das nebenan wohnte und Süleyman regelmäßig mit seinem grellen Gelächter und leidenschaftlichen Schreien den Schlaf raubte, war ganz offensichtlich kokainabhängig. Die Tatsache, Tür an Tür mit zwei Polizisten zu leben, beeinflusste ihr Benehmen dabei überhaupt nicht. Es störte sie genauso wenig wie ihren riesigen Zuhälter, der sich gerne lauthals über Cohens geringe Körpergröße amüsierte. Seine gleichgültige Geringschätzung dem Polizisten gegenüber rührte vor allem daher, dass er über viel mehr und viel modernere Waffen verfügte. Süleyman ärgerte sich gewaltig darüber, und trotz seiner Zuneigung zu Cohen wollte er deswegen ausziehen, sobald es seine finanziellen Mittel erlaubten. Der ständige Mangel an Schlaf, unter dem er litt, war weder seiner Gesundheit noch seiner neuen, sehr viel verantwortungsvolleren Position zuträglich.

Bis vor fast auf den Tag genau vier Wochen hatte Mehmet Süleyman als Assistent für den Leiter der Mordkommission, Inspektor Çetin İkmen, gearbeitet. Er war zwar zufrieden mit seinen Aufgaben, doch andererseits war er auch sehr ehrgeizig und musste darüber hinaus seit der Trennung von seiner Frau äußerst sparsam sein, deshalb hatte er im vergangenen Jahr, 1998, einen Antrag auf Beförderung eingereicht. Von İkmen unterstützt, hatte er trotz der unendlich langsam mahlenden Mühlen der türkischen Polizeiverwaltung nicht sonderlich lange warten müssen, um die ersehnte Position zu erhalten. Süleyman war davon ausgegangen, noch lange Zeit an der Seite seines alten Chefs zu arbeiten, bevor er eigenverantwortlich agieren würde, doch dann war İkmen, der, solange Süleyman denken konnte, immer über Leibschmerzen geklagt hatte, plötzlich sehr krank geworden. Im Krankenhaus hatte man mehrere Magengeschwüre diagnostiziert. Obwohl er auf Dauer nicht um eine Operation herumkommen würde, hatte man ihm erst einmal Medikamente, Diätkost und Ruhe verschrieben. Süleymans hübsche Gesichtszüge verzogen sich allein bei dem Gedanken an die Diätvorschriften zu einem sarkastischen Lächeln. Der »alte Mann« hing fast genauso leidenschaftlich an seiner Neigung, unregelmäßig und nur Junk-Food zu essen, wie an dem geliebten Brandy und den Zigaretten. Seine primäre Leidenschaft war jedoch die Arbeit. Glaubte man Sinan, dem Sohn des Inspektors, mit dem Süleyman am Abend zuvor gesprochen hatte, so wandte İkmen nicht nur jeden Trick an, um an Alkohol zu kommen, sondern seine erzwungene Untätigkeit machte ihn offensichtlich langsam verrückt.

Süleyman legte seinen müden Kopf in die Hände und gähnte. Obwohl es bei der Mordkommission noch andere erfahrene Ermittler gab, mit denen er theoretisch über die beunruhigenden Aspekte seiner neuen Position hätte reden können, wusste er gleichzeitig, dass sie in ihm einen gefährlichen Rivalen sahen – Leute wie Yalçin zum Beispiel, die sich öffentlich über Süleymans aristokratische Abstammung lustig machten und gleichzeitig den anderen rieten, sich vor dem scharfen Verstand des jüngeren Mannes in Acht zu nehmen. İkmen war da ganz anders, besser als der ganze Haufen zusammen, er hätte seinen

Schützling gegen die Angriffe der alten Garde scharfzüngig verteidigt – und seine Freude daran gehabt.

Es waren diese stillen Momente zwischen Tag- und Nachtschicht, in denen Süleyman İkmen am meisten vermisste. Wenn er frühmorgens das Büro betrat, war der alte Mann stets schon seit langem da, wach und sofort bereit, mit dem Jüngeren zumindest kurz über die Sorgen und Nöte zu diskutieren, die sich am Tag zuvor aufgestaut hatten. Doch egal, ob krank oder gesund, die Beziehung zwischen İkmen und ihm würde sich zumindest am Arbeitsplatz ändern müssen. Süleyman war jetzt nicht nur für sein eigenes Handeln und seine Sicherheit verantwortlich, sondern auch für die seines neuen Polizeimeisters. İsak Çöktin ähnelte mit seinen fünfundzwanzig Jahren in vielerlei Hinsicht dem jugendlichen Enthusiasten, der Süleyman einst gewesen war. Dass man Süleyman gerade Çöktin unterstellt hatte, betrachteten zwar einige als einen Dämpfer für dessen Eitelkeit, aber Süleyman selbst sah das ganz anders. Es war ihm völlig egal, ob Çöktin tatsächlich ein so genannter »Bergtürke« war, eine beschönigende Umschreibung für Menschen kurdischer Abstammung, wie einige der älteren und konservativeren Beamten sich zuflüsterten. Çöktin war in Istanbul geboren und aufgewachsen, allerdings in einem der heruntergekommeneren Viertel. Und selbst wenn sein zerzaustes rotes Haar eine nicht rein türkische Abstammung andeutete, so hatte er als Polizist bislang einen untadeligen Ruf. Dass İkmen ihn schätzte, war ein zusätzliches Plus. Der alte Inspektor, nach eigenen Worten Sohn einer albanischen Wahrsagerin, besaß einen unfehlbaren sechsten Sinn, wenn es um die Beurteilung menschlicher Charaktere ging. Und »Mickey«, wie er Çöktin aufgrund seiner fast schon unheimlichen Ähnlichkeit mit dem schrägen amerikanischen Filmstar Mickey Rourke getauft hatte, war »in Ordnung«. Wie »in Ordnung« Çöktin wirklich war, erfuhr Süleyman jedoch erst, als er sein müdes Ohr dem schrill klingelnden Telefon entgegenhielt und lediglich gedehnt »Süleyman« in den Hörer murmelte.

»Inspektor, Çöktin hier«, erwiderte eine vor Aufregung vibrierende Stimme.

Süleyman richtete sich etwas auf. »Wo sind Sie? Was ist passiert?«

»Ich bin in den İzzet-Paşa-Apartments an der İstiklâl Caddesi.« Und nach einer unerträglich langen Atempause fügte er hinzu: »Ich bin bei Erol Urfa, beziehungsweise ich war ...«

»Ihrem Tonfall entnehme ich«, unterbrach ihn Süleyman, »dass Sie *den* Erol Urfa meinen?«

»Den Arabesk-Star, ja, Herr Inspektor.« Noch aufgeregter ergänzte er: »Genau genommen befindet er sich im Zimmer nebenan.«

»Wirklich? Warum?«

Da Süleyman auf seine Fragen nur Schweigen erntete, formulierte er sie präziser. »Was ich wissen möchte, Çöktin, ist: Warum sind Sie in Herrn Urfas Wohnung?«

»Oh, also, weil er behauptet, seine Frau sei ermordet worden.«

Süleyman sprang wie vom Blitz getroffen auf. »Was?«

»Ja, hier in seiner Wohnung. Die Tote liegt in der Küche.«

»Sind Sie sicher?«

»Nun, ohne am Tatort mehr Spuren zu verwischen als nötig, habe ich nachgesehen, aber es ist auch recht offensichtlich ...«

»Nein! Nein!« Süleyman griff sich an den Kopf. »Was ich meine, ist: Sind Sie sicher, dass die Tote seine Frau ist?«

»Zumindest behauptet er das.«

Süleyman seufzte und sprach weiter, ohne Luft zu holen. »Gut, ich bin so schnell wie möglich bei Ihnen. Lassen Sie Herrn Urfa nicht an den Tatort heran, damit der Doktor und der Gerichtsmediziner sich nicht mit zu viel widersprüchlichen Informationen herumschlagen müssen.«

»Okay.«

Kurz bevor Süleyman den Hörer wieder auflegte, schoss ihm ein Gedanke durch den Kopf, der ihn blitzartig daran erinnerte, wie unerfahren er doch war. »Oh, und Çöktin, äh ...«

»Ja, Herr Inspektor?«

»Wie kommen Sie, abgesehen von Herrn Urfas Meinung, zu der Ansicht, diese Frau sei ermordet worden?«

»Der Bittermandelgeruch«, erwiderte Çöktin mit der simplen Gewissheit, damit alles gesagt zu haben.

2. Kapitel

Der Mann hatte İsak Çöktin zunächst Angst eingejagt, als er um Hilfe schreiend zu dem Kiosk gelaufen war, an dem Çöktin selbst gerade Zigaretten kaufte. Nun saß der Mann wie versteinert auf etwas, das ihm vermutlich sonst als Bett diente. Doktor Sarkissian, eigentlich Pathologe von Beruf, empfand stets Mitgefühl für diesen gewissen Schmerz, den die Lebenden häufig in Gegenwart von Toten verspüren, und hatte deshalb dem traumatisierten Erol Urfa zur Linderung zehn Milligramm irgendeiner Flüssigkeit verabreicht, an deren Name sich Çöktin beim besten Willen nicht mehr erinnern konnte. Urfa, seinen Millionen eingeschworener Fans nur unter dem Namen »Erol« bekannt, sah in Wirklichkeit viel älter aus als seine angeblichen fünfundzwanzig Jahre und war, wie zu erwarten, auch weniger hübsch als auf seinen Pressefotos. Erols ungewohnt verstörter Blick würde allerdings die Hyänen von Rundfunk und Presse nicht davon abhalten, früher oder später den Schauplatz der Tragödie zu belagern. Große Stars versprechen große Schlagzeilen, vor allem, wenn sie nicht nur in einen Mord, sondern zudem in ein süßes Geheimnis verwickelt sind.

Erol Urfa, der von seinen leidenschaftlichsten Fans »die traurige Nachtigall« genannt wurde, war dank seiner Interpretation des gleichnamigen, äußerst sentimentalen Liedes vier Jahre zuvor sozusagen über Nacht berühmt geworden. Da er aus einem kleinen, unbekannten Dorf im Osten des Landes stammte, war Erol vom Ruhm sehr schnell völlig überwältigt worden und hatte, zumindest den Kennern arabesker Musik zufolge, eine Reihe von sehr merkwürdigen Entscheidungen getroffen. Am bemerkenswertesten war sicherlich seine Affäre mit der alternden Arabesk-Legende Tansu Hanim, die von der Presse natürlich genüsslich breitgetreten wurde. Obwohl mindestens so blond wie Madonna und trotz der Millionen Lira teuren Schönheitsoperationen musste sie nach Inspektor İkmens Schätzung ungefähr sein Alter haben. Daher war es schon recht schmeichelhaft, ihr Alter mit fünfzig anzugeben.

Für jemanden, der so jung war wie Çöktin, musste es jedoch für ein derart ungewöhnliches Verhalten zwangsläufig Gründe geben, die nichts mit Liebe zu tun hatten. Es gab zahlreiche Möglichkeiten. Als Erol damals jung und unerfahren in die Stadt gekommen war, mangelte es ihm an Glaubwürdigkeit. Diese hatte die erfahrene Tansu ihm wahrscheinlich geben können und hatte gleichzeitig ihre eigene schwächelnde Karriere mit seiner lebenssprühenden Jugendlichkeit aufpoliert. Welche Auswirkungen diese Jugendlichkeit auf ihr Sexualleben hatte, war auch nicht zu übersehen. Zudem hatten diverse Manager und Agenten, die, wenn man der Presse glauben darf, stets das Leben der Schönen und Reichen mitbestimmen, auch auf dieses Paar großen Einfluss gehabt. So war die Beziehung zwischen Erol und Tansu mitnichten ein Geheimnis geblieben. In den meisten Zeitungen waren fast wöchentlich Fotos zu sehen, die sie Händchen haltend, küssend oder beim gemeinsamen Einkaufsbummel zeigten. Was jedoch wirklich ein Geheimnis war und zudem ein sehr großes, war die Existenz des Mädchens, das nun tot in Urfas Küche lag. Wenn diese Frau, die als Tote wie ein höchstens sechzehnjähriges Mädchen vom Lande wirkte, tatsächlich Erols Frau war, warum hatte er sie dann erstens geheim gehalten und zweitens überhaupt geheiratet, nachdem er eine Affäre mit Tansu begonnen hatte?

»Polizeimeister Çöktin?«

Als er seinen Namen hörte, wandte er sich sofort zu dem Polizeifotografen um. »Ja?«

»Inspektor Süleyman möchte Sie sprechen.«

Çöktin nickte ihm kurz zu, warf noch einen Blick auf den reglosen Erol Urfa und ging in Richtung Küche.

Auch wenn für manch einen schon der bloße Anblick von Männern in einer Küche unpassend wirkt, schien diese Umgebung für die beiden Männer, die Çöktin entgegensahen, wesentlich passender zu sein als für die tote Frau, die ihnen zu Füßen lag. Doktor Arto Sarkissian war zwar nicht ganz so elegant wie der jüngere, schlankere Süleyman, besaß jedoch dieselbe selbstverständliche Würde und trug darüber hinaus die gleichen Designeranzüge – lediglich eine Nummer größer. Beide passten sehr gut in die schöne, sterile deutsche Edelstahlküche. Das Mädchen in seinen kunterbunten mehrschichtigen Gewändern und mit seinem Kopftuch sah dagegen eher wie ein Lumpenbündel aus.

»Nun, Çöktin«, sagte der Armenier in seiner üblichen unergründlich fröhlichen Art, »ich glaube, Sie hatten Recht mit Ihrer Vermutung bezüglich der involvierten Substanz.«

»Zyanid?«

»Ausgeprägter Bittermandelgeruch in Kombination mit einer bläulichen Hautverfärbung würde auf Tod durch Sauerstoffmangel hindeuten. Kohlenmonoxid hätte den gleichen Effekt auf die Haut, jedoch ohne Bittermandelgeruch. Eine hervorragende erste Folgerung. Gut gemacht.«

»Danke, Herr Doktor.«

Der Arzt fuhr fort, indem er sich wieder Süleyman zuwandte: »Ich werde diese Vermutung natürlich noch durch Tests bestätigen müssen, aber meiner Meinung nach ist das eine reine Formsache. Der interessante Inhalt von Frau Urfas Mund könnte darauf hindeuten, dass sie das Gift mit der Nahrung aufgenommen hat, aber das müssen wir noch herausfinden.«

»Könnte sie sich selbst umgebracht haben?«, fragte Süleyman und sah dabei auf die tote Frau herab. Çöktin meinte in seinem Blick eine gewisse Abscheu zu erkennen.

Der Arzt biss sich kurz auf die Unterlippe, bevor er antwortete. »Hm, Selbstmord. Das ist natürlich niemals auszuschließen, doch da bis jetzt nichts darauf hindeutet, möchte ich mich nicht festlegen. Wie Sie sehen, liegt ein Stift auf dem Tisch, aber ... Nach der Leichenbeschau kann ich Ihnen mehr dazu sagen. Wie auch immer ... »

»Ja?«

»Ich mache mir da so meine eigenen Gedanken. Auch wenn es in einer von Internet und ferngesteuerten Waffensystemen bestimmten Welt vielleicht seltsam erscheint, aber wir könnten es hier mit einer guten altmodischen Vergiftung zu tun haben.«

Süleyman lächelte. »Mir war gar nicht bewusst, dass diese Methode nicht mehr zeitgemäß ist.«

»Nein, so ganz stimmt das auch nicht. Wie wir beide wissen, Inspektor, sterben immer noch regelmäßig viele Leute an einer Überdosis Drogen, seien sie nun legal oder illegal. Doch echte, wirkliche Giftmorde sind selten. Mit Ausnahme von Unkrautvernichtungsmitteln tauchen echte Gifte in unserer Arbeit kaum noch auf – fragen Sie Çetin İkmen, wenn Sie mir nicht glauben.«

Çöktin, der aufmerksam zugehört hatte, beugte sich vor und blickte suchend in die offenen, schreckgeweiteten Augen der Frau. Zu ihren Lebzeiten musste sie seiner eigenen Mutter geähnelt haben, als diese noch jung gewesen war. Beide waren minderjährige Bräute gewesen; zumindest im Fall seiner Mutter, die aus einem kleinen, unbekannten Dorf stammte, war er sich dessen sicher.

»Wenn eine Frau vergiftet wurde«, fuhr der Arzt fort, »habe ich irgendwie immer den Schatten eines Harems vor Augen.«

Süleyman schenkte Sarkissian ein fast obszön perfektes Lächeln. »Heißt das etwa, Sie glauben, dass eine Frau diese Tat verübt haben könnte?«

»Oh, nein.« Sarkissian fuchtelte abwehrend mit den Händen vor seinem Gesicht herum. »Ich bin nur Arzt, kein Ermittler. Das ist Ihre Aufgabe, mein lieber Süleyman.«

»Aber?«

»Aber«, nahm der Armenier den Faden lächelnd wieder auf, denn offensichtlich freute es ihn, seine Ansichten kundtun zu können, auch wenn es reine Spekulationen waren, »unser Herr Urfa ist ein echter Frauenheld. Ich dachte, und Sie werden mir vermutlich zustimmen, dass er nur mit der reizenden Tansu Hanim liiert war. Und wenn es mich verblüfft, dass er diese kleine Frau hatte, dann waren sicherlich auch noch andere überrascht. Überrascht und vielleicht eifersüchtig. Meine blühende Phantasie kann natürlich auch weitere Motive ersinnen als Haremsdamen, die wie in den alten Märchen den Becher der Rivalin vergiften, aber ...«

»Aber nichtsdestotrotz wäre dies eine völlig unerwartete Wendung der Geschicke«, schloss Süleyman messerscharf.

»Alles Geschwätz!«

Die drei Männer drehten sich gleichzeitig um und suchten die Quelle dieser rauen und recht bekannten Stimme. Am Türrahmen zur Küche lehnte ein völlig in sich zusammengesunkener Mann.

»Während ihr hier redet, wird nichts wegen meiner Merih unternommen«, klagte Urfa und boxte dabei fest gegen die Hand eines jungen Polizisten, der erst jetzt, da es zu spät war, versuchte, ihn zurückzuhalten. Arto Sarkissian machte einen Schritt nach vorn, um seinem lebenden Patienten den Anblick der Toten zu ersparen, und streckte dem berühmten Sänger besorgt eine Hand entgegen. »Nun ...«

»Merih«, wiederholte der Mann, dessen langsame und verwaschene Sprache deutlich die Wirkung des Beruhigungsmittels verriet.

»Nein, Ruya«, verbesserte ihn der Arzt. »Zumindest dachte ich, dass Sie gesagt hätten, dies sei der Name Ihrer Frau.«

»Ja, Ruya, meine Frau, sie war, ist ...« Urfa brach plötzlich beinah zusammen und mit dem Ausdruck völliger Verzweiflung sank sein Kopf auf die Schulter des Arztes. »Und Merih ...«

Plötzlich und ohne logischen Grund überkam Süleyman eine Ahnung. Diese Art Gefühl, von dem İkmen immer gesagt hatte, man müsse lernen, ihm zu vertrauen. »Wer ist Merih, Herr Urfa?«, fragte er. »Wenn Ruya Ihre Frau war, dann ist Merih ...?«

Urfa starrte über die Schulter des Arztes auf seine tote Frau und flüsterte: »Sie ist unsere Tochter. Sie ist erst zehn Wochen alt.«

»Aber ...«

Urfas Augen füllten sich mit Tränen und schluchzend stammelte er: »Sie war bei ihrer Mutter. Sie war immer bei ihrer Mutter! Und nun ist sie weg. Ich kann sie nirgends finden.« Auf einmal verdrehte er die Augen und verlor das Bewusstsein.

Rückblickend betrachtet ist ein rosafarbenes kragenloses Hemd nicht gerade Respekt heischend und nicht ganz das, was man sich für solche Angelegenheiten wünscht, aber wenn man in Eile ist, berücksichtigt man derlei Dinge nicht immer. Und İbrahim Aksoy hatte es tatsächlich fürchterlich eilig gehabt, nachdem er vor weniger als einer halben Stunde mit der Starsängerin Tansu Hanim telefoniert hatte. Sie hatte ihm erzählt, dass sie zeitig an jenem Morgen versucht habe, Erol Urfa in seiner Wohnung telefonisch zu erreichen, doch dass nicht ihr Geliebter, sondern ein äußerst barscher Mann geantwortet habe, Herr Urfa sei derzeit »unpässlich«. Wer dieser Mann war, warum er sich in Erols Wohnung aufhielt und aus welchem Grund Erol »unpässlich« war, hatte sie nicht erfahren können. Doch Tansu war besorgt genug, die einzige Person, der sie in Bezug auf Erol wirklich trauen konnte, darüber zu informieren, nämlich seinen Manager İbrahim Aksoy. Sozusagen als Eigentümer des jungen Superstars würde Aksoy je nach Lage entweder die Unpässlichkeit zu seinen Gunsten auslegen und kräftig die Werbetrommel rühren oder sie so diplomatisch wie nur möglich aus dem Weg räumen. Wie auch immer, er würde eine Lösung finden, genau wie Tansus eigener Manager im Lauf der Jahre für derlei Unpässlichkeiten – ihre eifersüchtigen Liebhaber, ihre Schönheitsoperationen, all die Abtreibungen – stets eine gefunden hatte.

İbrahim Aksoy konnte sich später nicht mehr daran erinnern, was er auf dem Weg zu den İzzet-Paşa-Apartments erwartet hatte. Doch ganz bestimmt nicht einen Haufen bewaffneter Polizisten oder eine fast surreale Begegnung mit einem sonderbaren Kauz, der behauptete, einer von Erols Nachbarn zu sein. Hätte man Aksoy gefragt, er hätte diesen Sonderling sicherlich als geistig zurückgeblieben beschrieben. Dieser Mann hatte sich dem korpulenten Manager ungebeten genähert, als dieser sich gerade seinen Weg vorbei an den alten französischen Konsulaten bahnte, die sich an jenem Ende der İstiklâl Caddesi befanden, das bereits im Stadtteil Taksim lag.

Der Fremde kam von rechts aus der Zambak Sokak herausgeschossen, drängelte sich näher an Aksoy heran, als es diesem lieb war, und sagte lediglich: »Frau Ruya ist tot.«

Aksoy wusste, dass sein Schützling unbedingt darauf bestand, ein zänkisches Landweib dieses Namens bei sich zu beherbergen. »Frau Ruya, wer?«, fragte er so besorgt, wie jemand in seiner Position nur sein konnte, der Klarheit schaffen musste.

»Frau Ruya von gegenüber.«

»Von gegenüber? Gegenüber von wo?«

»Von meiner Wohnung.« Begleitet von langen, dünnen Speichelfäden rochen die Worte des Mannes genauso, wie sie klangen. Aksoy holte ein Taschentuch hervor und hielt es sich unter die misshandelte Nase.

»Und wo befindet sich Ihre Wohnung?«, forschte er weiter nach.

»Meine ist İzzet Paşa 3/10«, antwortete er.

Da Aksoys fettleibigem Herzen genau wie seinem Gehirn bewusst war, dass Erols Adresse İzzet Paşa 3/12 lautete, war es nicht sicher, ob es vor Freude oder vor Sorge schneller schlagen sollte. Wenn dieser dämliche Typ Recht hatte, dann lebte diese unpassende minderjährige Ehefrau nicht mehr. Nur um wirklich sicherzugehen, hakte er noch einmal nach: »Sie meinen Frau Ruya Urfa, schätze …«

»Hab es aber nicht getan.«

»Wie bitte?«

Aus irgendeinem Grund hatte es dieses merkwürdige Wesen dann plötzlich mit der Angst zu tun bekommen. Aksoy hatte jedoch keine Ahnung, warum. Schließlich hatte er sich bis jetzt, zumindest seiner Meinung nach, diesem Idioten gegenüber sehr höflich verhalten. Aksoy blieb einen Moment stehen und sah dem fetten Mann mit dem verknitterten Hemd nach, wie er wieder in der Straße verschwand, aus der er gekommen war, und dabei unverständliches Zeug vor sich hin murmelte.

Als sich Aksoy dem Knäuel von Polizisten vor der Eingangstür zu dem Apartmentblock näherte, stimmte er sich darauf ein, dass das, was der »Idiot« ihm gerade gesagt hatte, wahr sein könnte. Er bereitete sich auch darauf vor, diese Information, falls nötig, zu verwenden.

Ein großer Mann in Uniform stellte sich Aksoy in den Weg. »Kann ich Ihnen helfen?«, wollte er wissen.

»Ich möchte meinen Klienten Herrn Urfa sprechen«, erwiderte Aksoy lächelnd. »Ich bin sein Manager, İbrahim Aksoy. Sie haben vielleicht gehört …«

»Zurzeit ist es niemandem erlaubt, Herrn Urfa zu besuchen.«

»Oh, gibt es etwa Probleme oder fühlt er sich nicht gut?« Aksoy setzte eine besorgte Miene auf, in der Hoffnung, damit sein unpassendes buntes Hemd zu überspielen, während er gleichzeitig im Geiste sämtliche Möglichkeiten für Erols Publicity durchspielte, falls Ruya wirklich tot war.

Der Polizeibeamte blieb kühl und unbewegt. »Dazu kann ich Ihnen derzeit keine Auskunft geben.«

»Oh.« Aksoy zwirbelte an seinem Schnurrbart herum und gab zunächst vor zu gehen, doch dann drehte er sich scheinbar in Gedanken um und sprach den Polizisten erneut an. »Es hat doch nicht etwa mit seiner Frau zu tun, oder?« Er sah, dass sich die Augen des Polizeibeamten verengten. »Der kleinen Ruya?«

»Wie kommen Sie darauf?«

»Oh, jemand hat mir im Vorübergehen so eine Bemerkung zugeworfen.«

»Was meinen Sie damit? Wer?« Sowohl der Polizist als auch dessen Waffe beugten sich auf einmal bedrohlich in Richtung Aksoy vor, der förmlich spürte, dass er ein wenig blass wurde.

»Also, es war ein Mann.« Aksoy sah sich schnell nach beiden Seiten um, um sicherzugehen, dass niemand mithörte, und fügte hinzu: »Genau genommen ein ziemlich verrückter Typ. Behauptete, hier in einer der Wohnungen zu leben.«

»Ja?«

»Erwähnte, dass Frau Urfa, Ruya, irgendwie zu Tode gekommen sein könnte und …«

»Dieser Mann war ein Nachbar?«

»Das sagte er zumindest.«

Einen Moment lang war der Gesichtsausdruck des Polizisten beinah undurchdringlich, eine Mischung aus Argwohn und versteinertem Ernst. Auf İbrahim Aksoy wirkte sie jedenfalls ziemlich angsteinflößend. Schnell wechselte er das Thema und versuchte auf das zurückzukommen, was ihn direkt betraf.

»Also, kann ich Herrn Urfa jetzt sehen? Ihm Trost anbieten, die Schulter eines treuen Freundes ...«

Es kam ihm unendlich lange vor, auch wenn es in Wirklichkeit nur ein oder zwei Sekunden dauerte, bis der Polizeibeamte antwortete.

»Nein«, erwiderte dieser und packte den Manager am Ärmel, wobei er auch etwas von der Haut des gedrungenen Mannes erwischte. »Aber Sie können mit dem Inspektor sprechen. Er wird sich sehr für Ihren Verrückten interessieren.« Dann jedoch wandte er sich mit einem Mal lächelnd einem seiner Kollegen zu und fragte: »Hast du gestern Abend das Spiel gesehen?«

Süleyman wies Çöktin an, neben Urfa sitzen zu bleiben, der inzwischen wieder bei Bewusstsein war, dann berührte er schweigend Doktor Sarkissians Ellenbogen und führte ihn auf den reich mit Spiegeln bestückten Flur.

»Was ich nicht verstehe«, sagte er, während er vergeblich versuchte, sich nicht in den Spiegeln zu betrachten, »ist, warum uns Erol Urfa nicht sofort erzählt hat, dass seine Tochter verschwunden ist. Ich meine, als er seine tote Frau gesehen hat, muss doch sein erster Gedanke dem Kind gegolten haben.«

Nachdem es dem Arzt gelungen war, sich so hinzustellen, dass er sich in keinem der zahlreichen Spiegel anschauen musste, seufzte er tief. »Theoretisch haben Sie Recht. Menschen unter Schock reagieren jedoch häufig sehr ungewöhnlich. Obwohl ich nicht aus Erfahrung spreche, könnte ich mir dennoch vorstellen, dass die Tatsache, die Leiche seiner eigenen Frau zu finden, einem Mann kurzfristig den Verstand rauben könnte.«

»Ja, auch wenn dem so ist, aber mit einem Kind ...«

»Eher ein Säugling als ein Kind. Zehn Wochen alt. Es ist noch sehr jung und Urfa lebt im herkömmlichen Sinne ja nicht einmal hier.« Der Arzt machte eine kurze Pause und schüttelte den Kopf. »Und dann sind wir beide vielleicht auch nicht prädestiniert, ein Urteil darüber zu fällen, ob ein Mann einfach sein Neugeborenes vergessen kann. Auch wenn Sie, inschallah, so sagt ihr doch immer, im Gegensatz zu mir die Freuden der Vaterschaft noch erfahren werden, mein lieber Süleyman.«

Von den eher bedauernden Worten des viel älteren Mannes keinesfalls peinlich berührt, lächelte Süleyman kurz, bevor er das Thema wechselte. »Dann haben wir also eine vermutlich ermordete Frau und ein vermisstes Kind.«

»Das«, sagte Sarkissian mit erhobenem Finger, »der Schlüssel zum Tod seiner Mutter sein könnte. Vielleicht hat jemand Frau Urfa nicht aus Eifersucht getötet, sondern um das Kind zu bekommen.« Freundschaftlich klopfte er Süleyman auf die Schulter und fügte hinzu: »Könnte ein ziemlich melodramatischer Fall werden.«

»Ähnlich wie Herrn Urfas Musik?«

Sarkissian lachte tonlos. »Ein guter Vergleich! Çetin İkmen wird begeistert sein, und das werden Sie sicherlich zu schätzen wissen, nicht wahr?«

Das Schweigen Süleymans, der es, egal in welchem Zusammenhang, stets heikel fand, über İkmen zu sprechen, und deshalb dem Arzt nicht sofort antwortete, war allerdings nicht der Grund, warum dieser die Stirn runzelte. Schuld daran war vielmehr das, was sich hinter Süleymans Schulter tat. Sobald sich Süleyman umgedreht hatte und Sarkissians Blick folgte, wusste er, warum der Mediziner innegehalten hatte.

Seine Belustigung drückte sich in einem winzigen Lächeln aus. »Das ist ja wirklich ein scheußliches Hemd.«

»Scheußlich trifft es meiner Meinung nach noch nicht ganz«, erwiderte der Arzt nachdrücklich. Er wies mit der Hand auf die Person, die sich nun allein in Urfas Esszimmer herumdrückte, und fragte: »Wer ist dieser Mann überhaupt?«

»Herrn Urfas Manager, İbrahim Aksoy.«

»Was will er hier?«

»Er kam, um Urfa zu sehen. Er behauptet, jemand, den er als ›zurückgeblieben‹ beschreibt, habe ihm schon von Ruya Urfas Tod erzählt, bevor er überhaupt die Haustür hier erreicht hatte. Dieser ›Idiot‹ hat Aksoy gesagt, er sei ein Nachbar.«

»Aber niemand weiß, dass Ruya Urfa tot ist, außer uns, Urfa selbst und …«

»Und der Person, die die Tat begangen hat, falls hier wirklich ein Mord vorliegt. Ja, Herr Doktor. Die Männer sind dabei, allen anderen Wohnungen in diesem Gebäude einen Besuch abzustatten.«

»Und Aksoy? Was ist mit dieser Witzfigur in Rosa?«

Süleyman lächelte. »Ich würde sagen, entwaffnet und allein ist er vermutlich eingeschüchtert genug, uns etwas zu erzählen, was der Wahrheit nahe kommt.«

Die Augen des Arztes weiteten sich vor Überraschung. »Sie meinen, er trug eine Waffe bei sich, als er hierher kam?«

»Nein«, erwiderte Süleyman. Er griff in die Tasche seines Jacketts und zog ein sehr kleines Handy hervor. »Nur das hier.«

Sarkissians Gesicht zeigte, dass er sofort verstand. »Das, hätte er damit die Presse verständigt …«

»… einer Bombe gleichgekommen wäre, und sie wäre explodiert, bevor die Untersuchung überhaupt begonnen hätte«, beendete Süleyman den Satz.

Als der Mediziner und der Polizist Aksoy gleichzeitig anstarrten wie ein seltenes Exemplar in irgendeinem Zoo, drehte sich der Manager langsam um und erwiderte ihren Blick. In seinen Augen spiegelte sich eine riesige, beinah hysterische Furcht wider.

Im Gegensatz zu İbrahim Aksoy blieben Kenan und Semahat Temiz in Gegenwart von Polizisten ganz gelassen. Sie fühlten sich in Anbetracht ihrer gesetzestreuen Unschuld und ihres nicht ganz unbeträchtlichen Vermögens so sicher, dass sie nicht im mindesten erschraken, als ein junger, forscher Polizeibeamter vor ihrer Wohnungstür stand. Sie hatten natürlich all das Durcheinander aus der Wohnung der merkwürdigen jungen Frau gegenüber mit angehört und sogar kurz darüber gesprochen. Ihr Sohn Cengiz hatte immer mal behauptet, der junge Mann, der gelegentlich das Mädchen besuchte, sei ein bekannter Popstar – allerdings neigte Cengiz dazu, sich einfach Dinge auszudenken. Daher sah es das alte Paar zumindest jetzt als glücklichen Zufall an, dass Cengiz gerade nicht da war, als der Polizist anklopfte.

»Guten Morgen, Herr Wachtmeister«, sagte Kenan, als er wie gewohnt die Tür zunächst einen Spalt und dann, nachdem er den Besucher erkannt hatte, ganz öffnete. »Gibt es Grund zur Aufregung? Können wir Ihnen überhaupt behilflich sein?«

»Vielleicht, ja.«

Semahat, die neben ihren Mann an die Tür getreten war, verbarg ihr Gesicht in dem Fell ihrer geliebten Angorakatze, als sie dem Beamten zulächelte. Das Tier, das den Namen Rosenknospe trug, folgte seiner Herrin auf Schritt und Tritt, zumindest in den eigenen vier Wänden.

»Dann bitte den Beamten doch herein, Kenan«, forderte sie ihren Mann auf, bevor sie sich wieder in das Wohnzimmer zurückzog.

»Oh, ja, natürlich. Bitte treten Sie näher.« Ein Anflug von Röte huschte über Kenans altes, faltiges Gesicht, als er den Polizisten in den Flur bat und ihn dann, seiner Frau folgend, ins Wohnzimmer führte.

Ohne auch nur eine Andeutung des einer türkischen Unterhaltung für gewöhnlich vorausgehenden Austauschs an Höflichkeiten kam der Beamte sofort zur Sache. Die vielen liebevoll polierten osmanischen Kupfergegenstände im Raum nahm er überhaupt nicht wahr.

»Aus den Worten der anderen Hausbewohner habe ich entnommen, dass Sie einen Sohn haben«, begann der Beamte ohne Umschweife und wandte sich dabei allein an Kenan.

»Ja«, erwiderte der alte Mann. »Cengiz.«

»Ist er zu Hause?«

»Nein, er ist schon vor einiger Zeit rausgegangen.«

»Es ist seine Angewohnheit, die Katzen in Karaköy und anderen ärmlichen Vierteln zu füttern«, erläuterte Semahat, bevor sie ihrer Katze den Schwanz zwischen die Hinterbeine schob und sich auf dem mit Seidentüchern bedeckten Diwan niederließ. »Wie Sie sehen können, sind wir große Liebhaber der treuesten tierischen Diener unseres geliebten Propheten.«

Der Polizeibeamte zog ein Notizbuch und einen Stift aus der Hemdtasche und fuhr fort: »Ist er dick, Ihr Sohn?«

»Ja, er ist ein kräftiger Mann«, antwortete Kenan leicht stotternd, da ihn eine gewisse Unbehaglichkeit beschlich. »Hm, nun, worum geht es eigentlich, Herr Wachtmeister?«

»Er ist wohl auch ein wenig einfältig?«

Semahat, die immer noch ihre Katze auf dem Schoß hatte, sprang, einem Tiger gleich, auf. »Wie bitte?«

Der Polizeibeamte betrachtete sie zum ersten Mal genauer und blickte zu seiner Bestürzung in das Gesicht einer eleganten, aber äußerst wütenden älteren Dame. Er räusperte sich und murmelte eine knappe, kaum hörbare Entschuldigung.

»Falls«, ereiferte sich Semahat von oben herab, »Sie damit andeuten wollen, dass mein Sohn am Down-Syndrom leidet, so stimmt das in der Tat. Er besitzt den Verstand eines Kindes, auch wenn sein kalendarisches Alter fünfundvierzig Jahre beträgt.«

»Es ist nicht leicht, das zu ertragen«, fügte ihr Mann hinzu, wobei er sein Gesicht von den beiden anderen abwandte. »Auch wenn er ein guter Junge ist.«

»Um wie viel Uhr hat ihr Sohn heute Morgen das Haus verlassen?«

»Etwa um sieben, wie er es immer zu tun pflegt«, erwiderte Semahat.

»Hm.« Der Polizist hielt inne und schaute sich einen Moment lang im Zimmer um. »Wissen Sie, welchen Ausgang er nahm?«

»Welchen Ausgang?«

»Es wäre hilfreich«, erklärte Semahat in leicht säuerlichem Tonfall, »wenn Sie uns sagen könnten, um was es hier überhaupt geht. Mein Mann und ich sind von der Polizei etwas mehr Höflichkeit gewöhnt, als Sie sie uns entgegenbringen. Natürlich hatten wir es bislang mit Ihresgleichen nicht allzu häufig zu tun.«

»Wenn Sie mir bitte nur meine Frage beantworten würden, Frau Temiz.«

Das Gespräch zwischen der alten Frau und dem jungen Polizisten drohte ins Stocken zu geraten. Keiner von beiden war es gewohnt, von anderen belehrt zu werden. Kenan brach schließlich stammelnd den Bann.

»Mein Sohn benutzt immer, äh, die Feuertreppe. Auf diese Weise muss er das Katzenfutter nicht erst von der Küche durch die Wohnräume tragen. Außerdem«, an dieser Stelle senkte er kurz seinen Blick, »sehen ihn so weniger Leute, wenn Sie verstehen, was ...«

»Ich verstehe.« Der Polizist schrieb etwas in sein Notizbuch. Details über ihren Sohn, so vermutete das Paar.

Als er damit fertig war, räusperte sich Semahat. »Bevor wir fortfahren«, sagte sie, »möchte ich gern Ihren Vorgesetzten sprechen. Ich möchte sogar darauf bestehen, wenn es Ihnen nichts ausmacht.«

Der Polizeibeamte schaute sie scharf an. »Sie möchten, dass ich Inspektor Süleyman hole?«

»Wenn er Ihr Vorgesetzter ist, ja.«

»Oh, in Ordnung.«

Semahat beobachtete, wie der Polizist langsam und zögernd das Notizbuch wieder in die Hemdtasche steckte und sich dann etwas nervös mit der Hand durch das Gesicht fuhr.

»Am besten sofort«, drängte sie.

»Oh, in Ordnung.« Semahat hatte den Eindruck, der Polizist verlasse, bildlich gesprochen, mit eingezogenem Schwanz die Wohnung. Dieser Inspektor Süleyman jagte dem jungen Mann offensichtlich große Angst ein. Sie hatte selbstverständlich nicht die Absicht, sich von dieser Person beeindrucken zu lassen – auch wenn ihr fahles Gesicht ihre große Nervosität verriet.

Kenan, der inzwischen am ganzen Körper zitterte, setzte sich. »Ich frage mich, was er getan hat«, sagte er, ohne seine Frau dabei anzublicken.

»Cengiz? Er hat nichts getan«, bemerkte sie schlicht. »Er ist ein Kind.«

»Nicht in jeder Hinsicht«, widersprach ihr Mann leise. »Nicht mit Mädchen …«

»Doch, das ist er!« Sie streichelte energisch das Fell ihrer Katze und gurrte in das zarte Ohr des Tieres: »Er mag keine unartigen Mädchen, nicht wahr, Rosa? Nicht unser Cengiz. Nein.«

»Semahat …«

»Nein!«

»Herr und Frau Temiz?«

Der Mann, der auf der Türschwelle zu ihrem Wohnzimmer stand, war offensichtlich älter als der junge Polizist, mit dem sie vorher gesprochen hatten. Zudem hatte er, wie sich aus seinem der Situation angemessenen ernsten Lächeln, der teuren Kleidung und seinem höflichen, selbstsicheren Auftreten schließen ließ, einen ganz anderen sozialen Hintergrund. Einen kurzen Augenblick lang fragte sich Semahat, was in aller Welt dieser charmante Fremde wohl von ihnen wollte.

»Ich bin Inspektor Süleyman«, stellte er sich vor und trat ins

Zimmer, um Kenans Hand zu ergreifen und sich respektvoll über dem Handgelenk des alten Mannes zu verbeugen. »Mein Mitarbeiter hielt es für angemessener, wenn ich mich mit Ihnen unterhalte.«

»Er benahm sich sehr ungehobelt«, sagte die immer noch verärgerte, jedoch etwas besänftigte Semahat durch das dichte Fell ihrer Katze hindurch.

Inspektor Süleymans fein geschnittenes Gesicht bekam einen ernsten Ausdruck. »Es tut mir sehr Leid, wenn er Sie verletzt haben sollte, Frau Temiz. Bitte glauben Sie mir, dass ich ihn dafür persönlich zur Rechenschaft ziehen werde ...«

»Ja, ja, vielen Dank.« Kenan war erneut aufgesprungen und lief unruhig auf und ab. »Doch was ist mit Cengiz, Inspektor? Was ist mit meinem Sohn?«

Süleyman bedeckte mit beiden Händen seinen Mund und nahm sie wieder weg, bevor er sprach. »Die Situation ist folgende, Herr Temiz«, begann er, änderte dann jedoch den Tonfall und bat höflich: »Könnten wir uns nicht alle setzen?«

»Aber ja, natürlich! Wo sind nur meine Manieren geblieben!«, rief die alte Frau aus und kicherte dabei so nervös wie ein junges Mädchen.

Sie nahmen allesamt Platz. Das ältliche Paar wartete gespannt darauf, was der Inspektor, der ihnen ganz offensichtlich in gesellschaftlicher Hinsicht zumindest ebenbürtig war, nun verkünden würde.

»Mein Kollege hat mir berichtet, Ihr Sohn habe diese Wohnung heute Morgen um sieben Uhr über die Feuertreppe verlassen. Ist das richtig?«

»Ja. Das haben wir ihm gesagt«, antwortete Kenan.

Süleyman schlug kurz die Augen nieder und dachte nach, bevor er fortfuhr. »Sie müssen wissen, dass meine Männer und ich im Apartment der Familie gegenüber waren.«

»Ja.« Semahat runzelte beinah unbewusst die Stirn. »Die junge Frau und das Baby. Die Leute, von denen Cengiz manchmal gesprochen hat, wenn er sich ...«

»Einer der Bewohner dieser Wohnung wurde dort heute Morgen tot aufgefunden«, sagte Süleyman.

»Oh!«

»Allah«, rief Kenan aus. »Was, äh ...«

»Wir wissen noch nichts Genaues über die Todesursache«, fuhr Süleyman sanft fort. »Jedoch konnten wir der Aussage eines Freundes der Familie, der heute Morgen zu Besuch kommen wollte, entnehmen, dass ein Mann, auf den die Beschreibung Ihres Sohnes passt und der des Weiteren behauptet hat, hier im Haus zu wohnen, über den Vorfall bereits Bescheid wusste und davon erzählt hat, bevor wir mit irgendwem darüber gesprochen haben.«

»Um wie viel Uhr hat dieser Mann angeblich unseren Sohn getroffen?«

»Gegen acht.«

Semahat lächelte. »Aber Inspektor, da waren Sie und Ihre Männer doch bereits hier.«

»Ja.« Süleyman lächelte ebenfalls. »Doch wenn es stimmt, was Herr Aksoy sagt, dann hat er Ihren Sohn getroffen, bevor er hier ankam. Ihr Sohn, oder mit wem auch immer Herr Aksoy gesprochen hat, erwähnte eine Tote, beteuerte seine Unschuld und rannte dann aus irgendeinem Grund schnell über die İstiklâl Caddesi in Richtung Taksim-Platz davon.«

»Aber«, Kenan runzelte die Stirn, als falle es ihm schwer, dem Gespräch zu folgen, »aber Cengiz geht nie zum Taksim-Platz, zumindest nicht allein.«

»Nun, Herrn Aksoy zufolge«, erwiderte Süleyman, »kam er aus der Zambak Sokak herausgeschossen, die, wie Sie wissen, bereits am Taksim-Platz liegt.«

»Aber das ist überhaupt nicht in der Nähe von Karaköy, wo er sich eigentlich hätte aufhalten sollen, es ist ...«

»Haben Sie irgendeine Ahnung, wo Ihr Sohn jetzt sein könnte, Herr Temiz?«, fragte Süleyman.

Kenan blickte abwesend auf seine Uhr. »Nun, er ist spät dran …«

»Jemand muss ihm von dieser Toten erzählt haben!« Semahat war aufgestanden und hatte dabei die Katze ungewöhnlich nachlässig auf den Boden plumpsen lassen. »Das ist die Erklärung. Jemand hat es ihm erzählt, und nun fürchtet er sich wegen all der Polizisten, nach Hause zu kommen.«

»Das wäre in der Tat möglich«, erwiderte Süleyman und beobachtete dabei genau, wie sich die alte Frau nervös die Hände rieb. »Doch um das zu klären, müsste ich erst mit Cengiz über diese Angelegenheit sprechen.«

»Sie meinen, Sie wollen meinen Sohn befragen? Über die Tote?«

»Ich fürchte, dazu bin ich verpflichtet, Frau Temiz. Schon um ihn aus meinen Nachforschungen ausschließen zu können.«

Kenan, dessen Mund inzwischen vor Angst ganz trocken war, hustete. »Aber Cengiz ist …«

»Unser Sohn ist ein kleines Kind«, unterbrach ihn seine Frau. Ihr Gesicht wirkte plötzlich klein und völlig versteinert, als wollte sie es vor all diesen Schrecknissen verstecken.

»Es ist mir bekannt, dass Ihr Sohn am Down-Syndrom leidet, Frau Temiz«, erwiderte Süleyman freundlich, fügte jedoch etwas strenger hinzu: »Wenn ich jedoch in dieser Angelegenheit die Wahrheit herausfinden will, und das ist schließlich meine Aufgabe, dann muss ich jeden befragen, der etwas darüber wissen könnte. Und dazu zählt auch Ihr Sohn, Frau Temiz.«

3. Kapitel

Auch ohne Tansu Hanim direkt anzuschauen, konnte man mit etwas Beobachtungsgabe und Menschenkenntnis Hinweise auf ihr fortgeschrittenes Alter entdecken, zum Beispiel brauchte man dazu nur einmal ihr Haus etwas genauer zu betrachten. Die großartigen schmiedeeisernen Eingangstore aus dem 19. Jahrhundert, die zu dem riesigen Anwesen am Ufer des Bosporus in Yeniköy führten, bereiteten den Besucher in keiner Weise auf den schrecklichen Betonklotz aus den siebziger Jahren vor, der sich protzig entlang der Wasserstraße erstreckte. Da das Haus noch vor Inkrafttreten des Gesetzes zur Erhaltung alter osmanischer Gebäude erbaut worden war, hatte es etwas zerstört, an dessen erhabenen Anblick sich die Welt nun kaum noch erinnerte.

Angeblich hatte Tansu dieses Haus, das dem deutschen Bauhausstil nachempfunden war, vom Erlös ihrer dritten Schallplatte gekauft. Man hätte es jedoch bei dem sehr technisch und künstlich funktional wirkenden Gebäudetyp belassen sollen. Nun, da jede Tür mit großen rosafarbenen Rosen bemalt und die Wände mit geschmacklosen Postern von mittlerweile fast greisen europäischen Filmstars beklebt waren, wirkte das Haus, als habe man es vergewaltigt. Die Tatsache, dass der junge Architekt, der 1972 die Pläne zu diesem Haus entworfen hatte, sich genau sieben Jahre später erschossen hatte, hatte sich in Kreisen jener, die auf ihren Geschmack etwas hielten, zu einer Legende verdichtet. Es waren dieselben meist gebildeten Leute, die sich auch gerne über die Hausherrin selbst lustig machten.

Die Frau, die gerade geräuschvoll über das auf Hochglanz polierte Parkett torkelte, wirkte trotz der allgemein bekannten großen Leidenschaft ihres jungen Liebhabers für sie wie ein antiquierter Witz. Tansus offizielle Biographie besagte, dass sie 1970 im zarten Alter von sechzehn Jahren ihre Heimatstadt Adana verlassen habe, um nach Istanbul zu ziehen. Dass sie dabei ein bereits zehnjähriges Kind zurückgelassen hatte, erwähnte Tansu nie. Und als das Kind, inzwischen ein Mann von fast vierzig Jahren, in den späten achtziger Jahren, die Tansu als ihre dunkelste Zeit bezeichnete, einem Reporter der *Hürriyet* die Vergangenheit seiner Mutter enthüllte und dafür von ihr enterbt wurde, hätte dies Tansus Karriere beinah beendet. Wäre Erol Urfa nicht vor drei Jahren in ihr Leben getreten und hätte er ihr nicht geholfen, ihre Karriere wie auch ihr Selbstwertgefühl wieder aufzubauen, dann wäre sie heute, das wusste sie, genauso faltig und arbeitslos wie die zahlreichen europäischen Filmstars, denen sie einst nachgeeifert hatte.

Während sie noch mit ihren viel zu hohen Absätzen und auch mit ihrer kaum kontrollierbaren Nervosität kämpfte, griff Tansu nach einem Pillendöschen auf dem Beistelltisch.

»Wenn er mich nur selbst anrufen würde, wäre ich sehr viel ruhiger«, meinte sie, während sie versuchte, den Deckel der Dose zu öffnen.

Ihre Gefährtin, eine Frau, die aussah wie eine unwesentlich jüngere, aber wesentlich entspanntere Kopie der Sängerin, nur offensichtlich mit sehr viel mehr Sinn für vernünftiges Schuhwerk, nahm gelassen die Dose aus Tansus zittrigen Händen. »Erol wird anrufen, sobald er kann«, sagte sie. »Du bist die Erste, die es erfährt, falls es irgendetwas Ernstes ist.«

Gereizt warf Tansu ihr platinblondes Haar nach hinten, ließ sich auf eines der Chintzsofas fallen und schob ihre Hände zwischen ihre dünnen braunen Knie. »Der Mann, mit dem ich gesprochen habe, könnte etwas mit dieser Hexe zu tun haben«, maulte sie, wobei ihr Blick plötzlich hart und gehässig wurde.

Die andere Frau ergriff Tansus Hand und legte ihr zwei Pillen auf die Handfläche. »Hier, nimm die, dann wirst du dich besser fühlen.«

»Hätte sogar ihr Bruder sein können.«

»Allerdings hast du eben noch behauptet, er hätte einen eleganten Tonfall gehabt«, erwiderte die andere amüsiert. »Denk daran, Ruya ist ein Mädchen vom Lande, ist also mindestens genauso vornehm wie dein Erol.«

»Mein Erol ist perfekt, vergiss das nicht.«

»Gestern Abend hast du noch etwas ganz anderes behauptet, meine Liebe«, meinte die andere Frau und klopfte dabei recht auffällig auf das neben ihr liegende dünne Buch.

»Wie, du hast ...«

»Oh, bei Allah«, rief die andere, offensichtlich am Ende ihrer Geduld. »Nimm deine Beruhigungspillen, Tansu, und halt die Klappe.«

Einen Moment sah es so aus, als wolle Tansu dem Gesagten widersprechen, doch dann schluckte sie die Pillen und legte als Geste der Erleichterung eine Hand auf ihren großen, bebenden Busen.

Die andere Frau zog eine Augenbraue hoch. »Besser?«, erkundigte sie sich.

Tansu seufzte tief und schob ihre Sonnenbrille vom Kopf über die Augen. »Du weißt, dass diese Hure eine richtige Hexe ist, nicht wahr?«, wollte sie wissen, während sie den Fokus ihrer Aufmerksamkeit von den Tabletten auf die Zigaretten verlagerte.

»Nein, das ist sie nicht«, sagte die andere mit einer Stimme, die nur wenig Geduld verriet. »Sie ist, wie ich bereits gesagt habe, lediglich ein ganz gewöhnliches Mädchen aus Erols Dorf. Er hat sie geheiratet, weil sie seit langer Zeit einander versprochen waren. Das sind Dorfgesetze, Tansu. Du weißt das.«

»Nein, weiß ich nicht! Ich komme aus einer Stadt!«

»Ja, das tust du, genau wie ich und unsere Brüder. Aber unsere Eltern kamen aus Peri, und wie wir alle wissen, ist dieses Dorf auf den meisten Karten nicht mal verzeichnet.«

»Ach, halt doch die Klappe, Latife!« Kaum hatte Tansu geendet, ließ sie ein schweres Tischfeuerzeug aus Onyx auf den Boden fallen. Das Gewicht ließ das Holz des Parketts splittern.

Latife, die bereits viele vergleichbare Szenen erlebt hatte, wandte den Blick von ihrer Schwester ab und beugte ihren platinblonden Kopf leicht vor in Richtung Boden. »Ich wäre vorsichtiger mit dem Parkett, Tansu«, meinte sie ruhig.

»Ach, scheiß auf das verdammte Parkett!« Tansu war wieder aufgesprungen und lief erneut auf und ab. »Schließlich kann ich mir jederzeit ein neues Parkett kaufen!« Theatralisch warf sie ihre Arme in die Luft. »Ich will meinen Liebsten! Ich will, dass er hierher in mein Bett kommt! Ich will wissen, ob seine ›Unpässlichkeit‹ nicht bedeutet, dass er gerade dieses flachbrüstige kleine Luder bumst!«

»Aber du hast alles getan, was in deiner Macht stand, Tansu. Du hast Aksoy Bey angerufen …«

»Der mich nicht mal zurückgerufen hat! Der sein Handy ausgeschaltet hat, damit er nicht mit mir reden muss!«

»Nun, wenn du dermaßen besorgt bist, warum gehen wir dann nicht zusammen zur İstiklâl …«

Eine gezielte Ohrfeige führte dazu, dass Tansus Schwester ihren Satz vorzeitig abbrach.

»In nicht mal einer Stunde muss ich zum Mittagessen ins Offizierskasino, du blöde Kuh!« Tansu holte erst tief Luft und versuchte sich dann so gut wie möglich wieder unter Kontrolle zu bekommen, bevor sie ruhiger fortfuhr: »Ich kann doch unsere jungen Soldaten nicht hängen lassen. Denn wenn ich sie im Stich lasse, dann lasse ich damit ja auch die Türkei im Stich.«

»Und du bist nun einmal der Liebling der Nation.« In dieser

Bemerkung schwang keinerlei Ironie mit. Hätte Tansu jedoch nicht so theatralisch zur Decke und auf die dort angebrachten Bilder ihres eigenen Mythos gestarrt, dann hätte sie das leise Lächeln auf dem Gesicht ihrer Schwester bemerkt.

»Ja, das bin ich«, meinte Tansu und behielt noch einen Moment ihre heroische Pose bei, bevor sie sich mit einem kurzen Seufzer wieder auf das Sofa sinken ließ. »Doch wie soll ich das ertragen, wenn ich nicht weiß, wo mein Liebster ist?«

»Du musst stark sein, das kannst du doch, oder?«

»Ja, ja, das kann ich.« Tansu nahm einen tiefen Zug von ihrer Zigarette und setzte sich auf. Ihr Gesicht, vom durch die Tränen aufgeweichten Make-up ganz fleckig, versuchte seinen leidenschaftlichen Ausdruck zurückzugewinnen. »Für die Türkei.«

»Ja, für die Türkei«, wiederholte ihre Schwester in einem Tonfall, als lese sie gerade einen Einkaufszettel vor. Sie nahm ihr Buch und stand auf, um das Zimmer zu verlassen. Doch als sie an der entrückten Tansu vorbeikam, beugte sie sich zu ihr hinab und fragte: »Soll ich deine Lieblingskolumnisten so bestellen, dass sie kurz vor oder kurz nach dir dort eintreffen?«

Ohne ihre melodramatische Haltung aufzugeben, erwiderte Tansu: »Bevor ich eintreffe.«

»Und wirst du heldenhaft fröhlich sein oder deine Tränen heroisch hinunterschlucken?«

»Ich glaube, den Militärs wäre ein echtes Opfer lieber«, sagte Tansu leise. »Ich spüre, dass sie wissen wollen, wie sehr ich sie sogar mitten in einer Lebenskrise liebe. Das entspricht schließlich ihrem selbstlosen Heldenmut für das Vaterland.«

Latife, die inzwischen in einer der mit Rosen bemalten Türen stand, schaute auf ihre Schwester hinab und sagte plötzlich mit überwältigender Zuneigung: »Was auch immer du möchtest, mein Täubchen.«

Bis die Nachricht von Tansu Hanims emotionalem Zusammenbruch im Offizierskasino und dem darauf folgenden Wettrennen der Presseleute zur Wohnung des angeblich im Sterben liegenden Erol Urfa Çetin İkmen zu Ohren kam, war Mehmet Süleyman schon auf dem Weg zur Wohnung seines ehemaligen Vorgesetzten. Da Urfa inzwischen von seinem Manager betreut wurde und die Gerichtsmediziner die ganze Wohnung auf den Kopf stellten, konnte er dem Presseheer für ein paar Minuten entfliehen, um seine Gedanken zu ordnen. Çöktin, der bis jetzt noch nie mit der Presse zu tun gehabt hatte, war unterwegs, um den immer noch nicht wieder aufgetauchten Cengiz Temiz zu suchen und die Aktivitäten rund um Urfas vermisste Tochter zu koordinieren. Süleyman, der von der Presse bereits als der »fliegende Ermittlungsbeamte« tituliert wurde, fiel bei der İkmen-Familie im wahrsten Sinne des Wortes mit der Tür ins Haus, da die Türschwelle mit herumliegendem Spielzeug übersät war.

»Wenn Sie Tansu Hanim weiterhin die Übertragungszeit stehlen, wird sie Ihnen noch das Gesicht zerkratzen«, meinte der alte Inspektor grinsend, während er seinen Kollegen warmherzig umarmte.

Süleyman lächelte schwach. »Ich bin völlig geschafft.«

»Dann lassen Sie uns in mein Büro gehen«, sagte İkmen und wollte seinem Freund gerade den Arm um die Schulter legen.

»Ihr Büro? Ich wusste gar nicht, dass Sie auch zu Hause ein Büro haben.«

»Ich meine damit auch eigentlich den Balkon, Süleyman. Das Schicksal hat meine finanzielle Situation in letzter Zeit nicht gerade verbessert. Doch wenn Ihnen wie mir der Straßenstaub nichts ausmacht oder die merkwürdigen Wortwechsel mit dem debilen Alten von nebenan, dann ist es durchaus ein geeigneter Ort.« Als sie an der Küchentür vorbeikamen, rief İkmen: »Fatma, bitte zwei Glas Tee für den Balkon.«

Eine hörbar säuerliche Frauenstimme antwortete: »Wenn ich Zeit habe, Çetin, und nicht früher.«

»Mehmet ist hier, meine Liebe«, fügte ihr Mann mit einem schalkhaften Lächeln auf den Lippen hinzu.

Und seine Mühe wurde belohnt.

»Kommt sofort«, erwiderte die gleiche, jedoch jetzt wesentlich freundlicher klingende Frauenstimme.

»Wissen Sie«, sagte İkmen, während er Süleyman auf den Balkon führte und sich dann bedächtig auf seinem Stuhl niederließ, »wenn Sie dieses gewisse Etwas, mit dem Sie bei den Frauen so viel erreichen, einfangen und verkaufen könnten, dann könnten Sie Ihren Job bei der Polizei an den Nagel hängen.«

»Momentan scheint mir das in der Tat eine recht verlockende Aussicht.«

Die beiden Männer tauschten ein wissendes Lächeln aus. İkmen holte die Zigaretten aus der Tasche und warf Süleyman eine zu, bevor er sich selbst eine anzündete. Dann lehnte er sich zurück und schaute seinen ehemaligen Untergebenen fragend an.

»Also, Herr Ich-rauche-wieder-weil-ich-jetzt-ein-hohes-Tier-bin, was geht Ihnen außer der verfluchten Presse, der toten Frau und dem vermissten Kind noch durch den Kopf?«

Süleyman seufzte, bevor er in einem Tonfall antwortete, den İkmen besorgniserregend enthusiastisch fand: »Dann wissen Sie also schon von Urfa, seiner Frau, dem vermissten Kind …«

»Wie andere Sterbliche auch höre ich Radio, und außerdem habe ich meine Quellen«, erwiderte İkmen mit komplizenhaftem Lächeln. »Irgendwelche Lösegeldforderungen?«

»Nein, bis jetzt nicht.«

»Nun, trotzdem könnte noch eine kommen. Auch wenn bisher in der Wohnung keine schriftliche Forderung gefunden wurde, heißt das noch nicht, dass das Kind nicht entführt wurde. Falls der Verbrecher die Öffentlichkeit sucht, besteht die

Möglichkeit, dass er Urfa zu einem Auftritt im Fernsehen zwingen will.«

»Oder sie«, entgegnete Süleyman lächelnd.

Als Antwort hob İkmen kurz seinen Blick zum azurblauen Himmel. »Möge Allah mich erschlagen, wenn ich die Frauen vergesse!« Dann blickte er wieder zu Süleyman und fragte: »Ist das eine ernsthaft in Betracht zu ziehende Möglichkeit?«

»Urfa ist ein Sexsymbol, eine andere Bezeichnung fällt mir dafür nicht ein.« Süleyman nahm einen tiefen Zug von seiner Zigarette. »Frauen versuchen in seine Nähe zu kommen, sie begehren ihn ...«

»Hier ist euer Tee.« Fatma İkmen stellte das kleine Silbertablett vor den beiden Männern ab. Doch zu ihrem großen Bedauern bemerkte Süleyman nicht im Geringsten, dass sie nach einer »Frauenoperation«, über die man nicht sprach, fünf Kilo abgenommen und eine dicke Schicht Lippenstift frisch aufgetragen hatte.

Fatma trat einen Schritt zurück, betrachtete Çetins früheren Partner und seufzte. »Ach, Sie sehen so elegant aus. Ihre Mutter muss sehr stolz auf Sie sein.«

»Ich bin froh, dass Ihnen mein Anzug gefällt, Frau İkmen«, erwiderte Süleyman rasch, um von dem Problem mit seiner Mutter abzulenken. Er hatte die Frau, die ihm das Leben geschenkt hatte, seit der Trennung von seiner Frau im vergangenen Oktober nicht mehr gesehen. »Es freut mich, Sie wiederzusehen.«

»Und wir freuen uns sehr, Sie zu sehen Mehmet«, sagte sie und sah ihren Mann dabei scharf von der Seite an. »Ich kann Ihnen gar nicht sagen, wie dankbar wir sind, dass Sie hier ...«

»Danke, Fatma«, unterbrach sie ihr Mann und lächelte mit zusammengepressten Lippen. »Geh nur und erfreue dich wieder an der Küchenarbeit.«

Nachdem sich Fatma wieder zurückgezogen hatte, schwiegen die beiden Männer noch eine Weile und genossen den Tee, ihre Zigaretten und den unverbauten Blick von İkmens schäbigem, altem Balkon auf die große Sultan-Ahmet-Moschee, auf die Gärten und die traurig stimmenden königlichen Kindergrabstätten.

»Also, Ruya Urfa starb an einer Zyanidvergiftung«, begann Süleyman schließlich, als ihm der Zeitpunkt richtig erschien. »Die Gerichtsmediziner untersuchen gerade die Möglichkeit eines Selbstmords. Es stand jedoch keine Flasche sichtbar herum, die solch eine Flüssigkeit enthalten haben könnte, und ohne Abschiedsbrief ...«

»Also haben wir es vermutlich mit einem Mord zu tun, der«, İkmen hob einen Finger, »aus Doktor Sarkissians Sicht vermutlich typisch ›weiblich‹ ist.«

Süleyman lächelte. »Ja! Haben Sie mit ihm gesprochen?«

İkmens Schweigen war ihm Antwort genug. »Deshalb war es vorhin ein großer Fehler von mir, nicht an die Frauen zu denken«, sagte der alte Inspektor stattdessen. »Manche, darunter auch der ehrenwerte Doktor, halten Gift für eine besonders weibliche Tötungsmethode. Und diese Ansicht, gekoppelt mit einer ausreichenden Menge Eifersucht ...«

»Sie denken an Tansu Hanim?«

»Ja, vermutlich genau wie der Rest der Nation. Obwohl das vermisste Kind dem Ganzen eine andere Dimension gibt, oder nicht?«

»Ja.«

»Verbitterte, kinderlose Frauen ...«

»Besessene Anhängerinnen von Erols Musik«, fügte Süleyman hinzu.

»Psychopathinnen.« İkmen zog ein letztes Mal ausgiebig an seiner Zigarette, bevor er sie im Aschenbecher ausdrückte. »Sonst noch wer?«

»Momentan suchen wir noch einen der Nachbarn«, berichtete Süleyman, während er beobachtete, wie zwei asiatische Touristen unten auf der Straße mit ihrem Sprachführer kämpften. »Erols Manager behauptet, dieser Mann habe ihm bereits von Ruya Urfas Tod berichtet, bevor er überhaupt das Haus erreicht habe. Der Nachbar könnte vor unserer Ankunft am Tatort gewesen sein und vielleicht sogar noch vor Herrn Urfa von der Leiche gewusst haben. Natürlich könnte er auch einfach gesehen haben, wie sich Erol Urfa verhalten hat, nachdem er die Leiche entdeckt hatte, und daraus gewisse Schlüsse gezogen haben. Doch das wissen wir erst, wenn wir ihn befragt haben.«

»Ist der Manager Ihrer Ansicht nach eine vertrauenswürdige Person?«

Süleyman drückte ebenfalls seine Zigarette aus. »Er ist laut, theatralisch und steht auf besonders scheußliche Hemden. Doch ich glaube nicht, dass er uns in dieser Hinsicht belügen würde. Ich denke, er hätte auch keinen Nutzen davon.«

»Hm, außer natürlich, wenn er seine menschliche Investition protegieren will.« İkmen nippte nachdenklich an seinem Tee. »Und der Nachbar? Was ist mit dem?«

»Seinen Eltern zufolge ist Cengiz Temiz fünfundvierzig Jahre alt und leidet am Down-Syndrom. Ab und zu ist er wohl in Urfas Wohnung gewesen. Offensichtlich ist er ganz vernarrt in das Baby. Urfas Manager, İbrahim Aksoy, hatte heute Morgen den Eindruck, dieser Temiz könnte sich vor irgendetwas gefürchtet haben. Çöktin sucht gerade nach ihm.«

»Wenn er tatsächlich am Down-Syndrom leidet, dann kann die Befragung äußerst schwierig werden, das wissen Sie?«

Süleyman seufzte. »Ja, es wird nicht einfach sein.«

»Nach meiner, wenn auch nur geringen, Erfahrung«, erwiderte İkmen, während er sich erneut eine Zigarette anzündete und danach seinen Bauch rieb, als verspüre er dort irgendwo Schmerzen, »wird er äußerst ängstlich und sehr beeinflussbar sein.«

»Ja.« Süleyman beugte sich vor und sah seinen ehemaligen Chef eindringlich an. »Alles in Ordnung, Herr İkmen? Ich ermüde Sie doch nicht, oder?«

Der Alte warf ihm einen Blick zu, der vermutlich auch Milch hätte sauer werden lassen können. »Wie Sie genau wissen, geht es mir hierbei viel besser, Süleyman«, erwiderte er, bevor er schnell das Thema wechselte und etwas sagte, was ihn beschäftigte. »Nach meiner Erfahrung wird Cengiz Temiz vermutlich sofort gestehen. Wie auch immer, wenn Sie dabei Hilfe brauchen, wenden Sie sich an Frau Doktor Halman.«

»Ja.« Bei der Erwähnung des Namens der Psychiaterin wandte Süleyman seinen Kopf leicht ab. İkmen wusste nicht, ob er dies als Beweis für das Geschwätz auf der Wache über Süleymans Beziehung zu der deutlich älteren Psychiaterin werten konnte. Doch wenn sein ehemaliger Stellvertreter tatsächlich ein Verhältnis mit ihr hatte, dann tat er vermutlich besser daran, es zu verbergen.

»Wie dem auch sei«, meinte der jüngere Mann und trank den Tee in einem Schluck aus, »ich muss wieder gehen. Vielen Dank, Herr İkmen, für die angenehmen Minuten.«

»Das Vergnügen war ganz meinerseits«, erwiderte İkmen und starrte dann auf den Boden, damit Süleyman nicht den Kummer in seinen Augen sehen konnte. »Ich vermisse euch beide sehr, meine Arbeit und Sie.«

»Sie werden bald wieder bei uns sein.« Süleyman legte sanft eine Hand auf İkmens dünne Schulter. Der Alte tätschelte die Hand mit seinen mageren, faltigen Fingern.

»Na, was auch immer geschieht, bei diesem Fall haben Sie es ja mit sehr unterschiedlichen Charakteren zu tun, nicht wahr?«

Süleyman lachte. »Männer in fürchterlichen Hemden, Leute mit geringem Verstand, Superstars ...«

»Die wundervolle Tansu Hanim ...«

»Die ich wahrscheinlich heute Abend sehen werde, nachdem

wir eine offizielle Erklärung zu Urfas Kind abgegeben haben. Jeder wird bis dahin bereits durch die Presse erfahren haben, dass es vermisst wird, doch … Ich weiß, es ist stets ein Risiko, aber wir müssen das ganze Land aufrufen, nach dem Baby zu suchen. Nur weil der Vater ein Ehebrecher ist und dazu auch nicht besonders redegewandt, wie ich bei einer kurzen Unterhaltung feststellen konnte, muss das Kind ja nicht leiden. Ich hoffe nur, dass wer auch immer die Mutter getötet hat mit dem Baby nicht noch üblere Absichten hegt.« Er stand auf.

Auch İkmen erhob sich mühsam. »Wird Çöktin Sie begleiten, wenn Sie Tansu Hanims Haus aufsuchen?«

»Vielleicht.«

»An Ihrer Stelle würde ich ihn mitnehmen.«

»Ach ja?« Süleyman holte seine Zigaretten aus der Tasche und zündete sich eine an.

»Ja«, meinte İkmen, »wegen seinen sprachlichen Fähigkeiten. Obwohl ich zum Glück keine Ahnung von arabesker Musik habe, kann ich mich noch an Tansus erste Erfolge erinnern. Ich entsinne mich noch, dass sie damals als ›Bergtürkin‹ beschrieben wurde. Ich habe auch ihren starken Dialekt gehört. Ich würde mich nicht wundern, wenn Erols mangelnde Redegewandtheit die gleiche Ursache hat. Nur weil sie beide auf Türkisch singen, muss das nicht heißen, dass sie unsere Sprache auch gänzlich verstehen.« Er machte eine ausdrucksvolle Handbewegung, so als wolle er Süleyman etwas sehr Schmackhaftes auf einem Tablett anbieten. »Çöktin ist ein Kurde und Tansu auch. Nutzen Sie das, Süleyman. Sie wird ihm mehr Vertrauen schenken als einem alten Osmanen wie Ihnen.«

»Dann hat mich meine Beförderung also offenbar nicht um meinen gesellschaftlichen Status gebracht?«

İkmen lachte. »Nein, ich fürchte nicht. Sie sehen nicht sehr glücklich aus, über all dieses theatralische Arabesk-Zeugs reden zu müssen.«

Der jüngere Mann sah traurig zu Boden. »Ich weiß. Was das angeht, bin ich leider völlig ungebildet.«

»Eben deshalb«, sagte İkmen und umarmte seinen Freund erneut. »Ich denke, dass ich im Umkreis dieser überbezahlten Leute ein paar Nachforschungen anstellen sollte, um genau herauszufinden, was die so alles treiben. Vielleicht, Allah möge mich beschützen, werde ich mir sogar freiwillig etwas von ihrer Musik anhören!«

Manches, was auf den ersten Blick sehr exzentrisch erscheint, kann sich bei näherer Betrachtung als durchaus logisch herausstellen. Das gilt zum Beispiel für Istanbuls erste Untergrundbahn, die den Namen Tünel trägt. Sie ist alt und so billig, dass sie vom finanziellen Standpunkt aus völlig unwirtschaftlich ist, und man kommt auch nicht weit damit, denn die »Linie« hat nur zwei Stationen. Wie so oft bei merkwürdigen Phänomenen, lässt sich auch die hinter der Tünel-Bahn stehende Logik mit Hilfe ihrer Geschichte erklären. 1875 von den Franzosen gebaut, sollte sie die europäischen Händler, die entlang der Grand Rue de Pera lebten, auf diese Weise zu ihren Büros in Karaköy hin und wieder zurück transportieren. Tief unter der Erde waren diese privilegierten Ausländer nun nicht nur im Winter und Sommer vor extremen Wetterbedingungen geschützt, sondern zugleich auch vor Zuhältern, Prostituierten und anderen verzweifelten Untertanen des Sultans, die seit jeher in diesem Teil der Stadt umhergeisterten. So konnten die Händler jedoch ungestört und in Ruhe ihre Geschäfte erledigen, und der Sultan erntete im Gegenzug ihre Dankbarkeit, wenn nicht sogar ihre wertvollen Pfund, Francs und Mark. Heutzutage kann jeder mittels eines faktisch wertlosen Plastikchips die Tünel-Bahn benutzen und sich so den Fußweg den Galata-Hügel hinauf oder hinunter sparen. Besonders angenehm ist es für all jene, die dem Trubel der umliegenden Straßen entgehen wollen. Dass jemand den ganzen Nachmittag auf dieser Linie hin und her fährt, ist allerdings ungewöhnlich. Auf wahre Eisenbahnfans mag die Tünel-Bahn eine endlose Faszination ausüben, doch für einen fetten, offensichtlich einheimischen Mann mit eher »simplem« Verstand war es ein sonderbares Verhalten. Zumindest dachte das der Fahrkartenverkäufer in Karaköy, als er am späten Nachmittag die Polizei anrief.

Fairerweise muss man sagen, dass sich die Polizei diskret verhielt, auch wenn der Fahrkartenverkäufer es etwas übertrieben fand, dass man wegen dieses Mannes gleich Kriminalbeamte in Zivil schickte. Der zuständige rothaarige Offizier wartete mit zwei anderen Polizisten am Bahndamm auf den Zug. Sie kauften sogar Plastikchips, was jedoch recht merkwürdig anmutete, wenn man bedenkt, wie sich die »Uniformierten« vor Ort in Hinblick auf den lächerlich geringen Fahrpreis verhielten.

Als der kleine, aus zwei Wagen bestehende Zug am Ende seiner Reise seufzend zum Stehen kam, hielt Polizeimeister Çöktin unter den aussteigenden Fahrgästen angestrengt nach einem Mann mit großem Körperumfang Ausschau. Seine beiden Kollegen standen an dem Drehkreuz am Ausgang und gaben ihm, nachdem der Pulk vorbeigezogen war, durch Handzeichen zu verstehen, dass auch sie den gesuchten Mann nicht gefunden hatten. Da der erste Wagen offensichtlich leer war, ging Çöktin schnell zum zweiten und wurde dort für seine Mühe belohnt.

Ein dicker Mann schien mit Hilfe seiner Finger langsam etwas zu zählen. Mit einer knappen Kopfbewegung gab Çöktin seinen Kollegen zu verstehen, dass sie ihm folgen sollten. Dann ließ er sich dem Mann gegenüber nieder und lächelte, nachdem er einen Blickkontakt hergestellt hatte.

»Tolles Spiel gestern Abend, nicht wahr«, begann er und spielte damit munter auf die männliche Leidenschaft schlechthin an – Fußball.

Der Mann starrte nur mit glasigem Blick und offenem, ausgetrocknetem Mund vor sich hin.

»Zu wenig Tore, aber dennoch sehr spannend.« Çöktin gab nicht auf, allerdings ohne die Namen der Mannschaften (Galatasaray und Beşiktaş) zu erwähnen, um keinesfalls beleidigend zu wirken.

»Ich habe jetzt nicht mehr genug Geld, wieder zurückzufahren.« Im Verhältnis zu seiner Körperfülle war die Stimme des Mannes ungewöhnlich leise.

Çöktin spürte, dass sich seine Nackenhaare aufstellten. »Oh, das ist bedauerlich. Müssen Sie denn unbedingt nach Hause?«

»Muss wieder zurück. Muss weiterfahren.«

Die beiden Kollegen Çöktins setzten sich hinter den Mann.

»Hast du eine Zigarette?«, fragte er Çöktin und streckte hoffnungsvoll seine Hand aus.

»Sie dürfen hier drinnen nicht rauchen«, erwiderte Çöktin, während sich die Türen des Zuges schlossen.

»Für später«, sagte der Mann beharrlich und stupste mit einem seiner kurzen, dicken Finger Çöktins Knie an.

»Na gut.« Beiläufig suchte Çöktin seine Taschen nach Zigaretten ab. »Wie heißen Sie denn?«

»Ich …« In seinem Mund, der wohl schon länger keine Zigarette mehr geschmeckt hatte, sammelte sich erwartungsvoll Speichel, als Çöktin langsam eine Zigarette aus seinem Päckchen zog.

»Herr …?« Çöktin hielt die Zigarette gerade außer Reichweite für den anderen und zog fragend eine Augenbraue hoch.

»Cengiz«, sagte der Mann, beugte sich vor und schnappte sich die Zigarette aus Çöktins Hand. »Hast du Feuer dafür? Hast du Feuerzeug?«

»Wir dürfen hier drinnen nicht rauchen, Cengiz, es ist nicht …«

»Cengiz Temiz«, wiederholte der Mann, und Çöktin vermutete später, er könne gehofft haben, mit der Enthüllung seines gesamten Namens Feuer zu bekommen.

Mit einem Blick zu dem Fahrer, der geduldig draußen wartete, beugte sich Çöktin vor und zündete die Zigarette an, die nun Cengiz Temiz gehörte.

Die Türen des Zuges öffneten sich.

Zu diesem Zeitpunkt hatten sich die meisten Menschen um den Abendbrottisch versammelt, und es war allgemein bekannt geworden, dass Erol Urfa eine Frau hatte, dass nicht der Star, sondern seine Frau mehr als unpässlich, nämlich tot war und dass Urfas kleines Töchterchen vermisst wurde. Ein äußerst redegewandter Polizeiinspektor teilte der Nation mit, dass das Kind aufgrund des geschätzten Todeszeitpunkts der Frau schon seit dem vergangenen Abend verschwunden sein könnte.

Der aschfahle Erol Urfa war einer der Zuschauer der Nachrichtensendung. Vorerst hielt er sich in İbrahim Aksoys Apartment in Şişli versteckt und starrte beinah entsetzt auf einen Teller mit Huhn und Bohnen, der vor ihm stand.

»Du solltest etwas essen«, meinte Aksoy, während er sich zum wiederholten Male einen großen Raki eingoss. »Danach fühlst du dich besser.«

»Nein, werde ich nicht.« Seine Stimme, ebenso tot wie sein Blick, drückte schonungslos die Realität der Situation aus. Erol Urfa würde sich, da seine Frau tot war und die kleine Merih immer noch vermisst wurde, in absehbarer Zeit nicht besser fühlen.

İbrahim Aksoy setzte sich neben seinen Schützling auf das Sofa und seufzte.

Nach einer Weile begann Erol Urfa erneut von jenen schrecklichen Dingen zu sprechen, und das in dem abwesenden Tonfall eines Menschen, der mehr erlebt hat, als er ertragen kann. »Ich denke immer noch über das Wort ›Mord‹ nach«, sagte er, »aber wenn ich mir seine Bedeutung vorstelle und dabei gleichzeitig Ruyas Gesicht vor Augen habe, passt für mich beides einfach nicht zusammen. Wer sollte sie ermorden wollen? Ich weiß es einfach nicht.«

»Du weißt, dass die Polizei Tansu verhören wird, nicht wahr?« Aksoy, der sich nach außen hin von der Befragung durch die Polizei erholt zu haben schien, zitterte immer noch ein wenig, wenn er selbst die düsteren Ereignisse des Tages ansprechen musste.

Mit offensichtlichen Schwierigkeiten drehte Urfa seinen schmerzenden Kopf, um dem Manager direkt ins Gesicht sehen zu können. »Aber Tansu wusste über Ruya Bescheid. Sie hat die Situation akzeptiert. Sie stammt aus einer ländlichen Familie, sie weiß, wie das ist.«

»Vielleicht«, antwortete Aksoy, während er das Ende einer dicken Zigarre abschnitt und diese dann anzündete, »solltest du der Polizei sagen, wie es wirklich zwischen dir und Tansu steht.«

»Was meinst du damit?«

»Nun, damit meine ich, dass es im Grunde doch nur um Publicity geht. Das alte Sexidol und der hübsche junge Mann vom Lande. All diese ganzen Märchen, weshalb unzählige Frauen mittleren Alters und ihre idiotischen Töchter im Teenager-Alter deine Musik kaufen.«

Erol Urfas längliche, mandelförmige Augen schlossen sich ein wenig, ein Zeichen dafür, dass er immer noch unter Beruhigungsmitteln stand, auch wenn er jetzt unsäglich wütend wurde. »Obwohl mir klar ist, dass es dir nur um einen Werbegag ging, als du Tansu und mich gemeinsam herausgebracht hast, dachte ich, dass du inzwischen kapiert hättest, wie sehr wir uns lieben.«

»Ihr liebt euch? Wirklich?«

»Wenn das nicht der Fall wäre, warum sollte ich dann bei ihr sein, mit ihr schlafen und mich ihretwegen völlig aufgeben wollen?« Plötzlich packte er İbrahim Aksoy ungestüm und grob am Kragen. »Was denkst du eigentlich, was für ein Typ Mann ich bin, İbrahim?«

»Ist ja schon gut! Beruhige dich wieder!«, schrie Aksoy, während er versuchte, sich aus Urfas Griff zu befreien. »Ich dachte einfach, da sie doch schon so alt ist und du …«

»Du dachtest, ich gehöre zu der Sorte Mann, die alles tut, um berühmt zu werden? Nun, ich verstehe das, selbst wenn dem nicht so ist.« Mit ruhiger Hand nahm er Aksoy die Zigarre aus dem Mund und zog selbst daran. »Doch ich bin nicht wie diese Männer. Ich liebe Tansu, weil ich mich bei ihr fühle wie bei keiner anderen Frau. Sie behandelt mich wie einen Sultan, sie weiß alles. Und sie liebt mich.«

»Warum hast du dann – verzeih mir Erol, doch das verwirrt mich – Ruya hierher geholt, wenn du Tansu gegenüber solche Gefühle hegst?«

Erol Urfa gab Aksoy seine Zigarre zurück und bedeckte sein Gesicht mit den Händen. Dann rieb er sich sanft das Kinn. »Weil ich ein Ehrenmann bin. Weil wir als Kinder einander versprochen worden sind.« Er schaute flüchtig zu Aksoy hinüber und fügte hinzu: »Was geschrieben steht, kann man nicht ungeschehen machen. Nicht einmal die Liebe vermag das.«

İbrahim Aksoy, der für seine vielen Liebschaften weithin bekannt war, bedankte sich innerlich dafür, weder vom Lande zu kommen noch von »Bergtürken« abzustammen. Die Sitten jener Menschen, so schien es zumindest, waren erfüllt von einer Unbeugsamkeit, der weder Reichtum noch gesellschaftliche Stellung etwas anhaben konnte.

»Dieser Polizeiinspektor wird Tansu doch nicht verhaften, oder?«, fragte Erol Urfa.

»Ich weiß es nicht.«

»Sie hat Ruya nicht umgebracht. Das weiß ich.«

İbrahim Aksoy runzelte die Stirn. »Woher weißt du das? Warst du letzte Nacht bei Tansu?«

»Nein.«

»Wo warst du dann?«

Der junge Mann starrte auf den großen, in verschlungenen Mustern gewebten Kelim zu seinen Füßen. »Ich war bei einem Freund. Das habe ich dem Polizisten gesagt.«

»Dem Polizeibeamten mit dem üblen Mundgeruch?«

»Nein, dem anderen.« Während er sprach, wandte er seinen Blick ab, als wolle er verhindern, dass Aksoy ihm in die Augen schauen konnte. »Dem mit den roten Haaren. Wir haben uns unterhalten.« Mit Tränen in den Augen wandte er seinen Kopf ab. »Verstehst du?«

»Aha.« Aksoy erinnerte sich nun an den jungen Polizisten, über dessen etwas harte Aussprache er sich gewundert hatte. Dann hatten sie sich vermutlich in ihrer eigenen Sprache unterhalten? Im Stillen fragte er sich, ob sich der weltgewandte Inspektor Süleyman dieser Tatsache bewusst war. Insgeheim überlegte er, wer dieser Freund wohl war, bei dem Erol die Nacht verbracht hatte, und ob er oder sie oder gar die Ereignisse um seinen Schützling die Verkaufszahlen des neusten Plattenalbums beeinflussen würden. Nicht dass er solcherlei Gedanken zurzeit mit Erol besprechen konnte – er würde wie ein herzloser Hund wirken.

Als sich die Bilder auf dem Bildschirm vom Tatsachengeschehen abwandten und wieder dieses merkwürdige Land der synchronisierten brasilianischen Seifenopern zeigten, beugte sich Aksoy vor, um den Fernseher auszuschalten. Doch gerade als er die Hand danach ausstreckte, stieß eine Frau, die Tansu recht ähnlich sah, ihren bebenden Busen in das Gesicht eines älteren Mannes, der eine schlechte Perücke trug.

»Glaubst du, dass meine Tochter tot ist, İbrahim?«

Aksoy drückte die Off-Taste und lehnte sich wieder zurück.

Er wusste es nicht. Wie sollte er auch? Erol glich einem kleinen Kind, das ständig nicht zu beantwortende Fragen stellte. Wie? Was? Warum? Wann? So war er schon in die Stadt gekommen, doch im Gegensatz zu anderen Zuwanderern, die sich eine zynische zweite Haut zugelegt hatten, hatte er in dieser Hinsicht seine Kindlichkeit bewahrt. Hätte Aksoy ihn nicht besser gekannt, hätte er auf den Gedanken kommen können, Erol benutze dieses unschuldige Getue, um etwas zu verbergen. Um was zu verbergen? Um die Tatsache zu verbergen, dass er vielleicht fähig und gewillt war zu töt...

»Ich habe auch nicht mehr Ahnung als du, was mit Merih passiert ist.« Er sprach schnell, um die beunruhigenden Gedanken, die in ihm aufkeimten, zu ersticken. Was Erol machte, wenn er nicht mit der Arbeit, Tansu oder seiner Publicity beschäftigt war, wusste er absolut nicht. Eine Zeit, so stellte er sich vor, die Erol mit seinesgleichen verbrachte.

»Ja, aber ...«

Doch dann klingelte das Telefon. İbrahim Aksoy bemerkte, dass Erol Urfa ihn unverwandt anblickte. Er hoffte, dass der junge Mann nicht erahnte, was er dachte.

Süleyman schaltete das Autoradio aus, sobald Tansu Hanims vertraute Stimme erschallte. Für diesen Abend hatte er genug davon. Wahllos holte er eine Kassette aus dem Handschuhfach und schob sie in den Rekorder. Er freute sich, Dvořáks *Symphonie der Neuen Welt* erwischt zu haben – kultiviert und doch seiner Meinung nach nicht allzu anspruchsvoll. Der tiefschwarze Nachthimmel und die Musik spendeten seinem müden Geist einen gewissen Trost. Er brauchte noch einen Rest von Aufmerksamkeit, um nach Hause zu kommen, beziehungsweise zu Cohens Wohnung – dem Ort, den er momentan am ehesten sein Zuhause nennen konnte, doch ohne die heisere Stimme der Frau im Ohr fiel ihm dies bedeutend leichter.

Gut zwei Stunden zuvor hatte er ein Haus betreten, das jeder Beschreibung spottete. Tansus Heim verband die schlimmsten Exzesse moderner Architektur mit dem Geschmack einer Person, die sich in einem der schäbigen Vororte vielleicht viel wohler gefühlt hätte. Die Frau selbst, die ihn, ausgestreckt auf einem rosa Sofa liegend, begrüßt hatte, musste irgendwann einmal hübsch gewesen sein, das konnte er erkennen. Mit Ausnahme ihres gigantischen, mit Silikon vergrößerten Busens wirkte Tansu Hanim zierlich und schmal und, wenn man nicht zu dicht herantrat, auch recht jung für ihr Alter. Doch auch das dicke Make-up konnte die Spuren von Akne und diversen Schönheitsoperationen nicht verbergen. Mochten die Fotos in den Magazinen auch retuschiert sein und die Filmkameras diverse Filter für Nahaufnahmen zur Verfügung haben, das echte Leben war doch etwas anderes, und Tansu der Star war nicht die Gleiche wie Tansu aus Fleisch und Blut.

Eine Frau, die sich als Tansus Schwester vorgestellt hatte, führte ihn herein. Obwohl auch sie platinblondes Haar und ein ausgiebig renoviertes Gesicht besaß, ähnelten sich die beiden Frauen ansonsten nicht. Während sich Latife aufmachte, eigenhändig Tee zu kochen, beweinte ihre Schwester ausgiebig ihren »geliebten« Erol Urfa und die Tragödie, die ihn vor kurzem getroffen hatte. Es war natürlich Tansu gewesen, die mit ausgewählten Worten zu der vermeintlichen »Unpässlichkeit« ihres Liebhabers das Presseheer zu der Wohnung an der İstiklâl Caddesi gehetzt hatte. In einem gepflegten Mehrfamilienhaus wie den İzzet-Paşa-Apartments hätte Süleyman den Tatort nämlich äußerst gut geheim halten können; da nur sehr wenige Leute überhaupt wussten, dass Erol dort eine Wohnung besaß, war das zunächst auch sehr leicht gewesen, zumindest bis zu Tansus Auftritt im Offizierskasino. Schon deshalb mochte er sie nicht, und während er versuchte, den aus ihrem dick mit Lippenstift geschminkten Mund hervorgestoßenen Worten irgendeinen Sinn zu entnehmen, wurden seine Gefühle ihr gegenüber nach und nach immer feindseliger.

Alles, worüber sie sprach, war Erol Urfa. Doch obwohl sie von Zeit zu Zeit kurz ihre Trauer über den Tod seiner Frau und das Verschwinden seiner Tochter bekundete, galten die meisten ihrer Worte ihrem eigenen Befinden. Aber schließlich gab es viele ältere Frauen mit jüngeren Liebhabern, die ganz besessen von ihrer Liebe waren und sich zugleich verzweifelt bemühten, genügend Zuneigung zu erhalten. Doch Süleymans Gedanken entfernten sich schnell von diesem heiklen Thema und beschäftigten sich wieder damit, was er aus dem Gespräch mit Tansu erfahren hatte.

In der Mordnacht war Erol nicht mit ihr zusammen gewesen. Çöktin zufolge hatte er sich mit einem alten Freund aus dem Osten getroffen. Bislang war zwar kein Name genannt worden, doch Süleyman hatte sich bereits vorgenommen, Urfa bei nächstbester Gelegenheit selbst dazu zu befragen. Çöktin hatte mit dem Star in seiner eigenen Sprache gesprochen und dadurch eine Solidarität zur Schau gestellt, die es leichter, aber auch schwerer machen konnte, weitere Informationen von Urfa zu bekommen. Tansu war den ganzen Abend zu Hause gewesen und hatte vornehmlich auf der Terrasse gesessen, angeblich ihr Lieblingsplatz, seitdem man das Wespennest in der Nähe zerstört hatte. Ihre Schwester hatte außerdem ausgesagt, sie sei mit ihr auf der Terrasse gewesen, was jedoch nicht viel wert war. Galip, der ältere der beiden Brüder, hatte im Ali-İnönü-Stadion das Fußballspiel gesehen, während der jüngere, Yılmaz, es im Fernsehen verfolgt hatte. Die beiden Männer waren auf verwirrende Weise kooperativ gewesen, bis ihre Schwester endlich kapierte, dass sie möglicherweise unter Tatverdacht stand, und nach der Hälfte der Befragung recht hysterisch wurde. Einer Katze gleich war sie mit gespreizten Krallen von ihrem Krankenlager aufgesprungen und hatte, während sie im Raum auf und ab schritt, unsichtbare Ankläger wortreich mit Gift und Galle bespuckt. Süleyman war davon äußerst peinlich berührt gewesen. Danach war es ihm schwer gefallen, Mitgefühl für diese Frau zu empfinden, die äußerlich gealtert, innerlich jedoch immer noch eine verwöhnte, verdorbene Göre war. Süleyman wusste, dass er sich zusammenreißen musste, um sie nicht von vornherein zu verurteilen. Wenn überhaupt jemand einen guten Grund hatte, Ruya Urfas Tod herbeizusehnen, dann war sie es, doch bis jetzt gab es nirgends eine direkte Verbindung zwischen ihr, ihren Verwandten und dem Tatort.

Aber die Zeit würde es an den Tag bringen. Die Gerichtsmediziner hatten in der Wohnung verschiedene Fingerabdrücke und sehr schwache Fußabdrücke sichergestellt, und schon bald würde man damit beginnen, die Abdrücke zu identifizieren und auch Cengiz Temiz zu befragen, den man endlich in der Tünel-Bahn gefunden hatte. Çöktin zufolge sagte er momentan gar nichts, außer dass er Ruya Urfa nicht getötet habe. Da er für eine Nacht in einer Zelle eingesperrt worden war, hatte er nun ausreichend Zeit, seine Worte zu überdenken, falls er dazu überhaupt in der Lage war. Seine Eltern hatten angeblich bereits einen der Topverteidiger Istanbuls verpflichtet.

Neben ihm auf dem Sitz klingelte das Handy. Süleyman ergriff es und hielt es sich ans Ohr.

»Süleyman.«

»Hallo, hier spricht Sarkissian. Ich dachte nur, ich sollte Sie noch wissen lassen, dass das Zyanid, das Frau Urfas Tod herbeigeführt hat, in einem Gebäckstück verborgen war.«

»Oh?«

»Ja, in einer Mandelhalva, um ganz präzise zu sein. Schlau, nicht wahr?«

Ein Mandelgebäck, um den Geruch des bitteren Giftes zu überdecken. Genau das war es, und wenn Çöktin mit seiner

Einschätzung von Cengiz Temiz Recht hatte, so war das viel zu ausgefuchst für ihn.

»Vielen Dank, Doktor«, sagte Süleyman schließlich. »Werde ich Sie morgen früh sehen?«

»Ja. In Ihrem Büro. Um wie viel Uhr?«

»Gegen neun.«

Der Arzt lachte. »Das ist viel zu früh für mich. Sagen wir zehn und ich werde da sein.«

»Ich freue mich darauf.« Süleyman lächelte und schaltete das Telefon wieder aus.

Dann war Frau Urfa also mit Süßigkeiten in den Tod gelockt worden. Da neben der Leiche keine Spuren der Halva zu finden gewesen waren, blieb zu vermuten, dass, wer immer ihr das Gebäck angeboten hatte, den Rest wieder mitgenommen hatte. Deshalb musste er oder sie zugeschaut haben, wie das Opfer nach Luft rang und starb. Zyanid ist ein sehr schnell wirkendes Gift, da es dem Blut den Sauerstoff raubt und so das Opfer rasch erstickt.

Vielleicht waren es diese düsteren Gedanken, die Süleyman unbewusst dazu veranlassten, von der langen Uferstraße abzubiegen und auf ein kleines Holzhaus zuzufahren, das sich diskret hinter einer Reihe modischer Kunstläden verbarg. Vielleicht auch nicht. Das hübsche Bosporusstädtchen Ortaköy war ihm in den letzten Monaten sehr vertraut geworden, und so hoffte er, dort noch etwas Zeit verbringen zu können, bevor er in Cohens chaotische Wohnung zurückkehren würde. Die Tatsache, hier einfach so unbewusst Halt zu machen, beunruhigte ihn jedoch etwas. Wenn er ohne nachzudenken nach Ortaköy fuhr, was vergaß er dann bei seinen Besuchen in dem Städtchen noch alles?

Nachdem er sein Auto abgestellt hatte, ging er auf die mit Salz verkrustete Tür zu und klopfte. Eine ganze Weile blieb es innen ruhig. Zwar schien das Licht, doch entweder war trotzdem niemand zu Hause oder der alte Mann war ganz allein. Süleyman vergrub die Hände in den Taschen seines Jacketts und bemerkte, wie die Erde unter seinen Füßen leicht vibrierte. »Nur ein Beben«, sagte er leise zu sich selbst, seine übliche Zauberformel, um die Geister der Erde zu verjagen. Und tatsächlich klang das Beben fast so schnell wieder ab, wie es begonnen hatte, nur sein Herz raste noch weiter. Man konnte nie wissen, wann die Geister unter der Stadt mit derlei dürftigen Zauberformeln nicht mehr zufrieden sein würden.

Schließlich öffnete eine kleine, blonde Frau die salzverkrustete Tür. Mit der dicken schwarzen Zigarette zwischen den Fingern und ihren länglichen verschlafenen Augen wirkte sie wie eine etwas mollige Lauren Bacall.

»Hallo, Inspektor«, sagte sie auf ihre merkwürdig fremdländische Art. »Was für eine nette Überraschung.«

»Hallo, Frau Doktor Halman. Ich kam gerade vorbei und …«

Sie lächelte einem vorbeikommenden Nachbarn zu und sagte zu Süleyman gewandt: »Vater ist mit ein paar alten Freunden von der Universität ausgegangen, aber wenn es dir nichts ausmacht, den Drink von mir zubereitet zu bekommen …«

»Das würde mich sehr freuen.«

Er trat ins Haus. Sie schloss die Tür hinter ihm. Er stieg ohne Umschweife die Treppen zu ihrem Schlafzimmer empor. Zelfa Halman folgte ihm und öffnete den Rock noch auf der Türschwelle.

4. Kapitel

Schnell erhob sich Mina aus ihrem Bett und trat auf Zehenspitzen ans Fenster. Dabei drehte sie sich kurz um und vergewisserte sich, dass Mickey noch schlief. Durch die dicke Matte seiner langen grauen Haare konnte sie nur erkennen, dass er tief durch den offenen Mund atmete. Sie öffnete die Vorhänge und sah auf die am frühen Morgen noch ruhige Straße hinab. Suchend ließ sie ihren Blick hinüber zu dem alten, zerfallenen Gebäude auf der anderen Straßenseite wandern.

Mina selbst konnte sich nicht mehr daran erinnern, bis wann der alte İskender Hamam, die öffentliche Badeanstalt, in Betrieb gewesen war. Ihr ganzes Leben lang hatte die ehemalige Besitzerin, Madame Kleopatra, oben im Schlafzimmer im Sterben gelegen und wurde nun schon seit fünfzehn Jahren von Minas Mutter betreut. Die Nachbarn erzählten sich, Madame Kleopatra sei einst die bessere Hälfte einer dieser seltenen und ungewöhnlichen griechisch-türkischen Ehen gewesen, doch inzwischen konnte sich niemand mehr an ihren türkischen Ehemann erinnern, und die Griechin selbst, die inzwischen bewusstlos auf der allabendlich vom Arzt verabreichten Morphiumwolke dahindämmerte, wusste kaum noch ihren eigenen Namen. Allerdings dachte Mina gerade weder an Madame Kleopatra noch an ihre Mutter Semra. Stattdessen galten ihre Gedanken dem Kind, diesem kleinen Lebewesen, das Semra so sicher wie einst ihre Tochter Mina behütete.

Diese Übereinkunft war nicht ideal, aber immer noch besser, als wenn sie das Kind die ganze Zeit bei sich gehabt hätte.

Semra musste sich nur noch wenige Male pro Tag um die sterbende Frau kümmern und konnte das Kind sogar mitnehmen, wenn es gerade wach und unruhig war. Minas Arbeit sah hingegen ganz anders aus. Das Letzte, was sich die europäischen Männer, die Mickey an ihr Bett schleppte, damit sie ihren drängenden Körpern Erleichterung verschaffen konnten, für gewöhnlich wünschten, war der Anblick eines kleinen Kindes. Mickey ahnte nichts von dem Baby, und auch in ihrer unmittelbaren Nachbarschaft wußte niemand davon, außer Minas Mutter und natürlich dem armen, alten »dicken Jungen«.

Minas Blick wanderte die Front des Gebäudes hinab und die Straße entlang. Als sie nach Anzeichen für das frühmorgendliche Erwachen der Straße Ausschau hielt, erblickte sie einen kleinen, knochigen Mann: den jüdischen Polizisten aus der Nachbarschaft, der sie manchmal besucht hatte, als sie noch jünger war. Obwohl er körperlich eher unattraktiv war, hatte sie ihn als freundlichen Mann in Erinnerung. Cohen, das war sein Name. Er hatte sie zum Lachen gebracht, weil er schmutzige türkische Ausdrücke in seine Muttersprache Ladino, die Sprache der sephardischen Juden, übersetzt hatte. Diese Fähigkeit und sein offensichtliches Misstrauen gegenüber Mickey hatten dazu geführt, dass sie ihn mochte. Sie wandte sich erneut vom Fenster ab und blickte auf die verfallene Gestalt des Mannes in ihrem Bett. 1970, im Jahr ihrer Geburt, hatte Mickey zum ersten Mal die Türkei besucht – ein Engländer auf dem Hippiepfad unterwegs nach Indien, dem die Drogenszene in Istanbul so gut gefiel, dass er sich entschloss zu bleiben. Sie wusste nicht genau, wie alt er damals gewesen war, doch sie schätzte, dass er ungefähr zwanzig Jahre alt gewesen sein musste. In den darauf folgenden Jahren hatte Mickey alles Mögliche getan, um seinen Drogenkonsum zu finanzieren; seit einiger Zeit betätigte er sich daher auch als Zuhälter für Mina. Das Kind würde natürlich nicht in Mickeys Pläne passen, außer vielleicht als Ware, die man verkaufen konnte, um an Drogen zu kommen. Er würde es hassen, wenn er von ihm erführe.

Doch Mickey hatte keine Ahnung, was überhaupt im İskender Hamam vor sich ging. Obwohl er seit fast dreißig Jahren in der Türkei wohnte, beherrschte er die Sprache immer noch nicht und wusste daher weder von Semra oder Madame Kleopatra noch von den täglichen Morphiumdosen, die Madame Kleopatra erhielt. Daher war das Kind dort vorerst in Sicherheit. In Zukunft würde sich jedoch einiges ändern müssen. Die Kleine hatte sowieso schon alles verwandelt und Minas Meinung nach zum Besseren, aber das war noch nicht so endgültig, wie sie es sich gewünscht hätte. Um das Kind bei sich haben zu können, würde sie Mickey loswerden müssen, und sie war sich noch nicht sicher, wie sie das anstellen sollte. Als es ihr jedoch später am Tag gelang, kurz zu entwischen, um Semra und das Kind zu sehen, kam ihr eine Idee. Durch einen Spalt in Madame Kleopatras Tür beobachtete Mina, wie der gut aussehende phanariotische Arzt mit seiner großen Spritze die sterbende Madame Kleopatra in eine noch tiefere schmerzlose Euphorie eintauchen ließ. Dabei fiel ihr ein, dass auch Mickey andere bat, ihm »seine Medizin zu verabreichen«, wenn es ihm besonders schlecht ging. Manchmal ließ er sich sogar von Mina spritzen.

Das Kind griff sanft nach Minas kleinen, leeren Brüsten und die Prostituierte gurrte zärtlich und sah lächelnd auf das kleine Wesen hinab.

In Ruya und Erol Urfas Wohnung waren zahlreiche Fingerabdrücke und einige schwache Fußabdrücke gefunden worden. Einige der Fingerabdrücke stammten zweifellos von den beiden Eheleuten. Die Gerichtsmediziner waren allerdings noch nicht in der Lage, Auskunft darüber zu erteilen, wem sich welche Abdrücke zuordnen ließen, aber von den vier unterschiedlichen Abdruckformen passte nur eine zu einem kleinen Kind.

Bis jetzt war Cengiz Temiz als Einziger aufgefordert worden, seine Fingerabdrücke zum Vergleich zur Verfügung zu stellen – außer Erol Urfa natürlich. Süleyman konnte sich immer noch kein richtiges Bild von dem scheinbar unschuldigen Musikstar machen, zumindest äußerte er dies gegenüber Doktor Sarkissian, als dieser um zehn Uhr in seinem Büro eintraf.

»Doch wenn Urfa seine Frau getötet hat, beantwortet das immer noch nicht die Frage, wo das Kind ist«, stellte Sarkissian fest.

Süleyman, der in den Augen des Arztes noch müder und abgespannter als gewöhnlich wirkte, zündete sich eine Zigarette an, bevor er darauf antwortete. »Er könnte es zu Freunden gebracht haben, zu Leuten, die wie er aus dem Osten stammen. An jenem Abend hat sich jeder das Fußballspiel angeschaut, niemand würde es also bemerkt haben.«

»Nun, er ist ein gut aussehender Junge und seine arme Frau war ein recht unscheinbares kleines Ding, aber …« Er hielt inne, um sich mit der Hand recht heftig über die mit Schweißperlen benetzte Stirn zu reiben. »Sie umzubringen, um diese merkwürdige Tansu heiraten zu können, wäre …«

»…verrückt oder die Tat eines unglaublich ehrgeizigen Mannes.«

Sarkissian lächelte. »Wenn ich an seinen Manager denke, dann würde ich sagen, dass auf ihn sicherlich beides zutrifft. Aber Urfa?« Er zuckte mit den Schultern. »Ich weiß nicht. Bei ihm sehe ich keine der beiden Eigenschaften, auch wenn er irgendetwas an sich hat, was ich nicht recht einordnen kann.«

»Etwas nicht ganz Aufrichtiges?«

»Ja.«

»Das gleiche Gefühl habe ich auch.« Süleyman drückte seine Zigarette in einem Aschenbecher aus, der, wie Arto Sarkissian sofort registrierte, Çetin İkmen gehörte. »Doch auf der anderen Seite stimmt auch mit Cengiz Temiz eine ganze Menge nicht.«

»Das Down-Syndrom ...«

Süleyman nickte.

Durch die Milchglasscheibe in Süleymans Bürotür beobachteten die beiden die vagen Umrisse eines älteren, ihnen beiden bekannten Beamten und einer unbekannten Frau, die ihm ihren Körper und ihren Schmuck anbot. Süleyman und Sarkissian taten das, was – wie sie wussten – Çetin İkmen niemals getan hätte: Sie ignorierten die beiden.

»Hat er schon etwas gesagt oder verweigert er sich immer noch ganz und gar?«

»Sobald ich das Zimmer betrete, versteckt er sich unter dem Tisch«, erwiderte Süleyman. »Ich habe, glaube ich, noch nie einen derart verängstigten Menschen gesehen. Er sabbert, er schlottert, er stottert, dass er niemanden umgebracht habe. Doch es bleibt ein Geheimnis, wie er erfahren hat, dass Ruya Urfa tot war, bevor Erol überhaupt in der Wohnung eintraf. Seine Eltern und einer der anderen Nachbarn behaupten, er sei nicht in der Nähe des Apartments gewesen, als sie Erol schreien hörten. Urfa zufolge war die Wohnungstür verschlossen, daher kann Cengiz die Leiche auch nicht vom Flur aus gesehen haben.«

»Außerdem benutzte er seinen Eltern zufolge ja sowieso meistens die Feuerleiter«, hob der Arzt hervor.

»Ja.« Süleyman nahm hinter seinem inzwischen recht unordentlichen Schreibtisch Platz und fuhr sich mit den Fingern durchs Haar. »Er verneint, was er eigentlich gar nicht wissen kann, seine Eltern waren zum Zeitpunkt des Mordes nicht zu Hause und er ist über die Maßen verängstigt. Ich habe keine Ahnung, ob er es getan hat oder nicht. Doch ich bin sicher, dass er einiges über die Todesumstände weiß. Wir müssen nur herausfinden, was das sein könnte. Und bis die Gerichtsmediziner nicht irgendetwas gefunden haben, bin ich völlig ratlos.« Nach einem kurzen Blick zu dem staubverschmierten Fenster fügte er hinzu: »Ich hoffe nur, dass sie mich direkt auf dem Handy anrufen. Seit dem Morgengrauen verstopfen die Presse, Erols wahnsinnige Fans und zahlreiche Idioten, die behaupten, das Kind zu haben, sämtliche Leitungen. Letztere erfordern natürlich den Einsatz der Beamten, und auch ich muss bald wieder los – wenn es mir gelingt, die Fernsehleute zu umschiffen, die sich auf dem Parkplatz anscheinend häuslich eingerichtet haben.«

Lächelnd nahm Arto Sarkissian mit seinem beträchtlichen Hintern auf Süleymans Schreibtisch Platz. »Vermutlich werden Sie mit Zelfa Halman über Cengiz Temiz reden müssen.«

»Ich habe ihn ihr gegenüber erwähnt«, erwiderte Süleyman automatisch, obwohl er wusste, dass er vorsichtiger sein sollte. Denn war es nicht nur noch ein Schritt von der Behauptung, diese Dinge erwähnt zu haben, bis zum Eingeständnis, wo diese Dinge Erwähnung gefunden hatten? »Sie hat mir geraten, mich in diesem Stadium mehr an die Eltern zu halten, bis die Gerichtsmediziner möglicherweise etwas finden. Ich habe Çöktin angewiesen, sie zu empfangen, wenn sie am späten Vormittag, zweifellos in Begleitung von Herrn Avedykian, hier eintreffen.«

»Dann haben sie sich also schon einen Spitzenanwalt genommen?«

Süleyman zuckte mit den Schultern. »Es ist ihr Recht. Und wenn sie reich genug sind, Avedykian zu engagieren, nun, dann ... »

Einen Moment lang herrschte Schweigen zwischen den beiden Männern, während sich jeder daran erinnerte, unter welchen Umständen er die letzten Male mit Sevan Avedykian zu tun gehabt hatte. Ins Gedächtnis eingebrannt hatte sich vor allem ein Vorfall, der keine zehn Monate zurücklag. İkmen hatte, unterstützt von Süleyman, dem Anwalt mitteilen müssen, dass sein Sohn Avram von seinem psychopathischen Liebhaber

Muhammed Ersoy ermordet worden war. Süleyman konnte sich noch gut an Sevan Avedykians aschfahles Gesicht und sein bleiernes Schweigen erinnern, aber auch an hysterische Schreie, aus denen sie geschlossen hatten, dass Frau Avedykian über die Vorfälle unterrichtet worden war. Arto Sarkissian war einst mit Sevan befreundet gewesen und hatte ihn als armenischer Landsmann nach diesen schrecklichen Ereignissen noch eine ganze Weile regelmäßig besucht. In letzter Zeit jedoch nicht mehr. Je länger Sevan Avedykian trauerte, desto verbitterter wurde sein Schweigen. Jede Faser seines Körpers hatte Sarkissian spüren lassen, dass er ihn schon vor vielen Jahren auf die Aktivitäten seines Sohnes hätte hinweisen müssen. Und vielleicht hätte Sarkissian auch genau das tun sollen. Schließlich war ihm Avrams Leidenschaft für Ersoy schon seit geraumer Zeit bekannt gewesen. Die Wahrheit war, dass er nicht bemerkt hatte, wie gefährlich der legendäre Ersoy war – bis es irgendwann zu spät war. Nicht dass Avedykian damals mehr auf ihn gehört hätte als heute. Und so hatte Sarkissian, nach einem weiteren vergeblichen Versuch, seine Verbindung zu Avrams Vergangenheit zu erläutern, Avedykians Haus verlassen – zum letzten Mal, wie er hoffte. Das war drei Monate zuvor gewesen.

Süleyman schaute kurz auf sein Notizbuch und brach das Schweigen. »Ich weiß inzwischen, mit wem Erol Urfa in der Mordnacht angeblich zusammen war. Çöktin hat es mir gesagt.«

»Oh?«

»Ja. Ali Mardin heißt der Mann, ihm gehört eine kleine Pension in der Yerebatan Caddesi. Genau wie Urfa ist er …«

»Er ist Kurde«, half ihm der Arzt weiter. »Meinen Sie nicht, dass Sie in diesem Falle Çöktin mitnehmen sollten?«

»Nein. Ich halte es für besser, Herrn Mardin von der Tragweite der Geschehnisse allein zu unterrichten. Ich möchte so viel Loyalität vermitteln wie irgend möglich. Diese Leute müssen wissen, dass für mich nur zwei Dinge zählen: die sichere Rückkehr von Merih Urfa und die Verhaftung von Ruyas Mörder. Es ist mir egal, woher diese Menschen stammen oder welchen Wertvorstellungen sie anhängen.«

»Wie modern«, ließ Arto Sarkissian mit ironischem Unterton vernehmen. »Ich wünsche Ihnen viel Glück, obwohl ich so meine Zweifel hege. Ich meine, Sie haben es hier mit Leuten zu tun – Erol, Aksoy, Tansu und vermutlich auch Mardin –, die Geheimnisse äußerst geschickt für sich behalten können. Schließlich existierten Ruya und Merih bis gestern nicht einmal.«

»Ja, das ist in der Tat merkwürdig.« Süleymans Blick wurde glasig, während er über diesen Aspekt nachdachte. »Ich hätte gedacht, dass jemand wie Aksoy Gewinn aus der Tatsache schlagen würde, dass Erol die Verlobte aus seinem Dorf nicht entehrt hat. Mann mit Prinzipien heiratet kleines Mädchen vom Lande. Schließlich haben die meisten seiner Fans den gesellschaftlichen Status … »

Sarkissian lachte. »Oh, Sie fürchterlicher Snob! Ja, ich glaube auch, dass ein Großteil seiner Anhänger der Landbevölkerung zuzurechnen ist. Aber das alles hängt schließlich davon ab, was Aksoy mit Erol vorhatte. Und seine Affäre mit Tansu hat häufig für Schlagzeilen gesorgt. Diese Frau hat so viele Launen, dass sie allein schon dadurch dafür sorgt, dass jeder, der gerade mit ihr zusammen ist, ebenfalls im Blickfeld der Öffentlichkeit steht.«

»Und wenn die Öffentlichkeit von einer Person fasziniert ist, wird sie deren Kassetten oder CDs oder was auch immer kaufen.«

Der Arzt verbeugte sich zustimmend. »Exakt.«

»Wie schrecklich zynisch.«

»Das ist das Business.«

Es klopfte an der Tür. Auf Süleymans Ruf, man möge eintreten, betrat ein gepflegter, unauffälliger junger Mann das Büro. Orhan Tepe, İkmens neuer Polizeimeister, der auf Süleymans Stelle aufgerückt war, gehörte zu den Menschen, die immer fröhlich aussehen. Und auch jetzt machte er da keine Ausnahme.

»Was ist los, Tepe?«, fragte Süleyman und wandte nur kurz seinen Blick von dem Arzt ab.

»Unten haben wir ein paar Leute, die behaupten, Ruya Urfa getötet zu haben. Sie behaupten, Sie sprechen zu müssen, Herr Inspektor.«

Süleyman stöhnte. »Verrückte.«

»Nun, ja, aber, äh, nicht so offensichtlich«, meinte Tepe. »Keine verrückten alten Lumpenweiber oder Männer, die sich für Adnan Menderes halten.«

»Oh«, sagte der Arzt lächelnd, »ungewöhnliche Verrückte also, hm?«

»Nun, wenn Sie zwei Teenager mit Tschadors für ungewöhnlich halten, dann ja, Herr Doktor.« Wieder an Süleyman gewandt, fragte er: »Wollen Sie mit ihnen sprechen, Herr Inspektor, oder soll ich einfach ihre Eltern bitten, sie abzuholen?«

Ich bin süchtig nach deinem Leid, das du bringst.
Ich umarme die Messerklinge deiner Verachtung.
Ich bin verloren.
Ich bin verschwunden.
Ich bin tot.
Bis zu deiner süßen Rückkehr in mein Leben.

Als Çetin İkmen sah, was er gerade geschrieben hatte, schüttelte er ungläubig den Kopf. »Weißt du was«, rief er Fatma über die Musik zu, die aus dem Kassettenrekorder kam und deren Text er gerade notiert hatte, »ich finde, man sollte dem Kultusministerium eine Art Preis für sein Bemühen verleihen, diesen Mist hier zurück in die achtziger Jahre zu verbannen.«

»Das ist Tansu auf dem Höhepunkt ihrer Karriere!«, erwiderte seine Frau, während sie hinüber zur Stereoanlage ging, um die Musik lauter zu stellen. »Sie besingt universelle Gefühle, Çetin, Liebe und Verlust und ...«

»Fass bloß nicht den Lautstärkeregler an!«, rief er. »Ach nein, mach die Musik am besten leiser. Wenn ich sie höre, würde ich am liebsten in eine Brandyflasche hüpfen und dort bleiben. Ich glaube nicht, dass ich noch mehr von diesen grammatikalisch völlig falschen, schmerztriefenden Angriffen auf meinen Verstand ertrage.«

»Schon gut, schon gut!« Fatma legte das Handtuch, das sie gerade benutzt hatte, über eine Stuhllehne, um die Musik so leise zu drehen, dass sie kaum noch zu hören war.

»Kein Wunder, dass die Selbstmordrate in so verwahrlosten Vierteln wie Sivas immer weiter steigt. Dort draußen hört man dieses Zeug doch ununterbrochen. Auf dem Land zu leben wäre schon schlimm genug, aber wenn auch noch das hier Tag und Nacht dudelt, hätte ich mir wahrscheinlich schon nach ein paar Stunden die Kehle durchgeschnitten.«

Fatma, bereits müde von der Hausarbeit und erledigt von den Auseinandersetzungen mit den jüngeren Kindern, die gerade Ferien hatten, setzte sich neben ihren Mann. »Oh, du hast dein ganzes Leben lang arabeske Musik gehört, ohne es zu bemerken«, sagte sie. »Die Leute spielen sie überall. Ich höre sie gern. Mir gefällt sie.«

»Du«, erwiderte er und berührte dabei ihre Nasenspitze mit unbeholfener Zuneigung, »solltest es besser wissen.«

»Sie ist eben romantisch.« Sie zuckte mit den Schultern. »Auch die Sänger selbst sind romantisch. Frauen mögen so etwas. Sogar Çiçek singt gelegentlich die Texte mit, wenn sie nicht gerade wieder diese westliche Musik hört. Wir sind Türken, wir lieben es nun einmal, uns diese großen Leidenschaften auszumalen, von denen die Lieder handeln. Und außerdem vergießen wir gern ein paar Tränen.«

»Eine eher großzügige Verallgemeinerung, Fatma«, meinte ihr Mann nüchtern, »die allerdings von Menschen wie mir, die beim Klang dieser Musik am liebsten kotzen würden, widerlegt wird.«

»Oh, das gilt wirklich nur für dich.«

»Und Süleyman und Arto. Ich kann mir auch nicht vorstellen, dass unser Polizeipräsident Ardiç feuchte Augen bekommt, nur weil das Opfer misslungener Schönheitsoperationen von einem Liebhaber, der so jung ist, dass er ihr Sohn sein könnte, verstoßen wird. Vielleicht täusche ich mich ja, aber es ist doch immer das Gleiche: ›Oh, ich kann nicht ohne dich leben, ich sehne mich danach zu sterben!‹ Alles ist so schrecklich morbide! Und wirkt außerdem so hilflos, das gefällt mir nicht. Ich meine, hast du dieses Foto von Tansu auf der Titelseite der *Hürriyet* gesehen?«

»Nein. Ich hatte bis jetzt noch keine Zeit, sie zu lesen.«

Er langte über den Tisch und griff nach einer der Zeitungen, die hinter dem Wäschestapel lagen.

»Schau dir das an.« Er breitete die Zeitung auf den Knien seiner Frau aus. Ein großes Foto zeigte die leidende Tansu, die in ein weißsilbernes Spitzentaschentuch heulte. »Die arme Frau Urfa liegt tot auf den Küchenfliesen, ihr Kind, von dem wir eine Beschreibung, aber kein Bild haben, wird vermisst und was kriegen wir? Das Foto einer ehebrecherischen Alten, die glaubt, ihr armer Erol sei so traumatisiert, dass ihre Liebe nie mehr so sein wird, wie sie einst war. Das ist krank!«

»Ich stimme dir zu, dass wir ein Foto von dem Baby zu sehen kriegen sollten. Wenn die Öffentlichkeit nach dem Kind Ausschau halten soll, dann braucht sie das.« Fatmas Gesicht spiegelte den Ernst des Themas wider. »Aber die Leute mögen die Romanze von Tansu und Erol. Ich persönlich finde es abstoßend, weil er so jung ist. Ich wäre entsetzt, wenn sich einer unserer Söhne mit einer älteren Frau einlassen würde. Aber Allah hat sie bereits für ihre Schlechtigkeit gestraft, und es ist nicht an uns, ein Urteil über sie zu fällen.«

İkmen rollte ungeduldig die Augen. Er persönlich stufte sämtliche Religionen irgendwo zwischen Volksmärchen und den Astrologiekolumnen in den Zeitungen ein.

»Und außerdem«, fuhr Fatma fort, »solltest du nicht vergessen, dass Tansu beileibe nicht in jeder Beziehung hilflos ist.«

»Oh, das weiß ich wohl«, stieß İkmen lachend aus. »Man sagt ihr nach, dass sie äußerst launisch, extrem selbstsüchtig …«

»Nein, ich meine in ihrer Musik«, erklärte Fatma. »In einigen ihrer Lieder sind die Texte nicht traurig, sondern eher zornig. Häufig handeln ihre Lieder davon, dass ihr eine andere Frau den Liebhaber wegnimmt. Sie sind wirklich recht … nun, ich glaube, du würdest sie hart nennen.«

»Du meinst, ein bisschen männlich?«

»Nein, sie klingen genau wie die anderen Lieder. Aber in Songs wie *Ich will dich nicht mehr* oder *Hass ist mein einziger Freund* sind die Texte sehr direkt, sehr …«, sie dachte angestrengt nach, um die richtigen Worte zu finden, »sehr verbittert, das würdest du wahrscheinlich dazu sagen.«

»Und drücken die kollektive Verbitterung der Fladenbrotfresser aus?«

»Das sind deine Ausdrücke, nicht meine«, sagte sie, während sie aufstand und ihr Handtuch wieder ergriff. »Wie dem auch sei, ich muss noch Wäsche waschen. Ich habe keine Zeit, hier mit dir herumzusitzen. Ach, und vielleicht sprichst du mal mit Bülent, falls er sich irgendwann entschließt, nach Hause zu kommen.«

İkmen sah auf und runzelte die Stirn. »Warum?«

»Sie haben ihn rausgeschmissen.«

»Wer, der Pudding-Shop?« İkmens Gesicht wurde zornig. »Was war denn diesmal der Grund?«

»Er ist betrunken zur Arbeit gekommen«, antwortete Fatma bissig. »Ich denke, du solltest mit ihm reden, findest du nicht?«

»Ich war nie während der Arbeitszeit betrunken!«, brüllte er und blickte Fatma nach, als diese aus dem Zimmer rauschte. »Ich habe ab und zu getrunken, aber nie mehr, als ich vertragen konnte. Ich war niemals betrunken! Was hat sich der Junge dabei gedacht, ich meine ...«

»Es ist ihm egal, Çetin«, rief Fatma aus der Küche. »Solange er nur seinen Spaß hat, ist ihm alles andere egal.«

»Dann werde ich wohl dafür sorgen müssen, dass es ihm nicht mehr egal ist, oder? Wenn er in der Öffentlichkeit herumtorkelt, kann er dafür sogar verhaftet werden!«

»Ich schätze, darauf legt er es auch an.« Fatma schaute aus der Küche heraus und seufzte. »Ich meine, es gibt doch keine bessere Methode, dir eins auszuwischen, oder?«

»Aber warum sollte er mir eins auswischen wollen? Bin ich etwa kein guter Vater? Höre ich mir nicht ohne zu murren sein fürchterliches jugendliches Geschwätz an? Hatte ich nicht stets eine sichere Arbeit, um für meine Familie zu ...«

»Ich schätze, genau das ist das Problem.«

Einen Moment lang saß er einfach nur da und starrte sie mit offenem Mund an. »Du meinst die Arbeit?«

»Nun, es ist das Besondere deiner Arbeit. Er ist jung. So läuft das halt bei ihnen, Çetin.«

»Ach, ist das so, ja?«

»Ja, und du wirst sehr geduldig sein müssen, wenn du ihn zur Rede stellst, sonst machst du es nur noch schlimmer. Ich weiß nicht, wie du das hinkriegen wirst, Çetin, aber du wirst in der Tat sehr ›modern‹ sein müssen.«

Mit diesen Worten verschwand sie und ließ ihren Mann mit

dem jetzt noch sehnlicheren Wunsch nach einem Drink zurück.

Obwohl sich Deniz und Gülsüm Ertürk nach außen hin als devote Musliminnen gaben, interessierten sie sich doch nur für eines – Sex. Dass die Zwillinge das selbst nicht bemerkten, lag zum einen an ihrem jugendlichen Alter, zum anderen an ihrer mangelnden Erziehung auf diesem Gebiet. Seit sie vor drei Jahren Erol Urfa zum ersten Mal gesehen hatten, wussten sie nur, dass sie verliebt waren. Sie waren erst vierzehn, als Erols wehmütige Lieder in ihr Leben drangen, und seit damals dominierte er jede Minute ihres Daseins.

So sehr die beiden Schwestern Erol liebten, so sehr hassten sie Tansu. Eines ihrer Lieblingsspiele bestand darin, sowohl die persönlichen wie die beruflichen Erfolge Tansus auf Hexerei zurückzuführen. Deniz hatte gehört, dass manche Menschen ganz im Osten des Landes den Teufel anbeteten, und sich seitdem in den Kopf gesetzt, dass auch Tansu zu dieser Sekte gehörte. Angeblich mieden diese Menschen die Farbe Blau, und Tansus Vorliebe für die dramatischen Farben Rot, Schwarz und Weiß entsprach natürlich genau dieser Vorstellung.

Der Tod von Erols Frau hatte den Zwillingen eine ganz neue Dimension eröffnet. Nun, da sie dem streng dreinblickenden Inspektor am Tisch gegenübersaßen, hatte ihre größte Stunde als Erol-Urfa-Fans geschlagen.

»Wir haben es nicht länger ausgehalten, verstehen Sie?«, sagte Gülsüm, während sie nervös das Ende ihres Tschadors zwischen den Fingern drehte. »Erol ist so außergewöhnlich, er verdient etwas viel Besseres als dieses Bauernmädchen.«

»Und deswegen habt ihr sie umgebracht?«, fragte Süleyman, der sofort die kultivierte Aussprache der beiden jungen Frauen bemerkt hatte. Viele Mädchen aus den gehobenen gesellschaftlichen Schichten trugen seit ein paar Jahren wieder den Schleier. In einigen Fällen wollten sie damit einfach gegen ihre verwestlichten, materialistischen Eltern rebellieren. Aber trotzdem hielten sie natürlich all ihre Vorurteile gegen die »Bauern« aufrecht, dachte er wütend.

»Sie war nicht gut für ihn. Sie hat ihn nicht geliebt«, fügte Deniz hinzu und beugte sich weiter vor.

»Wie habt ihr sie denn umgebracht?«, fragte Süleyman.

Nur ein paar Sekunden lang schauten sich die Schwestern an, bevor Deniz sagte: »Wir haben sie vergiftet.«

»Womit?«

»Mit dem Zeug, dass Reşat benutzt, um Ratten zu vergiften«, erklärte Gülsüm und fügte fröhlich hinzu: »Es enthält Zyanid.«

Süleyman runzelte die Stirn. Die Presse hatte lediglich berichtet, dass Frau Urfa vergiftet worden war, aber ohne den Wirkstoff zu erwähnen. Es konnte sich hier jedoch auch einfach um einen Zufall handeln. »Und wer ist Reşat?«

»Der Diener unseres Vaters. Er pflegt den Garten. Manchmal kommen die Ratten vom Wasser zu uns hoch, dann tötet er sie.« Deniz lächelte ihrer Schwester listig zu. »Aber wir haben es zu einem anderen Zweck benutzt.«

»Und das Kind?« Süleyman beugte sich vor, um besser in ihre identischen Augen blicken zu können, die einen schwärmerischen Ausdruck angenommen hatten. »Was habt ihr mit Erol Urfas Kind gemacht?«

Gülsüm schaute zu Deniz und blickte anschließend wieder fragend zu Süleyman. Dann nickte sie ihrer Schwester kaum merklich zu und lächelte.

»Das Baby war nicht da«, sagte Deniz mit einer Selbstsicherheit, die man eigentlich nicht mit dem Schleier in Verbindung gebracht hätte. Eine Selbstsicherheit, die angeboren sein muss, dachte Süleyman bei sich.

»Wie erklärt ihr euch dann, dass das Kind vermisst wird?«

»Woher sollen wir das wissen?«, erwiderte Deniz hochmütig. »Wir haben nur das Bauernmädchen umgebracht, dem Baby würden wir nie etwas zuleide tun.«

»Erols Baby nicht«, warf ihre Schwester ein. »Er hat *Den langen Weg zu deinem Herzen* geschrieben, ein Song, der mir so viel bedeutet. Er ist ein wahrer und großer Künstler, niemals würden wir auch nur daran denken, das Kind eines solchen Genies umzubringen.«

»Aber ihr wisst«, fragte Süleyman, lehnte sich dabei wieder zurück und zündete sich eine Zigarette an, »dass auch Herr Urfa von Bauern abstammt? Im Gegensatz zu euch musste er immer arbeiten und hatte wohl kaum Zeit für Träumereien über unmögliche, phantastische Romanzen.«

Zornig blickte Gülsüm zu ihrer Schwester.

»Wie können Sie es wagen, so mit uns zu reden!«, schimpfte Deniz auf Süleyman ein. »Wir sind im guten Glauben hierher gekommen, unsere Tat gestehen zu müssen, und jetzt bekommen wir nicht einmal Erol zu Gesicht, um uns bei ihm zu entschuldigen, sondern müssen uns auch noch Ihre Beleidigungen gefallen lassen!«

»Wir haben keine Angst vor der Polizei, müssen Sie wissen«, fügte Gülsüm hinzu. »Unser Vater kennt drei Richter …«

»Und wo hält sich euer Vater zurzeit auf?«

Gülsüm starrte zu Boden und murmelte: »Er ist mit Mutti in New York.«

»Und lässt euch beide allein. Das kann ich nicht glauben«, meinte Süleyman, denn er wusste, dass türkische Eltern niemals die Ehre einer jungen Frau aufs Spiel setzten, egal wie tugendhaft ein Mädchen sein mochte und egal wie modern seine Eltern eingestellt waren.

»Unser Bruder Kemal kümmert sich um uns«, sagte Deniz trotzig, wedelte mit der Hand vor ihrem Gesicht herum und fügte hinzu: »Müssen Sie hier rauchen?«

Süleymans Gesichtsausdruck war undurchdringlich, als er erwiderte: »Ja, das muss ich. Und jetzt, denke ich, sollte ich vielleicht erst mal Kemal anrufen, bevor wir hier weitermachen.«

Deniz schnaufte verächtlich. »Er arbeitet gerade.«

»Und außerdem würde er nicht kommen«, ergänzte Gülsüm. »Er findet uns lästig.«

Süleyman verstand Kemals Ansicht.

»Seine Meinung über euch spielt hier keine Rolle.« Süleyman erhob sich und bat die Beamtin, die am anderen Ende des Raumes gewartet hatte, näher zu treten. »Ihr habt euch zu einer sehr schwerwiegenden Tat bekannt, über die ihr anscheinend auch einiges wisst.«

»Weil wir es getan haben, Sie Idiot!«, rief Deniz hochmütig. »Und sobald wir Erol sehen dürfen, werden wir ihm erklären, warum wir es getan haben und ihn bitten, uns zu verstehen.«

Die Beamtin stand jetzt neben Süleyman. Die beiden warfen sich gegenseitig einen kurzen einvernehmlichen Blick zu.

»Nun, ich fürchte, Herrn Urfa in diesem Stadium der Ermittlungen zu sehen steht leider nicht zur Debatte«, sagte Süleyman mit ernstem Tonfall. »Die Opfer sehen die Verdächtigen für gewöhnlich erst, wenn es zu einer Gerichtsverhandlung kommt.«

»Aber ...«

»Die Beamtin Kavur wird euch in eure Zellen bringen.«

»In Zellen?«, schrie Deniz entsetzt.

»Sie sind vorerst festgenommen, Fräulein Ertürk«, sagte Süleyman und wies mit dem Kopf auf Gülsüm. »Ihre Schwester auch. Ich muss Ihren Aussagen jetzt nachgehen und schauen, was an ihnen dran ist. Wenn Sie tatsächlich Mörderinnen sind, kann ich Sie in der Zwischenzeit doch nicht auf der Straße herumlaufen lassen. Das müssen Sie verstehen.«

»Aber können wir nicht wenigstens kurz Erol sehen, wenn wir in den Zellen sind?«, bat Gülsüm. Die Beamtin Kavur legte ihr nachdrücklich eine Hand auf die Schulter. »Fassen Sie mich nicht an!«

»Die Beamtin Kavur und ich können tun, was wir für richtig halten«, meinte Süleyman, während er Deniz am Arm festhielt. »Wenn die Notwendigkeit besteht, dürfen wir sogar Handschellen benutzen.«

»Aber wir sind doch einfach ...«

»Junge Mädchen, ja«, erwiderte er, bevor er Deniz losließ und lächelnd hinzufügte: »Wenn ihr jetzt also der Beamtin Kavur und meinem Polizisten hier brav nach draußen folgt, werde ich euren Bruder anrufen und dann können wir die Geschichte hier vielleicht abschließen.«

»Aber Erol, können wir nicht ...«

»Geht jetzt«, sagte er, während Kavur die beiden Mädchen vor sich herschob. »Bitte.«

Als sich die Tür hinter der Polizeibeamtin und den Mädchen schloss, lehnte sich Süleyman mit einem tiefen Seufzer der Erleichterung zurück. Dass die Mädchen von Zyanid gesprochen hatten, war zwar gespenstisch, doch ansonsten stimmte nichts von ihrer Geschichte mit den Fakten überein. Süleyman legte den Kopf in die Hände und fragte sich, wie viele solcher Szenen mit Erols Fans er wohl noch ertragen müsste.

Obwohl volle zwölf Stunden vergangen waren, seit die Polizei ihre Wohnung verlassen hatte, zitterte Semahat Temiz noch immer vor Schmach. Die Beamten hatten ihr erklärt, warum sie drei große Säcke voll von Dingen mitnahmen, die Cengiz gehörten, aber die nachlässige Art, mit der sie sie zusammengepackt hatten, war nicht zu entschuldigen. Sie hatten sämtliche Schuhe mitgenommen, seine Jacken und fast den gesamten Inhalt des Wäschekorbs. Auch einige Bücher und Zeitschriften, von denen Semahat, wie sie sagte, überhaupt nichts wusste, hatten sie mitgenommen.

Doch wenigstens hatte sie großes Vertrauen in Sevan Avedykians Verschwiegenheit. Zunächst hatte Kenan protestiert, die Honorare des Anwalts seien exorbitant. Doch Semahat hatte den Anwalt einfach beauftragt und ihrem Mann erklärt, wenn man das Beste wolle, müsse man auch dafür bezahlen. Schließlich würde längst nicht jeder Anwalt direkt zur Polizeiwache rennen, nur weil man seinen Mandanten in Gewahrsam genommen hatte. Und genau das hatte Sevan Avedykian getan. Doch weder von dem Beamten, der Cengiz festgenommen hatte, noch von dem Mann, den Semahat für den »obersten Chef« hielt, Polizeidirektor Ardiç, hatte er viel erfahren. Immerhin hatte Avedykian Cengiz sehen können.

»Das Hauptproblem besteht darin, dass er nicht sprechen will«, erzählte er den Eltern, als sie zu dritt die Polizeiwache betraten. Nachdem er am Empfangspult ein Formular unterschrieben hatte, fuhr er fort: »Weder will er die Anschuldigungen bestätigen noch ihnen widersprechen. Dadurch erscheint er sehr verdächtig.« Der Anwalt blickte kurz hinüber zu einem Grüppchen uniformierter Beamter.

»Aber wenn er nichts getan hat, dessen er sich schämen müsste, dann muss er doch auch gar nichts sagen«, protestierte Semahat.

»Ich gehe davon aus, dass Cengiz unschuldig ist«, sagte Avedykian mit einem dünnen Lächeln auf den Lippen, »doch um aufrichtig zu sein, gnädige Frau, wir müssen die Sache logisch betrachten. Sowohl Sie als auch Ihr Mann waren nicht zu Hause, sondern haben sich in der Mordnacht das Fußballspiel im İnönü-Stadion angeschaut. Cengiz war allein und daher kann sich die Polizei nur auf seine Aussage und die gerichtsmedizinischen Erkenntnisse verlassen. Niemand aus dem Haus hat ihn in jener Nacht gesehen …«

»Nun, so ist es! Und wenn dieser widerliche kleine Agent, oder was auch immer er ist, nicht diese so genannte Unterhaltung mit meinem Sohn geführt hätte, dann wären wir jetzt nicht hier! Man sollte doch annehmen, dieser lächerliche Mann hätte Cengiz als den erkannt, der er ist, und seinen Worten keinerlei Bedeutung beigemessen.«

»Selbst wenn Herr Aksoy dies getan hätte, die Polizei kann das nicht.« Avedykian zündete sich eine dicke kubanische Zigarre an. »Der vorsätzliche Gebrauch von Zyanid und das geschickte Timing der Tat sprechen jedoch zu unseren Gunsten.«

»Inwiefern denn?« Kenan schreckte plötzlich mit vor Schlafmangel geröteten Augen aus seiner Erstarrung hoch.

»Nun, Cengiz könnte wohl kaum eine derartige Tat geplant haben!«, fuhr ihn seine Frau an.

»Es sei denn, das Vorhaben wäre ihm zufällig geglückt«, fügte der Anwalt hinzu, »obwohl ich mir nicht vorstellen kann, was für ein Motiv er gehabt haben könnte. Doch wir müssen abwarten, bis die gerichtsmedizinische Beweisaufnahme abgeschlossen und der Pathologe mit seiner Arbeit fertig ist.«

»Wie meinen Sie das?«

»Nun …« Es war verzwickt. Avedykian wusste, dass Kenan und Semahat Temiz niemals erwähnten, dass Cengiz zwanzig Jahre zuvor festgenommen worden war, weil er sich einem jungen Mädchen nackt gezeigt hatte. »Obwohl der Todeszeitpunkt und die Todesursache bereits feststehen, muss der Pathologe noch nach anderen möglichen Hinweisen suchen – Verletzungen, Anzeichen für, äh, Missbrauch …«

Semahat war schmerzlich bewusst, was der Anwalt versuchte ihnen zu sagen, daher wechselte sie das Thema. »Wen werden wir jetzt hier sprechen, Herr Avedykian?«

»Polizeimeister Çöktin wird uns empfangen. Er wird Ihnen einige Fragen stellen, die Sie jedoch nicht beantworten müssen.«

»Werden wir unseren Sohn sehen dürfen?«, fragte Kenan.

Sevan Avedykian seufzte. »Ich weiß es nicht«, sagte er.

»Ich meine, sie könnten ihn doch geschlagen haben oder dergleichen«, fuhr Kenan mit Tränen in den Augen fort. »Sie wissen ja, wie das laufen kann.«

Avedykian hatte gerade zu einer taktvollen Erwiderung angesetzt, da erschien ein rothaariger Mann und verkündete: »Ich denke, Sie werden feststellen, dass es Ihrem Sohn gut geht.«

»Wie können Sie da sicher sein?«

»Ihr Sohn, Herr Temiz«, meinte Çöktin in beruhigendem Tonfall, »obliegt der Verantwortung des Ermittlungsbeamten Inspektor Süleyman. Sollte irgendjemand Cengiz etwas antun, würde er den Schuldigen persönlich vierteilen.« Er lächelte.

»Das klingt«, bemerkte Kenan, »als sei Inspektor Süleyman ein recht gewalttätiger Mann.«

»Aber er hatte äußerst gute Manieren«, erinnerte ihn seine Frau mit einem beinah zärtlichen Unterton.

»Wenn auch gewalttätig«, sagte Kenan trocken.

Çöktin lächelte. »Der Inspektor ist beides, ein perfekter Gentleman und gleichzeitig sehr furchteinflößend.« Und mit einem teuflischen Grinsen fügte er hinzu: »Seine Güte flößt mir manchmal wahre Todesangst ein.«

Avedykian schnaubte ein wenig verächtlich über all dieses Süleyman-Gerede. Damals, als Avram ermordet worden war, hatte er mehr von dem hochnäsigen Osmanen zu sehen bekommen, als ihm lieb war. Doch jetzt konzentrierte er sich ganz auf die Gegenwart. Obwohl viel kleiner von Statur als Çöktin, sah er den Beamten von oben herab an und fragte: »Verstehe ich Sie richtig, dass wir jetzt Herrn Temiz sehen können?«

»Ja, Herr Avedykian.« Mit einer schwungvollen Handbewegung deutete der Beamte auf eine dreckige Tür am Ende des Ganges. »Darf ich bitten?«

5. Kapitel

Ali Mardin hatte nur sehr zögernd über seinen Freund Erol Urfa gesprochen. Während zahlreiche großgewachsene Australier sich ihre Schlüssel von dem Brett hinter Mardins Schreibtisch nahmen oder welche zurückgaben, hatte er Süleymans Fragen äußerst einsilbig beantwortet.

»Wenn Sie vorgestern Abend also nicht das Fußballspiel und auch nichts anderes im Fernsehen angeschaut haben, was haben Sie dann gemacht, Herr Mardin?«

»Geredet.« Genau wie Urfa sprach er mit einem stark ländlichen Akzent.

»Worüber?«

Mardin zuckte mit den Schultern. »Dies und das.«

Er selbst saß bequem hinter seinem Schreibtisch, während Süleyman aus Mangel an weiteren Sitzgelegenheiten ständig von einem Fuß auf den anderen trat. Dabei kostete die extreme Sommerhitze auch so schon Kraft genug.

»Und waren Sie allein, Sie und Erol Urfa?«

»Ja.«

»Sind Sie sicher?«

Ali Mardin hob sein faltiges, wettergegerbtes Gesicht und schaute den Polizisten an. Sein Alter war schwer zu schätzen, irgendwo zwischen dreißig und fünfundfünfzig, dachte Süleyman. »Ich bin sicher. Ich bin ja nicht blöd.«

Süleyman seufzte und wischte sich seine feuchte Stirn mit dem Taschentuch ab. Im August war die Mittagszeit die reinste Hölle. »Um wie viel Uhr hat Erol Urfa Ihr Lokal verlassen?«

»Morgens, als er nach Hause ging.«

»Haben Sie gesehen, wie er das Lokal verlassen hat?«

»Nein.« Er spitzte verächtlich den Mund und meinte: »Was wollen Sie hören? Dass ich mit ihm schlafe?« Er machte eine abschätzige Handbewegung. »Ich bumse keine Männer.«

»Das habe ich auch nicht behauptet.«

Mardin rülpste und grunzte anschließend widerwillig zustimmend. Seine schlechten Manieren machten den bereits jetzt schon unglücklichen Süleyman vollends wütend.

»Nun, Herr Mardin«, sagte er mit mittlerweile fest zusammengebissenen Zähnen, »Sie haben unsere Ermittlungen auf so außerordentliche Weise unterstützt, dass ich fürchte, noch völlig aus dem Häuschen zu geraten, wenn ich mich nicht sofort wieder auf den Weg mache.«

»Äh?«

»Wenn Sie mir jetzt nur noch einen Blick auf Ihren Personalausweis gestatten, bin ich schon wieder weg.«

Es folgte ein kurzer Moment, in dem Mardin auf merkwürdige Weise geistig wie körperlich völlig erstarrt schien. Das vorher walnussfarbene Gesicht wirkte plötzlich blutleer und aschfahl, so als habe ihm Süleymans einfache Bitte kurzfristig jeglichen Lebenswillen geraubt.

»Gibt es da ein Problem?«, fragte Süleyman etwas besorgt und beugte sich zugleich fasziniert zu Mardin über den Schreibtisch. »Ich hoffe nicht.«

In Süleymans Jackentasche machte sich sein Handy bemerkbar. Er nahm es heraus, wandte sich von dem traumatisierten Mardin ab und drückte die grüne Taste.

»Süleyman.«

»Hallo, Herr Inspektor«, antwortete Çöktin. »Ich dachte, Sie sollten erfahren, dass Erol Urfa heute Abend im Fernsehen zu sehen sein wird.«

»Was?«

»TRT strahlt ein Interview mit ihm aus, in dem er um die sichere Rückkehr seiner Tochter bittet.«

Süleyman seufzte tief. »Ich mag derlei Dinge nicht, vor allem angesichts der Tatsache, dass wir keine Idee haben, mit wem wir es hinsichtlich seines Kindes zu tun haben. Hat TRT den Polizeipräsidenten über unsere Ermittlungen befragt?«

»Nein. Soweit ich weiß, wollen sie oder vielleicht eher Aksoy, dass Erol in seinem häuslichen Umfeld mit Weichzeichner und so weiter gefilmt wird. Sie wollen um die eigentliche Bitte herum ein ganzes Programm zaubern.«

»Wir müssen wissen, was er sagen will«, erwiderte Süleyman. »Hält er sich immer noch bei Aksoy auf?«

»Nein. Er ist bei Tansu Hanim in ihrem Haus.«

»Dann werde ich dahin fahren und mit ihm sprechen.« Süleyman wischte sich mit der Hand über die Stirn. Verdammte, unerträgliche Hitze! »Wie verhalten sich Herr und Frau Temiz?«

Çöktin stöhnte. »Feindselig.«

»Irgendetwas Neues von der Gerichtsmedizin?«

»Noch nicht. Allerdings hat ein Herr Ertürk zurückgerufen. Die Verbindung war ziemlich schlecht, offenbar war er auf irgendeiner Konferenz. Er hat gesagt, wenn es Ihnen nichts ausmacht, können Sie ›sie‹ behalten, bis er fertig ist.«

Süleyman schaute verzweifelt gen Himmel. »Das darf nicht wahr sein!« Er wandte sein Gesicht wieder Mardin zu, der, als er Süleymans beobachtenden Blick bemerkte, hektisch in den Schubladen seines Schreibtischs zu wühlen begann.

»Dann werden Sie jetzt zu Herrn Urfa fahren, Herr Inspektor?«

»Ja. Vielleicht können Sie in der Zwischenzeit noch einmal bei der Gerichtsmedizin nachfragen und ihre Ermittlungen ein wenig beschleunigen.«

»Okay.«

»Wir bleiben in Verbindung, Çöktin«, sagte Süleyman. »Wir sehen uns später.«

»Auf Wiederhören, Herr Inspektor.«

Süleyman beendete das Gespräch und wandte seine Aufmerksamkeit erneut Ali Mardin zu.

»Nun, ist Ihr Personalausweis in der Zwischenzeit wieder aufgetaucht, Herr Mardin?«

Zum ersten Mal lächelte Mardin in Gegenwart des Polizisten. Zwar gezwungen und dümmlich, aber immerhin war es ein Lächeln. »Nein, ich fürchte nicht. Er …«

»Sie wissen, dass es ein schweres Vergehen ist, auf Verlangen eines Polizeibeamten den Ausweis nicht vorzuzeigen, oder?«

»Äh, ja, hm …«

»Wenn ich Zeit hätte, würde ich dies jetzt weiterverfolgen, aber …«

Wichtig war allein die Tatsache, dass das vermisste Kind in den Ermittlungen rund um den Mord mittlerweile scheinbar irgendwie unterging. »Ich schicke Ihnen morgen früh einen meiner Männer vorbei, damit er sich Ihren Personalausweis anschauen kann.« Süleyman schaute ziemlich grimmig auf und fügte hinzu: »Das räumt Ihnen doch wohl genug Zeit ein, oder?«

»Oh, ja, ja!«, stimmte Mardin zu und verbeugte sich auf eine Art und Weise, die Süleyman bei ihm irgendwie unnatürlich erschien. Mardins plötzliche Unterwürfigkeit wirkte auf ihn fast etwas unheimlich und er überlegte, was wohl dahinter steckte. Fand er seinen Ausweis einfach nicht oder besaß er gar keinen? Gehörte sein Personalausweis eigentlich jemand anders oder war darauf etwas vermerkt, dessen er sich schämte? Möglich war vieles, doch er hatte jetzt keine Zeit, dem nachzugehen.

»Oh, und wenn Ihnen zu dem Abend mit Herrn Urfa noch etwas einfällt, was Sie uns mitteilen möchten, dann rufen Sie mich doch bitte an, nicht wahr, Herr Mardin?«

»Ja«, antwortete der Mann jetzt etwas zurückhaltender.

»Dann schätze ich, dass wir uns wiedersehen.« Süleyman hielt Mardin die Hand hin.

Der Mann zuckte mit den Schultern, als seine Handfläche Süleymans Hand berührte. »Vielleicht. Auf Wiedersehen.«

»Auf Wiedersehen.«

Als Süleyman hinaus in das gleißende Sonnenlicht trat, holte er seine Sonnenbrille aus der Tasche und setzte sie auf. Anschließend warf er dem schicken japanischen Wagen, der vor dem Teppichladen gegenüber von Herrn Mardins Hotel parkte, einen kurzen, möglichst gleichgültig wirkenden Blick zu. Also immer noch da. Und immer noch das gleiche liebenswürdig aussehende verheiratete Paar darin. Er seufzte. Dass sie ihm zu Mardin gefolgt waren, war eine Sache, doch nun auf dem Weg zu Tansu konnte er sie nicht brauchen. So wie es aussah, würde er sich wieder durch ein Heer lauernder Presseleute kämpfen müssen, die vermutlich das Anwesen der Sängerin umlagerten. Aber was sollte er bloß mit seinen Verfolgern anstellen?

Wenn İkmen seinem Schützling eines beigebracht hatte, dann, dass es besser war, unbedeutende, aber Schwierigkeiten verursachende Menschen direkt anzusprechen, als zu versuchen, ihr irritierendes Benehmen zu ignorieren. Den Teil mit dem »Nimm es mit Humor« ließ er zwar manchmal aus, weil er darin einfach nicht so ein Naturtalent war wie sein alter Boss, doch jetzt war er entschlossen, es zu versuchen.

Er überquerte die Straße und klopfte lächelnd an die Fensterscheibe des Wagens. Mit einem leise surrenden Geräusch wurde die Fensterscheibe heruntergelassen und gab den Blick auf einen freundlich grinsenden jungen Mann und eine ebenfalls jugendliche Beifahrerin frei.

»Ich dachte, ich teile Ihnen lieber mit«, begann Süleyman, »dass ich nicht wie ein Irrer fahren werde, um Sie abzuhängen. Prinzessin Dianas Fahrer hat diesen Fehler begangen, als er die französische Presse loswerden wollte. Ich habe nicht vor, für ihre türkischen Kollegen zu sterben.«

»Ah …«

»Also, folgen Sie mir, wenn es unbedingt sein muss. Doch die Fahrt wird langsam und langweilig werden und möglicherweise sorgen meine Freunde von der Verkehrspolizei aus reiner Gefälligkeit auch noch für einen kleinen Stau. Habe ich mich verständlich ausgedrückt?«

Der überfreundliche Gesichtsausdruck des Mannes wich einem verärgerten Blick.

»Ich schätze schon«, sagte er und fügte, schon wieder etwas besser gelaunt, hinzu: »Darf ich diesen Satz von Ihnen zitieren, Inspektor?«

Sie hatte es gerade geschafft, das Kind zu einem Mittagsschlaf hinzulegen, als es an der Tür klopfte.

»Ich geh schon«, sagte sie zu ihrer Mutter. Während der letzten Stunden war Madame Kleopatra recht unruhig gewesen, und Semra, die nun schweigend in ihrem kleinen Gärtchen hinter dem Haus saß, war sehr erschöpft.

»Oh, du bist es«, sagte Mina, als sie einem kleinen Polizisten mittleren Alters mit einer theatralischen Bewegung die Tür öffnete.

Cohen zuckte zusammen. »Ich habe gehört, dass Madame nun endgültig im Sterben liegt. Ich wollte mich nur von ihr verabschieden.«

»Ich wusste gar nicht, dass du sie so gut kennst«, meinte Mina, während sie zur Seite trat, um ihn vorbeizulassen. »Ich dachte, du kommst vielleicht, um mich zu sehen.«

Sanft legte er seine Hand unter ihr Kinn und zog ihr Gesicht ganz dicht an seines heran. Doch entgegen ihren Erwartungen küsste er sie nicht. »Diesmal nicht, meine Liebe«, erwiderte er. »Dieses Mal komme ich allein wegen Madame.«

Sie ergriff seine kleine, trockene Hand und führte ihn, nachdem sie sich mit einem schnellen Blick zur Kinderzimmertür versichert hatte, dass diese geschlossen war, die knarzende Holztreppe hinauf zu dem merkwürdigen Dachstübchen, das sich neben dem ehemaligen Caldarium des Hamams befand.

Angeblich hatte Madames Ehemann das Schlafzimmer so gebaut, weil er aufgrund seines niedrigen Blutdrucks ständig fror. Die Hitze des Caldariums, so erzählte man sich, habe ihm das Leben sehr erleichtert. Angesichts der derzeitig herrschenden sengenden Hitze war Cohen jedoch dankbar, dass die Bäder nicht mehr in Betrieb waren.

Obwohl ihnen die rasselnden Geräusche, die von dem wackeligen Holzbett her kamen, bewusst machten, dass sie sich in Gegenwart einer Sterbenden befanden, war Madame Kleopatra im Licht, das durch die filigranen Muster der Läden fiel, kein unangenehmer Anblick.

Mina wies Cohen einen der Stühle neben dem Bett zu und nahm anschließend selbst Platz. Lächelnd ergriff der Polizist die Hand der alten Frau und küsste sie.

»Weißt du«, sagte er zu Madame Kleopatra gewandt, obwohl er Mina damit meinte, »als ich klein war, hat Madame mich und meine Brüder hier umsonst baden lassen.«

»Warum hat sie das getan?«

Er wandte seinen Blick kurz von Madame ab, lächelte Mina an und fuhr fort: »Wir waren arm, musst du wissen. Meine Mutter starb, als wir noch sehr klein waren, und mein Vater war ein nutzloser Säufer. Wir sind von Balat hierher gezogen, damit es der alte Mann nicht so weit bis Çiçek Pasaı hatte.«

»Eine typische Karaköy-Geschichte.«

»Das stimmt«, seufzte er. »Nun, Vater hatte uns nicht wirklich unter Kontrolle, und daher sind wir, wie junge Burschen so sind, die meiste Zeit ziemlich verdreckt herumgelaufen. In der

Schule hat man uns mit unseren schmutzigen Uniformen ziemlich abfällig behandelt.« Er lachte und schaute dabei an seiner absolut perfekten Polizeiuniform hinab. »Bis uns Madame eines Tages zufällig sah. ›Bringt diese armen jüdischen Jungen zu mir‹, sagte sie zu dem dürren, alten Eunuchen mit den goldenen Zähnen, den sie vor Gott allein weiß wie langer Zeit eingestellt hatte.«

»Ein Eunuch? Was ...«

»Das ist eine lange Geschichte«, wehrte er mit einer Handbewegung ab. »Aber wie dem auch sei, sie führte uns in den Hamam, wies uns den Weg auf die Männerseite und wir nahmen ein Bad. Und dann, bevor wir gingen, sagte sie zu dem Eunuchen, so dass wir es hören konnten: ›Du wirst diese jüdischen Jungs umsonst reinlassen, wann immer sie wollen.‹ Sie sagte es sehr hochnäsig, aber so war sie.«

»Wann hast du Madame das letzte Mal gesehen?«, fragte Mina.

»Oh, das dürfte so etwa dreißig Jahre her sein«, erwiderte Cohen. »Ich erinnere mich, dass die Bäder damals schon geschlossen waren und jeder behauptete, Madame liege im Sterben.«

»Und warum bist du dann jetzt hier?«

»Ich bin einmal hier vorbeigegangen und sie steckte gerade den Kopf hier aus diesem Fenster.« Sein Blick wanderte zu den Läden mit dem filigranen Muster. »Ich hab meine Mütze zum Gruß erhoben und sie schenkte mir ein Lächeln, arrogant wie immer. ›Haben sie dich also zum Polizisten gemacht, Jude?‹, rief sie, und ich erwiderte, ›Sie hätten es nicht getan, wenn Sie mich nicht gesäubert hätten, Madame.‹ Und dann schimpfte sie, ›Ach, Blödsinn‹, oder so ähnlich. ›Sie hätten dich eh genommen. Du bist ein schlauer kleiner Kerl, ihr wart schlaue Köpfchen, du und deine Brüder, das konnte ich damals sehen. Und wenn deine Freunde von der Polizei etwas anderes behaupten, schick sie zu mir.‹ Und dann schloss sie die Läden und war verschwunden.«

»Hast du je ihren Mann kennen gelernt?«

»Nein, warum?«

»Nun«, sagte Mina, »meine Mutter behauptet, Madame habe keine Familie gehabt, aber die Verwandtschaft ihres Mannes sollte eigentlich erfahren, dass sie im Sterben liegt.«

»Ich habe keine Ahnung, wer es ist.« Cohen wandte seinen Blick wieder Madame zu, die in diesem Augenblick die Augen öffnete. »Gott!«

»Nein«, röchelte die alte Frau, »nicht Gott.« Sie hob ihre durchscheinende Hand und tätschelte seine Wange. »Komm näher, Jude.«

Ihr Atem roch schal und ranzig, und obwohl Cohen bewusst war, dass sie nur eine alte, sterbende Frau war, stieß sie ihn ab. Als sie zu flüstern begann, zuckte er zusammen. Am Ende ihrer kleinen Rede wirkte er jedoch eher geschockt als angewidert. Zuerst dachte Mina, er wäre entsetzt darüber, dass die alte Frau so plötzlich wieder zurück ins Koma gefallen war. Doch als sie sah, dass der Polizist unhörbar in das taube Ohr der alten Frau flüsterte und anschließend von seinem Stuhl aufsprang, als habe er sich verbrannt, vermutete sie, dass es Madames Worte waren, die ihn schockiert hatten.

»Was wollte sie?«, fragte Mina, als er fluchtartig das Zimmer verließ.

»Nichts«, sagte er knapp und eilte die Treppe hinunter.

»Ja, aber …«

Als Cohen genau auf der Höhe der Kinderzimmertür ankam, begann das Baby zu schreien. Einen kurzen Augenblick lang vermutete Mina, er habe es überhört, weil sein Kopf noch voll von dem war, was ihm Madame erzählt hatte.

Doch sie irrte sich.

»Schreit da ein Baby?«, fragte er und öffnete einfach die Tür.

»Ja«, antwortete Mina. »Es gehört einer Freundin. Ich hüte es für sie.« Sie schob sich an Cohen vorbei zu dem Bett, in dem das Baby in eine hübsche goldene Brokatdecke eingewickelt lag.

»Ich hätte nicht gedacht, dass solche wie du häufig Kinder kriegen«, bemerkte Cohen, während er sich im Zimmer umschaute. Und, als spräche er zu sich selbst, fügte er hinzu: »Was für ein schrecklicher Ort für ein Baby.«

»So schlimm ist es nun auch wieder nicht«, meinte Mina und drückte das Kind schützend an ihre Brust.

Cohen zuckte mit den Schultern. Dann drehte er sich hastig um und verließ wortlos das Zimmer. Kaum war er weg, atmete Mina die Luft aus, die sie angehalten hatte, und küsste das Kind auf den Kopf. Was auch immer Madame zu Cohen gesagt haben mochte, es hatte ihm ganz offensichtlich einen Schock versetzt. Doch unter diesen Umständen war das vermutlich von Vorteil.

Sobald Süleymans Auto Tansus Ausfahrt verließ, änderte sie schlagartig ihr Verhalten. Solange der Inspektor im Haus gewesen war, hatte sie sich versöhnlich und zeitweise sogar tief betrübt gegeben, doch nun ließ sie ihrer Feindseligkeit freien Lauf.

»Ich kann nicht glauben, dass du den Worten dieses eleganten Knaben nicht widersprochen hast«, fauchte sie den bleichen Erol an. »Wir sind Stars. Wir lassen uns nicht einfach herumstupsen!«

»Er ist ein Polizeibeamter, Tansu«, sagte Latife und legte beruhigend eine Hand auf die Schulter ihrer Schwester.

»Wenn ich deine Meinung hören will, dann bitte ich dich schon darum!«, brüllte Tansu und warf sich Erol zu Füßen. »Du sagst einfach, was deiner Meinung nach richtig ist, um Merih zurückzubekommen, mein Liebling. Mach dir keine Sorgen, auch wenn die Polizei dabei ist.«

Hätte Erol Urfa noch über irgendwelche gefühlsmäßigen Reserven verfügt, um Tansu zu antworten, hätte er ihr vermutlich wie gewöhnlich über den Kopf gestreichelt. Doch er war wie versteinert. Die Sorgen und die Schlaflosigkeit forderten ihren Tribut, und als er schließlich reagierte, konnte er sich gerade noch ein schwaches Lächeln abringen.

Als Tansu Erols bleierne Beine mit tränenreichen Küssen bedeckte, fand es Latife an der Zeit zu gehen. In ihrer augenblicklichen Verfassung war es zwecklos, mit ihnen reden zu wollen, und wenn Tansu wie so oft Erol überredete, mit ihr zu schlafen, ohne Rücksicht auf die Gefühle ihres Liebhabers, wollte sie nicht dabei sein. Sie verließ das Zimmer mit gefasster, ernster Miene. Doch am Swimmingpool besserte sich ihre Laune. Lächelnd ergriff sie das Buch, in dem sie gelesen hatte, bevor der Polizist erschienen war, und setzte ihre Lektüre fort.

Nachmittags um fünf gab die Gerichtsmedizin die Untersuchungsergebnisse der Fingerabdrücke bekannt, wodurch ein erneutes Verhör von Cengiz Temiz in Raum 3 unumgänglich wurde. Ein sehr erschöpft wirkender Süleyman beobachtete den ihm gegenübersitzenden zitternden Mann mit einer Mischung aus Abscheu und Mitleid. Çöktin, der neben seinem Chef Platz genommen hatte, blätterte kurz die Unterlagen durch, sah jedoch wieder auf, als Süleyman mit dem Verhör begann.

»Also, Herr Temiz«, sagte Süleyman, »ich frage Sie erneut: Wo waren Sie am Abend des 11. August 1999?«

Cengiz Temiz zitterte unablässig weiter und bewegte tonlos seine große Zunge im geöffneten Mund.

»Sie müssen mir schon irgendetwas antworten, Cengiz«, fuhr Süleyman in einem Ton fort, von dem er hoffte, er sei irgendwie konzilianter.

Cengiz Temiz' Blick wanderte rasch zwischen den zwei Gesichtern vor ihm hin und her. Er traute sich nicht, es zu gestehen, aber er musste dringend auf die Toilette.

»Ich hab Frau Ruya nicht wehgetan«, antwortete er, drückte seine Hände zwischen die Beine und beugte sich vor.

Da Temiz Süleyman zum ersten Mal direkt angesprochen hatte, glaubte dieser sogleich an einen möglichen Durchbruch. Zudem gab es ihm die Gelegenheit, den Mann angesichts der neuen Beweislage etwas gezielter anzugehen. Bevor er loslegte, versuchte er sich ins Gedächtnis zu rufen, was Zelfa Halman ihm über Gespräche mit Menschen wie Cengiz erzählt hatte. Kurz ging ihm dabei durch den Kopf, was die Psychiaterin über die Wahrscheinlichkeit gesagt hatte, dass jemand wie Cengiz einen solch komplexen Mord nicht nur geplant, sondern auch durchgeführt habe. In Anbetracht der Beweislage musste er dies jedoch zurückstellen.

»Cengiz«, begann er erneut und beugte sich vor, um dem Mann seine Finger zu zeigen, »erinnern Sie sich, dass Sie gebeten wurden, Ihre Finger in Tinte zu tauchen und dann auf Papier zu pressen? So haben wir Fingerabdrücke von Ihnen gemacht.«

»Mmhh.« Dieses Grunzen des sonst völlig regungslos verharrenden Cengiz deutete Süleyman als Zustimmung.

»Nun«, erläuterte er, »tun wir Folgendes: Wir schauen uns Ihre Fingerabdrücke und die von anderen Menschen an und vergleichen sie mit den Fingerabdrücken, die die Gerichtsmediziner am Tatort sichergestellt haben.«

Nichts. Süleyman blickte zu Çöktin, der aus irgendeinem Grund Cengiz Temiz anlächelte. Als sich Süleyman räusperte, änderte der junge Beamte sofort seinen Gesichtsausdruck.

»Jetzt sieht es so aus«, fuhr Süleyman fort, »als stimmten Ihre Fingerabdrücke mit einigen von denen überein, die wir dort gefunden haben, wo Frau Urfa ermordet wurde. Wir haben nicht nur Ihre dort gefunden. Wir haben auch die Fingerabdrücke von Herrn Urfa, dem Baby Merih und von Frau Urfa auf vielen Dingen, auch auf Küchengeräten und ihrem Stift gefunden. Unser Problem ist, dass wir allein Ihre Fingerabdrücke auf Frau Urfas Leiche gefunden haben. Die Gerichtsmedizin hat Ihre Abdrücke auf der Brille der Frau gefunden und auf einem Goldarmband, das sie am Handgelenk trug. Verstehen Sie, was ich hiermit sagen will, Cengiz, oder …«

»Hab Frau Urfa nicht wehgetan! Hab es nicht getan!«

»Was haben Sie nicht getan, Cengiz?«, fragte Süleyman nachdrücklich. »Was haben Sie nicht getan?«

Erneut hüllte sich der verängstigte Cengiz Temiz in Schweigen.

»Schauen Sie, Cengiz«, warf Çöktin ein, »wenn Sie Frau Urfa nicht wehgetan haben oder falls das, was passiert ist, ein Unfall war, brauchen Sie keine Angst zu haben, verstehen Sie?«

»Wenn Leute sterben, hängt man Leute.«

»Heute nicht mehr. Die Leute gehen dafür ins Gefängnis, aber … Schauen Sie, Cengiz, wenn Sie Frau Urfa nicht umgebracht haben, dann erzählen Sie uns einfach, wann Sie sie berührt haben und …«

»Sie war kalt, nachdem …«

»Wann war sie kalt, Cengiz?«, fragte Süleyman und spürte gleichzeitig, wie sein Herz raste in der Erwartung, vielleicht kurz vor einem wirklichen Durchbruch zu stehen. »Nachdem …«

»Muss aufs Klo.«

»Ja, gleich, aber erst …«

»Jetzt.«

Çöktin, der viel weniger gespannt darauf war, was Cengiz ihnen vielleicht mitteilen würde, als Süleyman, meinte: »Ich glaube, Sie sollten ihn jetzt sofort gehen lassen, Herr Inspektor.«

»Ja, in einem …«

»Jetzt!« Cengiz' Gesicht wirkte gequält. Während er weiter verschiedene Grimassen schnitt, verlor Süleyman, der das dringende Bedürfnis seines Gefangenen bisher nicht bemerkt hatte, wertvolle Sekunden der Reaktionsmöglichkeit.

»Dieses Bedürfnis kommt sehr plötzlich, Cengiz, angesichts der Dinge, die wir gerade besprechen«, erwiderte er.

»Ich glaube, das gehört alles zu seiner Krankheit oder wie immer man das nennt«, flüsterte Çöktin Süleyman ins Ohr. »Ich denke, Sie sollten ihn lieber gehen lassen.«

»Ja, aber …«

Plötzlich ertönte das Geräusch fließenden Wassers und Cengiz' dicke, traurige Gestalt ließ ein lang gezogenes schmerzliches Schluchzen vernehmen. Auch wenn er die subtileren Aspekte in der Vielfalt des Lebens nicht deuten konnte, so war ihm doch klar, dass er in diesem schrecklichen, dreckigen kleinen Raum, in dem Polizisten ihn mit Fragen bombardierten, wieder in Schwierigkeiten steckte, die ihm Qualen verursachen würden. Und er wusste, dass sie ihn dieses Mal nach der Befragung nicht einfach nach Hause schicken würden. Dieses Mal würden sie ihn dabehalten.

Tränenüberströmt stand Tansu am Rande der Klippen. Mit einer ruckartigen Bewegung wandte sie dem Mann in der ausländischen Uniform, der neben ihr stand, ihr stolzes Haupt zu und zischte: »Lieber sterbe ich, als deine Frau zu sein!«

Und mit diesen Worten stürzte sie sich – oder vielmehr die Stuntfrau – in den tiefen blauen Abgrund.

»Sänger sollten niemals schauspielern«, erklärte Çetin İkmen und zündete sich mit Hilfe seines Zigarettenstummels eine neue Zigarette an. »Elvis Presley ist uns allen doch eine Warnung gewesen.«

»Oh, ich mochte seine Filme«, schwärmte Fatma, während

sie ein widerspenstiges Kind in Richtung Badezimmer schob und dabei kurz vor dem Fernseher herlief.

»Niemand ist perfekt«, brummte ihr Mann, der gerade den Aufmarsch einer Gruppe junger Wehrpflichtiger auf dem Bildschirm verfolgte. Erol Urfa in Ausübung seiner Pflicht fürs Vaterland.

»Weißt du was, Fatma«, rief er auf einmal und versuchte damit sowohl die Lautstärke des Fernsehers als auch das aus dem Badezimmer dringende Geräusch fließenden Wassers zu übertönen, »wenn ich wissen wollte, wann Tansu Hanim geboren wurde oder von wo Erol Urfa stammt, hätte ich nach dieser Sendung nicht die leiseste Ahnung.«

»Sie ist sehr zurückhaltend, was ihr Alter betrifft«, schrie Fatma zurück. »Deswegen hat sie sich ja auch entschlossen, das zu ändern, was ihr von Allah mitgegeben wurde.«

»Du meinst die Schönheitsoperationen?«

»Ja.« Mit tropfenden Händen kam sie zurück ins Wohnzimmer, blieb einen Moment stehen und stemmte die Hände in die Hüften. »Hast du Bülent schon gesehen?«

İkmens Gesicht verdüsterte sich. »Nur vom Balkon aus.«

Fatma blickte gen Himmel. Erneut wechselte sie das Thema. »Habe ich eigentlich richtig gehört, Kleopatra Polycarpou liegt nun endgültig im Sterben?«

»Du sollst bei meinen Telefonaten nicht lauschen«, erwiderte İkmen mit gespielter Strenge.

Fatma, die derlei Blicke gewohnt war, fuhr ungerührt fort: »Aber stirbt sie nun wirklich oder …«

»Ja, es scheint so«, antwortete İkmen seufzend, während er in einem Filmausschnitt Tansu und Erol am Strand von Bodrum beobachtete. »Cohen ist hingegangen, um sich zu verabschieden.«

»Und hat dich angerufen, um dir das zu sagen?«

»Ja.«

»Warum?«

»Weil es ein Problem mit ...« Da er plötzlich merkte, worauf das Gespräch hinauszulaufen drohte, brach er den Satz ab, schaute Fatma an und fragte: »Und woher kennst du Kleopatra Polycarpou, Fatma?«

»Oh, ich habe sie nie persönlich kennen gelernt, Çetin«, antwortete sie mit einem Lächeln. »Ich weiß das, was du über sie erzählt hast, und weil Frau Onat eine Weile ihren Haushalt geführt hat, bevor sie«, Fatma schnüffelte, als läge ein übler Geruch in der Luft, »diese Frau in ihre Dienste genommen hat.«

İkmen runzelte die Stirn. »Niemand hat Semra Arda je etwas nachweisen können.«

»Nur weil das Mädchen bei der Einlieferung ins Krankenhaus bereits tot war!«

»Nun, auch sonst hat niemand je behauptet, sie hätte bei ihnen eine Abtreibung durchgeführt!«, entgegnete İkmen recht hitzig. »Keine Beweise, kein Fall.«

»Es sei denn, pol...«

»Ich habe keine Lust, mich auf eine Diskussion über Gesetzesgrundlagen einzulassen, von denen ich nichts verstehe! Ich kümmere mich um einfache Tötungsdelikte, und das weißt du auch, Fatma. Ich habe mit dem politischen Kram nichts zu tun. Ich kümmere mich darum, wenn irgendein geldgeiler Sohn seinem Vater Rattengift in den Ayran kippt. Im Laufe der Ermittlungen werden üblicherweise einige der Verdächtigen wieder entlastet, dazu gehörte damals auch Semra Arda.« Er hielt den Zeigefinger hoch, um Widerspruch zu verhindern und fuhr fort: »Und außerdem, wer wäre in deinen Augen nicht schuldig, wenn du dich mit Sibel Onat oder sonst wem über Schuldfragen unterhältst?«

Bevor Fatma antworten konnte, ertönte aus dem Badezimmer eine Kinderstimme. »Mutti!«

»Ich weiß nicht, wo sich das Kind immer so schmutzig

macht!«, seufzte Fatma im Gehen und bot damit ihrer gereizten Stimmung ein neues Ziel. »Diese da benimmt sich wie ein Junge!«

»Welche?«, fragte İkmen.

»Gül«, antwortete Fatma und fügte gehässig hinzu: »Gelegentlich solltest du die Namen deiner Kinder mal auswendig lernen, Çetin!«

Bevor sie das Zimmer verließ, blieb sie kurz stehen, um dem klagenden Lied zu lauschen, das sich scheinbar unter Schmerzen aus Tansus unnatürlich weißer Kehle quälte.

»Also, welches Lied ist das denn?«, fragte İkmen und zeigte mit dem Kopf in Richtung Fernseher. »Du scheinst ja, was dieses Zeug angeht, eine Expertin zu sein.«

»*Hass ist mein einziger Freund*. Eines dieser verbitterten Lieder, von denen ich dir erzählt habe«, erwiderte Fatma, warf den Kopf zurück und fügte hinzu: »Manchmal kann ich diese Texte durchaus nachempfinden.«

Und dann war sie verschwunden und ließ den missbilligenden Blick ihres Mannes hinter sich.

İkmen wandte sich wieder dem Fernseher zu, und was er dort hörte, weckte schließlich doch noch sein Interesse. Wie Fatma gesagt hatte, klang es in der Tat ganz schön bitter.

Du hast ihn mir genommen,
Meinen stolzen Pfau.
Jetzt ist Hass mein einziger Freund.
Eines Tages werde ich hier weggehen,
Ich werde dich heimsuchen.
Mit einem Messer, meiner einzigen Liebe,
Werde ich dein Herz zerschneiden,
Wenn du allein bist,
Denn Hass ist mein einziger Freund.

Obwohl Tansu beim Singen traurig lächelte, klang die Botschaft des Liedes eindeutig nach Mord. In der Tat – sehr unerfreulich. Stirnrunzelnd beugte sich İkmen vor und griff nach dem Stapel Kassetten, der unter dem Fernseher lag.

Auch in Karaköy schaute sich jemand, wenn auch mit geringem Interesse, die Sendung an, die Erol Urfas Aufstieg zum Ruhm und seine familiäre Tragödie zeigte. Cohens Gedanken schweiften jedoch immer wieder ab und wanderten zu dem Haus von Madame Kleopatra, das er vor wenigen Stunden noch besucht hatte. Zum sicher zehnten Mal in dieser Stunde schaute er auf die Uhr und fragte sich, ob die alte Frau wohl schon gestorben war.

Mehmet Süleyman hingegen, der seinem Freund gegenübersaß und schweigend seinen Tee trank, schenkte seine ganze Aufmerksamkeit dem Fernsehprogramm. »Ich würde glatt wetten, dass TRT diese Sendung bereits für den Fall produziert hatte, dass Erol plötzlich sterben sollte«, meinte er. »Sie ist so ausführlich. Man erwartet doch fast, dass ganz am Ende ein Foto von Erol eingeblendet wird, unter dem sein Geburts- und sein Todesdatum stehen.«

»Hm.«

»Ich hoffe nur, dass sich Erol auch an das mit uns vereinbarte Skript hält, wenn er endlich seine Bitte vorträgt. Çöktin hat in den Fernsehstudios auf ihn gewartet, also sollte eigentlich alles klappen.«

»Warum bist du nicht hingefahren?«, fragte Cohen und blickte dabei schon wieder auf die Uhr.

»Ich musste mich mit einem Mann wegen seiner beiden irregeleiteten Schwestern treffen, und außerdem hatte Urfa darum gebeten, dass Çöktin kommt. Warum guckst du eigentlich ständig auf die Uhr?«

Cohen zuckte mit den Schultern. »Nur so.« Dann fragte er

mit hochgezogenen Augenbrauen: »Warum sollte Urfa Çöktin bevorzugen? Ich meine, du bist doch diesmal der große Boss, oder nicht?«

»Vielleicht, weil sie beide die gleiche Herkunft haben. Vielleicht vertraut er ihm eher als mir. Ich weiß es nicht.«

»Nun ja, ihr Jungs aus gutem Haus könnt ja auch ein bisschen …«

»Jetzt sei doch mal still!«

Als Erols niedergeschlagenes Gesicht eingeblendet wurde, beugte sich Süleyman vor, um den Fernseher lauter zu stellen.

»Ich habe nicht viel zu sagen«, erklärte der Star, dessen verwaschene Stimme wieder die Einnahme irgendwelcher Beruhigungsmittel vermuten ließ. »Außer dass ich meine Merih zurückhaben möchte. Sie verträgt bestimmte Lebensmittel wie Huhn und Bohnen nicht – sie ist allergisch dagegen. Sie könnten ihr damit, ohne es zu wollen, Leid zufügen. Wer Sie auch sind, bitte verstehen Sie, dass mir dieses Kind alles bedeutet. Wenn Sie eine Seele haben, dann geben Sie sie mir zurück. Egal wie.«

»Gut gemacht, Erol. Keine Orte nennen«, murmelte Süleyman.

»Sollten Sie Merih haben und meine Musik lieben, dann sehen Sie mir jetzt an, wie verzweifelt ich bin.« Unaufgefordert stiegen Erol Tränen in die Augen. »Und wenn Sie mich hassen, denken Sie an Merih. Ich bin ihr Vater, ich bin alles, was ihr von ihrer Familie noch bleibt. Ich fordere Sie alle auf: Schauen Sie sich dieses Foto von meiner Tochter an, und sollten Sie sie sehen, dann verständigen Sie bitte die Polizei. Telefon- und Faxnummern werden am Ende dieser Sendung eingeblendet. Vielen Dank.«

»Also kein ›Inschallah, wird sie zu mir zurückkehren‹-Zeug?«, fragte Cohen, während er nach seiner Kaffeetasse griff.

»Nein. Was du gehört hast, war genau das, worauf wir uns verständigt hatten.«

»Ich dachte, ihr würdet immer sofort Gott um Hilfe bitten.«

»Ich dachte, ihr würdet immer eine Menge Geld verdienen, bis ich hier eingezogen bin«, gab Süleyman bissig zurück.

Cohen schaute erneut auf das Bild des Babys im Fernseher, wobei sein Lächeln merkwürdig schnell verblasste.

Süleyman fürchtete, vielleicht zu weit gegangen zu sein, und entschuldigte sich. »Tut mir Leid.«

Doch Cohen hörte ihm gar nicht zu. Mit einer ruckartigen Bewegung näherte er sich dem Bildschirm und starrte auf das Bild, als sei er kurzsichtig.

»Mehmet«, sagte er und fuhr gleichzeitig mit den Fingern die Außenlinien der Decke entlang, in die das Kind eingewickelt war. »Ich hab die schon mal gesehen.«

»Was?«

»Diese Decke.« Er schaute auf, wobei sein Gesicht inzwischen aschfahl war. »Ich habe sie heute gesehen.«

Süleyman ließ sich neben seinem Freund auf dem Boden nieder. »Wo? Wo hast du sie gesehen?«

»In Madame Kleopatras Hamam. Bei Mina.«

6. Kapitel

Und wer ist Mina?«, fragte Süleyman und drehte sich zu Cohen um, der keuchend hinter ihm herlief. Da sein Kollege sofort nach der Sendung die Wohnung blitzartig verlassen hatte, fehlten Süleyman immer noch einige wichtige Einzelheiten.

»Eine Prostituierte.« Cohen blieb kurz stehen, um Luft zu schöpfen. Auf einem Hügel zu wohnen bedeutete leider nicht automatisch, auch steile Hänge bewältigen zu können, das wurde Cohen in diesem Augenblick klar. »Ihre Mutter Semra Arda arbeitet für Madame im Hamam. Dort habe ich heute das Baby mit der Decke gesehen.«

Süleyman wich etwas zur Seite aus, um nicht in ein großes, mit Coladosen und Zeitungspapier gefülltes Schlagloch zu treten. »Dann gehen wir jetzt also zu Madame Kleopatra?«

»Ja und nein.«

»Wie?«

»Mina hatte das Baby, Mehmet. Ich kann jetzt nicht zu Madame zurückgehen. Sie liegt im Sterben und außerdem …«

»Und außerdem was?«

Cohen zuckte mit den Schultern. »Ich habe Madame versprochen, dass ich … Schau, Mehmet, es gibt da ein paar Probleme im Umfeld von Madame. Es gibt … gewisse Dinge.«

Süleyman blieb vor einem Gebäude stehen, das wie eine winzige verlassene griechische Kirche aussah, und zog Cohen in den verwilderten Garten, der wohl einst ein Friedhof gewesen war.

»Was für Dinge?«, zischte er und passte sich damit, ohne sich dessen bewusst zu sein, seiner düsteren Umgebung an. »Was meinst du damit?«

»Ich habe versprochen, es nur dem Inspektor zu sagen.«

»Was? İkmen?«

»Ja. Was ich auch getan habe.«

»Woher will sie İkmen kennen, wenn sie die letzten dreißig Jahre im Bett zugebracht hat?«

Cohen lächelte. »Der Inspektor kennt jeden.«

Süleyman dachte schweigend darüber nach, ob er es wohl je so weit bringen würde, einfach nur als der Inspektor bekannt zu sein und meinte schlicht: »Oh.«

Einen Augenblick lang standen sie sich schweigend gegenüber. Cohen schaute erst auf, als Süleyman gedankenverloren den Namen eines vor langer Zeit verstorbenen Griechen buchstabierte, der in einen umgefallenen Grabstein eingemeißelt war.

»Cohen, bist du dir mit der Decke absolut sicher?«

»Nun, ich war noch geschockt von dem, was mir Madame kurz zuvor gesagt hatte, aber ich denke schon. Sie war genauso golden wie die im Fernsehen.« Er runzelte ein wenig die Stirn, während er versuchte, sich an Einzelheiten zu erinnern. »Sie war genauso eingefasst ... sie ... Wenn ich jetzt darüber nachdenke, dann glaube ich, dass Mina etwas nervös war. Sie hat das Baby ganz schnell hochgenommen.«

»Und es kann nicht ihr eigenes Kind sein?«

»Sie sagte, sie kümmere sich für eine Freundin darum.«

»Aha.«

Zwei junge Soldaten in grünen Uniformen kamen Arm in Arm vorbei und warfen den beiden erwachsenen Männern auf dem Friedhof einen befremdeten Blick zu.

»Aber Cohen«, sagte Süleyman und seufzte frustriert, »wenn wir das Baby sehen wollen, dann müssen wir zu Madame Kleopatra gehen.«

»Nein, Mehmet, wir müssen zu Mina gehen.«

»Dann spazieren wir also einfach so in ein Bordell ...«

»Nein. Mina arbeitet unabhängig, wie alle hier in der Gegend.« Er unterbrach sich und blickte über die Schulter zurück. »Und zwar gegenüber von Madame. Vielleicht hat sie das Baby bei sich, ansonsten wird es bei ihrer Mutter im Hamam sein. Wie dem auch sei, ich glaube, wenn wir Mina allein erwischen, dann wird sie uns vermutlich die Wahrheit erzählen. Doch erst müssen wir an Mickey vorbeikommen.«

Süleyman setzte sich auf die niedrige, zum Teil eingefallene Mauer des Friedhofs und legte den Kopf in die Hände. »Und wer ist Mickey?«, fragte er geduldig.

»Ein englischer Hippie. Und außerdem Minas Zuhälter. Und er nimmt Heroin.«

Ohne den Kopf zu heben, murmelte Süleyman: »Phantastisch.«

»Wahrscheinlich hat Mickey das Baby geklaut. Er sucht ständig neue Wege, um an Geld für seine Drogen zu kommen«, fuhr Cohen fort und klang dabei immer aufgeregter. »Vielleicht hat er sogar Frau Urfa umgebracht.«

»Falls es nicht Mina oder ihre Mutter oder irgendwer oder der Mann getan hat, den die Gerichtsmedizin mit dem Tatort in Verbindung bringt.« Hastig erhob Süleyman sich und schlug sich mit der Hand an die Stirn. »Was mache ich nur hier?«

Cohen wurde plötzlich wütend angesichts der Zweifel seines Freundes und packte Süleyman an den Schultern. »Schau, Mehmet«, sagte er, »das Bild im Fernsehen hat mich geschockt. Ich weiß, dass ich die Decke schon mal gesehen habe, und ich bin mir auch sicher, wo. Können wir es uns leisten, das einfach zu ignorieren? Ich meine ... Gut, mach du daraus, was du willst. Wenn wir zu Madame gehen müssen, nun, dann tun wir es. Du bist schließlich der Boss. Aber es ist doch unsere Pflicht, dem nachzugehen, oder etwa nicht?«

Süleyman seufzte. »Ja, das stimmt. Ich will dieses Baby sehen – wenn es überhaupt noch da ist.«

»Und wenn es das nicht mehr ist?«

»Darüber machen wir uns Gedanken, wenn der Fall eingetreten ist.« Er machte sich wieder auf den Weg zur Straße. »Komm schon.«

Mickey Anderson ließ seinen Arm schwer auf der Schulter des jungen Mannes ruhen und lächelte. Hinter ihm, nur mit einem dünnen Nylonneglige bekleidet, machte sein »Eigentum« eine höhnische Bewegung in Richtung seines Hinterkopfes und verließ den Raum.

»Also, hat man's dir schon mal besser besorgt oder was?«

»Wie bitte?«, erwiderte der Junge und versuchte angestrengt, Mickeys umgangssprachliches Englisch zu verstehen.

»Macht nichts, Kid«, ließ Mickey durch mehrere Schichten seines mit Essensresten verklebten Bartes vernehmen, »gib mir einfach die fünf Millionen, die du mir schuldest, und du kannst wieder zurück zu deiner Mami gehen.«

Der Junge runzelte zweifelnd die Stirn. »Fünf Millionen?«, fragte er. »Aber Sie haben doch gesagt ...«

»Klar, und das hier sagt sieben Millionen und mehr«, antwortete Mickey, zog mit einer raschen Bewegung ein Messer aus seinem Gürtel und hielt es dem Jungen an den Kopf. »Sieben, Kid.« Und nachdem ihm eines der wenigen türkischen Wörter eingefallen war, die er kannte, flüsterte er dem Jungen ins Ohr: »Yedi für dich.«

Als der Junge langsam die Hand in die Tasche steckte, lächelte der Zuhälter. »Guter Junge.« Er nahm das dicke Banknotenbündel und stopfte es sich, ohne das Geld zu zählen, in den Gürtel. Dann schlug er dem Jungen derb auf den Rücken und befahl zum Abschied: »So, und jetzt verpiss dich!«

Das ließ sich der Junge nicht zweimal sagen, und als er hinaus auf die Straße lief, folgte ihm Mickey gemächlich und ließ das Messer wieder in seinem Gürtel verschwinden.

Draußen war es inzwischen dunkel, fast Mitternacht. Die beste Zeit für seine Geschäfte. Mickey grinste. Einige der Bars hatten bereits geschlossen und diejenigen wieder in die Stadt ausgespuckt, die auf der Suche nach etwas Exotischerem als Alkohol waren. Soldaten, Matrosen, Piloten, alte Männer, impotente Russen – die reichen und seltsamen Jungs kamen normalerweise erst, wenn in den frühen Morgenstunden auch die Clubs schlossen. Doch nicht immer. Er bemerkte neben dem verdreckten alten Hamam, in das Mina manchmal ging, bereits jetzt ein paar recht laute Anzugträger. Zu Beginn des Abends war dort ein leises Weinen zu hören gewesen, ein merkwürdiges Geräusch, das Mina bei ihrem ersten Freier etwas abgelenkt hatte. Doch jetzt war es dort drüben dunkel und totenstill. Mickey steckte sich eine Zigarette in den Mund und ging auf die Quelle des Gelächters zu.

Es waren drei. Zwei jüngere, etwa dreißigjährige Männer und einer um die fünfzig. Der ältere Mann trug aus irgendeinem Grund eine Sonnenbrille, und der unscheinbarere der beiden jüngeren Männer schien sich irgendwie über den großen, gut aussehenden Mann lustig zu machen, der betrunken kicherte und lachte.

»Hallo, Jungs«, sagte Mickey und setzte sein freundlichstes Lächeln auf. »Was geht hier ab?«

Der ältere Mann verstand offensichtlich kein Englisch und zuckte nur mit den Schultern.

Der junge Unscheinbare sagte: »Hallo«, legte seinem betrunkenen Freund eine Hand auf die Brust und erklärte: »Morgen ist er ein verheirateter Mann!«

»Oh, tatsächlich?«, erwiderte Mickey. »Wie nett.«

»Ja!«

»Wo seid ihr denn bis jetzt gewesen, Jungs?«

Der große, gut aussehende Mann hörte kurz auf zu lachen und lallte: »Trinken, trinken und trinken!«

»Oh.«

»Ja«, antwortete der Unscheinbare, »schließlich das letzte Mal, dass mein Freund hier ein freier Mann ist, verstehen Sie?«

Der ältere Mann sagte irgendetwas auf Türkisch und alle lachten, einschließlich Mickey. »Ja, Freiheit, klar. Und was habt ihr jetzt vor?«

Der Unscheinbare, der sich schließlich als Orhan vorstellte, meinte: »Ich weiß noch nicht. Vielleicht halten wir nach ein paar Mädels Ausschau oder … Keine Ahnung.« Er lachte.

»Oh, ein paar Mädels, hm? Was, für euch alle oder nur …«

Orhan lachte. »Ich bin verheiratet und Balthazar auch«, sagte er und zeigte dabei auf den älteren Mann, der inzwischen im Schatten stand. »Nein, nur für Mehmet. Es ist seine Nacht.«

»Klar.«

Mehmet, der ganz offensichtlich sturzbetrunken war, lehnte sich gegen einen großen, dunklen Mercedes und kicherte, als seine Beine langsam nachgaben. Balthazar kam ihm sofort zu Hilfe.

Mickey wischte sich mit dem Handrücken über die feuchte Stirn und schaute auf zum Sternenhimmel. »Nun, wenn ihr Frauen wollt, dann seid ihr hier genau richtig.«

»Kennst du welche? Hübsche?«

»Ja.« Mickey zuckte mit den Schultern. »Eine oder zwei.«

»Sie müssen aber sauber sein«, meinte Orhan ernst. »Mein Freund hier darf sich nichts einfangen, wo er doch heiraten wird.«

»Nein. Natürlich nicht.« Mickey schaute über die Schulter zum Eingang seines Wohnhauses und räusperte sich. »Schaut, ich kann euch vielleicht helfen. Wenn ihr mir eine Minute Zeit gebt …«

Orhan schaute zweifelnd, willigte aber dennoch ein. Während Balthazar sich bemühte, Mehmet wieder vom Boden aufzusammeln, schlenderte Mickey zurück zu seiner Wohnung. Sobald er im Flur stand, holte er das Handy aus der Tasche.

Erst als Zelfa Halman vor Cengiz Temiz' Zelle stand, bemerkte sie, dass sie vergessen hatte, Unterwäsche anzuziehen. Sie schaute entsetzt auf ihren ungestützten Busen hinab und stöhnte. Allerdings passierte ihr Derartiges öfter. Unterhosen oder Zigaretten zu vergessen, die Haustür nicht abzuschließen und somit Einbrechern ein leichtes Spiel zu bieten war normal, wenn man nachts Bereitschaftsdienst hatte.

Obwohl es ihre Arbeit verlangte, von Zeit zu Zeit mit der Polizei zusammenzuarbeiten, gehörte ein regelmäßiger Zellenbesuch zum Glück nicht zu ihren Pflichten. Und so schauderte es sie schon beim Betreten des Gebäudes. Selbst im von der Garda geführten Gefängnis damals in Dublin war es nicht so schmutzig gewesen. Die Irin in ihr hasste dieses heiße, stinkende Dreckloch, auch wenn sie es aufgrund ihrer halbtürkischen Herkunft bis zu einem gewissen Grad nachvollziehen konnte. Mit dem Mann, der hier jeden Tag arbeitete und dessen Gefangene sie gerade schreien hören konnte, hatte sie in der Vergangenheit bereits viele hitzige Debatten über die Behandlung Gefangener in Untersuchungshaft geführt. Wo sich Mehmet Süleyman allerdings jetzt gerade aufhielt, wusste sie nicht, und die eher einfältigen Beamten neben ihr hatten entweder auch keine Ahnung oder wollten es ihr einfach nicht sagen. Vielleicht waren sie im Bilde darüber, dass ihr Vorgesetzter und diese viel ältere Frau ein Verhältnis miteinander hatten, und lachten sich insgeheim darüber kaputt.

»Öffnen Sie die Tür«, forderte sie den Mann mit den vielen Narben zu ihrer Linken auf.

Während er mit den Schlüsseln in der Hand einen Schritt nach vorn machte, zogen die anderen beiden, ein Mann und eine Frau mit harten Gesichtszügen, ihre Schlagstöcke aus den Gürteln und hielten sie hoch.

»Die werden Sie nicht brauchen«, meinte Zelfa kühl, während sie die Szene um sich herum mit wachsendem Argwohn betrachtete.

»Er tobt, also vielleicht doch«, erwiderte die Frau kurz angebunden.

»Sollte sich einer von Ihnen nicht an die Auflagen halten, werde ich Ihrem Boss das Leben zur Hölle machen und dann wird es Ihnen noch Leid tun.«

Der Mann mit den Schlüsseln öffnete die Tür und trat dann schnell wieder zurück. »Bitte, Frau Doktor.«

Vermutlich seit Anbeginn der Zeit, jedoch mit Sicherheit seit dem finsteren Mittelalter kursieren in Europa Berichte über so genannte Wolfsmenschen. Sie beschreiben Menschen, die wie in den Werwolflegenden eine extreme Verwandlung durchgemacht haben, oder Personen, die von Wölfen großgezogen worden waren oder auf irgendeine Art und Weise mit Wölfen in der Wildnis gelebt haben. Welche Version überliefert wurde, hängt zum Teil davon ab, wo diese Kreaturen gefunden worden waren. So hätte man im Rumänien des 19. Jahrhunderts beispielsweise eine dämonische oder übernatürliche Erklärung für vollkommen logisch gehalten. Im ausgehenden 20. Jahrhundert jedoch, in einer Gefängniszelle mitten in Istanbul, schien Wahnsinn die wahrscheinlichste Erklärung für Cengiz Temiz' merkwürdiges Verhalten und für sein unkontrolliertes Heulen zu sein. Wenn er nicht gerade schrie und mit inzwischen blutigen Armen gegen die Wände hämmerte, streckte Cengiz seinen zerzausten Kopf zur Decke und heulte wie ein Tier.

»Wie lange benimmt er sich schon so?«, fragte Zelfa, während sie versuchte, einen Blickkontakt zu dem unglücklichen Mann herzustellen.

»Seit ein paar Stunden.«

»Seit ein paar Stunden!« Sie raste vor Wut, und obwohl sie Cengiz nicht eine Sekunde aus den Augen ließ, konnten die Beamten an ihrer Seite ihren Zorn deutlich spüren. »Warum hat man mich nicht eher gerufen? Zu beschäftigt mit Kebab-Essen oder mit dem Durchblättern irgendwelcher schmutziger Heftchen?«

»Aber, Frau Doktor«, setzte die Beamtin an, »ich bin …«

»Ich schließe Sie da keineswegs aus.« Zelfas direkte irische Art blieb völlig ungerührt von der Tatsache, dass sich diese Frau offensichtlich schwer beleidigt fühlte.

Cengiz schrie wie ein wütender Poltergeist und warf seine beträchtliche Körpermasse von einer Seite zur anderen. Zelfa kontrollierte noch einmal, dass eine der kleinen Spritzen, die sie vor Verlassen des Krankenhauses aus dem Medizinschrank genommen hatte, auch wirklich zuoberst in ihrer Tasche lag, dann wandte sie sich zu dem Beamten an ihrer Seite um und befahl: »Ich möchte, dass Sie und die anderen sich zurückhalten, während ich mit ihm rede.«

Als Zelfa die Zelle betrat, wurde ihr übel von dem Gestank von Cengiz' ungewaschenem, verschwitztem Körper. Der immer noch brabbelnde und tobende Cengiz hatte mehrfach uriniert und zudem Speisen und Getränke gegen die Wände geworfen, wie sie jetzt bemerkte. Irgendwo weiter unten auf dem Gang konnte sie nun auch noch einen weiteren Gefangenen schreien hören.

Zelfa streckte eine Hand zum Gruß aus und bewegte sich auf Cengiz zu. »Hallo, Cengiz, ich bin Frau Doktor Halman, ich bin gekommen, Ihnen zu helfen.«

»Aaaahhhh!«

Zelfa behielt sowohl Cengiz als auch die beiden näher rückenden Beamten im Auge, merkte aber gleichzeitig, wie stark der Mann zitterte. Ob dies auf einen Schock, auf Angst oder einfach auf Erschöpfung zurückzuführen war, konnte sie in diesem Moment nicht feststellen. Allerdings sah sie, dass es sich bei den Wunden auf seinen Armen nur um leichte Abschürfungen handelte.

Als der erste Beamte Cengiz' Arme zu packen bekam, zog ihn der andere zu Boden. Cengiz heulte auf, als sein Gesicht den Dreck berührte. Schnell sprang Zelfa vor und drehte seinen Kopf zur Seite, um ihm ein besseres Atmen zu ermöglichen.

»Alles in Ordnung, Cengiz«, versuchte sie ihn zu beruhigen. »Ich möchte nur mit Ihnen reden und dann versuchen, es Ihnen ein wenig bequemer zu machen.«

»Ich will meine Mami und meinen Papi!«

»Ja, ich weiß, und wenn Sie sich eine Weile ruhig verhalten, dann kann ich mich vielleicht darum kümmern.« Zelfa blickte den Beamten vor ihr scharf an und sagte: »Dieses Loch hier ist eine verdammte Schande!«

»Inspektor Süleyman hat uns beauftragt, ihn hier reinzustecken«, teilte eine weibliche Stimme von der anderen Seite des Raumes her sarkastisch mit.

»Angesichts dessen, was einem anderen geistig behinderten Gefangenen letztes Jahr hier unten zugestoßen ist, bezweifele ich, dass Inspektor Süleyman damit einverstanden ist, wenn Sie zulassen, dass er sich selbst verletzt!« Sie blickte in das höhnische Gesicht der Beamtin und fügte hinzu: »Inspektor Süleyman verfügt über genug Verstand, um zu wissen, dass ein Mensch, der blutet, normalerweise verletzt ist!«

Die Frau erwiderte etwas, das wie »Nun, Sie müssen es ja wissen« oder so ähnlich klang, doch Zelfa beschloss, es zu ignorieren. Das Letzte, was sie jetzt gebrauchen konnte, war eine Analyse ihres Privatlebens.

Cengiz hatte sich ein wenig beruhigt, doch der Anblick seiner tränengefüllten Augen war jämmerlich. Zelfa seufzte. Sie konnte sich nicht erklären, warum man seine Fingerabdrücke auf Ruya Urfas Brille und auf ihrem Schmuck gefunden hatte.

Gerade hatte man auch noch ein Paar Schuhe von ihm gefunden, die mit den staubigen Fußabdrücken im Flur der Wohnung übereinstimmten. Doch wenn man ihn jetzt betrachtete, konnte man sich nur schwer vorstellen, dass dieser Mann jemanden kaltblütig und wohl überlegt vergiften konnte. Um das zu bewerkstelligen, musste man vieles wissen: was Zyanid überhaupt ist, dass es sich in einer Mandelhalva tarnen lässt, dass es sehr schnell wirkt, dass es eine gute Idee ist, die Tat für eine Uhrzeit zu planen, zu der alle Nachbarn entweder begeistert vor dem Fernseher sitzen oder das Fußballspiel live verfolgen. Dies alles überstieg Cengiz' Fähigkeiten bei weitem. Einen Moment lang war Zelfa sehr wütend auf Mehmet, der diese arme Kreatur derartigen Qualen aussetzte, doch dann hatte sie ihre Gefühle wieder im Griff. Schließlich hatte Mehmet in dieser Hinsicht keinerlei Handlungsfreiheit gehabt.

»Sie können ihn sich aufsetzen lassen«, befahl sie, sobald sie sah, dass sich Cengiz' Atem etwas beruhigt hatte.

Die beiden Beamten stöhnten, während sie Cengiz hochzogen, bis er auf seinem Hintern saß. Ihr Gefangener war nicht nur dick, sondern auch erschöpft und schlaff und wog daher doppelt so schwer.

»So, nun kann ich Ihnen etwas Medizin verabreichen ...«

»Nein! Nein, nicht ...«

»Schsch! Schon gut, schon gut«, entgegnete Zelfa, während sie sachte ihre Hand auf die seine legte und ihn dabei anschaute. »Sie müssen sie nicht nehmen. Wenn Sie ein guter, ruhiger Junge sind und ...«

»Ich hasse es hier.«

Sie lächelte. »Ja«, erwiderte sie, »ich auch. Aber wenn ich Sie an einen saubereren Ort schaffe, damit Sie etwas schlafen können, dann brauchen wir Ihnen auch keine Medizin zu geben, oder?«

»Will keine Medizin.«

»Nein, das verstehe ich, und wenn Sie mir versprechen, dass Sie versuchen, etwas zu schlafen, werde ich sie Ihnen auch nicht verabreichen.«

Einer der Beamten, der Cengiz festhielt, räusperte sich. Zelfa bemerkte den bestürzten Blick in seinem Gesicht. Er hatte auf die Medizin gezählt, um eine angenehme Schicht zu haben. Tja, Pech gehabt!, dachte Zelfa und wandte sich wieder lächelnd Cengiz zu.

Und als ob er ihre Gedanken hätte lesen und verstehen können, grinste Cengiz seine merkwürdige blasse, kleine Retterin scheu an.

Mickey hieß die beiden Männer in der Küche Platz nehmen und führte dann ihren wankenden Freund ins Schlafzimmer.

»Nehmt euch von dem Raki, wenn ihr wollt.« Er zeigte auf eine Flasche, die auf einer der schmierigen Arbeitsflächen stand. Doch die Männer antworteten nicht, sondern blieben mit verschlossenen Mienen schweigend stehen. Mit Ausnahme von Mehmet wirkten sie nun insgesamt sehr viel ruhiger.

Als Mickey die Tür öffnete, stand Mina gerade vor dem Spiegel an ihrem Kleiderschrank und betrachtete ihr Gesicht. Sie drehte sich um und starrte finster auf die beiden Männer, bis sie bemerkte, dass ihr Kunde deutlich besser und sauberer aussah als die meisten Freier.

»Das hier ist Mina«, erklärte Mickey, während sich ein feistes Grinsen auf seinen haarigen Gesichtszügen ausbreitete. »Alles klar?«

Mehmet tat grunzend sein Einverständnis kund, während er scheinbar jedes Gramm von Minas ansehnlichem Körper in sich aufsog.

Mickey lächelte. »Okay, Kumpel. Keine Gewalt und nichts von diesem abgedrehten Zeug, dann bleiben wir Freunde.« Er klopfte ihm kräftig auf den Rücken und flüsterte: »Viel Spaß!«

Kaum hatte Mickey die Tür hinter sich geschlossen, ließ Mina die Träger ihres Negligés herab, um ihre Brüste zu entblößen.

»Hallo«, sagte sie, »kann ich ...«

Doch noch bevor Mina aussprechen konnte, was sie ihrem neuen, ungewöhnlich elegant gekleideten Kunden anbieten wollte, hielt ihr Mehmet Süleyman mit einer Hand den Mund zu und mit der anderen eine Pistole an die Stirn.

7. Kapitel

Die Hölle, so sagt man häufig, existiert nur in unseren Köpfen. Manchmal kann das infernalische Szenario jedoch auch sehr real werden. Für Mehmet Süleyman war es momentan eine Polizeiwache, in der viel zu viele Leute lautstark ihre Belange vortrugen. In Anbetracht der Unterschiedlichkeit ihrer Anliegen war das Ergebnis vollkommen chaotisch.

Erol Urfa war auf die Wache gebeten worden, um seine Tochter zu identifizieren und wartete nun ungeduldig vor dem Zimmer, in dem sie gerade von einem Arzt untersucht wurde. Er trug einen glitzernden rotschwarzen Samtanzug und wurde von seinem Manager, Tansus gesamter Familie und zu Süleymans Verwunderung auch von İsak Çöktin begleitet. Mit Ausnahme von Çöktin sah die versammelte Gesellschaft aus, als wollte sie im Kabarett auftreten, und mit ihrem ohrenbetäubenden wütenden Geschwätz und ihren tränenreichen Erleichterungsbekundungen schien sie dies in gewisser Weise auch darzubieten.

Die Befragung einer anderen Gruppe lag Süleyman jedoch sehr am Herzen. Semra Arda, ihre Tochter Mina und der englische Zuhälter mussten alle offiziell verhört werden. Die beiden Frauen weinten jedoch ununterbrochen und der Mann zitterte in seinen Handschellen und schwieg beharrlich. Süleyman hoffte, dass sie sich nur vorübergehend in diesem Zustand befänden, obwohl ihm sein Verstand sagte, dass dies eher unwahrscheinlich sei. Kaum war Cohen im Hamam aufgetaucht und hatte sich nach dem Baby erkundigt, war Semra zusammengebrochen und hatte zugegeben, dass das Kind, das sich in ihrer Pflege befand, Urfas Tochter war. Als Mina verhaftet wurde, hatte sie dies bestritten. Es gab noch eine Menge zu klären, auch ohne die Probleme, die ihm nun von Cohen und der gereizten Zelfa Halman vorgetragen wurden.

»Wir können Madame nicht allein sterben lassen«, erklärte Cohen und lehnte sich dabei erschöpft gegen Süleymans Schreibtisch.

»Nun, dann finde am besten heraus, wer ihr Arzt ist, und schaff ihn dorthin«, meinte Süleyman und strich sich müde über das Gesicht. »Ich verstehe sowieso nicht, warum sie nicht im Krankenhaus ist.«

»Aber ich weiß nicht, wer ihr Arzt ist …«

»Nun, dann frag Semra Arda, die müsste es ja wissen! Oder vielleicht sogar Inspektor İkmen! Er scheint ja über alles und jeden Bescheid zu wissen!«

»In Ordnung.«

»Ab mit dir!« Gleich darauf fuhr Süleyman die wütende Frau in der Ecke an. »Und? Ja?«

Kaum war die Tür hinter Cohen ins Schloss gefallen, legte Zelfa Halman los. »Was bildest du dir eigentlich ein, mit Cengiz Temiz machen zu können?«

»Was?« Vielleicht aufgrund der Müdigkeit, vielleicht einfach aus purer Vergesslichkeit, jedenfalls war Süleyman plötzlich völlig verwirrt.

»Cengiz Temiz!« Sie hielt ihre Zigarette vor sich wie eine Waffe und bewegte sich auf ihn zu. »Erinnerst du dich? Der Mann mit dem Down-Syndrom, den du der Obhut dreier kompletter Vollidioten anvertraut hast.«

»Wie?«

»Als ich vor knapp einer Stunde hier eingetroffen bin, schwamm er hysterisch in seiner eigenen Pisse und hatte sich selbst verletzt! Gott allein weiß, wie lange er sich in diesem Zustand befunden hat. Ich habe den starken Verdacht, dass diese

Kretins, die du mit seiner Betreuung beauftragt hattest, mich nur gerufen haben, weil sie sein Blut riechen mussten!«

»Frau Doktor Halman ...«

»Ich erkläre dir hiermit, dass ich die Familie Temiz unterstützen werde, sollte sie eine Beschwerde einreichen.« Ihre Zigarette berührte fast sein Gesicht. »Ich hätte Besseres von dir erwartet, Inspektor! Du und İkmen, ihr zeigt für gewöhnlich mehr Mitgefühl als die übliche Polizistenbrut in diesem verdammten Land.«

»Die Beschwerden Gefangener zu unterstützen ist Ihr gutes Recht, Frau Doktor«, erwiderte er.

»In Irland ...«

»Wo Menschen regelmäßig mit Bomben beworfen oder erschossen werden.« Er schaute ihr ins Gesicht, das mittlerweile vor Zorn ganz bleich war. »Ja? Was wolltest du sagen?«

Der Wechsel von Türkisch zu Englisch war überraschend und heftig. »Versuch gar nicht erst, mir irgendetwas über mein Geburtsland zu erzählen, Mehmet! Sprich nichts aus, wovon du nichts verstehst! Unsere Garda und du, ihr seid euch ungefähr so ähnlich wie ein Fels und mein Hintern!«

»Dann solltest du vielleicht besser wieder in der Heimat deiner Mutter praktizieren, Frau Doktor Halman«, gab Süleyman zurück und sprach jetzt ebenfalls englisch.

»Glaub mir, ich würde das liebend gerne tun.«

Er wandte sich ab, um einen Aktenstapel vom Boden aufzuheben. »Wenn es das ist, was du willst, warum machst du's dann nicht?«

Während sich wütendes Schweigen im Raum breit machte, öffnete Süleyman die oberste Akte und versuchte, den ersten Satz in sich aufzunehmen. Aus dem Augenwinkel beobachtete er, wie sie vor seinem Schreibtisch zornig auf und ab schritt. Ohne Vorwarnung fuhr sie ihn plötzlich an: »Dann willst du also, dass ich gehe, oder ...«

»Meine persönlichen Gefühle tun hier nichts zur Sache«, antwortete er und wechselte dabei wieder in seine Muttersprache zurück. »Wenn du hier beruflich unzufrieden bist …«

»Dann gibt es auch keine anderen Gründe, warum du mich bittest zu bleiben?«

Besorgt, die Leute vor der Tür könnten an ihrem Wortwechsel teilhaben, der mittlerweile eine sehr private Note erhalten hatte, antwortete Süleyman wieder auf Englisch: »Wenn du darauf hoffst, dass ich auf Knien vor dir rutsche, dann kannst du lange warten.« Er wandte sich ab, um seine Zigaretten an sich zu nehmen, und fügte anschließend hinzu: »Wenn es dir an Verständnis mangelt, dann sprich mit deinem Vater.«

»Oh, ich weiß alles über den Stolz der türkischen Männer!« Plötzlich hatte sie Tränen in den Augen. »Der stinkt zum Himmel!«

Er erhob sich mit einem Ruck und überragte nun seine wesentlich kleinere Gegnerin. »Ich habe keine Zeit mehr für solches Zeug«, sagte er. »Draußen warten Leute, die ich verhören muss. Wenn du eine Meldung bezüglich Cengiz Temiz machen möchtest, leg sie mir auf den Schreibtisch, und ich lese sie, sobald ich Zeit dazu habe.«

»Dann werde ich dich in nächster Zeit also nicht bei mir sehen?«

»Diese Entscheidung liegt ganz allein bei dir«, erwiderte er kühl, bevor er sich schnell abwandte, eine Hand auf den Türgriff legte und die Klinke hinunterdrückte.

Vielleicht war es nur eine optische Täuschung, doch Zelfa Halman glaubte, seine Augen seien ein wenig feucht gewesen, als er sich abgewandt hatte. Als er die Tür öffnete, die sie von der geschwätzigen Horde draußen trennte, warf sie ihm dennoch ein »Mistkerl!« an den Kopf.

Draußen vor der Tür wurde es plötzlich sehr still.

Çetin İkmen schaltete das Telefon aus und ließ es achtlos auf den Boden gleiten.

»Was ist los?«, fragte Fatma, während sie die Bettdecke zurückschlug und ihm ihr verschlafenes Gesicht zuwandte. »War das Bülent?«

»Nein. Schlaf weiter.« Er küsste sie sanft auf die Lippen und schwang seine Beine aus dem Bett. Als er sich aufsetzte, fühlte er, wie müde und schwindelig er war.

»Çetin ...«

»Ich muss noch mal raus«, erwiderte er, steckte sich mit zittrigen Händen eine Zigarette zwischen die Lippen und zündete sie an.

Fatma öffnete ihre großen braunen Augen und blinzelte. »Warum? Du bist nicht im Dienst.«

Er atmete den Rauch tief ein und hielt sich daraufhin sofort den Leib. »Jemand braucht mich.«

»Aber es geht dir doch nicht gut!« Sie setzte sich auf und war plötzlich hellwach. »Wer braucht dich denn so dringend, Çetin? Um diese Uhrzeit?«

İkmen streifte sich seine Armbanduhr über und seufzte. »Madame Kleopatra. Das ist eine lange Geschichte, aber der Hauptgrund ist, dass Süleyman sie allein im Hamam zurückgelassen hat und sie im Sterben liegt.«

»Aber Mehmet würde doch nicht ...«

»Ja, aber Cohen hat gesagt, dass er es getan hat. Doktor Katsoulis ist auf dem Weg, aber er kommt aus Anadolu Kavağı. Madame ist eine Institution, sie sollte nicht allein mit ihren Alpträumen sterben.«

»Warum sollte sie Alpträume haben? Ich dachte, sie sei stets eine gute Frau gewesen?«

İkmen stand auf und streckte sich mit der Zigarette im Mund. »Als Halil und ich klein waren, hat Mutter uns mit in den İskender Hamam genommen. Für uns war das damals ein langer Weg, aber Madame hatte eben so etwas wie eine Reputation. Wie die meisten Frauen nahm Mutter damals das Essen, die Kleidung und die Getränke mit, die wir im Laufe des Tages brauchen würden, und ihre Karten«, erzählte er lächelnd. »Madame hielt große Stücke auf die Weissagungen meiner Mutter.«

»Dann ist sie also eine Anhängerin der schwarzen Magie?«, schimpfte Fatma. Obschon sie fast dreißig Jahre mit Çetin verheiratet war, hatte Fatma ihre mittlerweile verstorbene Schwiegermutter nie so recht akzeptieren können. Dass sie albanischer Abstammung und damit irgendwie »anders« gewesen war, hatte sie verzeihen können. Doch ihre Ausübung der so genannten schwarzen Kunst hatte sie nie gebilligt.

Ihr Ehemann, der sich nun im kümmerlichen Licht der von draußen hereinscheinenden Straßenlaterne hastig anzog, ignorierte wie gewöhnlich ihre Geringschätzung. »Und dann, als Mutter starb, spielte Madame eine andere Art Kartenspiel mit meinem Vater«, erzählte er weiter. »Madame, Mimi Sarkissian und Timur konnten stundenlang nur um ein paar Kuruş spielen – bis Madame sich auf ihr Sterbebett zurückzog.«

»Lebte ihr Mann damals noch?«

İkmen band sich seine Krawatte und zuckte die Schultern. »Keine Ahnung. Artos Vater war bereits tot, deshalb war Mimi immer dabei.« Er seufzte. »Es ist unbegreiflich, dass Mimi so kurz nach Timur starb. Wenn Madame von uns geht, wird mit ihr auch dieser ganze Lebensstil verschwunden sein.«

Fatmas schmerzender Rücken ließ sie kurz aufstöhnen, als sie über das Bett kroch und sich dann hinkniete, um ihrem Mann beim Binden der Krawatte zu helfen. »Du bist ein guter Mann, Çetin İkmen«, sagte sie, auch wenn ihr dieses Geständnis nicht ganz leicht über die Lippen kam.

Nachdem sie seine Krawatte gerichtet hatte, beugte sich İkmen über sie und küsste sie erneut. »Ich bin ein alter Sünder, das weißt du«, meinte er lächelnd. Er warf sich sein Jackett über die Schultern und schlich leise bis zur Schlafzimmertür.

Fatma, die viel zu viele Kinder hatte, um allein über die Runden zu kommen, meinte nur: »Fahr vorsichtig.«

Sobald Mina Arda ihren Blick von der Beamtin auf der anderen Seite des Schreibtischs abwandte und Süleyman anschaute, begann sie zu zittern. Der Augenblick, da sie in ihm den attraktivsten Kunden seit Jahren gesehen hatte, schien lange vorbei. Nun, schärfer könnte der Gegensatz nicht sein, jetzt konnte sie kaum seine Stimme ertragen, ohne einen üblen Brechreiz zu verspüren.

»Sie haben das Recht auf juristischen Beistand«, erklärte er.

Daraufhin räusperte sich die Beamtin so laut, dass Mina es als ein Zeichen von Missbilligung auffasste. Doch das Gerede über Anwälte änderte für sie sowieso nichts. Da sie außer dem mageren »Gehalt«, das ihr Mickey zahlte, keinerlei Rücklagen hatte, wusste sie, welche Art Anwalt sie sich würde leisten können.

»Nein«, erwiderte sie. »Das möchte ich nicht.«

»Ich muss Ihnen mitteilen«, sagte Süleyman, nachdem er sich neben die Beamtin gesetzt und eine Zigarette angezündet hatte, »dass die Vorwürfe gegen Sie sehr schwerwiegend sind. Ihre Mutter behauptet, nicht gewusst zu haben, dass es sich bei dem Kind, mit dem Sie in der Nacht des Mordes an Frau Urfa aufgetaucht sind, um Erol Urfas Tochter handelt, bis sie gestern Abend die Sendung im Fernsehen gesehen hat. Sie meint, ›Sie brauchten ein Kind‹. Können Sie uns darüber etwas sagen?«

»Nein, aber fragen Sie meine Mutter. Sie wird es Ihnen sicher erzählen.«

»Sie sind wenig kooperativ für jemanden, dem sowohl Kindesentführung als auch Mord zur Last gelegt wird.«

»Ich habe Frau Urfa nicht umgebracht! Ich kenne sie überhaupt nicht.«

»Aber Sie haben sich das Kind angeeignet, um irgendein Bedürfnis zu stillen.« Er klopfte seine Zigarette über dem Aschenbecher ab und beugte sich über den Tisch. »Hat Mickey Ihnen vielleicht das Kind verschafft oder ...«

»Mickey hat nichts damit zu tun! Er mag vielleicht ein irrer, gewalttätiger Mistkerl sein, und ich hasse ihn, aber ...«

»Sie wissen, dass Sie ihn nicht in Schutz zu nehmen brauchen«, warf die Polizistin ein. »Er kann Ihnen hier nichts antun.«

»Die Beamtin Kaya hat Recht«, erklärte Süleyman. »Sie müssen sich um sich selbst kümmern, Mina.«

»Schauen Sie«, sagte Mina, jetzt wieder mit Tränen in den Augen, »was auch immer Mickey getan hat, mit dieser Sache hat er nichts zu tun.«

»In Ihrer Wohnung wurde außerdem eine beachtliche Menge Haschisch gefunden. Wir wissen, dass Mickey mit einem Drogendealer telefoniert hat, kurz bevor ich die Wohnung betreten habe. Und eine Ampulle, dabei könnte es sich um ...«

»Morphium«, sagte Mina und fügte schnell hinzu: »Es gehört mir.« Sie seufzte. »Mickey hasst Kinder. Er hätte getobt, wenn er herausgefunden hätte, dass ich ein Baby habe. Ich habe die Ampulle von der Frau gestohlen, um die sich meine Mutter kümmert.«

»Madame Kleopatra?«

»Ja. Ich dachte, ich könnte Mickey ab und zu eine Extraration geben, um Zeit zu haben, nach dem Baby zu schauen.«

»Dann nimmt er also auch Opiate?«, fragte Kaya.

»Was glauben Sie denn!« Mina wandte sich wieder dem verhassten Süleyman zu. »Mickey hat nichts damit zu tun, Inspektor. Lassen Sie ihn laufen.«

»Aber wenn Mickey nichts damit zu tun hat und Sie Frau Urfa nicht umgebracht haben, um an ihr Baby zu kommen, wie passt das alles dann zusammen, Mina?«

Mina ließ ihren Kopf auf ihre Hände sinken und murmelte: »Kann ich eine Zigarette haben?«

Süleyman schob ihr die Schachtel und das Feuerzeug über den Tisch zu. Mina zündete sich eine Zigarette an und begann mit einem tiefen Seufzer zu erzählen.

»Der dicke Junge hat mir die Kleine gebracht«, erklärte sie und fügte, als sie Süleymans verwirrten Gesichtsausdruck sah, hinzu: »Er ist ein Kunde von mir. Er ist so um die vierzig, einsam und … Er sagt, dass er mich liebt und … Sie wissen schon. Er hat das Baby zu mir gebracht und eine wilde Geschichte von einem Dämon erzählt, der die Mutter umgebracht habe. Er hat gesagt, da die Mutter nun tot sei und der Dämon oder wer auch immer frei herumlaufe, habe er das Kind an einen sicheren Ort bringen wollen, und deshalb sei er zu mir gekommen. Nicht, dass ich lange überlegt hätte, woher das Kind stammte, denn sobald ich die Kleine gesehen hatte, wusste ich, dass ich sie behalten wollte. Genau so, wie der dicke Junge es sich wohl schon gedacht hatte.«

»Und wann wurde Ihnen bewusst, dass es sich bei dem Kind um die vermisste Merih Urfa handelt?«

»Als ich am nächsten Nachmittag etwas darüber im Radio hörte, bekam ich so ein Gefühl. Und dann, als ich die Kleine im Fernsehen sah …« Sie zuckte mit den Schultern.

Die Beamtin Kaya runzelte die Stirn. »Woher wusste dieser dicke Junge, wie Sie ihn nennen, dass Sie – als berufstätige Frau – sich ein Kind wünschten?«

Mina blickte von Kaya zu Süleyman und wieder zurück zu der Frau. »Das würde ich Ihnen lieber allein erzählen oder mit einer anderen Frau besprechen, falls …« Sie senkte den Kopf und blickte zu Boden.

»Wissen Sie denn, wie dieser dicke Junge heißt?«, fragte Süleyman, um schnell das Thema zu wechseln und auf etwas zurückzukommen, was er im Griff zu haben meinte.

»Ja.«

»Nun?«

Mina schaute auf in seine, wie es ihr schien, unbarmherzigen Augen.

»Er hat es nicht getan, müssen Sie wissen. Es war, wie er gesagt hat, ein Dämon.«

»Nun, wenn es ein Dämon war, dann hat Ihr Freund doch nichts zu befürchten, oder?«

Süleyman hatte diesen letzten Satz kaum ausgesprochen, da wurde ihm schlagartig klar, dass er sich auf diese bestimmte gönnerhafte Art geäußert hatte, die höhere Beamte häufig an den Tag legen, wenn sie mit Armen und Unwissenden kommunizieren. Dass man Mina jedoch nicht zu Letzteren zählen konnte, würde er schon sehr bald herausfinden.

»Ein kluger Mann wie Sie glaubt nicht an Dämonen, Herr Inspektor«, erklärte sie. »Ich weiß, Sie wollen nur, dass ich meinen Freund verrate und ...«

»Wenn nicht, Mina, werden Sie sich allein vor Gericht wegen Kindesentführung zu verantworten haben.«

»Und angesichts der Ausmaße dieses Falls«, ergänzte Kaya, »könnten Sie für lange Zeit ins Gefängnis wandern.«

»Abgesehen davon«, sagte Süleyman und drückte gleichzeitig seine Zigarette im Aschenbecher aus, »könnte das, was Ihr Freund gesehen hat, vielleicht kein Dämon, sondern eine Person gewesen sein, deren Beschreibung sehr wichtig für uns ist. Wir müssen diese Person festnehmen, bevor sie weitere Morde begeht, verstehen Sie?«

Mina nahm einen tiefen Zug von ihrer Zigarette und klopfte dann etwas Asche auf den Boden. »Der dicke Junge mag zwar ein bisschen verrückt sein, doch ich bin ganz sicher, dass er von einem weiblichen Dämon gesprochen hat.«

»Dann hat er also vermutlich eine Frau in der Nähe von Frau Urfas Apartment beobachtet und ...«

»Ich denke, er hat sie aus der Wohnung kommen sehen. Dann ist er rein, um das Baby zu holen.«

Süleyman runzelte die Stirn. »Wie?«

»Ich weiß es aber nicht bestimmt.«

»Nun, genau das muss ich sehr schnell in Erfahrung bringen, Mina.« Süleyman stand auf und kam um den Schreibtisch herum auf ihre Seite. »Und jetzt wäre dafür ein guter Zeitpunkt.«

Er drückte seine Hände auf beiden Seiten von Mina fest auf den Schreibtisch. Sie duckte sich. Als sein schlanker Körper sich über sie beugte und sie sein teures Aftershave und seinen Wohlstand roch, fühlte sie sich plötzlich sehr klein und sehr verängstigt. Sie hatte schon davon gehört, dass Leute an Orten wie diesem einfach verschwanden. Diese unbarmherzigen Polizisten waren zu allem fähig, in den Bazaren kursierten viele solcher Geschichten. Und allein die Tatsache, dass dieser Mann und seine in der Uniform recht unweiblich aussehende Kollegin sie bislang nicht geschlagen hatten, besagte noch gar nichts. Mina spürte, wie ihr Herz pochte. Vielleicht hätte sie das Angebot des Inspektors, einen Anwalt zu besorgen, doch nicht ausschlagen sollen. Es war zwar noch nicht zu spät, aber …

»Ich warte, Mina«, sagte Süleyman mit schmeichelnder Stimme direkt in ihr Ohr. »Wenn diese Person noch einen weiteren Mord begeht, werden Sie sich nicht nur vor dem Gesetz, sondern auch vor Allah verantworten müssen. Sie tragen dann für einen weiteren Tod eine Mitschuld. Denken Sie darüber nach.«

»Aber wenn ich seinen Namen nenne, werden Sie ihm wehtun, und ich weiß, dass er es nicht getan hat. Er ist freundlich und lieb.« Inzwischen strömten die Tränen über ihr Gesicht.

Süleyman spürte, dass er an Boden gewann, und berührte mit den Lippen beinah Minas Ohr, als er fortfuhr zu flüstern: »Aber wenn er unschuldig ist, habe ich doch keinen Grund, ihm wehzutun, oder?«

Der Beamtin Kaya erschien das Ganze fast wie eine Verführung und sie rutschte nun nervös auf ihrem Stuhl hin und her. Doch weder Süleyman noch Mina beachteten sie.

Er zog ihr Kinn nach oben, um ihr in die Augen blicken zu können, und wiederholte: »Bitte nennen Sie mir seinen Namen, Mina. Bitte.«

Und während sich seine großen, schräg stehenden Augen in die ihren bohrten, murmelte sie leise: »Sein Name ist Cengiz Temiz.« Und dann, als sei plötzlich ein Zauberbann gebrochen, verspürte Mina wieder eine unbändige Abneigung gegen ihn und erbrach sich direkt auf den Boden.

İsak Çöktin hatte Erol Urfa, das Kind und deren Begleitung in die Autos verfrachtet, die die ganze Sippschaft nach Hause fahren sollten. Er lächelte. »Wenn Erol morgen wiederkommt, wird er die ganze Wache in ein Rosenmeer verwandeln, um sich zu bedanken«, meinte er fröhlich.

»Wird das vor oder nach seinem Verhör mit unserem Boss sein?«, fragte Cohen bissig.

»Findest du es nicht großartig, dass das Baby unversehrt wieder aufgetaucht ist?«, erkundigte sich Çöktin, während er sich neben den erschöpften und ungewöhnlich schlicht gekleideten Cohen setzte.

»Doch natürlich, ich war ja sogar dabei«, erwiderte er. »Und du warst bei Urfa, oder?«

»Ja.« Çöktins Stimme klang ein wenig zögerlich, daher hakte Cohen sofort nach. »Er war nach der Aufzeichnung der Sendung sehr bedrückt. Die Frage, wann die Leiche seiner Frau freigegeben wird, beschäftigt ihn sehr. Er möchte sie nach Hause in sein Dorf überführen.«

»Bis Doktor Sarkissians Untersuchungen abgeschlossen sind, wird ihn das weiter beschäftigen müssen. Und überhaupt finde ich diese ganze Besorgnis nach ihrem Tod ein bisschen unaufrichtig. Ich meine, zu ihren Lebzeiten hat er sich ja offensichtlich nicht so um die arme Frau gesorgt. Zu beschäftigt mit dieser alten Nutte.«

»Das verstehst du nicht«, sagte Çöktin ziemlich hitzig.

»O doch, das tue ich«, erwiderte Cohen ruhig. »Erol Urfa wollte alles gleichzeitig. Seinem Vater gegenüber wollte er der pflichtbewusste Sohn sein und dieses kleine Mädchen heiraten, das ihm bereits versprochen war und das ihm Kinder schenken konnte. Gleichzeitig wollte er seine Karriere ausbauen und richtigen schmutzigen Sex mit Tansu haben. Es gibt nichts, was du mir über Männer, Sex und arrangierte Ehen erzählen könntest, also versuch es gar nicht erst.«

Während sie beide dasaßen und verärgert schwiegen, kam Polizeimeister Orhan Tepe vorbei. »Der Hippie hat nach jemandem von der Botschaft verlangt«, erklärte er lächelnd, warf die Autoschlüssel in die Luft und fing sie wieder auf. »Aber ich fahre jetzt nach Hause zu meiner Frau und meinen Kindern.«

»Du Glücklicher«, murmelte Cohen niedergeschlagen.

Tepe lachte. Kurz bevor er die Tür zum Parkplatz erreichte, drehte er sich noch einmal um und fragte: »Heißt du wirklich Balthazar?«

»Ach, verzieh dich bloß.«

Kaum war die Tür hinter Tepe ins Schloss gefallen, schaute Çöktin zu Cohen auf und seufzte.

»Er ist immer so fröhlich, findest du nicht?«, fragte er und schaute Tepe stirnrunzelnd hinterher. »Aber schließlich hat ihm seine Frau ja auch erst kürzlich einen Sohn geschenkt und das ist vermutlich Grund genug.«

Cohen war erleichtert, dass die Diskussion über seinen Namen offensichtlich abgeschlossen war. »Ging es Urfas Baby eigentlich gut? Keine Hautausschläge von Bohnen oder was auch immer sie noch nicht essen durfte?«

»Nein.«

»Du weißt, dass dich der Inspektor für deinen unerlaubten Aufenthalt bei Urfa ganz schön fertig gemacht hätte?«

Çöktin, der nicht kapierte, wen Cohen meinte, sagte nur: »Er schien ganz okay, als er mit dir und den Gefangenen hier ankam.«

»Ich rede doch nicht von Süleyman!«, erwiderte Cohen mit einem höhnischen Lachen. »Gott, bist du jung! Nein, ich habe *den* Inspektor gemeint, İkmen. Er will immer und zu jeder Zeit wissen, wo sich wer gerade aufhält. Fühlt sich persönlich für uns verantwortlich.«

»Du willst doch damit nicht Inspektor Süleyman kritisieren, oder?«

»Doch nicht dir gegenüber, niemals«, entgegnete Cohen, erhob sich und ging in Richtung Wachstube davon. Als er die Tür öffnete, schwebte Frau Doktor Halman mit leicht erzürnter Miene gerade majestätisch aus dem Gebäude. Cohen stand nun mitten in einem größeren Auflauf kommender und gehender Polizisten und wünschte, dass er nicht versprochen hätte, auf Mehmet zu warten. Er hätte sich stattdessen direkt auf den Weg zu İkmen und Madame machen können. Auf der anderen Seite musste er noch einen wichtigen Bericht schreiben und hatte in Anbetracht von Frau Doktor Halmans Gesichtsausdruck das unbestimmte Gefühl, dass ihn Süleyman vielleicht wirklich brauchen würde.

Merih Urfa schlief tief und fest in den Armen ihres Vaters, obwohl der Fahrer des Wagens den direktesten Weg nach Yeniköy gewählt hatte, der durch lauter hell erleuchtete Straßen führte. Obwohl Erol völlig erschöpft war, konnte er den Blick nicht eine Sekunde von ihr wenden. Ab und zu versuchte er, die Decke anders zu falten, damit sie es noch bequemer hätte. Tansu, die zwischen ihrem Liebhaber und Erols Manager, dem Zigarre rauchenden İbrahim Aksoy, saß, beugte sich gelegentlich mit einem zärtlichen Gurren über das Kindes und starrte ansonsten mit leerem Blick aus dem Fenster. Ungeachtet des chauffierenden Polizeibeamten und Tansus Schwester Latife, die neben ihm saß, war Aksoy äußerst aufrichtig, was die Zukunft seines Schützlings betraf.

»Natürlich werden wir jetzt die George-Michael-Fangruppe verloren haben«, sagte er und schnippte gleichzeitig Zigarrenasche aus dem Fenster.

»Wie meinst du das?«, wollte Tansu wissen, während sie aus ihrer Handtasche eine Schachtel Zigaretten holte und sich eine anzündete.

Aksoy seufzte. »Darling, wir haben Erol nach dem, wie ich es nenne, George-Michael-Modell vermarktet. Deswegen haben wir die arme Ruya doch so streng geheim gehalten. Ich habe Erol so geschaffen, dass er wie George Michael vor allem junge Mädchen anspricht, die, da werdet ihr mir zustimmen, bitterlich weinen würden, wenn sie entdeckten, dass ihr Idol ein verheirateter Mann mit Kind ist. Ich wusste, dass er mit dir im Schlepptau gleichzeitig die Kinder bei der Stange halten und ihre Mütter faszinieren würde. Es war perfekt. Doch nun hat die Öffentlichkeit von Erols Vaterschaft erfahren, genau wie von Michaels Homosexualität. Ich muss jetzt ein völlig anderes, reiferes Image für ihn erfinden.«

Latife, die bis dahin geschlafen hatte, wurde plötzlich von dem beißenden Zigarettenrauch geweckt.

»Ich halte es für keine gute Idee, direkt neben dem Baby zu rauchen«, meinte sie stirnrunzelnd und erhielt dafür ein zustimmendes Lächeln von Erol.

Aksoy, dem nicht im mindesten bewusst gewesen war, dass er etwas Verkehrtes getan hatte, drückte sofort seine Zigarre im Aschenbecher in der Tür aus. »Tut mir Leid.«

Tansu reagierte ganz anders. »Nun, sie wird sich daran gewöhnen müssen, wenn sie in meinem Haus lebt«, erwiderte sie und warf ihrer Schwester einen vernichtenden Blick zu. »Ich muss rauchen.« Sie nahm, als wolle sie dies noch unterstreichen, einen tiefen Zug von ihrer Zigarette und blies den Rauch in Latifes Haar.

»Ich bin sicher, wir finden da eine Übereinkunft«, erklärte Erol, ergriff Tansus freie Hand und küsste sie. »Schließlich werden wir ja nicht allzu lange bei dir wohnen, Tansu.«

»Oh, aber ihr müsst doch jetzt nicht gehen!«, rief die alternde Sängerin entsetzt und warf ihre Zigarette hinaus in die Nacht, bevor sie sich wie eine Krake an Erols Arm festklammerte. »Doch nicht jetzt, wo du ... »

»Wir können nicht für immer bei dir bleiben, Tansu«, sagte Erol und blickte dabei nervös zu Aksoy.

»Nein«, stimmte der Manager zu. »Das würde wohl kaum einen guten Eindruck machen, Tansu, Schätzchen. Zumindest nicht, bis alles mit der armen Ruya abgewickelt ist. Das musst du verstehen.«

»Ja, gut«, versuchte sie es, jetzt schmollend wie ein Kind, das seine Wünsche durchkreuzt sieht, »aber wir könnten doch ein Kindermädchen besorgen oder vielleicht könnte Latife ...«

»Ich muss so schnell wie möglich ein Heim für Merih und mich selbst schaffen.« Erol drückte das Kind fest an seine Brust. »Ich muss jetzt das Richtige tun.«

»Und was ist mit mir?«, fragte Tansu und zog dabei arrogant ihre dünnen Augenbrauen hoch. »Wie steht es mit ›dem Richtigen‹ für mich?«

»Mit der Zeit wird sich alles finden«, erklärte Aksoy mit einer Zuversicht, die Tansu fehl am Platze erschien. »Ich treffe mich morgen mit Ferhat Göktepe.«

»Mit meinem Agenten?«, schrie Tansu aufgebracht. »Warum triffst du dich mit ihm?«

»Um darüber zu diskutieren, wie wir angesichts dieser Tragödie gemeinsam eure Karrieren fördern können. Und wie ihr zwei plus die kleine Merih hier ...«

»Ich möchte nicht, dass Merih da mit hineingezogen wird!«, entgegnete Erol und zog dabei seinen Arm aus Tansus Umklammerung. Ärgerlich schaute er seinen Manager an. »Ich möchte, dass sich jetzt alles beruhigt.«

Aksoy lachte. »Oh, Erol«, meinte er. »Ich glaube kaum, dass dazu jetzt Gelegenheit ist, oder denkst du das etwa?«

Erol wurde rot. Er wandte das Gesicht ab und schaute aus dem Fenster. Doch er wusste, dass die Wahrheit viele Emotionen hervorrufen konnte, darunter auch Wut. Natürlich hatte İbrahim Aksoy Recht: Bis zur Aufklärung des Todes seiner Frau würde es keine Ruhe geben. Ihr Mörder musste früher oder später überführt werden, ob es sich nun um diesen merkwürdigen Nachbarn handelte oder nicht. Bis dahin würden die Verdächtigungen und Gerüchte nicht abreißen, auch die nicht, die ihn selbst betrafen. Allein sein Termin bei Inspektor Süleyman am nächsten Morgen war Beweis genug, dass man ihn wohl immer noch zum Kreis der Verdächtigen zählte. Mit Tansu in ihrer stets extravaganten Aufmachung an seiner Seite, passte er wohl auch kaum in das traditionelle Bild eines idealen Ehemannes.

Als das Auto am gut bewachten Dolmabahçe-Palast vorbeifuhr, fragte der Fahrer, der zweifellos den Schweiß auf Erols Stirn bemerkt hatte: »Möchten Sie, dass ich die Klimaanlage höher stelle, Herr Urfa?«

»Ja«, erwiderte Erol und lächelte dabei dem schlafenden Gesicht seiner Tochter zu, »das wäre sehr freundlich.«

8. Kapitel

Anfangs war das Ding direkt vor seinem Gesicht nicht mehr als ein verschwommener Fleck. Und weil sich aufgrund seines momentanen Falls eher wirre Gedanken in seinem Kopf befanden, dachte Süleyman zunächst, dass es eine Blutlache sei, vielleicht sogar sein eigenes Blut. Nun, zumindest war es rot, und insofern lag der Gedanke an Blut schon nahe. Doch als er langsam seinen Kopf von der Schreibtischplatte hob, nahm er gewisse Details wahr, die er vorher nicht deutlich hatte sehen können – Blütenblätter, Stängel –, und einen leicht süßlichen Duft.

»Ein Bougainvilleazweig«, erklärte İkmen, während er ihn in die Hand nahm und an den Blüten schnupperte. »Aus dem Garten des İskender Hamams.«

Süleyman blinzelte. Seine Augen waren vom Mangel an Schlaf noch so klein und gerötet, dass ihm das harte Licht der aufgehenden Sonne, die durch die Fenster schien, richtig wehtat. »Herr İkmen?«, fragte er heiser. »Was …«

»Madame Kleopatra ist vor fast genau einer Stunde gestorben«, erklärte İkmen und ließ sich erschöpft auf den Stuhl vor Süleymans Schreibtisch sinken. »Ich habe Doktor Katsoulis bei ihr zurückgelassen, damit er alles Nötige in die Wege leiten kann. Schließlich war sie Griechin, genau wie er. Das passt. Wenn er fertig ist, werde ich, Ihr Einverständnis vorausgesetzt, Cohen und ein paar von den Jüngeren rüberschicken, um den Feigenbaum auszugraben.«

Süleyman, der sich inzwischen auf seinem Stuhl etwas aufgerichtet hatte, hielt sich stöhnend eine Hand vor die Stirn. »Warum gerade einen Feigenbaum?«

İkmen lächelte. »Ach natürlich, das wissen Sie nicht, oder?«

»Was soll ich wissen?«

»Cohen ist trotz vieler unangenehmer Angewohnheiten im Herzen ein guter Mann. Streng genommen hat er das Gesetz gebrochen, aber ...« Er schob Süleyman seine Zigaretten und sein Feuerzeug zu, da dieser ihn mit der Suche nach eigenen Zigaretten abgelenkt hatte. »Als er das erste Mal zu Madame gegangen ist, hat sie ihm etwas mitgeteilt, müssen Sie wissen.«

»Das wusste ich«, meinte Süleyman, zündete sich gleichzeitig eine Zigarette an und sank entspannt in seinen Sessel zurück. »Aber er wollte mir nicht sagen, um was es sich handelte.«

»Sie hat ihm gesagt«, erklärte İkmen mit einem merkwürdig unpassenden Lächeln auf den Lippen, »dass die Leiche ihres Mannes unter dem Feigenbaum im Garten vergraben ist. Sie hat ihm auch gesagt, dass sie ihren Mann umgebracht hat.«

»Und wieso hat Cohen das Gesetz gebrochen?«

»Er hätte sofort Ermittlungen einleiten sollen. Dieser Garten hätte umgegraben werden müssen, während die alte Dame oben im Sterben lag. Denn Mord bleibt schließlich Mord, ungeachtet des Gesundheitszustandes des Verbrechers.« Er seufzte und lächelte dann wieder. »Aber er musste ihr versprechen, bis zu ihrem Tod nichts zu unternehmen, und dem hat er zugestimmt.«

»Das hat er Ihnen zumindest gesagt, Herr İkmen.«

»Nur weil es offensichtlich ihr Wunsch war. Madame Kleopatra ist oder besser war eine dieser Persönlichkeiten, die ich durch meine Mutter kennen gelernt habe. Vermutlich klingt das ein wenig verrückt. Doch als wir jung waren, hat sie sich immer sehr um meinen Bruder und mich gekümmert, vielleicht weil sie keine eigenen Kinder hatte. Ich glaube, dass sie auch zu Cohen und seiner Familie sehr gut war, obwohl ich nicht weiß, in welcher Hinsicht und warum. Ich werde also in meinem Bericht schreiben, dass Madame mir mit den letzten Atemzügen alles gebeichtet hat.«

Süleyman rieb sich erneut den Schädel und lächelte schwach. »Das scheint in Anbetracht der Ereignisse wohl das Beste zu sein.«

»Gut.« İkmen erhob sich rasch und verkündete energisch: »Und jetzt werde ich Sie zum Frühstück einladen.«

»Oh, aber ich habe Erol Urfa für neun Uhr bestellt und ich muss mich auch wieder mit Cengiz Temiz beschäftigen.« Hektisch schichtete Süleyman verschiedene Unterlagen auf seinem Schreibtisch um, als suche er etwas Bestimmtes. »Ich muss den Bericht für den Polizeipräsidenten schreiben, und dann ist da noch die Angelegenheit von Frau Doktor Halman ...«

Sanft, aber bestimmt legte İkmen seine Hand auf Süleymans, um dessen nervöse Suche nachhaltig zu beenden. »Wenn Sie sich selbst betrachten könnten, Süleyman«, meinte er, »würden Sie einen Mann sehen, der unter der Last zu vieler Aufgaben fast zusammenbricht. Sie würden, wie ich, Verwirrung und zunehmende Unruhe sehen. Ich werde Sie jetzt in das teure Touristencafé auf der gegenüberliegenden Straßenseite einladen und Ihnen reichlich Kaffee und ein paar Eier bestellen und Ihren Zigarettenvorrat auffüllen. Das Café hat einen Balkon, von dem aus wir unsere wunderschöne, wenn auch leider verschmutzte Meerenge überblicken können. Dort«, fuhr er fort, wobei er einen Arm um Süleymans Schultern legte und ihn hoch zog, »können Sie dann ruhig ein Teil Ihrer Sorgen auf mich abwälzen, und wir können miteinander reden.«

»Aber es geht Ihnen doch nicht gut, Herr İkmen«, sagte Süleyman, als er endlich, wenn auch zitternd, auf den Beinen stand.

»Ja, das stimmt«, erwiderte İkmen lächelnd. »Es geht mir nicht gut, daher bin ich mit dem Fall nicht betraut worden und werde mich auch nicht in Ihre Arbeit einmischen. Oh, und übrigens, ab jetzt möchte ich Çetin genannt werden«, erklärte er augenzwinkernd und streckte seinem Kollegen die Hand hin. »Hallo.«

Süleyman ergriff die Hand mit einer leichten Verbeugung und erwiderte lächelnd: »Mehmet. Mehmet Süleyman.«

Obwohl es immer noch früh am Tag war, brodelte in den Straßen der Altstadt schon wieder das pralle Leben. Ein Pferd zog einen kleinen, bis über den Rand mit Obst voll gepackten Wagen durch die enge Straße und wäre beinah gegen einen rücksichtslos geparkten BMW gelaufen. Zwei kleine Mädchen mit riesigen Haarschleifen lachten laut auf, als das Pferd in letzter Sekunde einen doppelten Haken schlug, und der kahl geschorene Brezeljunge hinter ihnen machte sich über das seiner Ansicht nach völlig veraltete Transportgefährt lustig. Gleich nebenan stellten die Teppich- und Lederwarenhändler ihre Waren vor die Geschäfte auf den Bürgersteig, um sie den Kunden besser präsentieren zu können. Ab und zu tauschten sie ein paar wetteifernde, aber fröhliche Neckereien aus – meist ging es dabei um die Preise und auf welch skandalöse Art die Konkurrenz sie ihnen kaputtmachte. Aus allen Richtungen drang der Klang arabesker Musik zu den beiden Männern auf dem Balkon des Marmara-Turist-Restaurants herauf, die dort Kaffee tranken und sich unterhielten.

»Nachdem du nun das Baby gefunden hast und daher offiziell ein Held bist, wirst du es wieder mit der Presse zu tun bekommen«, sagte İkmen, während er den letzten Schluck Kaffee trank und dem Kellner ein Zeichen gab, seine Tasse erneut aufzufüllen.

»Ja«, erwiderte Süleyman mit düsterer Miene, »obwohl ich die Einzelheiten der Verhaftung von Mina und ihrer Sippe lieber nicht erwähnen möchte.«

İkmen lachte. »Ich hätte wer weiß was dafür bezahlt, um deine Verhandlung mit der Prostituierten zu sehen. Mina Arda muss gedacht haben, dass es mit ihren Geschäften nun aufwärts ginge, als sie dich gesehen hat.«

»Wusstest du, dass ihre Mutter an ihr eine Abtreibung vorgenommen hat, als sie siebzehn war?« Süleyman senkte angesichts dieser skandalösen Tatsache seine Stimme. »Sie behauptet, seitdem unfruchtbar zu sein.«

»Semra Arda steht seit Jahren unter dem Verdacht, solche Praktiken auszuüben«, erwiderte İkmen seufzend. »Vor ungefähr zehn Jahren habe ich sie aufgrund ähnlicher Vorwürfe, die ein anderes Mädchen betrafen, festgenommen, doch es gab keine Beweise.«

»Aber eine Abtreibung an der eigenen Tochter vorzunehmen!«

İkmen zuckte mit den Schultern. »Es geht schneller und ist billiger, als zum Arzt zu gehen, außerdem muss man nichts erklären. Das sind sehr arme Leute, Mehmet, die man nicht nach unseren Maßstäben bewerten darf.« Er zündete sich eine weitere Zigarette an und lehnte sich zurück. »Dann hat also der Mann mit dem Down-Syndrom vermutlich Mina das Baby gegeben, weil er wusste, dass sie Kinder mag und sich welche wünschte?«

Süleyman wartete, bis der Kellner ihre leeren Tassen abgeräumt und durch neue mit frischem Kaffee ersetzt hatte, bevor er antwortete.

»Ja«, erklärte er, »obwohl wir nicht wissen, wie er an das Kind gekommen ist, solange er nicht mit uns spricht. Mina sagt, Cengiz Temiz habe das Baby aus Urfas Wohnung gerettet, nachdem er dort einen, wie er sich ausdrückt, weiblichen Dämon gesehen hat. So habe er es erzählt, behauptet sie.«

»Dieser Temiz ist sehr verängstigt, schätze ich.«

»Ja. Wenn er überhaupt spricht, dann nur abgehackt und einsilbig und macht sich dabei in die Hose. Es ist auch nicht gerade hilfreich, dass Sevan Avedykian sein Anwalt ist. Wenn er dabei ist, verbietet er Cengiz sowieso, irgendeine Frage zu beantworten.«

İkmen führte die winzige Tasse an die Lippen und schlürfte die heiße Flüssigkeit. »Das ist sein Job«, meinte er und fügte nach einer kurzen, nachdenklichen Pause hinzu: »Hast du daran gedacht, Frau Doktor Halman um Hilfe zu bitten?«

»Das habe ich.« Süleymans Gesicht sah deprimiert aus. İkmen fand, dass er einen besonders unglücklichen Eindruck machte. »Doch sie wurde gestern Nacht zu Temiz gerufen, während ich in Karaköy war. Sie fand ihn in einem fürchterlichen Zustand vor. Sie ist wie eine Berserkerin über mich hergefallen, als ich zurückkam – jede Menge wüste Tiraden über das türkische Rechtssystem. Sie hat gesagt, wenn die Familie eine Beschwerde einreiche, würde sie sie unterstützen. Ich rechne jederzeit damit, dass ihr Bericht auf meinem Schreibtisch landet.«

»Aha.« İkmen wandte seinen Blick von Süleyman ab und sagte: »Das muss recht hart für dich gewesen sein, wo du und Frau Doktor Halman …«

»Unser Privatleben muss Schutzmauern haben«, zitierte Süleyman mit starrem Blick das alte osmanische Sprichwort.

»Schon, doch wenn du Frauen, mit denen du zusammenarbeitest, weiterhin unwiderstehlich findest, werden diese Mauern Fenster bekommen«, entgegnete İkmen eindringlich. »Du hast es doch erst kürzlich mit der Beamtin Farsakoğlu erlebt. Die Tatsache, dass Frau Doktor Halman zur Hälfte Ausländerin ist, macht es vielleicht etwas einfacher – nicht dass Zelfa nicht eine wundervolle Frau wäre. Sie bringt mich jedenfalls zum Lachen. Aber …«

»Ich vermute, dass Frau Doktor Halman schon recht bald nach Irland zurückkehren wird«, sagte Süleyman und starrte dabei düster in seine Tasse. »Zumindest sprach sie gestern Abend davon.«

»Sie wollte dich vermutlich nur schocken«, meinte İkmen. »Sie kann doch ihren alten Vater hier gar nicht allein lassen, oder? Und überhaupt wird sie drüben in Dublin bestimmt niemanden wie dich finden.«

»Könnten wir jetzt bitte das Thema wechseln, Herr İkmen, äh, Çetin?«

Der alte Inspektor zuckte mit den Schultern, beugte sich über den Tisch und sagte: »Also, was ist denn mit Erol Urfa und seiner geheimen Ehefrau? Da er ganz offensichtlich Tansu Hanim vorzieht, kommt ihm ihr Tod doch wahrscheinlich ganz gelegen.«

Süleyman holte eine Zigarette aus der Packung und zündete sie an. »Ich werde Urfa heute Morgen sehen.«

»Und?«

»Und ich muss gestehen, dass ich die ganze Situation sehr verwirrend finde. Tansu, Erols Manager und, wie es aussieht, auch die gesamte Arabesk-Fangemeinde wussten von Ruya und dem Baby. Sie haben kein Geheimnis daraus gemacht. Erols und Cengiz Temiz' Fingerabdrücke waren überall in der Nähe der Leiche zu finden, aber nur von Temiz waren auch auf der Leiche Abdrücke. Doch Erol hat, so scheint es, das stichhaltigste Tatmotiv, eine Frau aus dem Weg zu schaffen, die ihm von seiner Familie aufgezwungen wurde. Merkwürdigerweise scheint er Tansu wirklich zu lieben, zumindest hat Çöktin diesen Eindruck.«

»Çöktin?«

»Er ist gestern Abend nach der Sendung noch bei Urfa geblieben.« Süleyman bemerkte İkmens besorgte Miene und fügte hinzu: »Ich bin darüber nicht glücklich. Sowohl Erol als auch Tansu sind Kurden, das Gleiche gilt für Çöktin. Es sind bereits Gerüchte im Umlauf, dass der Polizeimeister mehr als nur ein berufliches Interesse für diesen Fall hegt.«

»Nun, du weißt, was du zu tun hast«, meinte İkmen zurückhaltend.

»Ja.«

Zufällig legte einer der Kellner eine Kassette in den Kassettenrekorder des Restaurants, deren erster Titel *Es wird vorübergehen* von Tansu Hanim war. Eines ihrer »Selbstmitleid«-Stücke, wie İkmen wortlos registrierte. Es war melancholisch und langsam und stand in scharfem Kontrast zu den verbitterten Liedern, die sie offensichtlich selbst geschrieben hatte, wie er auf den Kassettenhüllen seiner Frau hatte lesen können. Tansu trug jene Lieder allerdings nie mit besonders gehässiger Stimme vor, denn unabhängig davon, wessen Text sie gerade sang, blieben ihre Interpretationen stets gleichbleibend traurig – wie dasjenige, das gerade erklang.

Ein passender Moment, auch Tansu in den großen Topf gemischter Eindrücke zu werfen. »Auch Tansu Hanim hat ein nicht unerhebliches Motiv«, sagte er.

»Ja.«

»Vielleicht ist sie Cengiz Temiz' weiblicher Dämon. Du solltest ihm ein Foto von ihr zeigen.« Er lächelte. »Sie hat nicht gerade den Ruf, lieb und freundlich zu sein.«

»Nein, allerdings hat sie für den Abend ein Alibi. Ihre Schwester ...«

»Verwandte sind in diesem Zusammenhang genauso glaubwürdig wie Politiker!«, schimpfte der alte Inspektor. »Ich weiß, dass du mit dem vermissten Kind alle Hände voll zu tun hattest, aber – du solltest die Dienerschaft befragen, wenn du die Wahrheit erfahren willst. Hak da nach!«

Als Reaktion auf diese Belehrung senkte Süleyman den Kopf. »Ja, gut.«

İkmen änderte wohlweislich die Taktik. »Wartest du immer noch auf weitere Ergebnisse aus der Gerichtsmedizin?«

»Ja, aber die sollte ich heute im Laufe des Tages bekommen.

Einige Gewebeproben müssen noch analysiert werden, und Doktor Sarkissian muss darüber hinaus zusätzliche Proben entnehmen, bevor die Leiche zur Bestattung freigegeben werden kann. Wenn die Gerichtsmedizin weitere Beweise gegen Cengiz Temiz an den Tag bringt, brauchen wir ihn gar nicht mehr zu befragen«, sagte Süleyman betrübt.

»Daraus entnehme ich, dass du nicht glaubst, dass Herr Temiz Ruya Urfa getötet hat.«

»Nein, eigentlich nicht, nein. Ich denke aber, dass er irgendwie involviert ist. Ich bin sogar der Ansicht, dass er der Schlüssel zu der ganzen Angelegenheit sein könnte. Aber dass er gemordet hat? Nein.« Er schaute hinaus auf das glitzernde Wasser, das Goldene Horn und den Bosporus. »Das Zyanid, das ja nicht gerade einfach zu beschaffen ist, war in einem Stück Halwa versteckt, und der Mörder wusste, dass die Süßigkeit den Geruch des Giftes überdecken würde. Und alles passierte, wie ich glaube, nicht zufällig zu einem Zeitpunkt, wo der Täter sicher sein konnte, dass die meisten Menschen vor dem Fernseher sitzen würden. Meiner Meinung nach alles in allem zu clever und zu komplex für Cengiz Temiz.«

»Das kann sein«, sagte İkmen und legte gleichzeitig ein großes Bündel Banknoten auf die Rechnung, die im Verlauf ihres Gesprächs irgendwie auf ihrem Tisch gelandet war. »Doch ich habe das Gefühl, dass du mit Zelfa darüber reden musst. Nur ein Fachmann ist in der Lage, ein solches Urteil zu fällen.«

Süleyman seufzte. »Ich weiß.« Dann schaute er auf die Uhr und erklärte: »Ich muss gehen.«

»Ja.«

Als Süleyman sein Jackett von der Stuhllehne nahm, fügte er hinzu: »Vielen Dank für das Frühstück, Çetin. Ich fühle mich jetzt ein bisschen besser.«

»Gut.« Der Alte stand auf. »Dann kann ich jetzt Cohen und ein paar Jungs zum İskender Hamam schicken, Inspektor?«

»Ja, bring es hinter dich.« Süleyman runzelte die Stirn. »Ich wüsste gerne, welches Motiv Madame Kleopatra wohl gehabt hat, ihren Ehemann umzubringen?«

»Das werden wir nie herausfinden«, antwortete İkmen. »Vielleicht hat er sie misshandelt. Vielleicht war er untreu. Das Motiv könnte Geld, Herkunft, Religion, beinah alles gewesen sein. Aber jetzt sind beide tot und so ...«

»Nun gut«, sagte Süleyman, während sie die Treppe des Balkons hinab auf die Straße gingen, »gewissermaßen weiß ich genauso wenig über Ruya Urfa wie du über den Ehemann von Madame.«

Als er ins Licht der prallen Sonne trat, brach İkmen sofort der Schweiß aus. »Ja, nun, ich vermute, Herr Kleopatra, wie ihn manche nannten, war so etwas wie ein Geheimnis. Ich bin nicht der Einzige, der ihn nie gesehen hat. Es gab sogar welche, die der Ansicht waren, er existiere überhaupt nicht.«

»Hm.« Süleyman setzte seine Sonnenbrille auf. »Ein Mann aus dem Nichts.«

Es war merkwürdig zu beobachten, dass Polizeidirektor Ardiç seinen massigen Körper einmal nicht nur zum eigenen Nutzen bewegte, sondern um einem auch noch viel jünger wirkenden Mann zu Hilfe zu eilen. Denn als Herr Kemal Ertürk das Gebäude verließ, hielt ihm Ardiç tatsächlich die Tür auf. Erst als er sich von seinem Gast abwandte und sah, womit seine Wache überhäuft wurde, verdüsterte sich seine Miene.

»Was soll das hier alles?«, fragte er, ohne dabei jemanden direkt anzusprechen, und ruderte dabei gleichzeitig mit den Armen, um die Invasion roter Rosen aufzuhalten. Jedoch vergeblich.

Çöktin, der beobachtet hatte, wie die Blumen ein paar Minuten zuvor angeliefert worden waren, erklärte es ihm. »Ein Geschenk von Herrn Urfa. Er will sich dafür bedanken, dass wir seine Tochter gefunden haben.«

»Oh«, sagte Ardiç nur und beruhigte sich so schnell wieder, dass es denen, die ihn besser kannten, schon fast unheimlich war. »Und sind sie für alle von uns, Polizeimeister Çöktin?«

»Nein, Herr Polizeidirektor, nur für Inspektor Süleyman.«

»Oh, wirklich.« Der korpulente Mann ging hinüber zu einem der größeren Blumenständer und zog die Karte heraus, die zwischen den Rosenköpfen steckte. »Wie aufmerksam«, sagte er und fuhr dann in einem Ton fort, der seinen Kollegen sehr viel vertrauter war, »aber auch verdammt lästig! Schafft das Zeug hier weg, und zwar auf der Stelle!«

Die Beamtin Kavur, die anerkennend an den Rosen geschnuppert hatte, meinte: »Oh, aber …«

»Bin ich etwa«, brüllte Ardiç und blickte dabei so theatralisch wie ein besonders schlechter Schauspieler in der Wachstube umher, »unsichtbar für euch?«

»Nein, Herr Polizeipräsident.«

»Dann tut wie befohlen und schmeißt diese Dinger auf den Parkplatz!«

»Ja, Herr Polizeipräsident.«

Und während sich Ardiç am Empfangspult vorbeischob, schnauzte er noch: »Ach, und Sie können gleich mit mir kommen, Kavur, ich möchte mit Ihnen reden.«

Kavurs Augen wurden vor Angst so groß, dass Çöktin ihr ermutigend die Hand drückte, als sie an ihm vorbeiging.

Erol Urfa traf in dem Moment auf der Wache ein, als Süleyman Polizeimeister Tepe gerade letzte Anweisungen erteilte. Der Inspektor hoffte, dass Erol nicht mit angehört hatte, was er mit seinem Untergebenen besprochen hatte, vor allem nicht das, was seinen Freund Ali Mardin betraf.

»Wenn er sich nicht ausweisen kann, dann nimm ihn mit auf die Wache«, befahl Süleyman, während Tepe bereits auf die Treppe zuging.

»Ja, Herr Inspektor.«

»Ah, Herr Urfa«, sagte er daraufhin zu seinem Besucher gewandt. »Sollen wir in mein Büro gehen?«

»Ja.« Erol Urfa war allein gekommen und wirkte auf einmal viel kleiner und schüchterner als zuvor. Nichtsdestotrotz war er wie immer makellos und teuer gekleidet, wenn auch leider unglaublich geschmacklos. Bevor sie die Treppe hinaufstiegen, bat Süleyman den alten Wachmann, der schläfrig am Haupteingang saß und gerade drohte, endgültig wegzudösen, ihnen zwei Gläser Tee zu bringen.

Auf dem Weg nach oben fragte Erol, ob Süleyman die Blumen gefallen hätten.

Süleyman runzelte die Stirn. »Blumen?«

»Ja, ich habe sie schicken lassen, um mich dafür zu bedanken, dass Sie mir meine Merih zurückgebracht haben. Rosen.«

»Nun«, erwiderte Süleyman und hielt seinem Gast die Tür zu seinem Büro auf. »Das ist sehr freundlich von Ihnen, doch mir hat niemand davon berichtet, dass hier Blumen abgegeben worden wären.«

»Oh, dann muss ich sofort mit dem Floristen reden.«

»Nun, ja, aber …« Süleyman ließ sich schwer auf den Stuhl hinter seinem Schreibtisch fallen und bedeutete Erol, sich ebenfalls hinzusetzen. »Falls sie noch nicht ausgeliefert wurden, dann lassen Sie sich bitte bei allem Respekt das Geld zurückgeben und belassen Sie es dabei.«

»Wie bitte?«

»Ich fürchte, dass dies im Zusammenhang mit meiner Arbeit als Bestechung angesehen werden könnte. Es ist wirklich sehr freundlich von Ihnen und es tut mir sehr Leid, aber ich fürchte, so ist es eben.«

»Oh.« Erol schaute mit einer Miene zu Boden, die er nach Süleymans Ansicht schon in seiner Kindheit einstudiert haben musste. »Oh, entschuldigen Sie, Herr Inspektor. Ich …«

»Sie müssen sich nicht entschuldigen, Herr Urfa«, erwiderte Süleyman. Er öffnete eine seiner Akten und nahm einen Stift zur Hand. »Nun, ich weiß, dass Sie bereits alles über das Auffinden Ihrer toten Frau und die näheren Umstände ausgesagt haben, doch ich möchte Ihnen noch ein paar weitere Fragen stellen, deshalb habe ich Sie heute noch einmal hergebeten.«

»Ja, das verstehe ich.« Erneut legte Erol mit einer kindlichen Geste beide Hände auf die Kante von Süleymans Schreibtisch und fragte: »Werde ich Ruya bald mit nach Hause nehmen können, Herr Inspektor?«

»Das hängt von den Untersuchungen des Pathologen ab, Herr Urfa.« Süleyman lächelte etwas traurig. »Doch ich glaube nicht, dass es noch lange dauern wird. Ich nehme an, Ihre Familie drängt auf eine baldige Beerdigung?«

»Oh, sie wissen es noch gar nicht«, erwiderte Erol und klopfte an der Schreibtischkante nervös die Daumen gegeneinander.

Süleyman runzelte die Stirn. »Sie wollen sagen, Sie haben sie noch nicht angerufen ...«

»Sie haben kein Telefon. Und keinen Fernseher.«

Auch wenn Süleyman wusste, dass Erol irgendwo aus dem »Osten« kam, war ihm bis jetzt nicht klar gewesen, wie »östlich« das sein musste. Selbst baufällige Grenzstädte wie Doğubayazıt hatten Telefon und Fernseher. Vielleicht gab es immer noch ein paar Dörfer, die beides nicht besaßen, obwohl er das eigentlich bezweifelte. İkmen, oder besser gesagt Çetin, hatte sogar im östlichen Kayseri Satellitenschüsseln gesehen, als er dort im vergangenen Jahr einen kurzen Abstecher zu einem alten Verwandten in Kappadokim gemacht hatte. Eine Familie, die über keine dieser technischen Neuerungen verfügte, war schon ein Kuriosum.

»Wie kommunizieren Sie denn dann mit Ihren Verwandten?«, fragte er. »Schreiben Sie sich?«

»Meine Eltern können nicht schreiben und Ruya konnte es auch nicht«, war die schlichte Antwort.

»Wie …«

»Wir haben keinen Kontakt, Herr Inspektor.«

Süleyman bot Erol eine Zigarette an, und als dieser ablehnte, nahm er sich selbst eine und zündete sie an. »Aber, verzeihen Sie mir die Frage, wenn sie nicht miteinander kommunizieren, wie ist Ihre Frau hierher in die Stadt gekommen? Wie hat die Hochzeit überhaupt stattgefunden?«

»Ich habe Ruya in meinem Dorf geheiratet. Wir waren einander versprochen.«

»Und sind Sie seitdem noch einmal hingefahren? Hat Ihre Frau je ihre Familie besucht?«

»Nein und noch mal nein.« Erol lächelte. »Es ist kompliziert, ich weiß.«

Es klang, dachte Süleyman, wie eine dieser Fehden, die gelegentlich noch ausgetragen wurden. Eine Familie oder ein Familienmitglied gegen eine andere Sippe oder einen anderen Stamm. Nicht dass die Überlegung diesen besonderen Fall irgendwie erklärbarer erscheinen ließ. Urfa war nach Hause gefahren, um seine Verlobte zu heiraten, was nicht nur ein freundschaftliches Verhältnis der beiden Familien voraussetzte, sondern auch das Einverständnis des Sängers.

Süleyman lehnte sich zurück. »Hat denn Ihre Familie Ihre Karriere verfolgt, Herr Urfa? Ist sie stolz auf Sie?«

»Nein«, und bevor Süleyman weitere Fragen stellen konnte, fügte Erol noch hinzu: »Was sollen all diese Nachforschungen über meine Familie?«

»Stirbt eine Person unter verdächtigen Umständen, sind wir verpflichtet, jede Möglichkeit in Erwägung zu ziehen.«

»Ich habe doch bereits zu Protokoll gegeben, dass meine Frau, soweit ich das beurteilen kann, keine Feinde hatte«, sagte Erol leicht gereizt.

»Ja, obwohl ich dennoch das Gefühl habe, dass Tansu ...«

»Tansu hat die Situation mit Ruya stets akzeptiert.«

»Nach meinen Informationen haben Sie Ihre Frau erst geheiratet, nachdem Sie Tansu Hanim bereits kannten. Stimmt das?«

Erol legte die Hände in den Schoß und sah zu Boden. »Ja.«

Der ältliche Wachmann betrat das Zimmer und unterbrach ihr Gespräch, indem er zwei große Teegläser auf den Schreibtisch stellte.

Süleyman nahm seine Befragung erst wieder auf, nachdem er vorsichtig zwei Stück Zucker in seinen Tee gegeben hatte. »Verzeihen Sie mir, wenn ich mich täuschen sollte«, begann er, »aber ich kann mir nicht vorstellen, dass eine Dame wie Tansu Hanim entzückt ist von der Vorstellung, dass ihr neuer, junger Liebhaber mit einer anderen Frau schläft.«

»Da, wo wir herkommen, sind die Dinge anders!« Erol sah jetzt verbittert und zugleich tief beleidigt aus. Mit einer theatralischen Handbewegung schob er den Tee beiseite. Süleyman übersah diese harsche Geste, sehr zum Verdruss des Sängers.

»Ist dem so?«, fragte er stattdessen. »Dann klären Sie mich doch bitte auf.«

»Ein Mann muss Kinder in die Welt setzen.«

»Ja.« Erol konnte nicht wissen, dass Süleyman darüber ähnlich dachte, zumindest bis Zelfa, wütend über den Zustand von Cengiz Temiz, aus seinem Zimmer gestürmt war. Nicht dass er das Gefühl hatte, in der gleichen Liga wie dieser Junge vom Lande zu spielen. Dort, wo Urfa herkam, waren Kinder für Männer geradezu unabdingbar, während er selbst sich seiner Gefühle in Bezug auf Kinder noch nicht sicher war. Sein Bruder hatte ein sehr niedliches kleines Mädchen, doch schließlich musste Süleyman ja auch nicht nachts für sie aufstehen – also, was wusste er schon darüber. »Dann haben also Ihr Kinderwunsch und Ihre ehrenhafte Haltung Ihrer Verlobten gegenüber Sie zur Ehe gezwungen?«

»Nein. Ich habe Ruya geliebt.« Er wandte seinen Kopf ab, in seinen Augen standen Tränen. »Es ist ...«

»Ein Mann kann mehr als eine Frau lieben?«

Erol nickte. »Ja.«

Von der Straße her hörte man schwere Reisebusse über Straßenbahnschienen holpern, dazu das Geschrei der Straßenverkäufer, und die stickige, heiße Sommerluft drang bis zu ihnen herauf. Süleyman fühlte sich, auch wenn man es ihm nicht ansah, sehr schläfrig. Er versuchte sich zusammenzureißen, richtete sich gerade auf und trank einen Schluck Tee.

»Herr Aksoy war vermutlich nicht sehr glücklich über Ihre Heirat«, sagte er und drückte seine Zigarette in einem der Aschenbecher aus.

»Nein. Er hat gesagt, es schade meinem Image«, erwiderte der Sänger, als lese er den Text irgendwo ab. »Aber ich habe es trotzdem getan.«

»War es Herrn Aksoys Idee, die Ehe geheim zu halten?«

»İbrahim hat mich immer als Star der jungen Mädchen präsentiert, müssen Sie wissen.«

Süleyman murmelte etwas Zustimmendes zu dieser offensichtlichen Tatsache.

Erol zuckte mit den Schultern. »Daher wäre die Heirat keine gute Werbung gewesen. Aber ich wollte auch gar nicht, dass viele Leute davon erfuhren.«

»Warum nicht?«

»Weil es wichtig ist, sein Privatleben für sich zu behalten.«

»Aber mit Tansu Hanim verhalten Sie sich doch ganz anders, oder?«

»Nein.« Mit leicht zitternder Unterlippe blickte Erol zu Boden wie ein kleiner Schuljunge, den man ausgeschimpft hatte. »Tansu ist anders, verstehen Sie? Ich habe mit ihr etwas angefangen, um meine Karriere anzukurbeln. İbrahim hat uns einander vorgestellt.« Er schaute trotzig wieder auf und fügte hinzu:

»Aber inzwischen liebe ich sie, müssen Sie wissen. Tansu ist eine wundervolle Frau. Ich weiß, dass manche Leute darüber lachen und schlecht über uns reden, vor allem jetzt, aber ich werde Tansu nicht verlassen. Ich werde Ruya in Ehren halten, aber ...«

»Sie werden weiter mit Tansu zusammenbleiben, sie vielleicht sogar irgendwann heiraten?«

»Oh, nein«, erwiderte Erol bestimmt. »Ich werde eine andere Frau aus meinem Dorf heiraten. Ich muss einen Sohn haben.«

»Aber Sie sagten gerade, dass Sie mit Tansu Hanim zusammenbleiben werden.«

»Ja.«

»Dann wird es wieder so sein wie vorher mit ...?«

»Oh, ja«, sagte Erol, wie Süleyman fand, überraschend naiv. »Haben Sie schon irgendeine Ahnung, wer Ruya ermordet hat, Herr Inspektor?«

Doch bevor Süleyman antworten konnte, klopfte es an der Tür.

»Herein«, rief er, während er sich erneut eine Zigarette anzündete.

Arin Kavur errötete, als sie ihren Kopf nervös zur Tür hereinsteckte. »Oh, Herr Inspektor, Sie sind nicht allein?«

»Ja? Und?«

»Äh ...«

Da sich in ihrem Gesicht eine ungewöhnliche Zurückhaltung spiegelte, stand Süleyman von seinem Schreibtisch auf und ging zu ihr hinüber.

»Was ist los?«, fragte er leise, fasste sie am Ellbogen und zog sie hinaus auf den Flur.

»Polizeidirektor Ardiç«, erklärte sie. »Er möchte Sie sehen.«

»In Ordnung. Wenn ich hier fertig bin.«

»Nein, jetzt sofort, Herr Inspektor«, sagte sie und schaute sich um, um sicherzugehen, dass ihnen niemand zuhörte. »Es ist wegen dieser beiden Ertürk-Mädchen.«

Süleyman lächelte. »Ach, diese fanatischen Fans.«

»Ihr Bruder hat sich darüber beschwert, dass man sie hier festgehalten hat.«

»Oh, hat er das? Herr Kemal Ertürk hat mich doch selbst darum gebeten, sie in Verwahrung zu nehmen!«, brummte Süleyman verärgert.

»Ja, nun ...«

»Und solange ihr nicht bei denen zu Hause gewesen wart und mit dem Gärtner gesprochen hattet, welche Wahl hatte ich denn? Die blöden Gören haben schließlich Zyanid erwähnt ... Und der Gärtner hatte sogar welches, nicht wahr? Soweit er wusste, hatte man zwar nichts davon entwendet, aber ...«

Kavur zuckte mit den Schultern. »Er will Sie trotzdem sprechen.«

»Nun, wenn ich mit Herrn Urfa fertig bin, komme ich.«

»Hm.« Sie sah nervös und verunsichert aus – nichts Ungewöhnliches für eine Untergebene von Ardiç.

Süleyman seufzte und lächelte schwach. »Ich erwarte jeden Moment den Anwalt von Temiz, Herrn Avedykian«, meinte er. »Wenn Sie ihn schon einmal begrüßen würden, beeile ich mich hier mit Herrn Urfa und rufe dann Ardiç an.«

»Ja, aber ...«

»Wenn Sie sich um Avedykian kümmern, wird Ardiç Sie in Ruhe lassen.« Er legte ihr ermutigend eine Hand auf die Schulter. »Nur Mut, und kommen Sie ihm einfach nicht unter die Augen. Oh, und wenn Herr Avedykian auftaucht, suchen Sie Polizeimeister Çöktin. Ich weiß, dass er sich irgendwo hier im Gebäude aufhält. Ich brauche ihn für das Verhör von Temiz.«

»Weiß er das schon?«

»Ja.« Mit einer leichten Verbeugung verabschiedete sich Süleyman von der Kollegin Kavur und betrat wieder sein Zimmer.

Er setzte sich und entschuldigte sich bei dem Sänger für die

Unterbrechung. Insgeheim beschloss er jedoch, später nicht zu vergessen, Erol nach dem Beamten zu fragen, über den er soeben mit Kavur gesprochen hatte. İsak Çöktin hatte nach Erols Fernsehsendung freiwillig Überstunden gemacht, und als er gemeinsam mit dem Sänger und dessen Begleitung am Vorabend die Wache betreten hatte, schienen sich beide in der Gesellschaft des anderen sehr wohl gefühlt zu haben. Vielleicht sogar zu wohl. Und dann war da noch der Punkt, dass die offensichtlich des Lesens und Schreibens unkundige Ruya einen Stift besessen hatte – auf dem ihre Fingerabdrücke gefunden worden waren. Das war in der Tat sehr merkwürdig. Süleyman setzte seine Befragung fort, um dies zu ergründen, doch gleichzeitig wusste er, dass er damit nur die unangenehme Begegnung mit Ardiç hinausschob.

9. Kapitel

Weder İkmen noch Cohen hatten ein besonders großes Interesse an körperlicher Ertüchtigung und zogen es daher vor, es sich zusammen mit dem Arzt in den Korbstühlen von Madame Kleopatra bequem zu machen. Währenddessen begann eine Gruppe junger Beamter, den Feigenbaum auszugraben. Der Bestatter, den man vor ein paar Stunden gebeten hatte, Madames Leiche abzuholen, war noch eine Weile geblieben, um über den vergangenen Glanz des İskender Hamam zu plaudern, doch jetzt war auch er verschwunden und hatte nur ein paar Mitarbeiter zurückgelassen, denen nun eine recht unerquickliche Arbeit im Garten bevorstand. Eine der Nachbarinnen hatte gelegentlich aus dem Fenster in den Garten geschaut, doch İkmens schlagfertige Bemerkungen hatten ihre Neugier offenbar schnell gebremst.

»Haben Sie Madames Ehemann gekannt, Herr Doktor?«, fragte der alte Inspektor, nachdem er einen tiefen Schluck aus seiner Wasserflasche genommen hatte.

»Ja«, erwiderte Katsoulis. »Er war ein widerlicher Mistkerl.«

»Ich kann mich nur an sie allein erinnern«, bemerkte Cohen, während er mit halb geschlossenen Augen den Männern beim Graben zusah.

»Nun, Sie sind zwar beide ein wenig jünger als ich«, erklärte der Arzt, »dennoch nehme ich an, dass Herr Kleopatra erst zu Ihren Lebzeiten von uns gegangen ist.«

İkmen wandte sich um und sah den Arzt stirnrunzelnd an. »Erinnern Sie sich noch an meine Mutter, Herr Doktor?

Als ich klein war, besuchte sie Madame sehr häufig. Ayse İkmen?«

Katsoulis lachte. »Wie könnte ich sie vergessen!« Dann beugte er sich zu İkmen vor und fuhr fort: »Verzeihen Sie mir, Herr Inspektor, aber Ihre Mutter war eine höchst bemerkenswerte Frau. Jeder wusste, dass sie über hervorragende übernatürliche Kräfte verfügte. Wenn man etwas über sein Schicksal erfahren wollte, brauchte man nur zu Ayse İkmen zu gehen, und alles lag plötzlich deutlich vor einem. Ihre Weissagungen waren so präzise, dass viele behaupteten, sie sei mit dem Teufel im Bunde!«

»Vielleicht war sie das«, meinte İkmen, und die Gedanken an die Umstände, unter denen seine Mutter so jung gestorben war, verdüsterten plötzlich sein Gesicht.

»Oh, so etwas dürfen Sie nicht sagen!«, rief Katsoulis und bekreuzigte sich mehrere Male.

İkmen lachte. »Ich habe nur Spaß gemacht. Abgesehen davon aß sie viel zu gerne Huhn, um wirklich eine Anhängerin Satans zu sein.«

»Oh, das ist ja entsetzlich!«, sagte Katsoulis lachend. »Ihre Mutter war Albanerin, nicht wahr?«

»Ja.«

Der Arzt wischte sich mit einem Taschentuch über die Stirn. »Sie wäre jetzt hier in guter Gesellschaft, mit all diesen Leuten aus dem Kosovo, die mittlerweile in unserem Land leben.«

Cohen, der mittlerweile über eine Bemerkung İkmens nachgegrübelt hatte, fragte auf einmal: »Was meinen Sie damit, dass sie viel zu gerne Huhn mochte, um eine wahre Anhängerin zu sein?«

»Die so genannten Teufelsanbeter oder Jesiden ...«

»Eine Sekte von irgendwo aus dem Osten, glaube ich«, warf der Arzt ein.

»Ja«, ergänzte İkmen, »nun, sie haben ein paar merkwürdige Sitten, die offensichtlich mit ihrem Glauben zusammenhängen, und dazu gehört auch, dass sie kein Huhn essen.«

»Oh, ich verstehe«, meinte Cohen. »Das wusste ich nicht.«

»Ja, das ist eine dieser …« İkmen brach mitten im Satz ab, als sei ihm plötzlich etwas eingefallen. Doch es blieb ihm keine Zeit, den Gedanken in Worte zu fassen, denn genau in diesem Moment verkündeten die grabenden Männer unter Siegesgeschrei, dass sie tatsächlich etwas gefunden hatten.

»Ist es das, wonach wir suchen?«, fragte Cohen, aus seiner Erstarrung erwacht, und sprang auf.

»Hat ganz den Anschein«, erwiderte ein junger Beamter, der sich erschöpft auf seinen Spatengriff stützte.

»Kommt, lasst uns die Angelegenheit mal in Augenschein nehmen«, meinte İkmen. Er fasste Katsoulis am Arm und zog den alten Mann auf die Füße.

Das, was die jungen Männer freigelegt hatten, befand sich nicht genau unter dem Baum, sondern eher davor. Als sie näher herantraten, konnten İkmen, Katsoulis und Cohen ein fleckiges, verrottetes Tuch erkennen, das anscheinend unter etwas Dünnem, Länglichem eingeklemmt war. Einer der jungen Polizisten war in das Loch gesprungen, das vermutlich ein Skelett enthielt, und als die drei Männer hinzutraten, beugte er sich gerade hinunter, um es näher zu begutachten.

»Ich schätze, das wird jetzt in die Gerichtsmedizin wandern müssen«, sagte er, als İkmen zu ihm in die Grube geklettert kam.

»Wenn Sie mir hinabhelfen, sollte ich in der Lage sein, ihn zu identifizieren«, erklärte der Arzt, während er nervös am Rand des Loches hin und her trippelte.

İkmen runzelte die Stirn. »Nun, ich weiß, dass Sie ihn gekannt haben, Herr Doktor, aber, äh, er ist ein wenig vertrocknet und verschrumpelt.«

»Das tut nichts zur Sache«, erklärte Katsoulis bestimmt. »Ich werde ihn schon identifizieren können.«

İkmen und der junge Beamte zogen von unten und Cohen schob von oben, und so gelang es ihnen schließlich mit viel

Mühe und Schweiß, den alten Mann in die Grube zu manövrieren. Unten angekommen, betrachtete Katsoulis eingehend die länglichen, stockähnlichen Objekte und kaute eine Weile nachdenklich an seiner Lippe.

»Nun, der Kopf ist ...«

»Er ist hier, Herr Doktor«, sagte der junge Beamte und zeigte auf einen runden Höcker auf der anderen Seite der Grube.

»Aha.«

Als der Arzt sich zittrig auf sein Ziel zubewegte, schauten sich einige der erschöpften jungen Männer oben am Rand der Grube amüsiert an. İkmen sah davon ab, ihr Verhalten zu kommentieren, sondern tröstete sich vielmehr mit dem erbarmungslosen Gedanken, dass diese muskulösen, jungen Kerle eines Tages genauso klapprig wie Katsoulis sein würden. Er musste unwillkürlich lächeln.

Der Arzt beugte sich hinab, um den dreckverklebten Schädel betrachten zu können. Wäre er jünger und beweglicher gewesen, hätte er sich wahrscheinlich hingehockt, um die Überreste zu untersuchen, so konnte er nur auf das hinabblicken, was einem Erdklumpen ähnlicher war als einem Gesicht.

»Würden Sie so freundlich sein, die Erde etwas wegzuwischen, Herr Inspektor«, bat er. »Ich würde es selbst tun, aber ...«

»Ja, natürlich«, erwiderte İkmen. »Aber Sie wissen, dass ich darin nicht geübt bin, Herr Doktor? Ich möchte nichts kaputtmachen.«

»Es reicht schon, wenn Sie die Erde aus dem Mund entfernen«, sagte Katsoulis und setzte eine Lesebrille auf.

İkmen hatte keine Ahnung, warum der Mund von so großer Bedeutung sein sollte. Als er jedoch das erste Metall schimmern sah, meinte er den Grund zu wissen.

»Hier sind jede Menge Goldzähne«, berichtete er. »Ich glaube, Madame hat uns zum Narren gehalten.«

»Wenn dort Goldzähne sind, dann ist es Murad Ağa, der alte

Eunuch«, erklärte Cohen lachend, der von oben zugeschaut hatte. »Diese alte Hexe.«

Doktor Katsoulis betastete mit Hilfe einer Zigarettenspitze das, was um den Schädel herum lag, und runzelte die Stirn. »Was meinen Sie damit, Herr Inspektor: Sie hat uns zum Narren gehalten?«

»Nun, Herr Doktor, dies hier könnte bedeuten, dass Madame Murad Ağa umgebracht hat, und nicht ihren Ehemann. Oder sie hat Murad und ihren Mann umgebracht und ihren Mann an einer anderen Stelle in diesem Garten vergraben. Oder sie hat niemanden umgebracht und der Eunuch wollte einfach nach seinem Tod hier begraben werden. Oder vielleicht hat das Morphium sie geistig verwirrt.« İkmen zuckte hilflos die Schultern und erhob sich, um seine Waden zu entlasten. »Ich hoffe, Sie können uns ein wenig aufklären.«

»Nun, das kann ich«, erklärte Katsoulis, während er sich ebenfalls aufrichtete, »obwohl ich kaum glauben kann, dass Sie nichts davon wussten.«

»Was nicht wussten?«, fragte Cohen gespannt.

Katsoulis seufzte. »Der Fund dieser Leiche bedeutet, dass Madame sowohl ihren Gatten als auch Murad Ağa hier neben diesem Baum vergraben hat.«

»Was?«

»Murad und Madames Gatte waren ein und dieselbe Person. Kleopatra war mit einem Eunuchen verheiratet.«

Sevan Avedykian schaute hinüber zu seinem stark schwitzenden unförmigen Klienten und bemerkte: »Ich glaube, Herr Temiz hätte gerne ein Glas Wasser.« Wortlos signalisierte Süleyman Çöktin, er möge der Bitte nachkommen. Nachdem der jüngere Mann den Raum verlassen hatte, um Wasser zu holen, lehnte sich Süleyman zurück und blickte Temiz streng an.

Der fünfundvierzigjährige Temiz sah zugleich jünger und älter aus, als es seinem Alter entsprach: Einerseits war da sein enormes Übergewicht, andererseits hatte er kaum Falten im Gesicht. Der wulstige offen stehende Mund bewegte sich fast nicht und die kleinen, auffällig schmalen Augen teilten außer dem gelegentlichen Aufflackern von Angst kaum etwas von seinen Gefühlsregungen mit. Als Çöktin mit dem Wasser zurückkam, ließ Cengiz Temiz nicht erkennen, ob er sich darüber freute oder vielleicht sogar erleichtert war. Er blieb, wie jetzt seit fast einer halben Stunde, unbeweglich und verschlossen.

Bei Süleyman hingegen war die Lage ganz anders. Viel zu viel ging ihm durch den Kopf und einiges davon hatte wenig mit Cengiz Temiz zu tun. So war Herr Ertürk, zumindest hatte es den Anschein gehabt, tief beleidigt über die Behandlung seiner kleinen Schwestern gewesen. Ardiç gegenüber hatte er geäußert, dass er nicht begreifen könne, wie dieser lächerliche Inspektor auf die verrückten Mädchen habe hereinfallen können und sie sogar wegen Mordverdacht in Untersuchungshaft gesteckt habe, nur weil das Wort Zyanid – vermutlich das einzige Gift, das sie kannten – gefallen sei. Natürlich benutze der Gärtner zur Schädlingsbekämpfung unter anderem auch Zyanid, aber erstens habe Reşat keinen Diebstahl des Gifts gemeldet und zweitens arbeite er als Gärtner nicht nur für die Ertürks, sondern auch für andere Familien.

Selbstverständlich habe Ertürk Süleyman gebeten, »seine Schwestern festzuhalten«, bis seine Konferenz beendet sei, doch er habe keinesfalls damit gerechnet, dass man sie deswegen in eine dreckige Zelle einsperren würde! Schließlich seien es Mädchen aus gutem Hause! Geboren und aufgewachsen im vornehmen Yeniköy! Und Süleyman habe sie nicht besser behandelt als ordinäre Straßenmädchen. Nicht erwähnt worden war allerdings, wie manipuliert und beängstigend besessen das Geschwisterpaar gewesen war. Nun war Süleyman also in Ungnade gefallen, und das noch vor dem Eintreffen des Berichts von Frau Doktor Halman, der mit Sicherheit nicht ausbleiben würde.

Manche Tage waren eben so. An manchen Tagen hatte man fast Lust, sich einen Strick zu nehmen.

Seufzend begann Süleyman seine Befragung von neuem. »Fräulein Arda hat uns erzählt«, wiederholte er, »dass Sie wussten, dass sie keine eigenen Kinder haben kann, und ihr daher, um ihre Zuneigung zu gewinnen, das Urfa-Kind gebracht haben. Außerdem wollten Sie das Kind vor einem ›bösen Dämon‹ beschützen. Ich möchte lediglich von Ihnen hören, ob dies korrekt ist, Herr Temiz.«

»Mein Mandant hat Ihnen doch bereits gesagt, dass er diese Frau nicht kennt«, mischte Avedykian sich ein, »daher ist diese Frage …«

»Notwendig aufgrund der Aussage von Frau Arda. Und was mich betrifft, so hat Ihr Mandant mir bislang überhaupt nichts mitgeteilt, Herr Avedykian. Darf ich Sie daran erinnern, dass Sie derjenige waren, der behauptet hat, Herr Temiz kenne Frau Arda überhaupt nicht. Ich habe keine Ahnung, was er denkt oder weiß.« Er schaute Cengiz in die Augen und erklärte: »Ihr beide, Sie und Mina, steckt in großen Schwierigkeiten. Ich persönlich glaube, Sie könnten sich die Schwierigkeiten ersparen, aber dazu müsste ich die Wahrheit kennen. Nun …«

»Herr Inspektor Süleyman, ich fürchte, da muss ich …«

»Wenn ich es Ihnen sage, werden Sie es dann Mami und Papi weitersagen?«

Sowohl der Polizeibeamte als auch der Anwalt staunten, wenn auch aus unterschiedlichen Gründen, über die offensichtliche Wende im Verlauf des Verhörs.

Süleyman räusperte sich. »Das hängt davon ab, was Sie uns zu sagen haben, Cengiz.«

»Sie müssen denen gar nichts erzählen«, beeilte sich Avedykian einzuwerfen. Süleyman hatte das Gefühl, er befürchte, sein Mandant könne ihm jeden Moment für immer entgleiten.

Cengiz Temiz schlug nach einem kurzen Blick zu seinem Anwalt jedoch seinen eigenen Weg ein. »Es sind schmutzige Sachen«, gestand er und senkte gleichzeitig beschämt den Kopf.

Süleyman blickte verwirrt zu Çöktin, worauf dieser fragte: »Meinen Sie Sex, Cengiz?«

»Ja.«

»Ich halte es wirklich für angebracht, mit meinem Mandanten unter vier Augen zu sprechen, bevor …«

»Schon in Ordnung, Herr Avedykian«, sagte Cengiz und legte seine plumpe Hand auf den schlanken Arm des Anwalts. »Es ist ungezogen, aber nichts mit Töten.«

Avedykian blickte seinem Mandanten so gut es ging in die Augen und seufzte. »Also gut, Cengiz, wenn Sie wollen.«

»Also, wie ist das mit dem Sex, Cengiz?«, fragte Süleyman, während er sich eine Zigarette anzündete und sich dann zu dem etwas mutlos wirkenden Temiz vorbeugte. »Haben Sie Sex gehabt, wollten Sie nur Sex haben oder …«

»Ich habe Sex mit Mina.« Er wandte seinen Kopf so ab, dass ihm keiner der anderen Männer im Raum in die Augen blicken konnte. »Mami gibt mir Geld für Zigaretten und Essen, aber ich gebe es für Mina aus.«

»Sie gibt Ihnen ein gutes Gefühl?«

»Ja. Schmutzige Sachen machen das. Gute Jungens sollten das nicht tun, und Mami wird mich bestrafen, wenn sie es erfährt, aber …« Er wandte ihnen wieder das Gesicht zu, dieses Mal hatte er Tränen in den Augen. »Sie werden ihnen nicht sagen, dass ich schmutzig bin, oder?«

Süleyman lächelte. »Ich werde niemandem erzählen, dass Sie schmutzig sind, Cengiz. Aber Sie müssen mir dafür erklären, was Frau Urfa und das Baby mit der Sache zu tun haben. Ich weiß, dass Sie die Kleine für Mina mitgenommen haben, aber ich muss wissen, wie Sie es getan haben. Sie verstehen mich doch, nicht wahr?«

»Hm.« Mit einem Mal änderte Cengiz sein Verhalten, schaute auf den Boden, beobachtete, wie eine Spinne unter dem Schreibtisch in ihrem Netz auf Beute lauerte, und lachte.

»Cengiz?«

Er schaute zu dem größeren der beiden Polizeibeamten hin und wischte sich etwas Spucke von den Mundwinkeln. »Äh?«

»Cengiz, Mina hat uns berichtet, Sie hätten die kleine Merih vor einem«, Süleyman unterbrach seinen Satz und räusperte sich erneut, bevor er die seiner Ansicht nach lächerlichen Worte wiederholte, »weiblichen Dämon gerettet, der ...«

»Oh, nein, nein, nein, nein, nein!« Er saß jetzt ganz schief, beugte den Kopf nach unten und seine Lippen zitterten vor Erregung. Sevan Avedykian legte beruhigend einen Arm um die Schulter seines Mandanten und meinte: »Ich denke, das reicht fürs Erste, Herr Inspektor.«

»Da bin ich anderer Ansicht«, erwiderte Süleyman hochmütig. »Und davon einmal ganz abgesehen – wenn Herr Temiz Mina von dem Dämon erzählen kann, dann kann er auch mir davon berichten. Cengiz?«

»Nein, nein, nein!«

Avedykian sprang auf. »Herr Inspektor!«

»Schauen Sie, Cengiz«, flehte Süleyman, »wenn Sie mir etwas über den Dämon erzählen, dann kann ich Ihnen helfen. Ich ...« Plötzlich kam ihm ein Gedanke, der ihm bislang vollkommen fern gelegen hatte. Doch jetzt erschien er ihm so passend, dass er es versuchen wollte. »Schauen Sie, ich verspreche Ihnen, dass ich Sie vor dem Dämon schützen kann und werde. Ihnen, Mina und dem Baby wird nichts geschehen.«

Cengiz schaute auf. »Hä?«

»Darauf gebe ich Ihnen mein Wort!«, bekräftigte Süleyman theatralischer, als es ihm eigentlich lieb war.

»Und der Inspektor ist ein Ehrenmann«, warf Çöktin mit aufrichtigem Tonfall ein. »Das heißt, sein Wort gilt.«

»Sie brauchen nicht darauf zu hören!«, erklärte Avedykian, packte seinen Mandanten am Ärmel und versuchte ihn hochzuziehen. »Ich denke, wir sollten das Gespräch an dieser Stelle beenden, Inspektor Süleyman. Mein Mandant ist erschöpft …«

»Sie hatte silbernes Haar und einen flauschigen Mantel.«

Wieder richteten sich alle Augen auf Cengiz, dessen Gesicht aschfahl geworden war.

»Ihr Gesicht war wie bei einer Schlange und zischte.« Er versuchte seine Worte mit den eigenen Gesichtszügen zu bekräftigen. Das Ergebnis war selbst für Süleymans an Angst und Schrecken gewöhnte Augen recht furchteinflößend.

»Würden Sie die Dämonin wiedererkennen?«, fragte Çöktin.

»Ja«, erklärte Cengiz, wieder mit normalem Gesichtsausdruck.

»Sind Sie sicher?«

»Herr Temiz hat es Ihnen doch gerade bestätigt …«

»Setzen Sie sich doch bitte wieder hin, Herr Avedykian!«, brüllte Süleyman, der dem Anwalt gegenüber plötzlich die Geduld verloren hatte. Überraschenderweise wurde seinem Wunsch sofort entsprochen.

»Also, wenn ich Ihnen den Dämon gegenüberstellen würde, mit einem flauschigen …«

»Weißen.«

»Mit einem flauschigen weißen Mantel, dann …«

Çöktin beugte sich zu Süleyman hinüber und flüsterte ihm etwas ins Ohr.

»In Ordnung«, erwiderte Süleyman daraufhin. »Gut. Vielleicht kann uns der Kollege hier gleich ein paar Fotos bringen, die wir uns gemeinsam anschauen können. Nun, Cengiz …«

»Frau Ruya lag auf dem Boden.« Er begann jetzt so hemmungslos zu schluchzen, dass es ihn schüttelte. »Sie hat sich überhaupt nicht ... sie hat sich überhaupt nicht bewegt, als ich sie angefasst habe. Merih hat geweint ...«

»Wo war Merih, Cengiz?«

»In ihrem Bettchen. Ich liebe Merih! Ich ...«

»Schon gut, schon gut. Alles in Ordnung. Nun beruhigen Sie sich doch wieder«, sagte Süleyman lächelnd. »Sie machen das sehr gut, Cengiz. Ich bin wirklich sehr zufrieden mit Ihnen.«

Sevan Avedykian reichte seinem Mandanten wortlos ein frisch gebügeltes, blütenweißes Taschentuch und lehnte sich wieder ruhig zurück. Cengiz betupfte seine Augen und bemühte sich, sein Schluchzen unter Kontrolle zu bringen. Es hörte sich an, als habe er einen heftigen Schluckauf. »Tut mir Leid! Tut mir Leid!«, brach es aus ihm zwischen den Hicksern hervor.

»Schon gut, das muss Ihnen nicht Leid tun. Sie machen das sehr, sehr gut.«

»Ja?«

»Ja. Ich möchte nur noch eine einzige Sache wissen, dann können Sie sich ausruhen.«

Cengiz beugte sich vor, als wolle er die Worte einzeln von Süleymans Lippen ablesen.

»Und zwar«, fuhr Süleyman fort, »wie sind Sie in Frau Ruyas Wohnung gekommen? War die Dämonin schon da, als Sie hereinkamen? Hat sie Ihnen die Tür geöffnet? Sind Sie aus irgendeinem Grund mit ihr zusammen dort angekommen? Wie war das, Cengiz?«

Orhan Tepe klopfte an Inspektor Süleymans Tür und betrat anschließend den Raum, ohne zuvor hereingebeten worden zu sein. Er brachte zwar keine weltbewegenden, jedoch immerhin von Süleyman persönlich angeforderte Informationen, und außerdem gehörte Unterwürfigkeit nicht gerade zu seinen ausgeprägtesten Eigenschaften. Dieser stolze osmanische Prinz mochte sich halten, für wen er wollte, doch für Tepe war er nicht besser als die anderen. Allein schon die Tatsache, dass Süleyman sich während der Dienstzeit eine Prostituierte gekauft hatte, genügte als Beweis dafür völlig.

Als Tepe das Zimmer betrat, war Süleyman zwar nirgends zu sehen, dennoch war sein Schreibtisch besetzt. Zelfa Halmans Faust traf das Holz, als sie mit lautem Knall eine Akte zuschlug und streng aufschaute.

»Nun?«, fragte sie in schneidendem Ton, bevor ihr bewusst wurde, dass sie dafür im falschen Zimmer saß.

»Oh, äh, ich suche den Inspektor«, antwortete Tepe und beobachtete gleichzeitig, wie sie hastig etwas unter den Deckel der Akte gleiten ließ, die sie gerade geschlossen hatte.

»Nun, er ist nicht hier«, erwiderte sie bissig.

»Ja.«

Sie stand auf und strich dabei ihren Rock glatt. Für ihr Alter war sie eine durchaus attraktive Frau, dachte Tepe. Dennoch blieb es ein Rätsel, warum der Inspektor ausgerechnet von ihr so angetan war, wo er doch vermutlich jede Frau haben konnte, die er sich nur wünschte. Vielleicht hatte es etwas damit zu tun, dass sie Ausländerin war.

»Nun«, wiederholte sie und ging um den Schreibtisch herum auf Tepe zu. »Da er offensichtlich nicht hier ist, sollten wir wohl wieder gehen.«

»Ja.« Dennoch machte er keinerlei Anstalten, sich zu bewegen. Warum, wusste er nicht. Allerdings fühlte er sich in Gegenwart dieser Frau immer etwas unwohl. Das Wort »Psychiater« blinkte groß und unangenehm in seinem Kopf auf.

»Nun, dann gehen wir!«, meinte sie und schob ihn buchstäblich vor sich her.

Jetzt bewegte er sich zügig. Aus irgendeinem Grund war sie recht erregt und in dieser Stimmung wollte er nicht mit ihr aneinander geraten. Tepe hatte das unbestimmte Gefühl, dass dies unweigerlich zu Missverständnissen führen würde. Sein Großvater war, wie sich seine Mutter hinter vorgehaltener Hand ausdrückte, »weggeholt worden«, nachdem er, um es mit den Worten der Familie zu sagen, »etwas geistesabwesend« geworden war. Psychiater waren zu solchen Dingen fähig. Man brauchte gar nicht wirklich verrückt zu sein, um ihre Aufmerksamkeit auf sich zu lenken. Orhan Tepe seufzte erleichtert auf, als er Frau Doktor Halman den Flur hinab verschwinden sah. Manche Leute glaubten, geistige Verwirrung sei vererbbar, und …

»Ich vermute, Inspektor Süleyman ist nicht da?« Die Stimme klang vertraut, überraschte ihn aber.

»Oh, äh, ja, Herr Inspektor. Er ist nicht hier«, erwiderte Tepe und blickte in Çetin İkmens wache Augen.

»Ich habe gesehen, dass Sie sein Büro verlassen haben«, erklärte İkmen. »Gefolgt von einer äußerst wütenden Frau Doktor Halman.«

»Ja.« Und da er dringend das Thema wechseln wollte, fuhr er fort: »Ich wollte den Inspektor wegen einer bestimmten Sache sprechen.«

»Oh?«

»Ja.« İkmen strahlte mehr Neugierde aus, als es Tepe angemessen erschien. »Ich dachte, Sie seien krank, Herr Inspektor.«

İkmen lächelte. »Wie bei uns allen rückt auch mein Tod langsam und unerbittlich näher. Weswegen wollten Sie denn Inspektor Süleyman sprechen?«

»Oh, es ging nur um einen Personalausweis. Ein Mann, den wir überprüfen mussten.«

Der Alte fasste Tepe am Ellbogen und führte ihn, ohne dass er dessen wirklich gewahr wurde, den Flur hinab. »Oh? Welcher Mann?«

»Nun …«

»Ich frage nur, weil es sich ja offensichtlich, wie Sie sich ausdrückten, um eine Ausweisüberprüfung handelt.« Er lachte. »Ich möchte nicht ganz rauskommen, wissen Sie. Und wenn es nicht unwichtig ist ...«

Tepe zuckte mit den Schultern. »Nur ein Freund von Erol Urfa, wenn ich es richtig verstanden habe. Der Inspektor hatte ihn gestern gebeten, sich auszuweisen, doch er konnte seinen Personalausweis nicht finden.«

»Und als Sie bei ihm waren, hatte er ihn da inzwischen gefunden?«

»Nein. Der Mann war gar nicht da.« Tepe schaute zu Boden, der sich ganz leicht bewegte. Er spürte, dass İkmen unmerklich den Druck auf seinen Ellbogen erhöhte. Doch kaum war das leichte Beben verklungen, ließ der Druck wieder nach.

İkmen lächelte. »Und wo ist er hin, dieser Mann? Haben Sie das herausfinden können?«

»Nein. Niemand wusste etwas oder wollte etwas darüber sagen. Das wollte ich gerade dem Inspektor mitteilen. Ich weiß nicht, wie er darauf reagieren wird. Ich meine, verglichen mit den Ermittlungen zu Frau Urfas Tod ist das ja eher eine unbedeutende Angelegenheit.«

»Oh, ja, in der Tat.« İkmen bewegte sich rascher vorwärts. »Dennoch sollten wir solche Details niemals unberücksichtigt lassen. Menschliches Leben beschränkt sich meiner Erfahrung nach nämlich häufig auf solche Bagatellen. Dinge wie Personalausweise, Liedtexte, die Syndrome, an denen manche Leute leiden ...« Plötzlich hielt er inne und schaute Tepe an. »Ach, übrigens, der Arzt, der Urfas Baby untersucht hat, war das zufällig Akkale?«

»Ja.« Tepe runzelte die Stirn. »Warum?«

»Oh, nur so«, meinte İkmen, während er die Hand ausstreckte, um an die Tür des ärztlichen Untersuchungszimmers zu klopfen. »Nur ein Detail für den organischen Computer hier oben«, flüsterte er und tippte sich an die Stirn.

»Oh.«

»Auf Wiedersehen, Tepe«, sagte İkmen, als sich die Tür zum Untersuchungszimmer öffnete und einen Blick auf die dunkle Gestalt des Doktor Irfan Akkale freigab.

So ist es besser, dachte Erol, während er das letzte von Merihs kleinen Kleidchen faltete und in einen Sack packte. Würde er Tansu genug Zeit geben, um Einwände hervorzubringen, wäre sie schließlich nur verletzt, und er würde tun, was er ganz bestimmt nicht tun sollte. Bleiben. Nicht, dass er gehen wollte. Jeden Morgen vom Klang des eigenen Namens geweckt zu werden, von den Lippen einer Frau ausgesprochen, die anschließend, ohne dass man sie benennen müsste, alle sexuellen Begierden erfüllt – das ist verführerisch. Und wäre er ein anderer, dann wäre das auch so in Ordnung. Doch er musste auch an seine Ehre denken, und außerdem verdiente Tansu trotz ihrer heftigen Wutausbrüche und ihres merkwürdigen Verhaltens Respekt. Abgesehen davon würde ein momentanes Einlenken die Lage auf Dauer nur verschlimmern, denn irgendwann musste er für einige Zeit oder sogar für immer die Stadt verlassen und in sein Dorf zurückkehren.

Was geschrieben steht, kann nicht ungeschrieben gemacht werden.

Als er am Esstisch vorbeikam, schaute er auf das Buch, das auf einem der Tischsets lag. Die Frau auf dem Umschlag war wunderschön – kurze blonde Haare und volle rote Lippen. Würde sie nicht ihre Augen niederschlagen und sich mit einer Hand wie vor Schmerzen an den Kopf greifen, hätte dieses Bild durchaus eine erotische Ausstrahlung. Doch diese Frau wirkte so niedergeschlagen, als hätte sie gerade dem Tod ins Antlitz geschaut. So langsam, wie es seine Art war, versuchte er den Titel zu entziffern, merkte jedoch, dass er ihn nicht lesen konnte. Die Buchstaben unterschieden sich zwar nicht sehr von der ihm bekannten Schrift, dennoch merkte er, dass es sich um ein ausländisches Buch handeln musste.

»Es ist über Marilyn Monroe«, erklärte Latife, während sie zu ihm herüberkam und ihm sanft das Buch aus der Hand nahm. Sie lächelte. »Es ist auf Englisch.«

»Oh.« Bevor Erol die lauten Schritte erkannt hatte, dachte er, Tansu sei ins Zimmer gekommen. Obwohl sein Herz immer noch heftig schlug, fühlte er sich doch sehr erleichtert. »Ich wusste gar nicht …«

»Oh, ich spreche die Sprache nicht gut«, meinte Latife lachend. »Ich habe nie Unterricht gehabt. Ich habe sie nur vom Radio gelernt.« Dann blickte sie ihn plötzlich scharf an und fragte: »Marilyn Monroe sagt dir doch was, Erol, oder?«

Er zuckte mit den Schultern. »Nein. Sie ist sehr hübsch, wenn sie das hier auf dem Umschlag ist.«

»Ja, sie war sehr hübsch«, sagte Latife. »Aber dieses Bild wurde vor vielen Jahren aufgenommen. Inzwischen ist sie tot.«

»Oh.« Erol hatte keine Ahnung, warum Latife die große Tasche zu seinen Füßen oder die zum Ausgehen angezogene Merih, die bereits im Babysitz schlief, noch nicht erwähnt hatte. Aber da er Latife kannte, spürte er, dass sie es sicher bald tun würde.

Ganz offensichtlich blickte Latife auf historische Ereignisse zurück, von denen Erol, das wusste er, keine Vorstellung hatte, denn sie erklärte: »Marilyn war ein amerikanischer Filmstar. Sie war schön, erfolgreich, jeder Mann begehrte sie, doch alles, was sie je wollte, war, ernst genommen zu werden.« Latife legte das Buch wieder auf den Tisch zurück. »Sie war, musst du wissen, eine sehr intelligente, wissensdurstige Frau. Das war ihre Leidenschaft. Hast du vor, meine Schwester zu verlassen, Erol?«

Die Frage kam plötzlich, jedoch nicht überraschend, denn Latife war vor allem eine gute Beobachterin.

»Ja«, sagte er mit leicht gesenktem Haupt. »Ich muss. Es ist nicht richtig, wenn ich mit meinem Kind in dem Haus einer allein stehenden Frau bleibe. Es ist respektlos Ruya gegenüber und nicht gut für Merih.«

»Tansu wird sehr verletzt sein.«

»Ich weiß. Und ich möchte, dass sie weiß, wie viel sie mir immer noch bedeutet. Nur im Moment können wir einfach nicht zusammen sein.«

Latife setzte sich auf einen der Esszimmerstühle und schaute auf das schlafende Kind. »Aber vielleicht, wenn du Ruya nach Hause gebracht hast ...«

»Ich werde zu Besuch kommen, wie immer«, sagte er und ergriff seine Tasche. »Aber alles andere, ich weiß es noch nicht. Sagst du bitte Tansu, dass ich sie heute Abend anrufe?«

»Natürlich.«

Er schulterte die Tasche und hob den Babysitz auf. Merih schlief immer noch tief und fest, und als Erol auf sie hinabschaute, musste er lächeln. Allen anderen Dingen zum Trotz, solange er sie besaß, hatte er immer noch Hoffnung.

Latife ging mit Erol hinaus zum Auto und half ihm, das Gepäck auf dem Rücksitz zu verstauen. Sie küssten sich flüchtig auf die Wange, bevor Latife winkend zurück ins Haus ging. Erol drehte den Zündschlüssel herum und gab eine Nummer in sein Handy ein.

Latife beobachtete ihn mit einem Lächeln auf den Lippen.

»Das Schlimme an Ärzten ist«, erklärte Ikmen und stellte sein leeres Teeglas auf Süleymans Schreibtisch ab, »dass sie nie irgendetwas mit Sicherheit wissen. Gewiss, sie haben Ideen, Theorien und Gedanken, aber erst wenn man fast oder schon gänzlich tot ist, können sie einem die möglichen Ursachen nennen. Wenn es jedoch darum geht, einen lebendigen Menschen zu beurteilen ...« Er hielt inne und klopfte mit den Fingerknöcheln auf den Schreibtisch. »Hörst du mir überhaupt zu, Mehmet?«

»Oh.« Süleyman schaute von dem Text auf, den er gerade eingehend studiert hatte, und lächelte. »Was sagtest du gerade?«

»Ich habe Doktor Akkale gefragt, ob Merih Urfa tatsächlich eine Allergie gegen Huhn und Bohnen haben könnte. Du erinnerst dich doch, wie sehr ihr Vater in der Fernsehsendung diesen Punkt betont hat. Ich meine, das Kind ist noch sehr klein. Deshalb habe ich mich gefragt, wie und ob man das überhaupt feststellen kann.«

»Und?«

»Und Akkale konnte es weder bestätigen noch verneinen. Die Kleine hatte keinerlei Hautauschlag, aber wenn sie weder Huhn noch Bohnen gegessen hat, dann sollte man äußerlich ja auch nichts erkennen können. Und Akkale meinte weiter, dass dieses Kind in Anbetracht seines Alters vermutlich sowieso nur Milch trinkt. Also, wenn ich ihn richtig verstehe, dann kann ein Mensch zwar gegen beinah alles allergisch sein, doch so jung ...«

Süleyman rieb sich die Schläfen und runzelte die Stirn. »Hm, ich weiß, dass ich vermutlich etwas begriffsstutzig bin, aber warum interessiert dich dieser Punkt so sehr?«

»Oh, nur deshalb, weil der alte Kostas Katsoulis zufällig etwas über eine der Sekten aus dem Osten und deren besondere Essgewohnheiten erwähnt hat.«

»Ach ja?«

»Die Jesiden verbieten den Verzehr von Huhn. Warum, weiß ich nicht. Darüber hinaus habe ich nur noch erfahren, dass sie den Satan anbeten.«

»Und du glaubst, Urfa könnte zu dieser Sekte gehören?«

İkmen zuckte mit den Schultern. »Ich weiß es nicht.«

Süleyman wandte sich seinem Computer zu und fütterte ihn ein paar Sekunden lang mit, wie İkmen hoffte, wichtigen Daten. Als verschiedene bruchstückhafte Informationen über den

Bildschirm flimmerten, lehnte sich Süleyman zurück und zündete sich eine Zigarette an. Er überflog die Daten einen Moment lang und seufzte anschließend. »Nun, auf seinem Personalausweis steht unter Religionszugehörigkeit Moslem.«

»Das habe ich mir gedacht«, meinte İkmen.

»Hm.«

Während İkmen sich eine Zigarette anzündete und Süleyman versuchte, nicht dauernd auf den Bericht von Frau Doktor Halman zu starren, der genau vor ihm auf dem Schreibtisch lag, schwiegen sie einen Moment lang. Soweit Süleyman erkennen konnte, hatte sie sich über seine Art, mit Cengiz Temiz umzugehen, nicht gerade freundlich geäußert. Aber das hatte er schließlich auch nicht von ihr erwartet.

»Bevor ich dich verlasse«, sagte İkmen, »und mich nicht weiter in deine Ermittlungen einmische, könntest du mir noch eine Frage bezüglich Tansu Hanim beantworten?«

Obwohl Süleyman zustimmte, runzelte er zweifelnd seine Stirn. »Natürlich, obwohl ich nicht sicher bin, ob ich sie beantworten kann oder sollte.«

»Kann sie lesen?«

»Ich denke schon, ja.«

İkmen schüttelte den Kopf, als versuche er seinem Gehirn eine überzeugendere Frage zu entlocken. »Nein, ich meine, richtig lesen. Türkisch lesen, verstehen und vielleicht sogar daran Spaß haben?«

»Ehrlich gesagt, ich habe keine Ahnung«, erwiderte Süleyman. »Bei meinem Besuch in ihrem Haus habe ich, wenn ich mich richtig erinnere, keine Bücher gesehen. Warum?«

»Nun, ich habe mir ihre Musik angehört.«

İkmen und Süleyman schauten einander an.

»Nur aus rein akademischem Interesse, versteht sich«, fuhr İkmen hastig fort und erklärte: »Ich habe mit Hilfe meiner Frau entdeckt, dass sich Tansu auf zwei verschiedene Liedtypen spezialisiert hat – auf traurige, morbide und auf hasserfüllte, verbitterte Lieder.«

»Ich dachte, die wären alle morbid«, meinte Süleyman achselzuckend. »Aber erzähl weiter. Worauf willst du hinaus?«

»Ich will darauf hinaus«, erklärte İkmen, »dass sie das boshafte Zeug genauso vorträgt wie die traurigen Texte. Sie singt mit dem gleichen melancholischen kleinen Lächeln auf den Lippen und der gleichen niedergeschlagenen Stimme von Mord und Rache wie auch von Trauer und Verlust. Wenn du genau hinhörst, klingt das völlig unpassend.«

»Und?«

»Und, mein lieber Mehmet, wenn man den Texten auf den Kassettenhüllen Glauben schenken darf und Tansu die mordlüsternen Texte tatsächlich selbst geschrieben hat, warum singt sie sie dann nicht so, wie es für die Texte angemessen wäre? Man hat fast den Eindruck, dass sie gar nicht versteht, was sie da singt.«

Süleyman drückte seine Zigarette im Aschenbecher aus und räusperte sich. Es war zwar interessant und auch der richtige Zeitpunkt, dass İkmen jetzt auf Tansu Hanim zu sprechen kam, aber doch nicht auf irgendetwas, das mit ihren Liedern in Zusammenhang stand. Was ihn beschäftigte, war, ob Cengiz Temiz' Beschreibung von dem »weiblichen Dämon« irgendwie mit Tansus Erscheinung zusammenpasste – und ob man sich auf die Aussage eines verängstigten und verwirrten Mannes verlassen konnte, der immerhin Tansu auf einem Foto nicht als seinen Racheengel wiedererkannt hatte. Außerdem musste er überprüfen, ob Tansu einen weißen Nerzmantel besaß. Çöktin hatte ihm nämlich während des Verhörs zugeflüstert, dass man genau solche Haare auf der Kleidung von Temiz und Ruya Urfa gefunden habe. Was für ein merkwürdiges Kleidungsstück für den Hochsommer, hatte er gedacht. Auf der anderen Seite wusste er, dass sich Arabesk-Sänger häufig auffällig und unpassend kleideten. Und Tansu hatte, das ließ sich nicht leugnen, ein sehr gutes Motiv.

In diesem Moment klopfte İsak Çöktin an die Tür und betrat den Raum.

»Oh, Herr Inspektor İkmen«, sagte er, als er den Gast seines Vorgesetzten bemerkte. »Schön, Sie zu sehen.«

»Hallo, Mickey Çöktin«, erwiderte İkmen lächelnd. »Wie ich sehe, hält Sie der Inspektor auf Trab.«

»Ja.« Çöktin zog sich einen Stuhl vom Fenster heran und setzte sich. »Ich habe gehört, dass Sie eine ganze Weile drüben im İskender Hamam waren. Geht es Ihnen denn wieder besser?«

»Ich fühle mich besser, wenn ich arbeite«, antwortete der Alte und fuhr dann, an Süleyman gewandt, fort: »Ach, und übrigens, wir haben tatsächlich eine Leiche gefunden.«

»Oh.« Süleyman lehnte sich vor. Es war schön, mit İkmen zu plaudern, doch er musste jetzt wirklich weitermachen. Schließlich hatte er noch einiges zu erledigen.

»Ja«, erklärte İkmen und begann, ohne auf seine Zuhörer zu achten, die Geschichte auszubreiten. »Laut Kostas Katsoulis handelt es sich dabei tatsächlich um Madame Kleopatras Gatten. Er war offensichtlich der Mann, den ich immer für ihren Diener gehalten habe, der Eunuch Murad Ağa.«

Obwohl Süleyman eigentlich anderes vorhatte, ließ er sich von dem Wort fesseln. »Eunuch? Ich dachte, die wären schon vor Jahren ausgestorben?«

»Oh, nein«, erklärte İkmen. »In den sechziger Jahren kannte ich noch einen. Imran Ağa. Er war sehr dunkelhäutig und unglaublich dick.«

»In einigen arabischen Ländern spielen Eunuchen durchaus noch eine Rolle«, warf Çöktin ein.

»Ach ja?«, fragte İkmen. »Wo denn?«

Einen kurzen Augenblick lang wirkte Çöktin unsicher.

»Nun«, meinte er und wurde dabei ein wenig rot, »wo genau, weiß ich nicht.«

»Ah.« İkmens Miene war nicht anzusehen, ob er Çöktins Unbehagen bemerkt hatte, und Süleyman war offensichtlich zu zerstreut. »Aber einen Eunuchen zu heiraten ist doch ziemlich merkwürdig, oder nicht?«, fuhr der Alte fort. »Ich meine, was für ein Vergnügen können sie denn gehabt haben …«

»Eine Ehe besteht doch nicht nur aus Sex«, sagte Çöktin mit gesenktem Haupt.

»Ja, Herr Urfa sagte das Gleiche, als ich mit ihm sprach.« Süleyman erhob sich. »Doch jetzt müssen wir …«

Das Handy in Çöktins Tasche machte sich laut und deutlich bemerkbar. »Oh, verzeihen Sie, Herr Inspektor«, entschuldigte er sich bei Süleyman und drückte die Empfangstaste. »Hallo?«

»Machen Sie es kurz, Çöktin«, sagte Süleyman streng und kam um den Schreibtisch herum auf İkmen zu.

»Mein Stichwort zu gehen, nehme ich an«, sagte İkmen und machte eine Kopfbewegung in Çöktins Richtung.

Süleyman zuckte mit den Schultern. »Entschuldige, aber da Çöktin jetzt hier ist, müssen wir wirklich vorankommen.«

»Natürlich.«

Nach einer kurzen Umarmung führte Süleyman seinen Gast zur Tür und öffnete sie für ihn.

»Ich hoffe, wir sehen uns bald wieder«, sagte er und legte etwas schüchtern eine Hand auf İkmens Schulter.

»Oh, das werden wir.« İkmen beugte sich etwas näher zu Süleyman und fügte mit einem Blick auf den leise sprechenden Çöktin hinzu: »Du hast mitbekommen, dass er dieses Gespräch nicht auf Türkisch führt, oder?«

Süleyman wandte den Kopf in Çöktins Richtung und vernahm den kehligen Klang der kurdischen Sprache.

10. Kapitel

Bis zu dem Zeitpunkt, als Ali Mardin am Haydarpaşa-Bahnhof eintraf, hatte er sich fest eingeredet, dass er einfach nach Hause fahre, um seine Familie zu besuchen. Dass dies offenkundig nicht der Fall war, wurde dadurch deutlich, dass er auf der Fähre, die ihn zum Bahnhof auf der asiatischen Seite gebracht hatte, seinen Personalausweis unauffällig hatte über Bord gehen lassen. Ihm war klar, dass die mutwillige Zerstörung offizieller Dokumente nicht gerade etwas Alltägliches war. Doch welche Wahl hatte er schon? Wenn die Polizei ihn zu Gesicht bekäme, würden sie ihn mit Sicherheit festnehmen. Und hätten sie ihn erst in ihren Fängen, da war er sich sicher, dann würde er die ganze Geschichte vor ihnen ausbreiten, die zwar nicht unbedingt kriminell, aber auch nicht gerade hilfreich für seinen Freund war. Zu Hause würde er dann Erols Eltern und Ruyas Familie vieles erklären müssen.

Momentan, zwanzig Minuten vor der Ankunft des Zuges, hatte Ali Mardin jedoch ganz andere Sorgen. Es war höchst unwahrscheinlich, dass er nach Hause fahren konnte, ohne seinen Ausweis vorzeigen zu müssen. Die Armee oder die Polizei konnte ihn jederzeit bitten, sich auszuweisen, und ohne Dokumente würde er dann in große Schwierigkeiten geraten. Daher brauchte er viel Glück, um einen Ersatz zu beschaffen und um nicht zu genau begutachtet zu werden, falls die Beamten an ihm vorbeikamen. Doch allein an neue Papiere heranzukommen würde nicht einfach werden. Die großen, eleganten Geschäftsleute, die von ihren Handys und Laptops abgelenkt wurden, waren vermutlich die besten Opfer, doch jeder geistig gesunde Kontrolleur würde die fehlende Ähnlichkeit zu dem kleinen, schmuddeligen Mann vom Lande sofort bemerken. Ein einfacher Bauer wäre besser, doch Bauern waren, genau wie Ali selbst, misstrauisch und behielten ihre Besitztümer fest im Auge. Und Ali Mardin war zwar kein Heiliger, aber ein Dieb war er nun auch wieder nicht.

Vielleicht würde er in der Enge des Zuges mehr Glück haben. Ali biss sich nervös auf die Lippe, als eine kleine Gruppe schwer bewaffneter Polizisten an ihm vorüberkam. Er musste schnell etwas unternehmen. Er sah nun einmal recht verschlagen aus – dagegen konnte er nichts tun. Schon sehr bald würde ihn jemand unweigerlich aufhalten und seine Papiere sehen wollen. Mit dem Hemdsärmel wischte sich Ali den Schweiß von der Stirn und schaute sich erneut um. Wenn doch nur irgendeiner seine Tasche oder Jacke einen Moment aus den Augen ließe …

Auch als die Lautsprecher die Abfahrt nach Ankara ankündigten, ergab sich keine Gelegenheit. Er hatte die Wahl. Einsteigen und im Zug sein Glück versuchen oder weiter den Bahnsteig nach möglichen Opfern absuchen. Woher sollte man nur wissen, was besser war? Er konnte sehen, dass die Polizisten in den Zug stiegen. Zugleich jedoch leerte sich der Bahnsteig deutlich und alle Passagiere kletterten in den Ankara-Express. Seine Chancen verschlechterten sich Sekunde um Sekunde. Er musste unverzüglich handeln.

Einen kurzen Augenblick lang trat Ali unentschieden von einem Fuß auf den anderen und schwankte – bis er sah, dass ihn einige der Mitreisenden anstarrten. Nun gut. Er bewegte sich mit gesenktem Kopf auf die Schranke zu. Irgendwer hatte irgendwo einmal gesagt, dass Bewegung Freiheit bedeutete. Ali Mardin hoffte, dass dies auch hier zuträfe, auch wenn es eigentlich keine Hoffnung gab.

Seit İsak Çöktin den Anruf in Süleymans Büro erhalten hatte, wirkte er ungewöhnlich zerstreut. Er hatte dem Inspektor zwar versichert, dass der Anruf belanglos gewesen sei, doch das hatte Süleyman nicht ganz überzeugt. Er hasste Geheimnisse, und dazu gehörten auch Telefongespräche, die er nicht verstehen konnte, sowie unerlaubtes Erscheinen in den Häusern Verdächtiger. Mit Letzterem, das hatte er mit İkmen besprochen, musste er sich noch befassen. Er hoffte, dass er im Auto auf dem kurzen Weg zu Tansu Hanims Haus dazu Gelegenheit haben würde.

»Ich war recht überrascht zu hören, dass Sie immer noch bei Herrn Urfa waren, als wir seine Tochter bereits gefunden hatten«, sagte er, während er sich langsam in den Verkehr einfädelte.

»Er war nach der Sendung sehr niedergeschlagen«, erwiderte Çöktin – etwas knapp, wie Süleyman schien.

»Wie meinen Sie das?«

Çöktin zuckte mit den Schultern. »Er wollte reden.«

»Worüber?«

»Ist es etwa ungesetzlich, sich mit dem Opfer eines Verbrechens zu unterhalten?« Seine Stimme klang ziemlich herausfordernd, was zwar nicht untypisch für ihn war, in diesem Falle jedoch angriffslustiger, als Süleyman erwartet hatte.

»Das ist es, solange die Person selbst unter Verdacht steht«, antwortete er. »Sie sollten bedenken, dass, wenn wir die Situation von einem romantischen Standpunkt aus betrachten – ein besseres Wort fällt mir nicht ein –, Urfa durchaus vom Tod seiner Frau profitiert.«

»Was meinen Sie damit?«

Als die Autoschlange quietschend zum Stehen kam, drehte sich Süleyman zu seinem Kollegen um. »Er ist nun frei für Tansu Hanim.«

Çöktin lachte unerwartet los. »Wie, Sie meinen, um sie zu heiraten?«

»Nicht unbedingt, aber …«

»Sie ist alt genug, um seine Mutter zu sein, Herr Inspektor!«

»So?« Süleyman klang verärgert.

Die beiden Männer blickten sich an, und Çöktin hielt es daraufhin für ratsam, dieses Thema nicht weiter zu vertiefen. Er schaute nach unten und räusperte sich. »Nun, ich schätze, er könnte sie heiraten, aber … Hat er Ihnen das gesagt, Herr Inspektor? Dass er Tansu möglicherweise heiraten wird?«

Süleyman öffnete das Autofenster und zündete sich eine Zigarette an, bevor er antwortete. »Nein, ganz im Gegenteil. Er hat erklärt, dass er beabsichtigt, ein anderes Mädchen aus seinem Dorf zur Frau zu nehmen, auch wenn er weiterhin Tansu sehen wolle. Aber es kommt schon mal vor, dass man angelogen wird, Çöktin, und abgesehen von dem anfänglichen Schock über den Tod seiner Frau wirkt er nicht gerade wie ein verzweifelt trauernder Ehemann.«

»Das heißt aber doch noch nicht, dass er seine Frau umgebracht hat, oder? Wenn man Cengiz Temiz Glauben schenken kann, so handelt es sich sowieso um eine Mörderin, obwohl ich nicht sicher bin, ob wir Cengiz Temiz tatsächlich ernst nehmen können? Ich meine, Sie müssen doch zugeben, dass man bei seiner Geschichte ein wenig vorsichtig sein muss, denn es bleiben schließlich noch eine Menge Fragen offen, oder etwa nicht? Ich meine, warum hat er seine Wohnung verlassen, wenn seine Eltern nicht daheim waren? Warum hat ihn die ›Dämonin‹ nur angezischt, statt ihn anzugreifen, als er sie neben Ruya Urfas Leiche stehen sah? Warum stand die Wohnungstür überhaupt offen? Das alles klingt ziemlich phantastisch. Wir können nicht davon ausgehen, dass das alles so stimmt, nicht wahr, Herr Inspektor?«

»Nein«, erwiderte Süleyman lächelnd, »aber umgekehrt können wir auch Erol Urfas Wort nicht unbedingt für bare Münze nehmen. Was ich versuche zu sagen, Çöktin, ist Folgendes«, erklärte er, während er das Auto vorsichtig ein paar Millimeter nach vorn rollen ließ, »man sollte immer unvoreingenommen bleiben.«

»Ja, schon, aber …«

»Selbst wenn es um Landsleute geht.« Süleyman schaute starr auf das Auto vor ihm. »Wenn Sie verstehen, was ich damit meine.«

Auch wenn er Çöktins Gesicht nicht sehen konnte, so spürte er doch deutlich seinen Zorn.

»Oh, dann behauptet man also schon, dass, nur weil Urfa und ich …«

»Niemand hat irgendetwas behauptet.« Süleyman ließ die Asche seiner Zigarette aus dem Fenster fallen. »Aber wenn Sie nicht sehr vorsichtig sind, wird das sicherlich zu einem Gesprächsthema. Auch die kleinsten Anzeichen von Vetternwirtschaft werden registriert und kommentiert. In Ihrer Freizeit bei Herrn Urfa zu bleiben und ihn und sein Gefolge dann anschließend zur Wache zu begleiten sind lediglich Beispiele dafür.« Er schaute zu Çöktin hinüber und fügte hinzu: »Wir müssen uns in dieser Angelegenheit absolut korrekt verhalten. Selbst wenn mir Inspektor İkmen sonst nichts beigebracht hätte, so habe ich zumindest das eine von ihm gelernt, nämlich dass dies der einzig ehrenhafte Weg ist, ein Verbrechen aufzuklären.«

»Ja, aber Sie stammen aus einem wohlhabenden …«

»Ich weiß genau, woher ich stamme, Çöktin«, erwiderte Süleyman streng. »Und ich weiß, dass auch Ihnen klar ist, dass ich deswegen nicht immer unbedingt beliebt war.«

»Ja, aber …«

»Jedes Mal, wenn jemand aus gutem Hause verhaftet oder zumindest mit einem Verbrechen in Zusammenhang gebracht wird, das ich aufklären soll, schauen sich die Leute vielsagend an. Das ist mir durchaus bewusst.« Er beugte sich zu Çöktin.

»Aber ich weiß auch, dass ich einzig und allein überlebt habe, weil ich niemals zu Vetternwirtschaft, Bestechung oder verlockenden informellen kleinen Gesprächen mit Verdächtigen bereit gewesen bin. Es gibt in dieser Stadt einige prominente Familien, die deswegen nicht mehr mit mir sprechen. Doch das ist mir egal. Wir müssen sicherstellen, dass Unschuldige beschützt und Schuldige bestraft werden. Das allein ist unser Job.«

»Die Polizei arbeitet aber nicht immer so«, sagte Çöktin, während er sich ebenfalls eine Zigarette anzündete. Und fügte dann verbittert hinzu: »Es gibt völlig unschuldige Menschen, die ...«

»Ich habe nicht vor, mich auf eine Diskussion einzulassen, in der es um irgendwelche Dinge östlich von Ankara geht«, erklärte Süleyman harsch. »Bis zum heutigen Tag habe ich die Unterschiede zwischen Ihnen und mir mit keiner Silbe erwähnt. Aber Sie müssen vorsichtig sein, was Urfa betrifft. Er ist eine herausragende Persönlichkeit, die von der Öffentlichkeit auf Schritt und Tritt beobachtet wird.« Er warf Çöktin einen kurzen, strengen Blick zu. »Ich will Sie nur schützen, ist Ihnen das klar?«

Çöktin murmelte irgendetwas vor sich hin, was man als Dank verstehen konnte, dann rutschte er unglücklich auf seinem Sitz hin und her und starrte feindselig auf das vor ihnen fahrende Auto. »Sie müssen wissen, dass für arme Menschen alles anders ist, egal ob auf dem Land oder hier in der Stadt«, sagte er. »Dort, wo meine Eltern herkommen, arbeiten die Menschen auch in der größten Sommerhitze für ein paar Lira und sind im Grunde genommen immer noch die Sklaven korrupter Dorfvorsteher.«

Süleyman seufzte. Obwohl er es gewöhnt war zu hören, er könne sich nicht in den einfachen Mann hineinversetzen, empfand er persönlich dieses Vorurteil als unberechtigt. Schließlich war er erst vier Jahre alt gewesen, als die letzten Diener seiner Eltern entlassen worden waren (nachdem das gesamte Erbe der Familie Süleyman aufgebraucht war). Und abgesehen davon hatte ihn İkmen stets gelehrt, dass die Schuld, die jemand trug, der ein Verbrechen begangen hatte, völlig unabhängig von der gesellschaftlichen Stellung des Täters zu betrachten war. Auch das Gesetz, wenn auch vielleicht nur theoretisch, sah nichts anderes vor. Doch es war ihm schmerzlich bewusst, dass er das Çöktin momentan nicht begreiflich machen konnte. Sein Kollege und Erol Urfa hatten einiges gemeinsam – Nationalität, Alter, vielleicht auch die gleiche Lebensphilosophie. Çöktin wollte nicht, dass Erol ein Mörder war, und in Wahrheit hielt auch Süleyman dies für eher unwahrscheinlich. Trotzdem musste er als leitender Ermittlungsbeamter objektiv bleiben. Dass Çöktin, der ansonsten ein ausgezeichneter Polizist war, in Hinblick auf Urfa so blind zu sein schien, war beunruhigend. Diese Blindheit dehnte sich jedoch offenbar nicht auf Tansu aus, wahrscheinlich weil sie eine Frau war, oder genauer gesagt, eine äußerst unangenehme Frau. Was Erol Urfa anging, so musste er Çöktin sehr behutsam leiten. Oder zumindest beobachten.

Während Süleyman aus dem Augenwinkel die schmollende Miene seines Untergebenen betrachtete, beschloss er, mit Letzterem zu beginnen.

Ferhat Göktepe war zwar an Tansus heftige Wutausbrüche gewöhnt, doch ihrer Trauer stand er völlig hilflos gegenüber. Vor ein paar Stunden hatte er sie als ihr fürsorglicher Manager zu einem Casting für eine Rolle in einem neuen Film mitgenommen. Obwohl der Produzent aus Frankreich kam, war das Vorspielen für Tansu eine reine Formalität gewesen. Göktepe hatte ihnen genug Pressematerial geschickt, um sie zu überzeugen, dass Tansu in der Türkei ein großer Star war und damit genau das, was die Franzosen wollten. Berühmt, türkisch, bäuerlicher

Abstammung – wunderbar. Der Produzent, ein gewisser Marcel Saint Denis, wollte jedoch in diesem Film, der eigentlich eher ein Softporno war, mit Tansu nicht die Rolle der jungen Geliebten, sondern die der ältlichen Mutter des lasterhaften Sultans besetzen. Göktepe hatte dies Tansu gegenüber bisher verschwiegen. Und so, wie sie sich derzeit benahm, würde es wohl auch noch eine Weile dauern, bis er ihr dieses Detail mitteilen konnte.

Göktepe blickte von der kreischenden Tansu auf dem Sofa zu der großen, noch nicht geöffneten Champagnerflasche auf dem Tisch und wieder zurück. Geduldig wie immer, standen Latife und ihre beiden Brüder Galip und Yılmaz schweigend und mit besorgter Miene hinter ihrer sich vor Schmerz windenden Schwester.

»Ich werde mit İbrahim Aksoy darüber reden müssen«, erklärte Göktepe und holte sein Handy aus der Jackentasche. »Erol muss zur Vernunft gebracht werden.«

»Ich hole ihn eigenhändig zurück, wenn es sein muss«, verkündete Galip mit düsterer Miene und legte beschützend eine Hand auf Tansus Schulter. »Niemand benutzt meine Schwester und wirft sie dann einfach weg.«

»Genau«, stimmte Göktepe ihm zu. Er tippte eine Zahlenfolge in sein Telefon ein. »Deswegen werde ich das jetzt klären.« Er beugte sich zu Tansu vor und sprach sie direkt an. »Mach dir keine Sorgen, mein Lieblingsstar. Ferhat wird dich nicht fallen lassen.«

Doch bevor er die Wahltaste drücken konnte, um eine Verbindung herzustellen, mischte sich eine Stimme mit einer anderen Meinung in das Gespräch ein.

»Was ihr alle außer Acht lasst«, sagte Latife und ging um das Sofa herum, um sich neben ihre Schwester zu setzen, »ist, dass Erol von hier fortgegangen ist, um seiner Frau die letzte Ehre zu erweisen und die Würde seines Kindes zu schützen. Was immer wir auch denken mögen, für ihn ist es nicht recht, weiterhin im Haus einer unverheirateten Frau zu wohnen, bei der es sich zudem, wie allgemein bekannt ist, um seine Geliebte handelt. Ich meine, die Polizei könnte sogar immer noch …«

»Schweig! Schweig!«, schrie Tansu und schlug, wenn auch vergeblich, nach ihrer Schwester. »Ich will Erol hier haben und ich will ihn jetzt!«

»Ich glaube, das hättest du nicht sagen sollen«, murmelte Galip. Er packte Latife grob beim Arm und zog sie vom Sofa hoch.

Der bedeutend jüngere Yılmaz schaute zu seinem Bruder und stammelte: »G-g-glaubst du nicht, wir s-s-sollten einen A-a-arzt holen?«

Ferhat Göktepe lächelte, als er schließlich doch die Wahltaste drückte. »Wir brauchen keinen Arzt, der sich einmischt«, erklärte er überzeugt. »Ich werde das mit Aksoy so klären, dass alle wieder glücklich und zufrieden sind.«

»Ich will Erol in meinen Armen spüren, jetzt!«, brüllte Tansu, während sie sich vorbeugte, um an eine Zigarette auf dem Tisch zu gelangen. »Und dann werden wir diesen Champagner öffnen!«

Kurz bevor Göktepe eine Verbindung herstellen konnte, ertönte vom vorderen Teil des Hauses der charakteristische Klang der elektronischen Türklingel. Da sich wie immer das kleine Dienstmädchen darum kümmern würde, blieben alle, die Tansus neuste Tragödie miterlebt hatten, auf ihren Plätzen und rührten sich nicht.

Kaum hatte Göktepe die ersten Worte gesprochen, war allen Anwesenden klar, dass er lediglich mit einem Anrufbeantworter sprach. Tansu brach erneut in rauchgeschwängerte Tränen aus.

»Hallo, İbrahim«, sagte Göktepe mit einem Lächeln auf den Lippen, auch wenn seine Augen etwas anderes verrieten. »Hör zu, mein Bruder, ich weiß, dass es Schwierigkeiten verursachen wird, aber wir beide sollten dringend miteinander reden. Ich bin jetzt hier bei meiner Lady, die sich vor Liebe nach deinem Erol zu Tode grämt. Ich scherze nicht.«

Yılmaz war von Göktepes Worten aufrichtig gerührt und begann daher ebenfalls zu heulen.

»Du verstehst also, dass ich mit dir sprechen muss, İbrahim«, fuhr Göktepe fort. »Inschallah – wenn Allah will, gelingt es uns beiden, eine Lösung für dieses Problem auszuhandeln.« Er schaltete das Telefon aus, murmelte leise »du Dreckskerl«, lächelte die Familie an und setzte sich.

Ein Klopfen an der Tür verkündete die Ankunft des Dienstmädchens.

»Komm rein, Belkıs«, rief Latife.

Die Tür öffnete sich und gab den Blick auf ein Mädchen frei, dass höchstens zwölf Jahre alt zu sein schien. Sie trug einen schlichten, grauen Kasack, der ihre magere Figur noch betonte, und dazu ein grellbuntes Kopftuch mit Blumenmuster.

Mit unsicheren Schritten näherte sie sich der zusammengekauerten Person auf dem Sofa. »Da sind zwei Herren, die Sie sprechen möchten, Madame«, sagte sie und machte dazu eine angedeutete Verbeugung. Tansu richtete sich theatralisch auf, drehte sich herum und ergriff Galips Hand. »Er ist es! Mein Geliebter und İbrahim Aksoy.«

»Tansu, meine Liebe, lass uns nicht zu aufgeregt werden.«

Das kleine Dienstmädchen sah traurig zu Boden. »Es handelt sich um zwei Polizeibeamte«, erklärte sie. »Ein Inspektor Süleyman und noch ein anderer Mann.«

So schnell, wie Tansu Galips Hand ergriffen hatte, schüttelte sie sie angewidert wieder ab. »Was?«, schrie sie das Mädchen an. »Was hast du gerade gesagt?«

»Bei Ihren Besuchern handelt es sich um Polizisten, Madame. Ein Inspektor …«

»Verschwinde!«, keifte Tansu und bedeutete dem Mädchen, den Raum zu verlassen. »Erzähl mir nichts, was ich nicht hören will! Und sag denen, sie sollen auch abhauen. Ich ...«

»Tansu!«, zischte Latife und drehte sich herum, um ihre Schwester zum Schweigen zu bringen. »Du kannst der Polizei doch nicht sagen, dass sie abhauen soll!«

»Und ob ich das kann! Ich bin ein verdammter Star, ich kann tun, was ich will!«

Göktepe, der zu dieser Angelegenheit bislang geschwiegen hatte, räusperte sich. »Ja, du bist ein Star, mein Liebling, das bezweifelt niemand, doch was die Polizei betrifft ...« Er zuckte mit den Schultern, als füge er sich in Unvermeidliches.

Latife hatte sich neben Tansu gehockt. Sie nahm eine Hand ihrer Schwester und küsste sie. »Wenn du sie nicht empfängst, Liebling, dann werden sie alle möglichen Dinge über dich denken, die gar nicht stimmen. Und abgesehen davon musst du doch als einzig wahrer Star der Türkei mit gutem Beispiel vorangehen und deinen Bürgerpflichten nachkommen, oder?«

Es vergingen einige Sekunden, in denen Tansus Laune, das war allen Anwesenden nur zu gut bekannt, die eine oder die andere Richtung einschlagen konnte. Doch da sich ihr Atem beruhigte, begannen sie Hoffnung zu schöpfen.

»Hm.« Diese Antwort wurde unter Schluchzern hervorgebracht und klang wenig begeistert, doch als Latife ihrer Schwester zärtlich einige Haarsträhnen aus dem Gesicht wischte, beugte sich die Sängerin vor und küsste sie.

»Kann ich nun Belkıs bitten, sie hereinzuführen?«

Tansu schwang ihre Beine vom Sofa auf den Boden und griff nach einem Taschentuch auf dem Tisch. »Sehe ich einigermaßen aus?«, fragte sie. Genau so hat sie als Kind vermutlich auch schon Beifall eingefordert, dachte Ferhat Göktepe.

Latife lächelte. »Nicht einmal Tränen können deinem hübschen Gesicht etwas anhaben«, sagte sie beruhigend und strich ihrer Schwester noch einmal sanft über das Gesicht. Dann wandte sie sich dem Dienstmädchen zu und sagte: »Bitte führe die Herren jetzt herein, Belkıs.«

»Ja, Madame.«

»Und wenn du das getan hast«, erklärte Tansu, während sie ihre Zigarette im Aschenbecher ausdrückte, »kannst du deine Sachen zusammensuchen und gehen.«

»Tansu!«

Innerhalb eines Bruchteils einer Sekunde war der Blick der Sängerin wieder hart geworden. »Das ist mein letztes Wort in dieser Angelegenheit, Latife«, sagte Tansu gebieterisch. Sie blickte noch einmal mit Abscheu auf das zitternde Mädchen und rief: »Geh!«

»Aber, Tansu«, versuchte Göktepe sich einzumischen.

»Nein!«

Das Mädchen brach in Tränen aus. »Aber geliebte Herrin …«

»Mit deinen verhassten blauen Augen und den schlechten Neuigkeiten, die du immer bringst, bist du in der Tat ein Teufel. Jetzt geh mir aus den Augen, du, die du mir ständig Polizisten ins Haus bringst!«

Nachdem das Mädchen schluchzend aus dem Zimmer gerannt war, holte Tansu tief Luft und zündete sich eine weitere Zigarette an. »Ich bin vielleicht nicht in der Lage, die Welt zu regieren«, meinte sie finster und blickte die Anwesenden nacheinander an, »aber in meinem Haus herrsche ich, wie es mir passt.«

Und nach diesen Worten machte sie es sich in Erwartung der Polizeibeamten wieder auf dem Sofa bequem.

»Bülent! Bülent!«, schrie İkmen seinem Sohn nach, als die Tür hinter ihm ins Schloss fiel. Seufzend ließ er seine erhobenen Arme fallen und sah verzweifelt vor sich hin. Zelfa Halman, die von der Tür zu İkmens Balkon aus beobachtet hatte, was sich zwischen Vater und Sohn abgespielt hatte, kam in den Flur und fasste den Inspektor sanft am Arm.

»Kommen Sie«, sagte sie energisch, »lassen Sie uns nach draußen gehen.«

»Es tut mir Leid, dass Sie das mit ansehen mussten«, erklärte İkmen und ließ sich durch das Esszimmer wieder hinaus in die brütende Sommerhitze führen. »Der Junge taucht so selten hier auf, dass ich, wenn ich ihn schon zu Gesicht bekomme, immer das Gefühl habe, ihm Vernunft einbläuen zu müssen.«

»Erwachsen zu werden ist nie einfach«, meinte die Ärztin, als sie sich auf dem einzig bequemen Stuhl niederließ, der dort stand. »Er ist ein Teenager. Wie soll ich es sagen? Ich meine, wir haben das doch alle gemacht, oder etwa nicht?« Sie griff nach ihren Zigaretten auf dem Tisch und zündete sich eine an.

»Was gemacht?«

Zelfa Halman lächelte. »Rebelliert.« İkmen schien es, als lausche sie dem Klang dieses Wortes geradezu genüsslich nach. »Als ich so alt war wie Ihr Sohn, hatten sich meine Eltern gerade getrennt und mich zu meinem Onkel Frank geschickt, damit ich bei ihm lebe. Oh, und ich hatte gerade mit dem College angefangen. Es war eine harte Zeit, aber wissen Sie, was mir davon am meisten in Erinnerung geblieben ist? Ich muss natürlich noch erwähnen, dass Onkel Frank Priester und daher sehr fromm ist.«

İkmen zuckte mit den Schultern. »Nein, keine Ahnung.«

»Das, woran ich mich am meisten erinnere, ist, wie meine Freunde und ich alle möglichen bürgerlichen Gesetze gebrochen und religiöse Sitten verletzt haben. Immer wenn einer von uns hinüber nach England fuhr, brachten er oder sie eine ganze Ladung Kondome mit zurück.« Da İkmen leicht errötete, fügte Zelfa hinzu: »Nicht dass wir die widerlichen Dinger je benutzt hätten, dafür waren wir viel zu ängstlich und unwissend.

Aber ich zum Beispiel habe in gewissen Abständen dafür gesorgt, dass Onkel Frank sie zu Gesicht bekam, und einmal habe ich sogar vor den Augen seiner Haushälterin eins aufgeblasen. Was Ihr Sohn gerade anstellt, ist ganz normal.«

»Hm.« İkmen wirkte nicht gerade überzeugt, doch bevor die Ärztin etwas dazu sagen konnte, wechselte er das Thema. »Dann sind Sie also katholisch erzogen worden?«

»Ja. Meine Mutter war sehr gläubig und meinem Vater war es gleichgültig, also bekam sie ihren Willen. Und außerdem wuchs ich im Irland der fünfziger Jahre auf. Du liebe Güte, mein Vater hätte genauso gut vom Mars kommen können.«

»Also nehme ich an, dass Sie, obwohl Sie Türkin sind«, sagte İkmen so langsam und umständlich, als habe er Schwierigkeiten, die richtigen Worte zu finden, »es vorziehen würden, vielleicht auch weil es bequemer ist, Beziehungen mit römisch ...«

»Hören Sie auf zu bohren, İkmen! Sie wissen genau, dass ich Ihnen diesbezüglich nichts erzählen werde.«

İkmen fühlte sich erwischt und gerügt für seinen Versuch, etwas über Zelfa Halmans Absichten in Bezug auf Süleyman zu erfahren, und blickte beschämt zu Boden. »Es tut mir Leid. Das war ungeschickt und allzu neugierig von mir. Irgendwie passiert mir so etwas in letzter Zeit laufend. Wahrscheinlich werde ich alt.«

Zelfa Halman nahm einen tiefen Zug von ihrer Zigarette und fragte anschließend: »Also, warum haben Sie mich gebeten zu kommen? Ich hoffe doch nicht, dass ...«

»Nein, nein.« Er seufzte. »Nein, trotz der Verbindung zu Inspektor Süleyman hat mein Wunsch, Sie zu sehen, nichts mit seinem Privatleben zu tun. Ich hätte gerne einen professionellen Rat von Ihnen, Frau Doktor.«

»Sie selbst betreffend? Aufgrund eigener Probleme?«

»Nein.« İkmen holte eine Zigarette aus der Schachtel und

zündete sie sich an. »Es geht um etwas, was mich beschäftigt, auch wenn es für Sie vielleicht zunächst irrational klingen mag. Diese Sache könnte eventuell in den derzeitigen Ermittlungen von Inspektor Süleyman eine Rolle spielen, sie könnte allerdings auch völlig unerheblich sein. Aber mich lässt das Gefühl nicht los, dass ich der Frage zumindest nachgehen müsste. Können Sie das verstehen?«

»Ja.«

Unten auf der Straße gingen in den ersten Geschäften die Lichter an, ein Zeichen dafür, dass langsam der Abend hereinbrach und damit auch die Hitze etwas erträglicher werden würde.

»Frau Doktor Halman, wissen Sie irgendetwas über Teufelsanbetung? Ich meine damit nicht diese europäischen Hexenverbrennungen und so, sondern die türkische Variante.«

»Oh, Sie meinen damit, dass die Nacht dem Satan gehört, Wahrsagerinnen, Hexerei, den Dschinn ...«

»Nein, nein«, widersprach İkmen und senkte dabei unbewusst die Stimme. »Nein, ich meine die Teufelsanbeter, die Jesiden. Vielleicht haben Sie als Ausländerin auch schon davon gehört ...«

»Oh, ja«, erwiderte sie lächelnd, »Sie haben Recht, Menschen, die dieser Sekte angehören, würden vermutlich lieber mit mir als mit Ihnen reden. Das soll jedoch nicht heißen, dass ich je einen Jesiden als Patienten gehabt hätte«, fügte sie augenzwinkernd hinzu.

»Nein?«

»Nein. Die Personalausweise meiner Patienten haben bislang stets auf Islam, Judentum oder Christentum verwiesen. Das können Sie mir glauben.«

İkmen beugte sich vor. »Aber?«

»Aber erst muss ich erfahren, warum Sie dieses Thema so interessiert«, erklärte sie. »Ich meine, ich weiß, dass Sie ein fürchterlicher, alter Sünder sind, doch nur Kurden ist die Mitgliedschaft bei den Jesiden gestattet.«

Da İkmen hörte, dass die Haustür aufging und hinter einer Vielzahl von Füßen und Stimmen wieder geschlossen wurde, stand er auf und schloss die Tür zum Balkon. »Sie wissen, Zelfa«, sagte er, während er zum Tisch zurückging und wieder Platz nahm, »dass ich Polizeiangelegenheiten nicht näher erläutern darf.«

»Ja, schon gut«, entgegnete sie und lächelte erneut, »aber ich darf doch mit Recht annehmen, dass Sie nichts von dem, was ich Ihnen erzähle, für falsche Zwecke missbrauchen werden?«

»Wenn Sie damit andeuten wollen, ich könnte Ihr Wissen benutzen, um damit Schaden anzurichten, so ist die Antwort nein. Ich versuche nur etwas zu begreifen, das Sie mir, da Sie unsere Kultur so gründlich studiert haben, vielleicht erklären können.«

Die Balkontür flog auf und ließ eine jüngere Version von İkmen sichtbar werden.

»Wir sind wieder da«, erklärte Sinan grinsend und fügte, nachdem er Frau Doktor Halman neben seinem Vater bemerkt hatte, hinzu: »Oh, Entschuldigung, Vater. Ich ...«

»Darf ich vorstellen, Frau Doktor Halman«, unterbrach ihn sein Vater, während sich Zelfa erhob, um die Hand des jungen Mannes zu ergreifen. »Frau Doktor Halman, mein ältester Sohn, Doktor Sinan İkmen.«

»Oh«, sagte sie interessiert, während sie seine warme Hand schüttelte. »Doktor der was, wenn ich fragen darf?«

»Er ist Dermatologe«, erklärte İkmen mit unverhohlener Freude. »Wir sind sehr stolz auf ihn.« An seinen Sohn gewandt, erklärte er daraufhin: »Frau Doktor Halman ist eine unserer leitenden Psychiaterinnen, Sinan.«

Sinans Augen leuchteten. »Ach, wie interessant.« Er machte Anstalten, sich neben seinen Vater an den Tisch zu setzen. »Darf ich?«

»Vielleicht später«, meinte İkmen. »Frau Doktor Halman und ich besprechen gerade ...«

»Na klar, es geht um die Arbeit«, seufzte Sinan. »Allerdings nicht zu viel Arbeit, hoffe ich. Vater, du weißt, was Doktor Akkale ...«

»Ja, ja, ja«, erwiderte İkmen genervt. »Gib uns einfach fünf Minuten, Sohn, in Ordnung?«

»Solange du dich nicht wieder zu sehr anstrengst.«

»Ich verspreche, dass ich auf ihn Acht geben werde«, sagte Zelfa lächelnd und fügte, als sich der junge Mann in Richtung Tür aufmachte, hinzu: »Es war schön, Sie kennen zu lernen, Doktor İkmen.«

»Ganz meinerseits.« Er schloss die Tür hinter sich.

»Wissen Sie, dass es sein könnte, dass er ein Teil Ihres Problems mit Bülent ist?«, fragte Zelfa. Sie drückte ihre Zigarette im Aschenbecher aus und entzündete sofort eine neue.

İkmen runzelte die Stirn.

»Nun, Sinan ist klug, fürsorglich und wird offensichtlich von Ihnen und Ihrer Frau hoch geschätzt.«

»Sie meinen, Bülent könnte auf Sinan eifersüchtig sein?«

»Nun, vielleicht denkt er, dass es sinnlos ist, sich mit seinem so erfolgreichen Bruder zu messen. Zumindest würde es einen Teil seines Verhaltens erklären. Denken Sie mal darüber nach.«

»Hm. Und vermutlich, weil Orhun auch Medizin studiert und Cicek ...«

»Sie haben noch einen Sohn, der Arzt werden will?«, fragte Zelfa Halman überrascht.

»Ja.«

»Wenn Sie mir die Bemerkung erlauben«, fuhr die Ärztin fort, »ich halte das für eine ganz schön beachtliche Leistung für einen bescheidenen Polizeibeamten.«

İkmen lachte. »Wenn Sie damit andeuten wollen, dass ich bestechlich bin ...«

»Nein! Nein, nein! Ich wollte damit nicht zu verstehen geben, dass …« Statt ihren Satz zu beenden, zuckte Zelfa Halman mit den Schultern.

»Nein, ich weiß schon, dass Sie mich nicht kränken wollten«, antwortete İkmen und machte eine beschwichtigende Handbewegung. »Und ich bin auch keineswegs beleidigt. Ihr Hinweis ist gut.« Er seufzte. »Und wenn ich von meinem verstorbenen Vater nicht ein kleines Vermögen geerbt hätte und mein Bruder mich nicht so unterstützen würde, dann … Nun, dann würde ich mich vielleicht, sagen wir mal, nach anderen Möglichkeiten umschauen. Aber …« Er lächelte, wenn auch ein wenig traurig, wie die Ärztin fand, bevor er das Thema wechselte und wesentlich heiterer sagte: »Also, Zelfa, die Jesiden …«

Sie füllte ihre Lungen mit Rauch und atmete genüsslich aus, bevor sie antwortete. »Um die Jesiden zu verstehen, müssen Sie Ihre christlich-muslimischen Vorstellungen vom Satan ablegen. Auch die Jesiden glauben, dass der Teufel aus dem Himmel verstoßen wurde, jedoch, im Gegensatz zur Lehre unserer Religionen, von Gott dann wieder in Gnaden aufgenommen wurde, in den Himmel aufgefahren und ein Engel zur Rechten Gottes ist. Ich habe gehört, dass die Jesiden entgegen dem, was man über sie erzählt, sehr friedlich sind und sicher keine Menschenopfer darbringen, aber wie sie den Teufel anbeten, weiß auch ich nicht genau. Doch ich bin der festen Überzeugung, dass man sie missversteht. Da sie verfolgt werden, unternehmen sie häufig sehr große Anstrengungen, ihre wahre Identität zu verbergen.«

»Ich weiß, dass sie bestimmte Essvorschriften haben«, meinte İkmen. »Stimmt es, dass sie kein Hühnerfleisch essen?«

Zelfa Halman verzog das Gesicht. »Nicht ganz. Aus Respekt vor dem Pfauenengel vermeiden sie es, männliche Tiere zu essen.«

»Der Pfauenengel?«

»So nennen sie den Teufel. Ich habe keine Ahnung, warum. Aus dem gleichen Grund meiden sie auch Bohnen, Salat und die Farbe Blau.«

»Aha.« İkmens Gesicht sah wesentlich ernster aus, als er wieder sprach. »Und die Tatsache, dass sie es vermeiden, das Fleisch von Hähnen zu essen, würde die dazu führen, dass sie versuchen, auch ihre Kinder davon abzuhalten? Ich meine, würden sie sonst vielleicht ausgestoßen werden oder so?«

»Das könnte sein. Wenn sie sehr religiös sind.«

»Hm.«

Zelfa Halman lehnte sich zurück und blickte İkmen durchdringend an. »Sie haben angedeutet, dass Ihre Frage mit Süleymans Fall in Verbindung stehen könnte. Und da ich weiß, dass sowohl Erol Urfa als auch Tansu Hanim Kurden sind ...«

»An Ihrer Stelle würde ich nicht mal ansatzweise beginnen, darüber nachzudenken«, erwiderte İkmen streng. »Ihnen ist hoffentlich bewusst, dass dieses Gespräch offiziell nie stattgefunden hat.«

Sie zuckte mit den Schultern. »Okay.«

Aus dem Wohnzimmer drang das Geräusch von zankenden Kindern zu ihnen. İkmen klopfte heftig gegen die Fensterscheibe, bevor er fortfuhr.

»Also, wissen Sie sonst noch etwas über diese Leute?«

»Wie Sie wahrscheinlich wissen, steht bei denjenigen, die so unklug sind, sich als Jesiden zu erkennen zu geben, im Personalausweis ein X unter Religionszugehörigkeit. Daher könnte ich mir vorstellen, dass ihr Polizisten kaum welche zu sehen bekommt.«

»Ich glaube, dass ich so einen Ausweis noch nie gesehen habe«, meinte İkmen.

Zelfa lächelte bedeutsam. »Genau. Aber es leben auch die wenigsten hier in der Stadt. Sie kommen aus dem Osten, wie Sie sicherlich wissen. Die meisten Jesiden leben eigentlich im Irak.«

»Oh?«

»Ja. Irgendein Schrein steht dort, der angeblich von einem Eunuchen bewacht wird.« Sie lächelte. »Noch exotischer geht es nicht, oder?«

İkmen antwortete nicht sofort. Während in seinem Kopf eben noch Bilder von kleinen Kindern, die sich weigerten, Hühnerfleisch zu essen, herumschwirrten, waren es nun die Worte, die İsak Çöktin erst vor ein paar Stunden ihm gegenüber geäußert hatte. Worte über Eunuchen, die der junge Kurde anscheinend sofort bereut hatte. Trotz der abendlichen Hitze lief es İkmen kalt den Rücken hinunter. Er hatte keine Ahnung, ob die Riten der Jesiden in direktem Zusammenhang mit Ruya Urfas Tod standen. Doch Kleinigkeiten – wie Erols Angst, seine Tochter könne Hühnerfleisch essen, die eher plötzliche Abreise seines Freundes, den man lediglich gebeten hatte, seinen Personalausweis vorzulegen, oder Çöktins offensichtliche Sorge um Urfa – schienen zumindest darauf hinzudeuten, dass man versuchte, irgendetwas zu verheimlichen. Aber ob es sachdienlich war, diese Spur weiterzuverfolgen, vor allem angesichts der Tatsache, dass Cengiz Temiz auch noch eine Rolle spielte? Ein solch heikles Thema ohne angemessenen Bezug anzuschneiden war sicherlich verrückt. Und überhaupt – war Süleyman mit dem, was er auf Urfas Personalausweis gelesen hatte, nicht völlig zufrieden gewesen?

İkmen wirkte so gedankenverloren, dass Zelfa Halman sich schließlich veranlasst sah, aufzustehen.

»Einer Sache können Sie sich zumindest sicher sein, İkmen«, erklärte sie, während sie ihre Handtasche von der Stuhllehne nahm.

»Was?«, fragte er und erwachte aus seiner Träumerei.

»Wenn Erol Urfa ein Jeside ist, dann war auch Ruya Jesidin. Sie heiraten nicht außerhalb der Sekte.«

»Dann ist Tansu ...«

»Der einzige Weg, sie zu ehelichen, wobei ich mir bei aller Liebe keinen Grund vorstellen kann, warum er das tun sollte, wäre, dass auch sie Jesidin ist. Vorausgesetzt natürlich«, fügte sie noch hinzu, während sie auf die Tür zuschritt, »dass er sich überhaupt darum schert.«

İkmen stand auf, um seinen Gast hinauszubegleiten. »Sie werden Süleyman doch nicht erzählen, äh …«

»Warum sollte ich?«, antwortete sie herausfordernd.

»Nun …«

»Ich schätze, Sie gehen davon aus, dass ich den Inspektor sehe, Inspektor«, lachte sie, »was allerdings nicht unbedingt so sein muss.«

İkmen seufzte. »Wissen Sie, Sie sollten nicht zu streng mit ihm sein, Zelfa. Obwohl er vordergründig betrachtet so viel erreicht hat, treibt er in vielerlei Hinsicht doch recht hilflos durch die Welt.«

»Tun wir das nicht alle?«, erwiderte sie leicht verbittert.

»Ja, aber …« Unsicher, wie viel sie über die Lebensgeschichte seines Kollegen wusste, beendete İkmen das Gespräch und sagte abschließend lediglich: »Er muss diesen Fall erfolgreich lösen, wissen Sie.«

Sie lächelte. »Warum? Weil Sie ihn mögen? Oder weil Sie das behaupten?«

»Weil er es verdient«, entgegnete er mit einer gewissen Strenge. »Und wer auch immer Ruya Urfa umgebracht hat, sollte dafür ins Gefängnis wandern, bevor er oder sie noch mehr Unheil anrichten kann.«

»Inschallah – wenn Allah will, wird es geschehen«, sagte sie mit deutlicher Ironie in der Stimme.

İkmen schaute einfach gen Himmel.

»Und was werden Sie jetzt unternehmen?«, fragte sie, als er die Tür zum Wohnzimmer öffnete.

Drinnen wetteiferten Kinder, Jugendliche und Erwachsene

um Aufmerksamkeit, das Fernsehprogramm und um Speisen und Getränke. Dieser plötzliche Ansturm von Licht, Farben, Lärm und Gerüchen wirkte fast betäubend.

»Ich sollte«, meinte İkmen und betrachtete dabei missmutig die vertraute Szene, die sich vor seinen Augen abspielte, »mir ein ruhiges Plätzchen suchen und etwas arabeske Musik hören.«

Aus den unterschiedlichsten Gründen fanden die Akteure der Urfa-Saga in dieser Nacht kaum Schlaf. Zwar schaffte es Cohen wie gewöhnlich, trotz der vielen unterschiedlichen Geräusche, die aus den Straßen seines Viertels zu ihm hochdrangen, wie ein Stein zu schlafen, doch Mehmet Süleyman schreckte immer wieder auf, was ihm bewusst machte, an welch unruhigem Ort er derzeit lebte. Wahrscheinlich, grübelte er, als er auf den dunklen Balkon hinaustrat, konnte sich sein alter Freund Cohen beim besten Willen nicht erklären, warum sich eine einst wunderschöne Griechin mit dem Relikt einer antiquierten Haremsstruktur eingelassen und es dann umgebracht hatte. Süleyman, der sich selbst manchmal wie ein Relikt fühlte, konnte auch nur raten, warum Kleopatra eine solche Person geheiratet hatte – da gab es zum Beispiel seit jeher dieses Gerücht, Eunuchen könnten Frauen auf eine Art und Weise Vergnügen bereiten, die normalen Männern nicht möglich ist. Doch was sie dazu gebracht hatte, ihn umzubringen, würde vermutlich niemand je erfahren. Zweifellos schien Cohen der Gedanke, dass Leidenschaft oder Eifersucht zu dieser Tat geführt haben mochten, über die Maßen zu beschäftigen, denn er wirkte ungewöhnlich beunruhigt.

Süleymans Gedanken drehten sich jedoch um zeitlich viel näher liegende Dinge. Tansu Hanim hatte sehr unglücklich gewirkt, als er sie vorhin in ihrem Haus besucht hatte. Warum das so war, wusste er natürlich nicht. Dass sie ihm aber freiwillig all ihre Pelzmäntel einschließlich der beiden weißen Nerze gezeigt hatte, war zumindest sehr hilfreich gewesen. Sie hatte ihm sogar erlaubt, Haarproben mitzunehmen, was darauf hindeutete, dass sie in Bezug auf den Mord an Ruya Urfa nichts zu befürchten schien. Und um fair zu sein, gab es zwischen ihr und der Frau, die Cengiz Temiz beschrieben hatte, keinerlei offensichtliche Gemeinsamkeiten, wenn man von ihrer unangenehmen Art einmal absah. Zwar hatte Cengiz keine besonders gute Beschreibung geliefert, doch er hatte Tansu anhand eines Fotos nicht identifizieren können, und das allein sprach schon für sich.

Süleyman wischte sich etliche Schweißtropfen von der Stirn und schaute hinab auf die dunkle Straße. Es gab nicht viel zu sehen. Eine Gelegenheitsprostituierte kämpfte mit dem holprigen Pflaster – eine Frau, oder in diesem Stadtteil vielleicht eher ein Mann, mit unpassend hochhackigen Schuhen und einer großen glitzernden Handtasche. Dann die Gestalt eines merkwürdig einsam, fast verloren wirkenden Mannes. Vielleicht ein einfacher Zuwanderer oder ein verwirrter Tourist – vielleicht aber auch nur irgendjemand, der seinem Ärger in der heißen mitternächtlichen Straße Luft machen musste. Süleyman musste an İsak Çöktin denken und an diesen sonderbaren Widerspruch, den offenbar auch İsak selbst so empfand – ein Kurde als Polizist. Vermutlich lag Çöktin jetzt im Bett, dachte Süleyman, und träumte von dem roten Blut, das nach Aussage der Kurden in den weit abgelegenen östlichen Provinzen so reichlich floss. Dabei wusste Süleyman nicht einmal, ob Çöktin jemals im Osten gewesen war. Wenn nicht, dann hatte ihn vielleicht die Tatsache, dass Erol Urfa von dort kam, angezogen und war der Schlüssel für die offensichtliche Zuneigung, die sie füreinander hegten. Vielleicht hatte der Sänger Çöktin noch mehr düstere und detailreiche Geschichten über das harte Leben dort und das Leid, das sie alle so hoch zu schätzen schienen, erzählt. Nicht dass ein Osmane derlei Dinge auch nur ansatzweise verstehen konnte. Süleyman schloss die Augen, lehnte sich auf dem Stuhl zurück und sann über seine eigenen Ressentiments nach.

Gedanken haben jedoch häufig nichts mit der Realität gemein, und was Çöktin anging, so lag Süleyman mit seinen Mutmaßungen falsch. Mitnichten lag er allein zu Hause in seinem Bett, vielmehr saß er in der überraschend bescheidenen Wohnung, die İbrahim Aksoy für Erol Urfa in Şişli beschafft hatte. Da die kleine Merih inzwischen schlief, saßen die beiden Männer vor der offenen Terrassentür und unterhielten sich freundschaftlich, tranken Tee und lachten gelegentlich über die leise gesprochenen Worte des anderen. Der Name Tansu kam ihnen dabei nicht ein einziges Mal über die Lippen. Sie ahnten nicht, dass das Haus der Sängerin in jener Nacht hell erleuchtet war.

Auch wenn jeder auf seine Weise mit der Ruhelosigkeit zu kämpfen hatte, so war doch die Situation des mit Beruhigungsmitteln voll gepumpten Cengiz Temiz wesentlich trostloser. Allerdings lag es weder an der ungemütlichen Umgebung der Gefängniszelle noch an der Hitze, dass der von den Medikamenten halb betäubte Cengiz keinen Schlaf fand. In seinem Kopf lauerten Teufel und Dämonen in den Ecken, auf die bei Tageslicht die Hausfrauen ihren Hausputz konzentrierten. Aus ihren roten Mündern stießen die mit dichtem weißem Haar bedeckten Dämonen Schreie aus und starrten ihn mit den Gesichtern von Mörderinnen an. Und auch wenn die Medikamente, die ihm die Frau gegeben hatte, die jetzt allein in ihrem einsamen Bett vor sich hin weinte, ihn beruhigt hatten, so hatten sie doch nicht die hasserfüllten, angsteinflößenden Bilder aus seinem Kopf vertreiben können. Wäre Mina, seine große Liebe, jetzt bei ihm gewesen, ihr wäre es vielleicht gelungen. Aber Cengiz hatte keine Ahnung, wo sie sich in diesem Augenblick befand. Die arme Mina mit dem furchteinflößenden englischen Freund und der kaputten Gebärmutter.

Im Gegensatz zu all dieser schläfrigen Ruhelosigkeit gab es allerdings auch Menschen, deren Gedanken sich auf etwas ganz Bestimmtes richteten. Dazu gehörte auch Tansus ehemaliges Hausmädchen. Während sie einsam auf die Ankunft des schwerfälligen und langsamen Doğu Ekspresi wartete, der sie via Ankara zurück zum elterlichen Heim in Sivas bringen sollte, waren ihre Gedanken keineswegs voller Vorfreude bei ihrer Familie. Vom Arbeitgeber ohne guten Grund gefeuert zu werden war schlimm genug, doch von einer Frau, die einst ihr Idol gewesen war, hinausgeworfen zu werden, war geradezu unerträglich. Es hatte eine Zeit gegeben, da wäre Belkıs für ihre Herrin fröhlich in den Tod gegangen – dummes, dummes Gör! Dieser Frau war offensichtlich schon ihr Anblick verhasst, und im krassen Widerspruch zu Belkıs' ausgefallenen Träumen, in denen sie mit Tansu auf der Bühne gestanden und gesungen hatte, hatte diese Frau sie jetzt verschmäht und arbeitslos gemacht. Hätte Latife ihr, kurz bevor sie das Haus verlassen hatte, nicht ein wenig Geld gegeben, dann hätte sie jetzt nicht einmal die Fahrkarte nach Hause bezahlen können. Allerdings tat Latife vieles, was Tansu nicht wollte oder konnte. Sie log sogar für sie. Ja, sie hatte gelogen, oder nicht ... Belkıs Herz schlug schneller und raste schließlich, als sie sich immer deutlicher an ein äußerst interessantes Detail erinnerte. An etwas, was den Männern, die im Mordfall von Erols Frau ermittelten, vielleicht nützlich sein konnte! Und während der Zug im Bahnhof einfuhr, versuchte Belkıs angestrengt, sich an den Namen des Polizisten zu erinnern, den sie noch am Nachmittag gesehen hatte, kurz bevor sie aufgefordert worden war zu gehen. Doch wie sehr sie ihr Gedächtnis auch bemühte, im Moment fiel ihr der Name beim besten Willen nicht mehr ein. Als der Zug anhielt und die Reisenden ausstiegen, schaute Belkıs auf die

Bahnhofsuhr. Noch zehn Minuten bis zur Abfahrt. Zehn Minuten, um sich an den Namen des gut aussehenden Inspektors zu erinnern. Zehn Minuten, die darüber entscheiden würden, wohin sie gehen würde und aus welchem Grund.

Auch Çetin İkmens Gedanken beschäftigten sich in diesem Augenblick intensiv mit Tansu. Erneut hatte er sich die Lieder von ihr und Erol Urfa angehört. Während die Texte des Letzteren nichts Besonderes an sich hatten, waren die Texte, die Tansu angeblich selbst geschrieben hatte, etwas ganz anderes. Er schaute auf seinen Notizblock, auf den er die Worte schnell hingekritzelt hatte, und runzelte die Stirn. Dass der Geliebte als »mein Pfau«, »gehasster, geliebter Pfau«, »Pfau meines Herzens« und »strahlender blaugrüner Vogel« bezeichnet wurde, war doch sicherlich kein Zufall … Übertrieben, wie ihre gesamte übersteigerte Zuneigung zu Erol, doch gleichzeitig sehr unklug, falls Erol oder sogar Tansu selbst zu den Jesiden gehörten. Genau wie Frau Doktor Halman gesagt hatte, verstanden die Leute diese Sekte einfach nicht, und das X in der Spalte für Religionszugehörigkeit in den Personalausweisen bewies, dass man Dingen, die man nicht verstand, häufig mit Angst und Verachtung begegnete. Nicht dass Erol oder gar der merkwürdig gut informierte Çöktin ein X in ihren Personalausweisen hätten. Aber vielleicht sah İkmen jetzt in den einsamen, stillen Stunden der Nacht ja auch einfach überall Teufelsanbeter. Es wäre nicht das erste Mal, dass er den Schatten von etwas sah, das nach landläufiger Meinung gar nicht existierte. İkmen lächelte, als er daran dachte, und legte den Notizblock auf den Boden. Die Wörter »landläufige Meinung« hallten laut in seinem Kopf nach.

»Nach landläufiger Meinung« war dieses Nachsinnen über Liedtexte und über diese Nebensächlichkeiten völlige Zeitverschwendung. Für all das gab es keinerlei Beweise, und abgesehen davon musste es, selbst wenn Erol Mitglied in irgendeiner sonderbaren Sekte war, nichts mit dem Tod seiner Frau zu tun haben. Nein. Doch allein die Ahnung, es könne irgendein Geheimnis geben, beschäftigte İkmen. Er mochte keine Geheimnisse. Geheimnisse konnten Schaden anrichten oder, wie in seinem eigenen Fall, eine ungesunde Neugier hervorrufen, die nun schon mehr als vierzig Jahre anhielt. Aber waren denn die nie geklärten Umstände, die den Tod seiner Mutter herbeigeführt hatten, auf der gleichen Ebene anzusiedeln wie die Frage, ob irgendwer zu einer winzigen Religionsgemeinschaft gehörte oder nicht? Ja und nein.

Hatte ein bislang Unbekannter aus diesem Grund einen Mord begangen, dann war die Frage sogar noch wichtiger als die nach seinen persönlichen Dämonen.

Während die vor Hitze bleierne, schwarze Nacht langsam dem Morgen wich, lagen all diejenigen, die in ihren Wach- oder Schlafträumen die Leiche von Ruya Urfa klein und einsam im Leichenschauhaus liegen sahen, wach, statt in tiefen Schlaf zu fallen. Jeder wartete auf die Morgendämmerung, die den Menschen jedoch weder Erfrischung bringen noch sie von der Erschöpfung befreien würde.

11. Kapitel

Als Süleyman am nächsten Morgen sein Büro betrat, lag Arto Sarkissians ausführlicher Obduktionsbericht von Ruya Urfas Leiche bereits auf seinem Schreibtisch. Obwohl ihn der Inhalt nicht so persönlich traf wie Zelfa Halmans Darstellung der Behandlung von Cengiz Temiz, stellten die Ausführungen dennoch eine grausame Lektüre dar. Zwar war bereits bekannt, dass Ruya Urfa mit Zyanid vergiftet worden war, aber der Bericht enthielt auch Hinweise auf eine erneute Schwangerschaft. Sicherlich hatte ihr Mann nichts davon gewusst, und ob Ruya selbst es bemerkt hatte, darüber konnte man nur noch mutmaßen. Süleyman war klar, dass man ihren Mann von dieser Tatsache in Kenntnis setzen musste. Und er wusste auch, dass er derjenige sein würde, der ihm diese Nachricht übermitteln musste. Seufzend legte er gerade den Bericht zur Seite, als es klopfte und Çöktin sein Büro betrat.

»Guten Morgen, Herr Inspektor«, begrüßte ihn der Beamte und setzte sich auf den Stuhl vor Süleymans Schreibtisch.

»Der Obduktionsbericht von Ruya Urfa.« Süleyman nahm den Bericht wieder zur Hand und schob ihn über den Tisch. »Manch einer würde behaupten«, fuhr er fort und beobachtete dabei, wie Çöktin mit ernster Miene die erste Seite las, »dass unserem Täter das Blut zweier Menschen an den Händen klebt.«

Es folgte ein kurzes Schweigen, während Çöktin versuchte, den Inhalt des Berichts zu erfassen. Süleyman starrte derweil aus dem Fenster und rauchte. Abgesehen von der Schwangerschaft hatte Arto Sarkissians Bericht etwas aufgezeigt, was ihm inmitten des Trubels mit all den Menschen, die irgendwie mit diesem Verbrechen in Zusammenhang standen, bis jetzt entgangen war. Was Ruya Urfa tatsächlich umgebracht hatte, war ein Gift. Zyanid. Gott sei Dank nichts Alltägliches. Er wusste, dass es für industrielle Zwecke verwendet wurde, wenn auch nicht genau, für welche, doch es musste eine relativ begrenzte Anzahl von Orten geben, an denen man es erwerben oder stehlen konnte. Da Çöktin keinen Hehl daraus machte, dass er Erol Urfa für unschuldig hielt, war es vermutlich gar keine schlechte Idee, ihn mit diesbezüglichen Nachforschungen zu betrauen. Abgesehen davon hatte das Verschwinden von Ali Mardin – Urfas einzigem Alibi für die Mordnacht – den Ermittlungsschwerpunkt wieder auf den Sänger verschoben. Schließlich steckte hinter Alis Verschwinden vermutlich mehr als eine simple Verletzung der Ausweispflicht. Doch dies ließ sich erst mit Bestimmtheit sagen, wenn das veröffentlichte Fahndungsfoto von Mardin erste Erfolge erzielte.

»Herr Urfa muss darüber informiert werden«, erklärte Çöktin, nachdem er den Bericht wieder zurück auf Süleymans Schreibtisch gelegt hatte. »Möchten Sie, dass ich …«

»Nein, nein, das ist meine Aufgabe«, erwiderte Süleyman seufzend.

»Nicht sehr angenehm.«

»Nein. Obwohl ich annehme, dass ihm Herr Aksoy helfen wird, damit fertig zu werden.«

»Oh, äh«, stotterte Cöktin. »Äh, er wohnt nicht mehr bei Aksoy, Herr Inspektor.«

Süleyman runzelte die Stirn. »Ach ja?«

»Nein, äh, er hat noch ein Apartment in dem gleichen Häuserblock gemietet. Ich glaube Nummer 1/3.«

Süleyman beugte sich über den Schreibtisch und sah seinen Kollegen scharf an. »Und woher wissen Sie das, Çöktin?«

»Nun, er hat mich vorhin angerufen.«

»Ich gehe davon aus, dass der Anruf hier auf der Dienststelle einging«, sagte Süleyman streng.

Çöktin lachte nervös. »Oh, ja natürlich!«

»Ich meine damit, dass es mir äußerst zuwider wäre, wenn ich annehmen müsste, Sie hätten eine Handy- oder eine Privatnummer weitergegeben.«

»Nein!«

»Da Ali Mardin derzeit für eine Aussage nicht zur Verfügung steht, hat Herr Urfa momentan schließlich kein Alibi für die Tatzeit.«

»Ja, aber ...«

»Und die Erfahrung lehrt uns, dass die Person, die einen Mord begeht, häufig die gleiche ist, die die Leiche ›entdeckt‹. Ich wiederhole es noch einmal, Çöktin, Herr Urfa zählt noch immer zu den Tatverdächtigen, daher wäre es äußerst unpassend, sollten Sie in seiner Gesellschaft gesehen werden.« Er schaute seinen Untergebenen scharf an. »Sie werden von nun an jeden Kontakt mit ihm meiden.«

»Aber, Herr Inspektor ...«

Süleyman brachte ihn mit einer Handbewegung wieder zum Schweigen. »Das ist eine Anweisung, die keinen Widerspruch duldet!« Dann lehnte er sich seufzend wieder zurück. »Abgesehen davon habe ich eine wichtige Aufgabe für Sie, die sofort erledigt werden sollte.«

Çöktin schwieg, schaute jedoch auf, um zu zeigen, dass er zuhörte.

»Ich möchte, dass Sie hinüber in die Pathologie gehen und ein paar Informationen über Zyanid einholen. Was die in diesen Fall verwickelten Personen angeht, so scheinen wir uns ja wenig erfolgreich im Kreis zu drehen. Vielleicht haben wir mehr Glück, wenn wir die Substanz näher unter die Lupe nehmen, mit der Ruya Urfa getötet wurde. Vielleicht hilft uns das

Gift oder der Umstand, dass einer der Beteiligten Zugang zu dieser Substanz hatte, herauszufinden, auf wen wir uns konzentrieren sollten.«

Çöktin schien sich etwas beruhigt zu haben, zumindest holte er Notizblock und Stift hervor und meinte: »Wie Sie wünschen, Herr Inspektor.«

»Zyanid wird für industrielle Zwecke eingesetzt, doch mir ist nicht bekannt, bei welchen Herstellungsverfahren. Das ist Punkt eins. Punkt zwei, ich muss wissen, wo man es kaufen kann, und Punkt drei betrifft die Frage, ob es auch irgendwo im Haushalt Verwendung findet. Einige giftige Substanzen werden beispielsweise in manchen Privathäusern zur Schädlingsbekämpfung eingesetzt. Manche spielen sogar in der Medizin eine Rolle. Ich glaube, ein bestimmtes Rattengift wird auch zur Blutverdünnung eingesetzt.«

Çöktin notierte sich alles pflichtbewusst und schaute dann auf. »Möchten Sie, dass ich mich sofort auf den Weg mache, Herr Inspektor?«

»Je eher, desto besser«, erwiderte Süleyman, während er sein über der Stuhllehne hängendes Jackett ergriff. »Bei der Gelegenheit können Sie auch gleich feststellen, ob sie schon Fortschritte mit der Fellanalyse von Tansus Mänteln gemacht haben. Vielleicht ist es dafür noch ein bisschen früh, aber …«

»In Ordnung.« Çöktin steckte seinen Notizblock und seinen Stift wieder in die Tasche und stand auf. »Und was gedenken Sie in Hinblick auf Cengiz Temiz zu unternehmen?«

»Ich bin immer noch nicht weitergekommen mit ihm.« Süleyman nahm seine Autoschlüssel vom Schreibtisch. »Obwohl Herr Avedykian ihn so schnell wie möglich vor den Richter bringen will.«

»Ach so.«

»Und wenn der Richter trotz der Indizien befindet, dass Herr Temiz zu solch einer Tat gar nicht fähig ist, dann ist er wieder auf freiem Fuß.« Süleyman zuckte mit den Schultern. »Doch das Recht muss seinen Lauf nehmen.«

»Ihnen ist klar, dass nicht jeder so denkt wie Sie?«, fragte Çöktin. »Ich meine, was immer Temiz auch weiß, Sie könnten es aus ihm rausprügeln. Es gibt Leute, die machen das.«

»Ja, ich weiß.« Süleyman sah zu Boden. »Und einmal hätte ich es auch fast getan. Doch glücklicherweise hat Inspektor İkmen mich daran gehindert. Hätte ich es damals getan, dann wären all meine Gründe, Polizist zu werden, mit einem Schlag nichtig gewesen.«

»Ja, aber wenn so viele andere …«

»Wir können nur unser eigenes Tun beeinflussen und versuchen, mit gutem Beispiel voranzugehen!« Süleyman drückte seine Zigarette im Aschenbecher aus und zündete sich nervös eine weitere an. »Ich habe keinen Einfluss darauf, was passiert, wenn andere Beamte jemanden festnehmen. Ich kann auch nichts an unseren Antiterrorismus-Maßnahmen ändern.« Er senkte die Stimme. »Ich weiß nur, dass ich langsam etwas erreiche, wenn die Leute ganz erleichtert sind, weil ich es bin, der sie festnimmt. So wie Sie froh waren, von İkmen aufgegriffen zu werden. Und ich bin mir sicher, dass Sie Ihrer Herkunft nach und bei Ihrer Einstellung die gleichen Ziele verfolgen. Die Polizeiarbeit in diesem Land hat sich bereits verändert und verändert sich weiter zum Besseren hin. Das weiß ich!«

»Ja, Herr Inspektor.«

Süleyman ging auf die Tür zu. »Ich werde Herrn Urfa Ihre Beileidsbekundung ausrichten. Auf Türkisch. Habe ich mich klar und verständlich ausgedrückt?«

Çöktin seufzte und lächelte schwach. »Ja, Herr Inspektor. Vielen Dank.«

Die beiden Männer traten gemeinsam hinaus auf den belebten Flur.

İkmen legte den Telefonhörer wieder auf die Gabel und ging in die Küche. Fatma hatte zusammen mit der vierzehnjährigen Hulya gerade den Abwasch beendet und band die Schürze ab, als ihr Mann die Küche betrat. Als Hulya ihren Vater erblickte, verdrehte sie die Augen und ging wortlos von dannen.

»Was ist denn mit der los?«, fragte İkmen, nachdem er beobachtet hatte, wie das junge Mädchen mit grimmiger Miene aus der Küche gestapft war.

»Sie steht auf Bülents Seite.« Fatma setzte sich neben ihren Mann. »Wenn man so viele Kinder hat wie wir, dann ergreifen sie halt Partei.« Als sie İkmens niedergeschlagenen Blick bemerkte, fuhr sie ihm zärtlich mit den Fingern durchs Haar. »Mach dir keine Sorgen. Sinan und Çiçek hasst sie auch.«

»Nun, das ist wirklich tröstlich!«

»Letztlich läuft es darauf hinaus, dass die Teenager gegen den Rest von uns sind«, erklärte Fatma.

»Oder besser gesagt, deren Hormone«, erwiderte İkmen bissig.

Fatma stand auf und durchquerte den Raum, um den Wasserkessel aufzusetzen. »Nun, du weißt, was ich immer dazu gesagt habe, nicht wahr, Çetin?«

İkmen verzog das Gesicht. »Wenn wir sie als gute muslimische Jungen und Mädchen verheiratet hätten ...«

»Aber du wolltest ja nicht, nicht wahr!« Fatma war jetzt richtig in Fahrt und warf verärgert einen Arm in die Höhe. »Nein, du musstest ihnen ja alle möglichen Ideen in den Kopf setzen! Du ...«

»Das ist so scheinheilig, dass ich am liebsten kotzen würde!« Er brüllte selten, aber wenn er es tat, dann brachte er sie damit sofort zum Schweigen. Nicht dass Fatma sich vor ihrem Ehemann gefürchtet hätte. In dreißig Jahren Ehe hatte er nicht einmal die Hand gegen sie erhoben. Doch sie wusste, dass er bei bestimmten Themen in lange Tiraden ausbrach, die dann kein Ende nehmen wollten. Außerdem war ihr klar, dass er längst noch nicht wieder gesund war und dass ein Streit das Letzte war, was er brauchen konnte.

»Çetin ...«

»Für uns war Liebe der einzige Grund zu heiraten! Es hatte nichts mit Religion oder familiärem Druck zu tun, wie ihn der arme Süleyman ertragen musste! Liebe, Fatma!« Er blickte sie durchdringend an, bis sie sich schließlich abwandte. »Und wenn du unseren Kindern das Recht auf wahre Liebe absprechen willst, dann nur zu. Aber ich werde dich nicht unterstützen! Nicht mal bei Bülent!«

Sie fand es merkwürdig, dass İkmen an dieser Stelle abbrach und wütend auf die Tischplatte starrte. Doch dann sah sie, dass er seine Hände gegen den Bauch drückte, und wusste, dass er Schmerzen hatte. Da Fatma derlei Szenen längst vertraut waren, war ihr klar, dass sie mit Trost jetzt nur eine wütende Abfuhr ernten würde. Also ging sie hinüber zum Wasserkessel und wechselte das Thema, während er versuchte, sich nicht anmerken zu lassen, wie schwer ihm das Atmen fiel.

»Wer hat denn eben angerufen, Çetin?«

Er antwortete nicht sofort, sondern zündete sich stattdessen eine weitere Zigarette an.

»Vater Yiannis«, sagte er kurzatmig. »Von der Triyada-Kilisesi-Kirche. Er hat mich zu Madame Kleopatras Beerdigung eingeladen.«

»Und gehst du hin?«

»Ja. Sie war gut zu meiner Mutter. Ich schulde ihr diesen Respekt.«

Fatma sah zu, wie leichter Dampf aus dem Kessel aufstieg. »Und die andere Leiche?«, fragte sie. »Murad Ağa? Was wird mit dem?«

İkmen seufzte. »Ich weiß es nicht. Seine Überreste sind immer noch in der Pathologie. Keine Ahnung.«

Er stand auf und öffnete das Küchenfenster, während er sich

immer noch leicht den Bauch rieb. Als er zu seinem Stuhl zurückkehrte, murmelte er als Erklärung: »Zu heiß.«

Fatma nahm zwei Tulpengläser aus einem der Küchenschränke und holte eine Dose mit Apfelteegranulat aus einem anderen. »Gestern Nacht bist du sehr spät ins Bett gekommen, Çetin. Hat dich irgendetwas beschäftigt?«

»Ich habe über Tansu Hanims Liedtexte nachgedacht, über die verbitterten. Weißt du, wie oft sie darin ihren Geliebten als Pfau bezeichnet?«

»Nein.« Fatma gab einen Löffel von dem Teegranulat in jedes Glas.

»Sechzehnmal. Und wenn man bedenkt, dass diese Texte für ihre Gesamtproduktion nicht gerade typisch sind, dann ist das recht häufig.«

»Ja. Aber Pfauen sind wunderschöne Vögel. Und der männliche Pfau übertrifft das Weibchen auch noch bei weitem an Schönheit.« Fatma goss das kochende Wasser in die Gläser und rührte die Mischung um. »Und als Symbol für Tansu und Erol finde ich es nicht schlecht. Ich meine, er sieht ungemein attraktiv aus und sie ist, nun ...« Sie lächelte. »Wie auch immer, warum grübelst du darüber nach, Çetin?«

»Nun, Ruya Urfas Mörder läuft immer noch frei herum ...«

»Doch das ist, soweit mir bekannt ist, Mehmets Fall und nicht deiner«, erklärte Fatma, bevor sie die beiden Gläser auf den Tisch stellte und sich wieder neben İkmen setzte.

»Ja ...«

»Ja.« Sie spitzte die Lippen zu einem Lächeln und nahm dann eine seiner Hände in die ihren. »Ich weiß, dass du dich langweilst, aber ...«

»Ich möchte nicht, dass ihm irgendetwas entgeht, Fatma.« İkmen klang plötzlich ganz aufgeregt. »Ich möchte, dass er erfolgreich ist! Er ist ein guter Mann. Solche wie ihn gibt es nicht oft. Er verdient es, den Fall erfolgreich abzuschließen.«

»Ja, natürlich verdient er das, aber es nicht an dir, darüber zu befinden, Çetin. Wenn Allah gnädig ist, dann wird Mehmet den Fall lösen, wenn nicht ...« Sie zuckte mit den Schultern. »Aber du musst ihn aus deinen Fängen entlassen, damit er sein eigenes Schicksal findet.«

»Hm.«

»Und warum glaubst du überhaupt«, fuhr sie fort, »dass dieses Pfauenzeug Mehmet helfen könnte? Das verstehe ich nicht.«

İkmen trank einen Schluck Tee. »Fatma, hast du je von den Jesiden gehört?«

Entsetzt beobachtete er, dass der Blick seiner Frau böse wurde. »Du meinst die, die im Dunkeln tanzen und es dann hinterher miteinander treiben? Die Söhne und Töchter des Teufels?« Sie spie aus, und obwohl sie es in Richtung Spülbecken tat, konnte İkmen nicht umhin, festzustellen, dass sie es verfehlte. »Inschallah – wenn Allah will, werden wir solches Pack hier nie in dieser Stadt haben.«

»Oh? Warum?«

»Weil sie, wie ich gerade sagte, dem Teufel dienen! Selbst jemandem wie dir sollte klar sein, welche Gefahr Teufelsanbeter darstellen.«

»Manche glauben, dass man sie einfach nicht richtig versteht, dass die Je...«

»Sprich dieses Wort in meinem Haus nie wieder aus!«, brüllte Fatma, während sie ihren blauen Bondschuk – ihren Talisman – gegen den Hals drückte. »Als hätte ich nicht schon genug unter deiner Vorliebe für zwielichtige Geschöpfe gelitten! Wahrsager, Bettler, verrückte Geschichtenerzähler – und zudem zeigst du ja immer wieder deutlich, dass du immer noch mit dem Geist deiner Mutter zusammenlebst!«

»Fatma ...«

Doch sie war wieder aufgestanden und putzte jetzt auf der

anderen Seite der Küche an den bereits makellos sauberen Tellern herum.

»Nein«, sagte sie. »Ich will davon nichts mehr hören!«

İkmen seufzte. Fatma regte sich nicht nur über die leiseste Anspielung auf etwas Übernatürliches fürchterlich auf, sondern war auf eine Art und Weise zutiefst abergläubisch, wie es nur sehr fromme Frauen sein konnten. Genau wie damals, als er ihr dummerweise erzählt hatte, dass seine Mutter stets den Neumond angelächelt hatte, damit der kommende Monat Glück bringe, war sie auch jetzt wieder auf der Hut vor den Mächten des Bösen. Er wusste, dass sie ihn schon bald wieder »Hexenkind« nennen würde, und ihre Unwissenheit ermüdete ihn auf einmal. Nicht dass Fatma dumm war, ganz im Gegenteil. Sie war eine intelligente Frau – mit dieser einzigen Ausnahme.

Aber egal. Er musste sich um andere Dinge kümmern, und wenn er zurückkam, dann würde sie sich wie immer wieder beruhigt haben. Er würde sie niemals von Frau Doktor Halmans und vermutlich auch von seiner eigenen Ansicht überzeugen können, dass diese Menschen vor allem völlig missverstanden wurden. Doch wenn er nach seiner Rückkehr die Sache nicht mehr erwähnte, dann würde Fatma in seiner Gegenwart wieder ganz die Alte sein.

Aber einen letzten Kommentar konnte er sich vor dem Gehen doch nicht verkneifen. »Dann soll ich also keine Jesiden mit zum Essen bringen?«, fragte er, bevor er aufsprang und sich schnell in Richtung Tür aufmachte.

»Raus hier!«, keifte Fatma.

Sevan Avedykian atmete noch einmal tief durch, bevor er von vorne anfing. »Schauen Sie, Cengiz, es sieht folgendermaßen aus. Morgen gehen Sie und ich zum Richter, und der wird darüber entscheiden, ob die Polizei Sie weiter hier behalten darf oder nicht.«

»Ich habe Frau Urfa nicht umgebracht! Ich nicht!«

»Ja, Cengiz, das weiß ich.«

»Die Teufelsfrau hat sie getötet, sie war es!«

»Die Teufelsfrau, die Sie bis jetzt nicht identifizieren konnten«, ergänzte Avedykian und zündete sich eine seiner dicken Zigarren an. Und bei Gott, die hatte er jetzt nötig. Obwohl es mittlerweile allen Beteiligten klar war, dass Cengiz gar nicht fähig war, einen Mord wie den an Ruya Urfa zu planen, blieben die Umstände, unter denen er die kleine Merih entführt hatte, weiterhin verworren. Cengiz zufolge hatte die Tür zu Urfas Apartment offen gestanden, als er seine Wohnung verlassen hatte und auf den Flur gegangen war. In der Annahme, seine Freunde wären gerade gekommen, hatte Cengiz die Tür ganz aufgestoßen und diese angeblich »teuflische« blonde Frau mit dem Pelzmantel entdeckt. Vermutlich geschockt über sein Erscheinen, hatte sie ihn angefaucht, zumindest drückte Cengiz sich so aus, bevor sie aus dem Apartment und die Treppe hinab verschwand. Erst dann war Cengiz in Urfas Küche gegangen und hatte Ruyas Leiche auf dem Boden entdeckt. Er hatte zu keiner Zeit die Teufelsfrau mit der Leiche zusammen gesehen. Nachdem Cengiz vergeblich versucht hatte, Ruya wiederzubeleben, hatte er offensichtlich das Weinen des Babys gehört und war ins Kinderzimmer geeilt. Immer noch vom Anblick der Teufelsfrau traumatisiert, hatte Cengiz daraufhin beschlossen, das Baby an einen sicheren Ort zu bringen, und das waren seiner Ansicht nach weder die Polizeiwache noch ein Krankenhaus, sondern die Arme einer Prostituierten, für die er eine große Leidenschaft hegte.

Eine groteske Geschichte und eine, wie Sevan Avedykian argumentieren würde, die sich jemand wie Cengiz nicht selbst ausgedacht haben konnte. Dennoch gab es allerhand Probleme, zu denen auch Cengiz' Fingerabdrücke zählten, die überall auf der Leiche gefunden worden waren, und die Frage, ob es die

Teufelsfrau tatsächlich gab. Avedykian konnte nicht umhin zu denken, dass sie unter diesen Umständen selten blöd sein musste, wenn sie eine Haustür offen stehen ließ, während sie einen Mord beging. Die kleine Merih einer Frau zu geben, die, das hatte Cengiz selbst zugegeben, mit einem Drogenabhängigen zusammenlebte, war auch kein Pluspunkt für Avedykians Mandanten. Man konnte nur dankbar sein, dass der Täter keinen sexuellen Kontakt mit Ruya gehabt hatte. Im Zusammenhang mit Cengiz' zugegebenermaßen konservativer Meinung von ungehörigem Verhalten wäre das ein Beweis, der ihn vermutlich Kopf und Kragen gekostet hätte.

Während Cengiz zusammengesunken vor ihm saß und die Flecken auf dem Boden betrachtete, richtete Sevan Avedykian sein Augenmerk auf Frau Doktor Halmans Bericht über die Einschätzung seines Mandanten aus psychiatrischer Sicht. Als er das Gutachten ergriff, schob er absichtlich ihren Beschwerdebrief bezüglich Cengiz' Behandlung beiseite. Obwohl der Brief gut formuliert war und mit Sicherheit die Wahrheit enthielt, zeigte er doch, wie wenig diese Irin über die subtilen Mechanismen des türkischen Rechtssystems wusste. Sich in diesem Stadium die Polizei zum Gegner zu machen wäre keine gute Idee. Das ließ sich später nachholen, wenn die Unschuld seines Mandanten bewiesen war. Momentan war die psychiatrische Einschätzung wesentlich zweckdienlicher. Auf dem geistigen Stand eines siebenjährigen Kindes sah Cengiz, laut Frau Doktor Halman, die Welt als etwas fundamental Konkretes und Absolutes und ließ sich weniger durch abstrakte Schlussfolgerungen beeinflussen, wie es Erwachsene tun, sondern eher dadurch, wie die Dinge aussahen oder zu sein schienen. Darüber hinaus konnte er Dinge oder Menschen nur mit einem einzigen Attribut klassifizieren. Das hieß in den Augen Avedykians, dass es reine Zeitverschwendung war, Cengiz zusätzlich zu dem, was er bereits ausgesagt hatte, nach weiteren Details zu der Teufelsfrau zu fragen. Es würde also schwierig sein festzustellen, ob sie jung oder alt, klein oder groß oder wie auch immer war. Wenn man nicht die richtige Frage stellte oder das richtige Foto zeigte, würde es keine Fortschritte geben. Rechnete man hinzu, dass Cengiz, wie sich Frau Doktor Halman ausdrückte, egozentrisch war, dann verdüsterte sich das ganze Bild noch weiter. Im Wesentlichen konnte Cengiz die Welt nur auf seine eigene Art begreifen. Falls seine Vorstellung von einer teuflischen Person nicht mit der der restlichen Menschheit übereinstimmte, dann war das eben so. Theoretisch war es also möglich, dass die Polizei nach Cengiz' individueller Vorstellung dieser Frau statt nach einer echten Person fahndete – falls Avedykian diesen Punkt richtig verstanden hatte.

Seufzend legte er den Bericht zurück auf den Schreibtisch und schaute wieder zu seinem Mandanten. Diesen Mann zu verteidigen würde nicht einfach werden. Aber schließlich hatten Herr und Frau Temiz ihm auch nicht große Teile ihres Vermögens überschrieben, um ihm das Leben leicht zu machen. Und als er versuchte, Cengiz' traurigen Blick auf sich zu lenken, musste er sich auch eingestehen, dass er Mitleid mit diesem Mann empfand. So benachteiligt und eingeschüchtert, wie Cengiz war, hatte er in seinem relativ kurzen Leben deutlich mehr Unglück erfahren müssen als die meisten Menschen. Obwohl er sich von Avedykians Sohn deutlich unterschied, war Cengiz' Leben bislang ähnlich tragisch verlaufen wie das des armen Avram. Genau wie Cengiz hatte auch Avram in seinem kurzen Leben viel Angst erlebt und auch er war in vielerlei Hinsicht missverstanden worden.

Avedykian tätschelte die Hand seines Mandanten und sagte ihm, er müsse mutig sein. Doch Cengiz starrte ihn lediglich mit glasigen Augen an und der Speichel rann ihm aus dem Mund.

»Schauen Sie, Süleyman«, sagte İkmen und verfiel dabei vor Aufregung wieder in die alte Form der Anrede, »ich meine damit doch nur, dass ich verhindern möchte, dass Ihnen irgendetwas entgeht.«

»Was so viel heißt wie, dass ich glauben soll, wir seien von Teufelsanbetern umgeben?« Süleyman ließ sich verdrießlich auf seinen Stuhl fallen. »Mir war überhaupt nicht bewusst, plötzlich in eine Szene aus *Der Exorzist* gestolpert zu sein!«

İkmen zog sich einen Stuhl heran und setzte sich zu Süleyman an den Schreibtisch. »Lass uns nur die Fakten betrachten, okay? Fakt eins ist«, er schlug mit der Faust auf den Schreibtisch, um seinen Worten Nachdruck zu verleihen. »Urfa bittet Merihs Entführer eindringlich, ihr kein Huhn und keine Bohnen zu geben.«

»Sie ist dagegen allergisch.«

»Ja, vielleicht, das akzeptiere ich. Doch kein Arzt kann das, so jung, wie sie ist, wirklich sicher sagen. Kinder ihres Alters bekommen fast ausschließlich Milch als Nahrung. Woher sollte Urfa oder wer auch immer also von dieser Allergie wissen?«

»Ja, aber …«

»Dann«, İkmen schlug erneut auf den Schreibtisch, »ist da noch dieser Mann verschwunden, dessen Personalien du überprüfen wolltest. Er hatte Angst, dass du seinen Personalausweis siehst.«

»Oder er wollte sich einfach aus dem Staub machen, um nicht während des Verhörs zusammenzubrechen. Ich meine, falls Urfa nicht bei ihm war …«

»Und dann wären da noch die Pfauen.«

»Ach.« Sie hatten über dieses Thema bereits gesprochen und Süleyman war immer noch nicht überzeugt. »Wenn ich dich richtig verstehe, soll ich glauben, dass die ganze Bande zu dieser Sekte gehört und vielleicht auch noch einer meiner Mitarbeiter!«

»Nun, du musst zugeben, dass Çöktins plötzliche Anteilnahme an Urfas Fall ein bisschen merkwürdig ist. Ich meine, er hatte schon öfter mit kurdischen Kriminellen zu tun, aber so hat er sich noch nie benommen. Und abgesehen davon ist sein Wissen über Eunuchen in anderen Ländern recht auffällig, oder nicht? Frau Doktor Halman hat viele Studien über derlei Dinge betrieben und ...«

»Doch selbst wenn du Recht hast, was sollte das alles mit Ruya Urfas Tod zu tun haben?«

»Ich weiß es nicht!« İkmen machte eine kurze Pause, schluckte und ordnete seine Gedanken. »Ich weiß nur, dass ich Geheimnissen misstraue, und wenn diese Leute Geheimnisse haben, müssen sie aufgedeckt werden!«

Ein Klopfen an der Tür unterbrach ihr Gespräch.

»Herein«, rief Süleyman seufzend.

Orhan Tepe lächelte verbindlich, als er den Kopf zur Tür hereinsteckte.

»Nun?« fragte Süleyman erschöpft.

»Eine junge Dame möchte Sie sprechen. Sie sagt, sie arbeite als Hausmädchen für Tansu Hanim.«

İkmen und Süleyman schauten sich an, bevor Letzterer sagte: »Dann bitten Sie sie herein.«

»Ja, Herr Inspektor.«

Nachdem Tepe die Tür hinter sich geschlossen hatte, meinte İkmen: »Ich bin gespannt, was sie will.«

»Ich habe zwar keine Ahnung, aber ich bezweifele, dass es mit irgendwelchen merkwürdigen Sekten zu tun hat.«

İkmen ignorierte diese spöttische Bemerkung und fragte stattdessen: »Wo steckt denn Çöktin momentan?«

»In der Pathologie. Er forscht nach, wofür Zyanid verwendet wird und wo man es bekommen kann.«

»Also versuchst du ihn von Urfa fern zu halten.«

»Ja, das war meine Absicht.«

Einen Moment lang schwiegen die beiden Männer, und Süleyman kämpfte mit sich, wie er İkmen darum bitten konnte zu gehen. Er wusste, dass er das Recht dazu hatte, zudem ging es ihm langsam auf die Nerven, wie sehr sich der alte Mann in die Ermittlungen einmischte. Doch aus irgendeinem Grund brachte er es einfach nicht fertig, daher präsentierte er İkmen als einen der mit dem Urfa-Fall betrauten Beamten, nachdem eine kleine, kindlich anmutende Person in sein Zimmer geführt worden war.

Mit einer Stimme, die so leise und sanft war, dass man sie kaum verstehen konnte, stellte sich die Besucherin als Belkıs Kasaba vor. Sie habe, so erzählte sie, bis zum gestrigen Tag als Hausmädchen bei Tansu Hanim in Yeniköy gearbeitet. Während sie sprach, knetete sie unablässig ihre Finger und hörte nur damit auf, wenn sie kurz zu İkmen aufschaute, der sie jedes Mal freundlich anlächelte.

»Also, was möchten Sie mir denn erzählen, Belkıs?«, fragte Süleyman und bemühte sich dabei erfolglos, ihr in die Augen zu blicken.

Bevor Belkıs antwortete, leckte sie sich über ihre trockenen Lippen. »Ich möchte, dass Sie wissen, dass ich Tansu Hanim immer sehr verehrt habe, Herr Inspektor. Ich habe sie und ihre Musik mein ganzes Leben lang geliebt.« Sie schaute zu İkmen, der in ihren Augen offensichtlich eine Art Vaterfigur darstellte, und fuhr fort: »Und obwohl sie mir unrecht getan hat, möchte ich immer noch eines Tages so sein wie sie. Ich kann singen und tanzen und das alles, und wenn Allah will, werde ich eines Tages auch ein Arabesk-Star sein.«

»Da bin ich ganz sicher«, meinte İkmen freundlich, »doch zunächst mal haben Sie behauptet, Tansu habe Ihnen Unrecht getan. In welcher Hinsicht, Belkıs?«

»Madame hat mich gestern entlassen, kurz bevor Herr Inspektor Süleyman kam.« Sie warf dem jüngeren Mann einen kurzen, schüchternen Blick zu. »Sie dachte, der Inspektor sei vielleicht Erol, der zurückgekommen sei, und als das nicht der Fall war, hat sie mir gesagt, ich solle gehen.«

»Das erscheint mir sehr unfair«, bemerkte Süleyman. »Hat denn niemand aus der Familie widersprochen?«

»Frau Latife, die Schwester von Madame, hat widersprochen, deswegen habe ich gehofft, sie würde vielleicht ihre Meinung ändern. Frau Latife tut so viel für Madame, dass es ihr manchmal sogar gelingt, sie zu etwas zu bewegen, wenn sie gerade einen ihrer Wutanfälle hat.«

»Aber in diesem Fall war das nicht so?«

Belkıs begann zu schluchzen. »Nein, Madame war einfach zu aufgebracht. Doch Frau Latife hat mir Geld gegeben, damit ich heim nach Sivas fahren kann.« Mittlerweile flossen die Tränen nur so ihre Wangen hinab, doch sie fuhr unbeirrt fort: »Nicht mal Herr Yılmaz, der Bruder von Madame, hat sich verabschiedet und …«

Süleyman holte aus seiner Brusttasche ein Taschentuch hervor und reichte es Belkıs.

»Vielen Dank, Herr Inspektor. Vielen Dank.«

Nach einer kurzen Pause, in der das Mädchen versuchte, seine Gefühle wieder zu kontrollieren, fragte Süleyman: »Nun, das ist in der Tat sehr schlimm, Belkıs, doch ich glaube nicht, dass Sie hierher gekommen sind, nur um mir diese traurige Geschichte zu erzählen, anstatt zu Ihren Eltern zurückzufahren, wie es vermutlich Ihre Absicht war, oder?«

Bevor sie antwortete, blickte sie wieder zu İkmen, der sie erneut anlächelte. »Nein, Herr Inspektor.«

»Und daher …«

»Also … Schauen Sie, ich sage das alles nicht, weil ich wütend auf Madame bin, verstehen Sie. Ich meine, sie ist immer noch der größte Star auf der ganzen Welt …«

»Aber?«

»Aber ... Aber ich weiß, dass Madame gelogen hat, als sie sagte, sie sei in der Mordnacht zu Hause gewesen.«

İkmen warf Süleyman einen Blick zu, der Bände sprach: Seiner Erfahrung nach war das Personal stets die beste Informationsquelle für einen ermittelnden Beamten. Doch Süleyman ignorierte ihn und fuhr fort mit seinem Verhör.

»Woher wissen Sie das, Belkıs?«

Das Mädchen holte tief Luft, bevor sie mit ihrer Geschichte begann. »Frau Latife ging gegen sieben zu Bett. Sie hatte sich zusammen mit dem Gärtner den ganzen Tag draußen um die Pflanzen gekümmert. Sie mag Pflanzen. Sie sagt, das komme daher, dass sie vom Lande stamme.« Belkıs lächelte. »Aber egal, auf jeden Fall blieb Madame unten allein auf der Veranda zurück. Herr Galip war im Fußballstadion und Herr Yılmaz, der ging auch nach oben ...«

»Und was passierte dann?«

»Nun, nachdem ich alles für den nächsten Morgen gerichtet hatte, bin ich rausgegangen zu Madame und habe sie gefragt, ob sie noch irgendetwas benötige. Sie sagte nein und dass ich auf mein Zimmer gehen könne, wenn ich wolle. Sie war recht freundlich zu mir.« Belkıs schien plötzlich wieder ziemlich nervös zu sein, vermutlich weil sie nun zum Kern der Angelegenheit vordrang. »Ich, äh ...«

»Fahren Sie fort, Belkıs«, meinte İkmen aufmunternd. »Sie machen das sehr gut.«

»Ja, aber ich sollte Ihnen das doch schon längst gesagt haben, oder ...«

»Das spielt jetzt keine Rolle.« Süleyman klang aufrichtig. »Also, wie ging es weiter?«

»Ich bin nach oben gegangen.«

»In Ihr Zimmer?«

»Nein.« Sie schaute mit ihrem verheulten Gesicht kurz auf. »In das Zimmer von Herrn Yılmaz. Wir, äh ...« Erneut liefen ihr Tränen stumm die Wangen hinab. Belkıs barg ihr Gesicht in Süleymans Taschentuch. »Oh, was müssen Sie nur von mir denken!«

Obwohl İkmen klar war, dass er das nicht tun sollte, legte er in väterlicher Manier eine Hand auf die Schulter des Mädchens. Wenn überhaupt, konnte sie nicht älter als siebzehn sein, und er konnte sich gut ausmalen, was Herr Yılmaz der Kleinen erzählt hatte, um sie in sein Bett zu kriegen.

»Hat Herr Yılmaz gesagt, es wäre gut für Ihre Karriere, wenn sie mit ihm schliefen?«

»Oh, am Anfang musste ich nur meine Bluse ausziehen«, sagte das Mädchen mit trauriger Stimme. »Aber dann sagte er, das sei nicht genug und er könne mir nur helfen, wenn ich, ich, oh ...«

»Er hat Sie ausgenutzt, Belkıs«, mischte sich Süleyman seufzend ein, »und damit großes Unrecht getan.«

»Ja.« Belkıs spürte, dass der Inspektor wünschte, sie möge zum Kern der Sache kommen, daher riss sie sich erneut zusammen und fuhr fort. »Aber das wollen Sie gar nicht hören. Was Sie wissen müssen, hat mit Madame zu tun.«

Süleyman nickte ihr aufmunternd zu.

»Herr Yılmaz war gerade aus der Dusche gekommen, als ich in sein Zimmer kam, und saß auf der Bettkante, um sich abzutrocknen.« Sie musste nervös schlucken, als sie sich daran erinnerte. »Also setzte ich mich neben ihn und wir ... Nun, das möchte ich nicht erzählen, aber ein bisschen später hörte ich, dass ein Auto wegfuhr. Es klang nicht so, als ob Herr Galip zurückgekommen wäre, sondern es waren ganz sicher Geräusche eines wegfahrenden Wagens. Und Herr Yılmaz, der erst kürzlich einen neuen Ferrari von Madame geschenkt bekommen hatte, den er heiß und innig liebt, rannte zum Fenster, um sich zu vergewissern, dass niemand mit seinem Auto fuhr. Sowohl Madame als auch Frau Latife haben es schon benutzt, und das hat ihm ganz und gar nicht gefallen.«

»Und was hat Herr Yılmaz gesehen, als er aus dem Fenster geschaut hat?«, fragte İkmen. »Und sind Sie auch zum Fenster gegangen?«

»Ja, ich habe es auch gesehen.«

»Was haben Sie gesehen, Belkıs?« Süleymans Herz begann vor Aufregung schneller zu schlagen.

»Ich hab gesehen, wie Madame in einem ihrer weißen Nerzmäntel im silbernen Mercedes davonfuhr.«

»Und haben Sie sie auch gesehen, als sie wiederkam?«

»Nein, ich bin danach bald hoch in mein Zimmer. Und dann bin ich eingeschlafen.«

»Was war am anderen Morgen?«, fragte İkmen. »Haben Sie sie da gesehen?«

»Ja, sie weinte. Ich hab gehört, wie sie zu Frau Latife gesagt hat, dass sie glaube, Herrn Erol könne etwas Schlimmes zugestoßen sein. Frau Latife musste ihr ein Beruhigungsmittel geben, so aufgeregt war sie.« Und als habe Belkıs plötzlich gemerkt, was sie gerade gesagt hatte, schlug sie sich mit der Hand auf den Mund. »Aber ich werde doch nicht vor Gericht über Herrn Yılmaz reden müssen, oder?«

12. Kapitel

Die Taube ist tot,
Genau wie mein Herz.
Ihre Federn sind schwarz wie die Nacht.
Ich habe dich getötet, meine Seele,
Weil du meine Liebe nicht teilst.
Mein Hass schlägt das Tageslicht in die Flucht.

»… und so weiter und so weiter«, erklärte Tansu, während sie, auf dem Sofa hockend, traurig vor dem Fernseher hin und her schaukelte. Dann schüttete sie plötzlich mit einem freudlosen Lachen den restlichen Champagner in sich hinein und goss sich erneut das Glas voll, wobei die Hälfte danebenfloss. Sie kümmerte sich nicht darum, sondern trank ihr Glas sofort wieder leer. Anschließend lehnte sie sich zurück und wandte sich wieder dem Bildschirm zu.

Sie hörte nicht, dass ihre Schwester durch das Zimmer auf sie zukam.

»Schaust du dir einen deiner alten Filme an, Tansu?«

Der Star drehte sich um und blickte in ein Gesicht, das zwar klüger und vor allem nüchterner wirkte, dem ihren ansonsten aber sehr ähnlich sah. »Ja«, lallte sie. »Ich schaue mir an, wie ich aussah, als ich noch jung und schön war.«

Latife schaute ebenfalls einen Moment auf den Bildschirm, bevor sie meinte: »Du warst fünfunddreißig, als dieser Film gedreht wurde.«

Tansu beugte sich mit einem beinah dämonisch gehässigen

Gesichtsausdruck vor und zischte ihrer Schwester zu: »Das würdest du nicht sagen, wenn ich nüchtern wäre!«

»Nein, das würde ich nicht. Aber da ich weiß, dass du dich in ein paar Stunden sowieso nicht mehr an dieses Gespräch erinnern wirst, kann ich sagen, was ich will.« Sie setzte sich neben ihre Schwester auf das Sofa, achtete allerdings darauf, außerhalb der unmittelbaren Gefahrenzone zu bleiben.

»Ich habe dir und unseren Brüdern alles gegeben«, murmelte Tansu, während sie zusah, wie ihr jüngeres Ich auf dem Bildschirm ängstlich vor einem großen Mann mit einem Schwert davonlief. »Nicht dass ich es bereuen würde. Ich würde es genauso wieder tun.«

»Danke.« Latifes Antwort kam so automatisch, dass sie damit eher Akzeptanz als aufrichtige Dankbarkeit ausdrückte.

»Yılmaz ist sauer, dass ich das kleine Mädchen rausgeschmissen habe, aber ich habe ihm gesagt, du kannst doch ficken, wen du willst, du bist mein Bruder.«

»Was, wenn er nur seine Unabhängigkeit wollte?«

Tansu runzelte die Stirn. »Wie meinst du das?«

Latife seufzte. Es war, als müsse man einem Kind etwas erklären, wenn Tansu in diesem Zustand war. »Was, wenn er dieses Haus verlassen wollte? Würdest du das zulassen?«

»Aber Yılmaz will nicht gehen. Er hat auch nichts, wo er hingehen könnte.«

»Ja, aber wenn er etwas hätte? Würdest du ihn gehen lassen?« Sie schaute ihrer Schwester direkt in die Augen und beobachtete, wie Tansus sonst sanfter Blick hart wurde. »Nun?«

Die Stimme, die ihr antwortete, klang eher animalisch als menschlich. »Ich würde dieses undankbare Aas ohne einen einzigen Kuruş hinauswerfen!«

»Niemand benutzt mehr Kuruş, Tansu, sie sind nichts mehr wert.«

»Nun, woher sollte ich das wissen?« Sie beugte sich leicht

schwankend vor. »Schließlich habe ich Leute, die sich um die Geldangelegenheiten kümmern, oder etwa nicht?«

»Du hast Leute für alles, außer dafür, Sex zu machen, zu trinken und Tabletten zu nehmen.«

Tansu lachte, doch nicht aus Vergnügen, wie ihre Worte deutlich machten. »Dafür bringe ich dich morgen um, meine liebe, schlaue, kleine Schwester.«

Latife zuckte einvernehmlich mit den Schultern, lehnte sich zurück und wollte gerade ihre Augen schließen, als Galip und Yılmaz das Zimmer betraten. Als sie leicht schwankend näher kamen, dachte Latife zunächst, sie seien ebenso betrunken wie ihre Schwester. Doch erst als sie das vertraute Magenkribbeln verspürte, war ihr klar, dass die beiden höchstwahrscheinlich ganz nüchtern waren. Schon wieder ein kleines Erdbeben, von denen es in letzter Zeit so viele gegeben hatte. Nicht dass das etwas zu bedeuten hatte, wie die Leute, die in Istanbul geboren und aufgewachsen waren, zu sagen pflegten. Die Erde bewegte sich, manchmal entstand dabei geringer Schaden, dann beruhigte sie sich und alles ging wieder seinen gewohnten Gang. Inschallah – wenn Allah wollte, würde es immer so sein.

Als das Beben abklang, fanden Galip und Yılmaz ihr Gleichgewicht wieder.

»Wenn das so weitergeht, ziehe ich hier weg und gehe hinunter in den Süden«, erklärte Galip, während er Tansus fast leere Flasche hochhob.

»U-u-und i-ich«, plapperte ihm Yılmaz nach, »i-ich auch.«

Tansu beobachtete ihre Brüder mit dem Blick einer Echse. »Ihr werdet sowieso bald in den Süden fahren«, sagte sie verächtlich. »Um mein Geld für Bier und ausländische Frauen auszugeben.«

Galip lachte nur, doch Yılmaz war von ihren Worten tief getroffen. »I-ich gehe in m-m-mein Zimmer.«

»Um über die arme kleine Belkıs nachzudenken?«, spottete Tansu.

»D-du nimmst uns alles, w-w-was wir gerne wollen!« Yılmaz war plötzlich fuchsteufelswild. »D-du gibst uns nur, w-was wir d-deiner Ansicht nach z-z-zu w-wollen haben!«

»Ach ja, Y-Yılmaz?«, zischte Tansu und imitierte auf verletzende Weise die Sprachstörung ihres Bruders.

»D-du b-bist ...«

»Komm schon«, meinte Latife und stand auf. Sie packte ihren Bruder am Arm. »Wir hatten alle ziemlich viel Aufregung in letzter Zeit, vielleicht wäre es besser, wenn ...«

»Aber s-sie ...«

»Yılmaz! Komm mit!« Mit diesen Worten zog Latife ihren Bruder aus dem Zimmer.

»Ich wurde als Sklavin geboren, aber ich werde in Freiheit sterben!«, schrie Tansus jüngere Version im Fernseher.

Die ältere Tansu schüttete, was von dem Champagner noch übrig war, gegen ihr Konterfei und lachte verbittert, als die herunterlaufende Flüssigkeit ihre rosafarbene Haut auf dem Bildschirm verzerrte.

Es ist nicht leicht, sich auf etwas zu konzentrieren, wenn einen die Angst quält. Selbst die einfachste Aufgabe kann unter diesen Umständen unlösbar werden. Wenn die geforderte Aufgabe dann auch noch ungewöhnlich und kompliziert ist, lässt sie sich nur doppelt so schwer lösen. İsak Çöktin lernte diese Lektion, als er versuchte, irgendetwas von dem zu verstehen, was ihm die Labortechnikerin Frau Göle soeben erzählte.

»In der Industrie wird Zyanid hauptsächlich zur Stahlverarbeitung eingesetzt. Das Metall wird damit abgebeizt. Als Nebenprodukt dieses Prozesses fällt eine Substanz namens Blausäure an.« Und als habe Frau Göle plötzlich den glasigen Blick ihres Gegenübers zum ersten Mal bemerkt, unterbrach sie ihre

Ausführungen und fragte: »Können Sie mir folgen, Herr Polizeimeister?«

»Ja.« Çöktin lächelte so, wie diejenigen es tun, die nicht die geringste Ahnung haben, worum es geht.

Frau Göle ließ sich nicht beirren. Sie hielt ein kleines Glasfläschchen mit einer bernsteinfarbenen Flüssigkeit hoch und erklärte weiter: »Und so sieht sie dann aus.«

»Oh.« Çöktin wollte danach greifen, doch Frau Göle hinderte ihn mit ihrer freien Hand daran.

»Nein, das ist keine gute Idee«, sagte sie bestimmt. »Sie sind mit den Gedanken viel zu weit weg, als dass ich Ihnen etwas so Zerbrechliches und gleichzeitig so Tödliches anvertrauen könnte.«

Und damit hatte sie vollkommen Recht. So sehr sich Çöktin auch bemühte, er konnte sich in Gedanken nicht von Erol Urfa lösen – oder genauer von der Frage, wie viele Ärgernisse ihm seine Beziehung zu diesem Mann einbringen mochte. Inspektor Süleyman war nicht gerade glücklich über seine, wie er sich ausdrückte, Parteinahme. Und mit diesem Begriff traf Süleyman ziemlich genau ins Schwarze. Zudem war er vermutlich nicht im Unrecht, wenn er Erol immer noch verdächtigte. Nicht dass Çöktin dem zustimmte. Die Anhänger des Pfauenengels waren weder böse noch frevelhaft noch gewalttätig. Wenn er Süleyman das doch nur erklären könnte – aber das war nicht nur unmöglich, sondern geradezu lächerlich. Es wäre zudem beruflicher Selbstmord – wenn er diesen nicht schon begangen hatte.

»Zyanid wird durch Destillation von Kirsch- oder Pflaumenkernen gewonnen. Jeder, der über einen Destillationsapparat verfügt, kann es herstellen. Hier im Institut zum Beispiel könnten wir das Gift ohne großen Aufwand produzieren«, erklärte Frau Göle lächelnd.

»Ich verstehe.« Hätte Çöktin ihr aufmerksam zugehört,

dann hätte er bei ihren Worten eine Gänsehaut bekommen, stattdessen waren seine Erwiderungen jedoch genauso halbherzig wie seine Fragen. »Wird denn Zyanid auch im Haushalt eingesetzt?«

»Sie meinen zu Hause?«

Çöktin zuckte mit den Schultern. »Ja.« Süleyman hatte die Worte »Verwendung im Haushalt« benutzt, und so ging er davon aus, dass damit Privatwohnungen und Häuser gemeint waren. Wenn er doch nur Erol aus dem Kopf bekäme und den Ermittlungen ihren Lauf lassen könnte wie bei jedem anderen Verdächtigen, mit dem er es je zu tun gehabt hatte.

»Nun, eigentlich nicht.« Frau Göle rückte ihre Brille zurecht. »Allerdings sind mir schon Fälle begegnet, in denen Zyanid zur Schädlingsbekämpfung eingesetzt wurde. Ratten, Mäuse, Wespen – Sie wissen schon.«

Mechanisch notierte er alles, wobei sich sein Stift beinah von allein zu bewegen schien.

»Normalerweise«, fuhr Frau Göle fort, »findet es jedoch ›Verwendung im Haushalt‹, wenn dort jemand irgendeine Verbindung zur Industrie hat. Er nimmt dann etwas Zyanid von der Arbeit mit nach Hause.« Sie lächelte. »Vermutlich würden Sie es eine Art Nebenverdienst nennen.«

»Richtig.«

Sie schaute auf ihre Uhr und spitzte die Lippen. »Nun, wenn das alles ist ...«

»Sie waren mir eine große Hilfe.« Çöktin ergriff ihre Hand und schüttelte sie energisch. »Vielen Dank.«

»Nichts zu danken.« Mit diesen Worten schritt Frau Göle auf die Tür des Labors zu und hielt sie Çöktin auf. »Auf Wiedersehen, Herr Polizeimeister.«

»Auf Wiedersehen.«

Kaum stand Çöktin wieder im Eingangsbereich, schaute er kurz auf seine Notizen. Bruchstückhaft und halbherzig, nichts anderes hatte er erwartet. Doch was konnte er sich auch erhoffen, so beängstigend abgelenkt, wie er war? Es gab keinen logischen Grund dafür, dass er sich so stark auf Erol eingelassen hatte. Schließlich brauchte ihn der Sänger nicht wirklich als Verbündeten. Doch sobald Çöktin an Erol dachte, hatte er das Gefühl, es sei seine Pflicht, ihm zu helfen. Denn schließlich, wer, wenn nicht er, könnte diesen Druck, der auf Erol lastete, am besten nachempfinden?

Als müsste Çöktin sich selbst versichern, dass dies in Wahrheit nicht stimmte, holte er seinen Personalausweis hervor und schaute auf den Vermerk unter Religionszugehörigkeit. Angesichts der Lüge, die dieses Wort beinhaltete, stieg sofort die alte Verbitterung in ihm hoch. Also keine Sicherheiten an dieser Stelle?

Nein. Er steckte den Ausweis wieder in seine Brieftasche und versuchte das Ganze zu vergessen.

Obwohl Tansu Hanims Familie so berühmt war, dass sie in den meisten türkischen Zeitungen regelmäßig erwähnt wurde, war sie dem Durchschnittsbürger auf der Straße doch gänzlich unbekannt. Nicht einmal ihr eigentlicher Familienname war in irgendeiner Weise an die Öffentlichkeit gedrungen, und auch İkmen und Süleyman erfuhren den Namen Emin zum ersten Mal von Yılmaz, dem Bruder der Sängerin.

Yılmaz war augenscheinlich deutlich jünger als seine berühmte Schwester – er behauptete, vierzig zu sein –, besaß aber weder ihre Selbstsicherheit noch ihr herausforderndes Benehmen. İkmen war sich sicher, dass er unter dem Druck, den Süleyman auf ihn ausübte, bald zusammenbrechen würde.

Doch İkmen täuschte sich. Sobald Süleyman ihn fragte, was er in der Mordnacht getan habe oder ob er beobachtet habe, dass seine Schwester das Haus verlassen habe, antwortete Yılmaz lediglich, dass er den ganzen Abend allein in seinem

Zimmer gewesen sei und dass Tansu, soweit er wisse, ebenfalls zu Hause geblieben sei. Belkıs erwähnte er mit keiner Silbe, was İkmens Ansicht nach entweder schlau oder reines Glück war, denn so wurde Süleyman in eine Situation gedrängt, in der er sie ins Spiel bringen musste. Yılmaz würde bald wissen wollen, welchen Zweck diese Befragung verfolgte, und sowohl İkmen als auch Süleyman waren sich bewusst, dass sie außer Gerede nichts in der Hand hatten.

Aber dann erinnerte sich İkmen an die beeindruckenden elektronischen und mechanischen Sicherheitsvorkehrungen, mit denen sie am Eingang von Tansus Palast begrüßt worden waren, und beschloss, auf seine berühmte unkonventionelle Art sein Glück zu probieren.

Und während Süleyman sich verzweifelt das Gehirn zermarterte, wie er seinem Verhör eine neue Richtung geben konnte, fragte İkmen schlicht: »Ich nehme an, Sie wundern sich darüber, warum wir Ihnen all diese Fragen stellen, nicht wahr, Herr Emin?«

»J-ja, sch-schon. Ich meine, S-Sie k-k-kommen hierher ...«

»Nun, der Grund unseres Besuches ist«, sagte İkmen, während er hinaus in den Garten und über die Meerenge des Bosporus schaute, »dass auf dem Videoband aus dem Überwachungssystem ihre Schwester zu sehen ist, wie sie in der Mordnacht dieses Haus in einem Mercedes verlässt.«

»Oh.« Während Yılmaz sichtlich entsetzt zu Boden schaute, bedachte Süleyman seinen Kollegen mit einigen sehr wütenden, wenn auch unhörbaren Flüchen.

Der alte Mann fuhr jedoch unbeeindruckt fort. »Und daher verstehen Sie vermutlich, Herr Emin, dass es sinnlos, wenn nicht sogar gesetzeswidrig ist, es uns zu verschweigen, falls sie ihre Schwester beim Verlassen des Hauses beobachtet haben. Der Polizei Informationen vorzuenthalten ...«

»A-aber ich sch-schwöre, ich hab s-sie nicht gesehen.«

»Besäßen wir nur das Videoband oder nur die Aussage der kleinen Belkıs«, İkmen legte eine effektvolle Pause ein und sah zu, wie Yılmaz kreidebleich wurde, »könnten wir vielleicht gewisse Zweifel hegen. Doch wir verfügen über beides, Herr Emin. Wir wissen, dass Belkıs gemeinsam mit Ihnen aus dem Schlafzimmerfenster geschaut und verfolgt hat, wie Ihre Schwester das Anwesen in ihrem Auto verließ, und wir haben die Videoaufzeichnung, die zeigt, wie Tansu durch das Tor fährt.«

Süleyman räusperte sich bedeutsam.

İkmen blickte wohlweislich nicht zu ihm hin. »Und daher, Herr Emin?«, fragte er sanft.

»M-m-mit dem M-Mädchen h-habe ich n-nichts Böses gemacht.«

»Es ist nicht an uns, darüber zu urteilen, was Sie mit Ihrem volljährigen Hausmädchen gemacht oder nicht gemacht haben, Herr Emin.«

»Ich …«

»Denken Sie gut nach, bevor Sie antworten«, meinte İkmen lächelnd. »Ich weiß, wie schwierig solche Angelegenheiten sein können, wenn sie die eigene Familie betreffen. Also nehmen Sie sich ruhig einen Augenblick Zeit, um über Ihre eigene Rolle nachzudenken.« İkmen erhob sich von seinem Stuhl und ging hinüber zu Süleyman, der das ganze Gespräch über wütende Grimassen in Richtung seines ehemaligen Vorgesetzten geschnitten hatte.

»Wenn ich gewusst hätte, dass du ihn anlügen würdest, hätte ich dich niemals mitgenommen!«, zischte Süleyman zornbebend.

İkmen hielt seinen Blick auf Yilmaz Emins Hinterkopf gerichtet, während er mit einer Handbewegung seinen Kollegen zum Schweigen brachte.

»Schschsch!«

»Was in den Überwachungskameras steckt oder auch nicht ...«

»... werden wir bald herausfinden«, erklärte İkmen und fügte mit glitzernden Augen, die Süleyman wahnsinnig machten, hinzu: »Oder auch nicht.«

»Ich ...«

Doch bevor Süleyman fortfahren konnte, wandte Yılmaz seinen Peinigern wieder das Gesicht zu.

»I-i-ich habe g-gesehen, w-wie m-meine Sch-Schwester in jener N-Nacht f-fortgefahren ist. S-sie fuhr mit ...«

Mit einem lauten Knall flog die Tür zur Eingangshalle auf und etwas, das aussah wie eine Kreuzung zwischen einer Irren und einem wilden Tier, stürmte ins Zimmer.

»Yılmaz, du dämlicher, verdammter Idiot!«, schrie Tansu ihren Bruder an, während sie mit erhobenen Händen und scharfen Fingernägeln auf ihn losrannte. »Es gibt kein Videoband! In diesen Kameras waren nie Bänder!« Mit diesen Worten stürzte sie sich auf ihn und versuchte, sein Gesicht zu zerkratzen. Ihr übler, alkoholgeschwängerter Atem brannte ihm in der Nase.

Während İkmen und Süleyman mit der Sängerin kämpften, um zu verhindern, dass sie ihren Bruder umbrachte, beobachtete die heftig zitternde Latife von der Tür aus das Geschehen.

Trotz der Tatsache, dass die Stimme im Radio die seiner geliebten Tansu war, drehte Erol Urfa den Lautstärkeregler niedriger. Es war eines dieser verbitterten, ja fast brutalen Lieder, die ihm ganz und gar missfielen. Lieder, die zudem Anspielungen auf Dinge enthielten, die er lieber beiseite wischte. Nicht dass Tansu davon etwas wusste. Wie auch? Bis Merih entführt worden war, hatte er seine Worte und sein Handeln gut kontrolliert, und das Gleiche hatte auch für Ruya gegolten. Abgesehen davon war Tansu auch nicht sonderlich gebildet und kannte solche Dinge gar nicht. Dennoch beharrte sie auf ihren »Pfauen«, tot und lebendig, und erwähnte immer wieder, dass die Farbe Blau »sie blende«. Irgendwann vor langer Zeit hatte er sie einmal gefragt, warum sie diesen Vogel in ihren Texten so häufig symbolisch benutzte. Zuerst hatte sie ihn nur verwirrt angeblickt, doch dann hatte sie einfach die Schultern gezuckt und auf ihre naive Art »nur so« geantwortet, um jede weiterführende Diskussion zu verhindern. Doch im Moment schlief die kleine Merih zufrieden an seiner Seite, daher musste er ganz andere, vordringlichere Überlegungen anstellen. Und abgesehen davon, wenn Tansu ihn liebte, was sie zweifellos tat, würde sie ihn nicht verletzen wollen, selbst wenn sie davon wusste, oder?

Als das Auto vor Erols Wagen wieder anfuhr, setzte er seine Sonnenbrille auf. Auf den Rücksitzen des Wagens vor ihm saßen zwei junge Mädchen, die ihn womöglich erkennen würden. Dieses Risiko wollte er nicht eingehen. Seit er Tansus Haus verlassen hatte, war er sehr angeschlagen und sehnte sich einzig danach, mit Merih draußen in der Natur etwas Ruhe zu finden. Er schaute zu dem Baby hinüber und lächelte. Seit Ruya und, wie ihm inzwischen bekannt war, sein zweites Kind tot waren, stellte sie in dieser fürchterlichen Stadt, einmal abgesehen von Ali Mardin, die einzige Verbindung zu seinem alten Leben dar. In Momenten wie diesem sehnte er sich danach, nach Hause zurückzukehren. Trotz der Mühsal und all der Probleme, die es in seiner Heimat gab, entschädigten einen die Berge und Täler doppelt und dreifach dafür. Ach, und morgens und abends draußen im Freien zu beten, ohne die Angst, entdeckt zu werden, das vermisste er auch. Einstweilen würden er und Merih mit dem Yildiz-Park vorlieb nehmen müssen. Da es ein heißer Nachmittag war, würden sich dort um diese Zeit mit etwas Glück mehr Paare mit Kindern als verstohlene Liebespärchen aufhalten. Auch wenn er selbst nicht mehr Teil eines

Paares war und es auch nie wirklich gewesen war. Die arme Ruya war viel mehr Merihs Mutter als seine Frau gewesen. Diese »Ehre« war beinah ausschließlich Tansu zuteil geworden, seiner Liebe, der Frau, die seine Gelüste anheizte.

»Was für ein schwacher und verabscheuungswürdiger Mann du doch bist«, murmelte er leicht, während er etwas auf das Gaspedal trat. Von Ruhm, Geld und Sex völlig verblendet. Und obwohl er jetzt wirklich litt, hatte er doch, verglichen mit Ruya, längst nicht so für seine Sünden büßen müssen. Sie, die jetzt immer noch einsam und vergessen in der Leichenhalle lag, hatte den höchsten Preis für seinen sich über alle Schranken hinwegsetzenden Ehrgeiz und seine unnatürliche Leidenschaft zahlen müssen. Irgendeine abscheuliche Kreatur war in ihr Leben getreten und hatte sie ihm weggenommen. Er konnte sich weder vorstellen, wer zu einer solchen Tat fähig gewesen sein könnte, noch aus welchem Grund jemand dieses Verbrechen begangen haben mochte. İbrahim zufolge machte im Bazar das Gerücht die Runde, Tansu habe es getan. Doch das konnte er sich nicht vorstellen. Die Polizei hingegen hatte immer noch diesen merkwürdigen sabbernden Nachbarn in Gewahrsam, und obwohl Erol nichts über Cengiz Temiz oder dessen angebliche Freundschaft mit Ruya wusste, hoffte er inständig, dass dieser Mann für die Tat verantwortlich war. Die ganze Angelegenheit musste so schnell wie möglich ein Ende haben. Hätte er früher mehr Zeit in der Wohnung verbracht, hätte er der Polizei vielleicht mehr Informationen über Temiz geben können, so jedoch konnte er nichts tun, um die Ermittlungen zu beschleunigen.

Das neben seiner Tochter auf dem Beifahrersitz liegende Handy klingelte. Erol beobachtete weiterhin den Verkehr aus den Augenwinkeln und nahm es schnell in die Hand, damit die kleine Merih nicht geweckt würde. Sie seufzte nur kurz, bevor sie wieder in ihre von Kohlenmonoxid verseuchten Träume eintauchte.

»Hallo.« Erol hielt das Telefon ans Ohr.

»Erol, ich bin es, İbrahim. Wo steckst du gerade?«

»Ich sitze im Auto und fahre mit Merih zum Park«, erklärte Erol seinem besorgt klingenden Manager. »Was ist los, İbrahim?«

»Du drehst besser um und kommst zurück«, erklärte Aksoy. »Ich treffe dich dann in deiner Wohnung.«

Ein Anflug von Panik legte sich Erol auf die Brust. »Gibt es irgendein Problem, İbrahim? Rede mit mir, Bruder!«

»Das könnte sein, aber ... Schau, wir treffen uns in deiner Wohnung und dann reden wir darüber.«

»Warum nicht jetzt?« Erol spürte, dass sein Herz zu rasen begann. »İbrahim!«

»Komm einfach zurück in deine Wohnung und ich werde dir alles berichten«, erklärte Aksoy kurz angebunden.

»Aber ...«

»So schnell es geht, Erol.« Aksoy beendete das Gespräch mit einem Klicken.

Trotz der großen Hitze fror Erol plötzlich. Offensichtlich war irgendetwas vorgefallen. Vielleicht hatte sein Manager etwas über seine Familie herausgefunden, was er nicht wissen sollte. Erol hatte zwar keine Ahnung, woher er irgendwelche Beweise haben mochte, aber das spielte jetzt keine Rolle. Nein, es musste etwas noch Dringlicheres und Ernsteres sein.

Vielleicht hatte die Polizei endlich denjenigen verhaftet, der den Mord an seiner Frau verübt hatte. Doch wenn dem so wäre, hätte İbrahim sicher nicht gesagt, es könnte ein Problem geben. Wenn man Temiz für schuldig befunden hätte, wäre das doch kein Problem, das wäre doch eine Erleichterung, es sei denn ... Nun, der merkwürdige Nachbar war nicht der einzige Verdächtige, oder? Was die Polizei betraf, so war jeder, der mit Ruya in Verbindung gestanden hatte, grundsätzlich verdächtig – selbst Erol. Als er spürte, dass seine Kehle unter dem

Druck der Angst trocken wurde und seine Augen hervortraten, schaltete er einen Nachrichtensender ein. Er erwartete zwar nicht, schon etwas Neues zu hören, aber immerhin hatte er so etwas zu tun. Und da er gerade in einem der berühmten Staus von Istanbul stand, konnte er außer Radiohören nicht viel tun, nur schwitzen und irrationale Gedanken über seine eigene Rolle in dem Drama spinnen. Hatte er nicht schließlich ganz allein Ruyas Leiche in der Wohnung entdeckt? Aber wenn İbrahim ihn selbst mit dem Problem gemeint hätte, dann hätte die Polizei doch schon längst nach ihm gefahndet, oder nicht? Mit zittriger Hand schaltete Erol das Radio wieder aus und erwartete das Heulen von Sirenen.

13. Kapitel

Als Tansu Emin Hanim vor dem Eingang zu der mit Teer und Nikotin befleckten Zelle stand, die als Vernehmungszimmer Nummer fünf diente, war sie stocknüchtern. Sie trug ein weißes Hemdblusenkleid und war wie immer stark geschminkt, denn Inspektor Süleyman hatte ihr vor der Fahrt zur Polizeiwache gestattet, sich zu waschen und herzurichten. Natürlich wurde Tansu von einem ganzen Gefolge begleitet, das diesmal aus ihrem Bruder Yılmaz, ihrer Schwester, ihrem Manager Ferhat Göktepe und einem extrem elegant gekleideten, jungen Mann bestand, der sich schon bald als ihr Anwalt entpuppte. Den immer noch schluchzenden und blutenden Yılmaz brachte man schleunigst in ein anderes Vernehmungszimmer, die anderen wurden gebeten, draußen zu warten. Den Raum Nummer fünf betraten lediglich Tansu und ihr Anwalt Adnan Öz sowie İkmen und Süleyman.

Da Süleyman Herrn Öz keine Gelegenheit geben wollte, seine Mandantin zu irgendwelchen Täuschungsmanövern zu ermuntern, ging er sofort zum Angriff über. »Nun, Frau Emin«, begann er, während er sich neben İkmen niederließ und Tansu scharf anblickte, »Sie stecken hier in beträchtlichen Schwierigkeiten. Sowohl Sie als auch Ihre Familie haben uns angelogen, was Ihren Aufenthaltsort in der Mordnacht betrifft. Ich möchte jetzt von Ihnen die Wahrheit über die Ereignisse in jener Nacht wissen.«

Tansu schaute kurz zu ihrem Anwalt, bevor sie antwortete. »Dazu möchte ich lieber nichts sagen. Es ist sehr privat«, erklärte sie.

»Sie haben keine Wahl, Frau Emin«, erwiderte Süleyman. »Wie ich bereits gesagt habe, stecken Sie in gewaltigen ...«

»Wäre es mir gestattet worden, mich mit meiner Mandantin zu beraten«, warf Adnan Öz ein, »hätte ich sie über ihre Möglichkeiten unterrichten können.«

»Frau Emin hat in der Mordnacht ihr Haus verlassen, eine Tatsache, die sie und ihre Familie bis zum heutigen Nachmittag für sich behalten haben, Herr Öz«, sagte Süleyman und fügte dann bissig hinzu: »Ich glaube nicht, dass sie viele Möglichkeiten hat, oder wie sehen Sie das?«

Doch Adnan Öz lächelte lediglich. »Ich mache mir nicht allzu viele Sorgen über einen in Wirklichkeit nur nebensächlichen Beweis. Da die Gerichtsmediziner ihre Arbeit vermutlich inzwischen abgeschlossen haben, würden Sie meine Mandantin jetzt erst gar nicht befragen, wenn aus dieser Richtung irgendwelche Beweise kämen, die meine Mandantin mit dem Verbrechen in Zusammenhang bringen würden.«

»Sie können jedoch auch nicht sicher sein, dass wir nicht doch über solches Beweismaterial verfügen«, sagte İkmen lächelnd. »Es handelt sich um eine reine Vermutung Ihrerseits.«

»Am Tatort wurde eine blonde Frau mit einem Pelzmantel gesehen«, erklärte Süleyman. »Dafür gibt es einen Zeugen.«

»Ein geistig zurückgebliebener Mann, ein Idiot«, erzählte Tansu ihrem Anwalt und fügte, an die Polizisten gewandt, hinzu: »Erol hat es mir erzählt.«

»Hat er das?«

Wie elektrisiert sprang Tansu plötzlich von ihrem Stuhl auf. »Sie können mich hier sowieso nicht einsperren!«, schrie sie. »Ich bin ein Star! Ich bin größer als ihr alle zusammen! Der Liebling der Türkei!«

»Würden Sie bitte versuchen, Ihre Mandantin zu beruhigen!«, forderte Süleyman den verwirrten Adnan Öz auf.

Mit zitternder Hand und beruhigend auf sie einredend ergriff der Anwalt Tansus Arm und zog sie wieder zurück auf ihren Stuhl. Sie wirkte zwar nicht glücklich, schien sich aber nach ihrem kleinen Ausbruch wieder beruhigt zu haben.

»Nun brauche ich ein paar Antworten, und zwar hier und jetzt«, sagte Süleyman. »Warum sind Sie in der Mordnacht weggefahren und warum haben Sie uns deswegen angelogen?«

Tansu seufzte und schaute verzweifelt zur Decke. »Wie ich Ihnen bereits gesagt habe, bin ich aus privaten Gründen weggefahren, die Sie nicht verstehen würden.«

»Versuchen Sie es doch.«

Erneut blickte Tansu zu ihrem Anwalt, der lediglich mit den Schultern zuckte.

Süleyman spürte, dass die harte Schale der Sängerin brüchig wurde, und versuchte, seinen Vorteil zu nutzen. »Ich möchte Sie daran erinnern, dass Sie für den Rest Ihres Lebens ins Gefängnis wandern, sollten Sie des Mordes an Frau Urfa überführt werden.« Er lehnte sich zu der inzwischen auf ihrem Stuhl zusammengesunkenen Tansu vor und fügte hinzu: »Und wir beide wissen, wie es in unseren Gefängnissen aussieht, nicht wahr?«

»Meine Mandantin hat kein Verbrechen begangen; sie hat nichts zu befürchten.«

»Sollte dies der Fall sein, kann sie uns doch ruhigen Gewissens erzählen, was sie in der Mordnacht getan hat, oder?«

»Schon gut, schon gut!«, rief Tansu und erhob dabei ihre Arme, als wolle sie sich ergeben. »Ich werde es Ihnen sagen, aber …«

Ihr nervöser Blick wanderte nacheinander zu jedem der drei anwesenden Männer.

İkmen zog eine Augenbraue hoch. »Aber?«

Tansu holte eine lange weiße Zigarette aus ihrer Handtasche und zündete sie an. Ihre Finger zitterten. »Aber ich möchte nicht, dass Erol davon erfährt.« Mit Tränen in den Augen fügte sie hinzu: »Sie verstehen doch?«

»Ich entnehme daraus«, antwortete İkmen so ernst wie möglich, »dass wir hier über eine, äh, Angelegenheit romantischer Natur sprechen?«

»Nun ...« Wieder wanderte ihr Blick unruhig hin und her. Adnan Öz starrte zu Boden.

Da Geduld nicht gerade eine Stärke von Süleyman war, unterbrach er das Schweigen, das auf Tansus letzte Bemerkung gefolgt war. »Dann nehme ich an, wir sprechen hier von einem anderen Mann, Frau Emin?«

»Ich möchte nicht, dass Erol davon erfährt«, wiederholte sie eindringlich. »Sie werden ihm doch nichts davon erzählen, nicht wahr?«

»Ob diese Information an die Öffentlichkeit gelangt oder nicht, hängt vor allem von der Bedeutung ab, die sie für den Mord an Frau Urfa hat. Nun, Frau Emin, arbeiten wir jetzt zusammen oder nicht?«

Tansus Schultern zuckten resigniert. İkmen beobachtete dabei schweigend, dass sich ihr silikongefüllter Busen nicht einen Zentimeter mitbewegte.

»Erol und ich hatten uns nachmittags gestritten«, begann die Sängerin.

»Worüber?«

Sie seufzte. »Darüber, dass er mit seinen Freunden das Fußballspiel anschauen wollte und dann den darauf folgenden Tag mit ihr verbringen würde.«

»Mit seiner Frau.«

»Ja. Um aufrichtig zu sein, ich habe Ruya gehasst und war auch nicht traurig, als sie starb, aber«, sie schaute zu den beiden Polizisten auf und bemühte sich dabei um ein offenes, ehrliches Gesicht, »ich habe sie nicht umgebracht. Nach dem Streit mit Erol habe ich etwas zu viel getrunken, und in diesem Zustand begann ich darüber nachzudenken ...« Plötzlich wandte sie ihr jetzt leicht gerötetes Gesicht ab. »Über mich und mein Leben.

Im Laufe des Abends habe ich beschlossen auszugehen.« Sie schaute wieder zu ihnen auf. »Und das habe ich auch getan.«

»Wohin sind Sie gefahren?«, fragte Süleyman.

»Ich bin einfach so herumgefahren. Ich habe an all das gedacht, was ich Erol gegeben habe, und war verbittert.«

Süleyman schaute zu İkmen, der jedoch den Blick seines Kollegen nicht erwiderte. Es war sicherlich kein einseitiges Geschäft gewesen, auch wenn Tansu Erol tatsächlich viel gegeben hatte.

Tansu setzte sich gerade hin. »Und dann, Allah möge mir verzeihen, habe ich oben an der İstiklâl Caddesi geparkt, mir noch ein paar Drinks genehmigt und mir einen Jungen genommen.«

Adnan Öz runzelte die Stirn, starrte weiter den Boden an und räusperte sich.

»Und wer war dieser Junge?«, fragte İkmen und versuchte dabei, den Blick von Adnan Öz' hochroten Wangen abzuwenden.

Die Sängerin brach in ein raues, krächzendes Lachen aus. »Woher soll ich das wissen! Bei solchen Treffen werden keine Personalien ausgetauscht. Abgesehen davon hatte ich, wie ich bereits erwähnt habe, zu viel getrunken und würde mich nicht einmal an seinen Namen erinnern, wenn er ihn mir gesagt hätte.«

»Wissen Sie noch, wie er aussah? Trug er eine Uniform oder …«

»Er war um die zwanzig, schätze ich, und sehr hübsch. Was soll ich dazu noch sagen? Wir haben gemeinsam ein paar Drinks zu uns genommen, er hat seinen Arm um mich gelegt …«

»Wusste er, wer Sie sind?«, fragte İkmen. »Falls Sie sich daran noch erinnern können. Ich meine, Ihr Gesicht ist nicht ganz unbekannt, oder?«

Sie lachte erneut, diesmal jedoch klang es noch weniger erfreut als beim ersten Mal. »Ach, kommen Sie!«, sagte sie und zeigte dabei mit beiden Händen auf ihr Gesicht. »Sieht das hier etwa so aus wie auf den Fotos in den Zeitungen?«

»Nun, äh ...«

»Ich weiß, Sie alle halten mich für eine schreckliche Plastikpuppe, und das bin ich auch.« Sie sah jetzt weniger verbittert als vielmehr ernst aus. »Selbst mir ist bewusst, dass ich nicht so aussehe wie die retuschierte Haremsdame in den Hochglanzmagazinen. Auch noch so viele Schönheitsoperationen können nicht alle Falten und Runzeln beseitigen. Ich trage immer eine dunkle Brille ...«

»Trugen Sie Ihren Pelzmantel?«, fragte Süleyman.

»Ja, einen von ihnen. Aber ich habe ihn im Auto gelassen.«

»Wo haben Sie diesen Jungen getroffen?«

»In einer Bar. Ich weiß nicht mehr, in welcher. Irgendwo etwas von der İstiklâl weg.« Sie schaute den beiden Polizisten ins Gesicht. »Und ja, ich weiß, dass ich ganz in der Nähe von Erols Wohnung gewesen sein muss, aber ... Wie dem auch sei, der Junge und ich sind schließlich gegangen und ...« Beschämt senkte sie ihren Kopf.

»Haben Sie ihn mit zu sich genommen oder sind Sie zu ihm gegangen?«, hakte Süleyman nach. »Es ist wichtig, dass wir das wissen.«

Einen Moment lang herrschte eisige Stille. Adnan Öz blickte sich verzweifelt in dem schmutzigen Raum nach etwas um, auf das er seinen Blick heften konnte.

»Er hat mich mit in eine kleine Seitenstraße genommen, in den Eingang eines Ladens«, sagte Tansu leise. »Ich habe meinen Rock hochgezogen ...«

»Sie hatten Sex auf der Straße?«

Sie zuckte mit den Schultern. »Ich mache so etwas zwar nicht jeden Tag, aber als ich damals neu in die Stadt kam, habe ich es gelegentlich getan, um zu überleben.« Sie lächelte. »Für einen kurzen Moment fühlte ich mich wieder jung.«

Süleyman seufzte. »Und danach?«

Immer noch lächelnd entgegnete sie: »Wie alle Männer hat er mich danach verlassen und ich bin nach Hause gefahren. Ich gebe zu, dass ich mit reichlich Alkohol im Blut gefahren bin, aber sonst habe ich nichts verbrochen. Ich habe niemanden umgebracht.«

İkmen nickte ernst, als er zu Süleyman blickte, und einen Moment lang herrschte Schweigen im Raum, während jeder Tansus Geschichte auf sich wirken ließ. Dann ergriff Süleyman seinen Stift und machte sich auf einem Stück Papier einige Notizen. »Demnach behaupten Sie also, in eine namenlose Bar gegangen zu sein und dort einen Jungen getroffen zu haben, an dessen Namen Sie sich ebenfalls nicht erinnern können«, erklärte Süleyman.

»Ja.«

»Haben Sie irgendjemandem aus Ihrer Familie erzählt, was Sie vorhatten?«

Sie warf ihm einen eiskalten Blick zu. »Was denken Sie von mir? Am nächsten Morgen habe ich es meiner Schwester erzählt. Ich fühlte mich so schuldig, Erol betrogen zu haben, dass ich es einfach loswerden musste.«

»Es wird nicht leicht sein, Ihre Behauptungen zu erhärten, Frau Emin«, erklärte Süleyman ernst.

»Aber ich bin sicher, dass sich mit ein paar Nachforschungen …«, begann Adnan Öz.

»Vorausgesetzt, Frau Emin hat die Wahrheit erzählt.«

»Verdammt noch mal, natürlich habe ich das.«

Diese Inkarnation der viel vertrauteren wütenden Tansu Hanim entlockte İkmen ein kaum merkliches Lächeln. Mit einem Mal war die Rolle der sanften, zerknirschten, verletzten Frau von ihr abgefallen, und obgleich er zugeben musste, dass dies noch längst kein Schuldeingeständnis war, entsprach es doch viel mehr ihrem wahren Charakter als all die anderen Facetten, die sie ihnen hier vorgeführt hatte. Doch wie stand es mit ihrer Geschichte? Auch wenn alles, was Tansu in dieser schicksalsschweren Nacht getan hatte, praktisch nicht zu überprüfen war, konnte sie dennoch die Wahrheit sagen. Schließlich war sie in der Tat eine sehr unglückliche Frau fortgeschrittenen Alters, die von einem viel jüngeren, verheirateten Mann betört war. Warum sollte sie nicht eine schnelle Nummer an irgendeiner Hauswand schieben, wenn sie die Gelegenheit dazu hatte? Die einzige direkte Verbindung, die sich zwischen Tansu und dem Tatort herstellen ließ, waren ein paar Pelzhaare – wobei Pelzmäntel in den Kleiderschränken Istanbuler Damen (mit Ausnahme von Fatma natürlich) nichts Ungewöhnliches darstellten. Und Cengiz Temiz hatte sie auf dem Foto nicht wiedererkannt. Aber auf der anderen Seite ...

Plötzlich verstärkte sich İkmens Lächeln. Ja, das war doch ein Gedanke, oder etwa nicht? Und zudem ein Gedanke, den Tansu selbst angeregt hatte.

»Könnten wir kurz etwas besprechen, Herr Inspektor?«, fragte er Süleyman.

Zwei uniformierte Beamte blieben bei Tansu und ihrem Anwalt zurück, während sich İkmen und sein Kollege in einen anderen Raum zurückzogen, der zunächst leer erschien, doch bei näherem Hinsehen erblickten sie den in eine Qualmwolke eingehüllten İsak Çöktin. Der Polizeimeister stand auf, als seine Vorgesetzten den Raum betraten. Er sah ungewöhnlich angespannt aus, und Süleyman befürchtete sogleich, zu streng mit ihm gewesen zu sein.

»Ach, Çöktin«, sagte er. »Wie sind Sie in der Pathologie weitergekommen?«

»Ich habe herausgefunden, dass Zyanid in der Stahlindustrie

Verwendung findet.« Çöktin holte seinen Notizblock hervor und las davon ab. »Es wird dort Blausäure genannt. Zyanid lässt sich auch aus bestimmten Obstkernen destillieren, aber dafür braucht man ein besonderes Gerät.«

»Ich schätze, die gleichen Gerätschaften, die auch der Alkoholgewinnung dienen«, meinte Süleyman, während er İkmen eine Zigarette reichte und sich selbst eine anzündete.

»Ja.« Çöktin las seine Notizen noch einmal durch und fuhr dann fort: »Im Haushalt wird es hauptsächlich zur Schädlingsbekämpfung eingesetzt. Ratten und Wespen und so weiter.«

»Hm.« Süleyman blickte İkmen an. »Belkıs hat erzählt, dass die Emin-Familie einen Gärtner beschäftigt, oder?«

»Ja, warum?«

»Irgendwie erinnere ich mich daran, dass da irgendetwas mit Wespen war. Aber egal, du wolltest mich sprechen, Çetin?«

İkmen schaute erst kurz zu Çöktin, bevor er Süleyman wieder ansah.

»Ach, ja.« Süleyman hatte ihn sofort verstanden. »Çöktin, würden Sie bitte einen ausführlichen Bericht über Ihre Nachforschungen in der Pathologie schreiben. Vielleicht hilft es uns irgendwann weiter. Ach, und vielleicht fragen Sie Frau Latife Emin nach dem Namen ihres Gärtners. Ich glaube, sie steht draußen auf dem Gang mit Tansu Hanims Manager und ihrem Bruder.«

»Ja, Herr Inspektor.«

Er ging in derselben Stimmung, in der sie ihn vorgefunden hatten. Er schien über irgendetwas nachzugrübeln, das nichts mit seinen unmittelbaren Aufgaben zu tun hatte, und wirkte dabei sehr niedergeschlagen. İkmen und Süleyman sahen ihm besorgt nach.

Nachdem Çöktin die Tür hinter sich geschlossen hatte, bemerkte İkmen: »Er wirkt sehr unglücklich, nicht wahr?«

»Ja.« Süleyman seufzte. »Meine kleine Ansprache über seinen allzu vertrauten Umgang mit Urfa ist ihm wohl nicht gut bekommen.«

»Hm.«

»Aber wie dem auch sei, ich nehme nicht an, dass du mit mir über Çöktin reden wolltest, oder? Es sei denn, du jagst immer noch Pfauen …«

»Mach dich nicht über mich lustig!« İkmen hob warnend einen Finger. »Sie nehmen immer noch den größten Raum in meinem Kopf ein, aber ich schätze, bei dir sind es eher die Gärtner. Aber nein, darüber wollte ich nicht mit dir sprechen.«

»Also?«

İkmen setzte sich auf einen der weniger schmierig aussehenden Stühle. »Tansu selbst hat mich darauf gebracht. Sie hat zugegeben, dass sie in Wirklichkeit nicht so aussieht wie auf den Fotos. Und angesichts der Tatsache, dass Cengiz Temiz bislang nur ein Foto von ihr gesehen hat, aber nicht die Frau aus Fleisch und Blut …«

Süleymans Augen glänzten. »Dachtest du …«

»Genau. Wenn wir eine Gegenüberstellung arrangieren könnten – ich schätze, er ist immer noch irgendwo hier im Gebäude?«

»Ja. Ja, das ist er.« Süleyman setzte sich neben İkmen auf einen Stuhl. »Und natürlich, du hast Recht.«

»Ich sehe keinen anderen Weg, um Tansus Geschichte bezüglich der betrunkenen Nummer an der Hauswand schnell zu erhärten oder zu kippen.«

Süleyman lächelte. Bei aller Prahlerei war İkmen im Grunde doch der solideste Familienmensch, den er kannte. Und obwohl er es im Laufe der Jahre mit viel geschmackloseren und ungewöhnlicheren sexuellen Praktiken zu tun gehabt hatte, verabscheute er doch immer noch Untreue und Betrug.

»Ich habe mir gedacht, wir könnten zum Beispiel Tansu durch das Gebäude zum Hinterausgang führen«, erklärte İkmen.

»An den Zellen vorbei.«

»Ja.« Er lächelte. »Und gleichzeitig könnten wir dafür sorgen, dass Herr Temiz etwas hygienischer untergebracht wird.«

»Ja.« Süleyman biss sich nachdenklich auf die Unterlippe. »Und was, wenn er sie nicht identifiziert?«

»Dann hat sie vermutlich eine schnelle Nummer geschoben, anstatt einen Mord zu begehen«, meinte İkmen und zuckte dabei mit den Schultern. »Aber lass uns darüber erst nachdenken, wenn es so weit ist.«

»In Ordnung.« Süleyman sprang energisch auf. »Dann komm, lass uns loslegen.«

»Geh schon mal vor.« İkmen wies mit dem Kopf in Richtung Tür. »Ich rufe lieber noch zu Hause an und erzähle Fatma, was ich hier gerade mache.«

»Oh, ja.« Süleyman stand schon an der Tür und drehte sich noch einmal um. »Du solltest eigentlich zu Hause sein, nicht wahr?«

»Ja«, erwiderte der Alte schroff. »Aber ich bin hier und damit basta.«

Schnell, bevor er seine Meinung änderte, wählte İkmen seine Privatnummer und wartete darauf, die vertraute wütende Stimme zu hören.

Erol Urfa schritt ruhelos in seinem Wohnzimmer auf und ab. Allein sein Anblick ließ İbrahim Aksoy, der schon vor ein paar Stunden Zuflucht zu einer Flasche Raki genommen hatte, schwindelig werden.

»Ich weiß nicht, warum du dich nicht mal ein Weilchen hinsetzt«, ließ der Manager durch seinen Dunstschleier aus Anis vernehmen. »Ferhat Göktepe hat versprochen, uns anzurufen, sobald er irgendetwas Neues wüsste.«

»Ich sollte dort bei ihr sein«, meinte Erol nachdrücklich. »Ich sollte mich jetzt aufmachen!«

»Oh, und Merih mit auf eine stinkende Polizeiwache nehmen, eine hervorragende Idee!« Aksoys Stimme klang bissig.

»Du könntest auf sie aufpassen ...«

»Du weißt, dass ich das nicht kann, Erol«, erklärte Aksoy, während er sich ein weiteres Glas dieser öligen, durchsichtigen Flüssigkeit eingoss. »Ich habe keine Ahnung von dem ganzen Kram mit dem Füttern und, äh, Wickeln und überhaupt bin ich ziemlich betrunken. Du weißt, ich würde bereitwillig mein Leben für dich opfern, aber ...«

»İbrahim, sie war es nicht!« Erol fuhr sich mit zitternder Hand durch das dichte Haar. »Tansu hat meine Frau nicht umgebracht!«

»Das kannst du doch gar nicht wissen, Erol.«

»Ich weiß es.«

»Oh, und wer hat sie dann umgebracht?« Obwohl Aksoy betrunken war, wirkte sein Blick kühl und herausfordernd.

Erol warf verzweifelt die Arme in die Luft. »Das weiß ich nicht!«

»Richtig«, erwiderte Aksoy. »Du weißt es nicht, und deshalb könnte jeder es gewesen sein, einschließlich Tansu. Ich meine, sie hat vermutlich gedacht, du würdest sie eventuell heiraten, wenn Ruya aus dem Weg geschafft wäre.« Leise murmelnd fügte er hinzu: »Schwachsinnige, alte ...«

»Aber wenn dem so wäre, dann bin ich es, der Tansu in diese Schwierigkeiten gebracht und zudem indirekt meine eigene Frau und mein ungeborenes Kind getötet hat!«

»Unsinn!«

Erol schlug die Hände vor das Gesicht und setzte sich neben seinen Manager. Er spürte, dass er trotz der Hitze stärker schwitzte als gewöhnlich. Vielleicht war es jetzt an der Zeit, vor denen, die ihm am nächsten standen, eine Beichte abzulegen – in diesem Fall vor İbrahim Aksoy.

»İbrahim«, begann er und stockte gleich wieder. »İbrahim,

so gerne ich Tansu auch heiraten würde, das wird niemals sein können.«

»Nun, natürlich nicht, sie ist so alt, dass sie deine Mutter sein könnte.«

»Ja, aber das ist nicht der Grund, warum ich sie nicht heiraten kann.«

Aksoy erwachte kurz aus seinem Alkoholnebel und warf Erol einen argwöhnischen Seitenblick zu. »Oh, gibt es noch einen anderen ...«

»Nein!« Erol starrte mit gesenktem Kopf auf den Teppich. Wenn er das jetzt erzählte, konnte er unmöglich in İbrahims Gesicht schauen, sondern musste seinen Blick auf etwas anderes richten. Seit er in die Stadt gekommen war, hatte er nur mit einer Person darüber gesprochen, die, wie er wusste, sein Geheimnis teilte.

»İbrahim«, begann er langsam. »Ich bin nicht der, für den du mich hältst.« Er schaute kurz in das vom Raki aufgedunsene Gesicht und fuhr fort: »Alles, was du über mich zu wissen glaubst, ist eine komplette Lüge.«

Polizeimeister Orhan Tepe wurde beauftragt, Cengiz Temiz von seiner derzeitigen Unterkunft ein paar Meter weiter in eine neue Zelle zu führen. Es war ihm nicht klar, warum ihn Inspektor Süleyman darum gebeten hatte, denn voraussichtlich würde Temiz innerhalb der nächsten vierundzwanzig Stunden sowieso entlassen werden. Tepe erschien seine Aufgabe ein wenig sinnlos, dennoch musste es irgendwie wichtig sein, da der Inspektor ihm befohlen hatte, Temiz während der darauf folgenden Minuten gut zu beobachten. Er wusste auch nicht, worauf er genau achten sollte und warum, allerdings ahnte er etwas, als er den Inspektor, Tansu Hanim, jemanden, der aussah wie einer ihrer Brüder, und ihren Anwalt, Herrn Öz, den Flur entlang auf sich und Temiz zukommen sah. Dahinter konnte er in einiger Entfernung die schmächtige Silhouette des alten Inspektors İkmen ausmachen.

»Also, Cengiz«, flüsterte Tepe in Temiz' großes, rötliches Ohr, »hier kommt ein kleines Geschenk für Sie. Ein lebendiger Superstar.« Um Cengiz' Blick auf den Star zu lenken, wedelte er mit einer Hand in Tansus Richtung. »Schauen Sie, dort.«

Das Erste, was darauf hindeutete, dass etwas nicht stimmte, war das hörbare Luftholen. Cengiz keuchte, und als er zu Tepe aufschaute, bemerkte der Beamte sofort die Angst in seinen Augen.

»Cengiz ...«

Cengiz Temiz starrte weiterhin Tepes Gesicht an und wimmerte.

»Es ist doch nur eine Dame, Cengiz.« Tepe drehte Cengiz' Kopf so, dass er in Richtung der Leute blicken musste, die auf sie zukamen. »Nichts, wovor man sich fürchten müsste.«

Cengiz versuchte vergeblich, Tepes Hand wegzudrücken, und stöhnte dabei leise und ängstlich. Dann blieb er einfach einen Moment lang starr stehen und starrte Tansu völlig entsetzt an. Tepe beobachtete, dass sich Süleyman daraufhin umwandte und İkmen anblickte.

Doch plötzlich geschah eine Veränderung, die Tepe spürte, bevor er sehen konnte, dass sich Cengiz' Körper mit einem Mal völlig entspannte. Zunächst dachte er, Cengiz wäre kurz davor, in Ohnmacht zu fallen, und rückte näher an ihn heran, um ihn eventuell stützen zu können. Da Cengiz jedoch nicht hinzufallen drohte, schaute ihm Tepe wieder ins Gesicht und entdeckte dort ein sehr gewinnendes, kindliches Lächeln. Und als Tansu, Süleyman und die restliche Gefolgschaft wortlos an ihnen vorbeizogen, grunzte Cengiz zustimmend und klatschte in die Hände.

»Cengiz ...«

»Ich dachte, sie ist es, aber sie ist es nicht«, erklärte er und kicherte froh und erleichtert zugleich.

»Wer ist sie nicht, Cengiz?«

»Der Dämon, der Frau Ruya getötet hat«, sagte er vor Freude ganz außer sich. »Diese Dame ist es nicht!«

»Sie dachten, sie sei es gewesen?«

Die anderen waren inzwischen vor dem Hinterausgang angekommen und blieben dort stehen. Tansu Hanim drehte sich mit vor Wut funkelnden Augen langsam zu Süleyman um.

»Sie ...«, fuhr sie ihn an.

»Ich musste herausfinden, ob er Sie wiedererkennen würde«, erklärte Süleyman und fügte schnell hinzu: »Aber das war ja nicht der Fall.«

»Dieser Mann ist ...« Doch dann brach sie ihren Satz ab und sah einen endlos langen Augenblick zu, wie Cengiz Temiz ungelenk hüpfte, was auf den ersten Blick wie ein Freudentanz wirkte.

»Der Dämon ist so gelaufen, sehen Sie«, sagte Cengiz und wackelte dabei übertrieben humpelnd an Tepes Arm auf und ab. »Blonde Haare wie die Dame, aber so«, sagte er und hüpfte erneut kichernd hin und her.

»Allah!« Obwohl Tansu diese Bitte um göttlichen Beistand nur geflüstert hatte, blickte İkmen sie scharf an und bemerkte ihr kalkweißes Gesicht und ihre heftig zitternden Hände. Sie wirkte seiner Ansicht nach wie jemand, der gerade aus einem wundervollen Traum erwacht ist und nun der Realität ins Auge schauen muss. Es war einer dieser Momente, in denen ein Mensch unfreiwillig einen Blick auf sein Innerstes freigibt. Doch wie immer bei psychologischen Betrachtungsweisen, hätte nur ein Fachmann die wahre Bedeutung dessen, was sich gerade abspielte, ermessen können. Und als die Tür zu Tansus Seele wieder ins Schloss fiel und sie ihre Haltung zurückgewann, bemerkte İkmen, dass er nicht die geringste Ahnung hatte, was da gerade vor sich gegangen war.

»Adnan, führen Sie mich aus diesem stinkenden Loch raus«,

sagte sie, hakte sich bei ihrem Anwalt unter und trat einen Schritt nach vorn. »Ich möchte meinen Manager und meine Schwester sehen.«

»Sie warten im Auto auf Sie«, beruhigte sie der Anwalt, »bereit, Sie nach Hause zu bringen, weg von all diesen Abscheulichkeiten.«

»Wir mussten dies tun, Madame«, erklärte Süleyman.

»Sie werden selbstverständlich noch von mir hören.« Bei diesen Worten deutete Adnan Öz eine leichte Verbeugung an. »Menschen wie Tansu Hanim führt man nicht ungestraft an der Nase herum.«

Süleyman gab Tepe ein Zeichen, er möge Cengiz Temiz, der durch die neuerlichen Vorgänge etwas verwirrt wirkte, in seine neue Zelle führen. Dann wandte er sich erneut Adnan Öz zu und erwiderte: »Ich freue mich darauf, von Ihnen zu hören.«

Pflichtbewusst hielt İkmen Tansu, ihrem Anwalt und Yılmaz Emin die Tür auf und verbeugte sich höflich, als sie das Gebäude verließen. Die Tatsache, dass Tansu beim Gehen den Blick von ihm abwandte, konnte auf schlechte Manieren hinweisen oder aber auch daran liegen, dass sie ihre Tränen verbergen wollte. Nachdem sie draußen waren, schloss İkmen die Tür und sah Süleyman an, der mit dem Kopf in den Händen an der Wand lehnte. Tepe hatte inzwischen Cengiz Temiz in seine Zelle gebracht und trat gerade zurück auf den Flur, da meinte İkmen: »Schließen Sie noch nicht ab, Tepe. Ich muss noch einen Moment mit Herrn Temiz sprechen.«

»Oh, in Ordnung.« Tepe blieb neben der Tür stehen, als der Alte die Zelle betrat. Süleyman, der sich nach İkmens Worten wieder etwas gefasst hatte, stand direkt dahinter.

Der übergewichtige, ungewaschene Mann hockte zusammengekauert auf der Kante dessen, was ein Bett darstellen sollte, und verdrehte die Augen, als sich İkmen ihm näherte.

»Sie haben sich gerade ein bisschen erschrocken, nicht wahr?«, fragte İkmen lächelnd.

»Wer sind Sie? Haben Sie eine Zigarette?«

»Ich heiße Çetin«, stellte sich İkmen vor, während er eine Zigarette aus seiner Schachtel holte und sie Cengiz reichte.

»Kann ich auch Feuer haben?«

»Ja.«

İkmen gab ihm sein Feuerzeug. Cengiz zündete sofort seine Zigarette an und paffte einen Moment lang zufrieden, bevor er erklärte: »Herr Avedykian hat gesagt, ich muss mit dem nicht mehr reden.«

»Mit wem?«

Cengiz zeigte unhöflicherweise mit dem Finger auf Süleyman.

»Oh.«

Süleyman wandte sich pflichtbewusst ab und ging zur hinteren Ecke der Zelle.

İkmen lächelte. »Aber mit mir können Sie reden, oder etwa nicht?«

Cengiz schien sich völlig auf seine Zigarette zu konzentrieren und antwortete nicht.

»Cengiz?«

»Was?«

İkmen hielt ihm sein beinah volles Zigarettenpäckchen hin und lächelte. »Hören Sie zu, Cengiz«, erklärte er. »Ich gebe Ihnen das ganze Päckchen Zigaretten, wenn Sie mir nur eine Frage beantworten.«

Einen Moment lang wanderte Cengiz' Blick zwischen dem Zigarettenpäckchen und İkmens Gesicht hin und her. Er leckte sich die Lippen, als triebe ihm allein der Anblick der Zigaretten den Speichel in den Mund.

»Sie dürfen auch das Feuerzeug behalten«, bot ihm İkmen an.

Ein leises Grunzen deutete darauf hin, dass Cengiz mit diesem Handel einverstanden schien. Das reichte İkmen.

»Gut, Cengiz. Warum haben Sie Inspektor Süleyman nicht erzählt, dass die Teufelsfrau, oder wie immer Sie sie nennen, hinkte? Können Sie mir das verraten?«

Cengiz' Augen verengten sich und er streckte eine Hand nach den Zigaretten aus.

»Erst, wenn Sie mir meine Frage beantwortet haben«, erklärte İkmen und steckte das Päckchen wieder zurück in seine Tasche. »Nun?«

Cengiz schmollte ein wenig und zuckte mit den Schultern. »Er hat mich nie gefragt.«

»Was hat er Sie nie gefragt, Cengiz?«

»Ob bei der Frau ein Bein kürzer war als das andere.«

İkmen holte die Zigaretten wieder aus der Tasche und hielt sie Cengiz direkt vors Gesicht. »Aber eins ihrer Beine war tatsächlich kürzer als das andere, wollen Sie das damit sagen, Cengiz?«

»Ja.« Er grabschte nach den Zigaretten, doch İkmen zog sie zurück.

»Noch nicht! Noch nicht. Sie wollen also sagen, dass die Dame eben genauso aussah wie die Frau, die Ruya Urfa getötet hat, nur dass diese ein kürzeres Bein hatte. Stimmt das?«

»Ja.«

»Sind Sie sicher?«

»Ja!«

İkmen reichte ihm das Zigarettenpäckchen und lehnte sich zurück, um zu beobachten, wie Cengiz Temiz seine kostbare Beute in den gewaltigen Falten seiner Kleidung versteckte. Danach wandte er sich an Süleyman und fragte: »Latife Emin sieht ihrer Schwester ungewöhnlich ähnlich, findest du nicht?«

14. Kapitel

Weder hinkt Latife Emin noch ist eines ihrer Beine bedeutend kürzer als das andere!«

»Ach, hast du wirklich schon mal auf ihre Beine geachtet, Süleyman?«, fragte İkmen. »Hast du nämlich nicht.«

»Nun, natürlich nicht!«, rief Süleyman aus und ließ sich ermattet auf den Stuhl hinter seinem Schreibtisch fallen. »Bis jetzt habe ich Latife Emin im Verlauf dieser Ermittlungen sehr wenig Beachtung geschenkt. Ich meine, welches Motiv sollte sie haben?«

»Ich weiß es nicht.« İkmen setzte sich vor Süleymans Schreibtisch und zündete sich eine Zigarette an, was sein Magengeschwür zu Protest anregte. »Doch das ist sicherlich etwas, was wir jetzt herausfinden müssen.«

»Oh, klar, ich schleife Latife Emin einfach wieder hier rein und lasse sie vor Cengiz Temiz auf und ab marschieren!«

»Nein.« İkmen seufzte. »Wir beide wissen, dass wir das angesichts des gesellschaftlichen Status dieser Leute nicht machen können. Wäre sie ein Niemand, wäre das kein Problem, doch es liegt in der Natur aller Gesellschaften, dass manche Leute ganz oben und manche Leute ganz unten sind und dass die ganz oben zuvorkommender behandelt werden.«

»Was schlägst du dann vor?«, fragte Süleyman verärgert. »Dass ich es an das MIT übergebe, unter dem Vorwand, in diesen Mordfall seien nur Kurden verwickelt, daher könne es sich um eine politisch motivierte Tat handeln?«

»Das würdest du nicht tun.«

Süleyman sah auf seine Hände hinab und stöhnte. »Nein, du hast ja Recht.«

»Lass uns versuchen, falls das überhaupt möglich ist, die Sache aus einem anderen Blickwinkel zu betrachten«, schlug İkmen langsam und nachdenklich vor. »Warum holst du nicht die Akte raus, und wir gehen das Ganze unter besonderer Berücksichtigung dessen, was sich heute abgespielt hat, noch einmal durch?«

Süleyman zog den Aktenordner aus einer Schublade, legte ihn auf den Schreibtisch, rieb sich die müden Augen und meinte: »Natürlich müsstest du überhaupt nicht hier sein.«

»Ich weiß, aber ich bin hier und daher ... Okay, Frau Urfa starb nach dem Genuss von mit Zyanid vergifteter Halva. Was haben wir sonst noch an gerichtsmedizinischen Beweisen?«

Mit ernster Miene ging Süleyman verschiedene Dokumente durch, die vor ihm ausgebreitet lagen. »Wir haben Cengiz Temiz' Fingerabdrücke auf der gesamten Leiche, dazu einige Fußabdrücke, die seinen Schuhen entsprechen ...« Er las die Informationen stirnrunzelnd durch. »Erols Fingerabdrücke auf dem Tisch, die Fingerabdrücke des Neugeborenen, Ruyas Fingerabdrücke auf Küchengerätschaften und ihrem Stift ...« Er schaute auf und legte die Stirn noch stärker in Falten. »Nur dass ...«

»Was?«

»... Erol erzählt hat, dass seine Frau weder lesen noch schreiben konnte, warum sollte sie dann einen Stift gehabt haben?«

»Vielleicht hat sie ihn zum Zeichnen benutzt«, argumentierte İkmen. »Aber ich verstehe deinen Einwand. Schreib das auf, nur für alle Fälle.«

Süleyman holte ein Blatt Papier hervor und schrieb diesen scheinbaren Widerspruch auf.

»So wie ich die Angelegenheit verstehe«, fuhr İkmen fort, »ist Cengiz Temiz mehr oder weniger mitten in den Mord hineingeplatzt.«

»Cengiz zufolge stand die Tür zu Frau Urfas Apartment offen. Er ist hineingegangen und sah sowohl die Teufelsfrau als auch die tote Ruya Urfa.«

»Die Teufelsfrau rannte weg, als sie ihn erblickte …«

»Hinkend, wie wir jetzt wissen.«

»Aber warum stand die Tür offen?«, rätselte İkmen. »Ich meine, die Vorstellung, dass diese Frau Ruya bei offener Tür umgebracht hat, ist doch absurd, selbst wenn man bedenkt, dass sich der Rest der Welt gerade ein Fußballspiel anschaute.«

»Es sei denn«, erklärte Süleyman, »sie ist noch einmal zurückgegangen, weil sie etwas vergessen hatte.«

»Das stimmt. Aber was?«

»Wer soll das wissen?«

»Für wie wahrscheinlich hältst du es, dass Cengiz Temiz Ruya umgebracht hat, um an ein Baby für Mina Arda zu kommen? Ehrlich?«, fragte İkmen.

Süleyman lächelte traurig. »Selbst wenn man berücksichtigt, dass Cengiz bereits eine Vorstrafe für unsittliches Verhalten hat, glaube ich nicht, dass er die kognitiven Fähigkeiten zu einem solchen Mord besitzt. Für mich steht außer Zweifel, dass er das Baby spontan ›entführt‹ hat, weil die Gelegenheit günstig war und er sich gefällig erweisen wollte. In diesem Punkt stimme ich voll mit Frau Doktor Halman überein.«

»Gut.« İkmen schwieg einen Moment, als müsse er das Gesagte erst verarbeiten.

Dann fuhr er fort: »Also, dann lass uns davon ausgehen, dass die Teufelsfrau tatsächlich existiert.«

»Genau.«

»Sie sieht aus wie Tansu Hanim und trägt ähnliche Kleidung. Und Tansu hatte ein sehr gutes Motiv, das lässt sich nicht leugnen.«

»Ja, nur dass Erol mir erzählt hat, er könne und wolle Tansu nicht heiraten, daran ändere auch Ruyas Tod nichts. Er sagt, er werde eine andere Frau aus seinem Dorf heiraten. Er möchte noch mehr Kinder haben.«

İkmens Augen verengten sich etwas. »Hm. In der Tat. Und keine, der er versprochen wurde. Muss eine ganz schön straffe kleine Gemeinschaft sein, aus der er stammt. Weißt du eigentlich, woher er genau kommt?«

»Irgendwo aus dem Osten«, erwiderte Süleyman. »Ich schätze, das könnte ich rausfinden.«

»Ja, das wäre eine gute Idee.«

İkmen wusste nur allzu gut, dass Süleyman noch lange nicht von seinen Theorien über Erol Urfas Religionszugehörigkeit überzeugt war, doch diese letzte Information, die auf ein sehr verschlossenes und altmodisches Gemeinschaftsleben hinzudeuten schien, diente lediglich dazu, sein eigenes Interesse zu steigern.

Wenn jedoch Tansu über Erol Bescheid wusste – und darauf deuteten ihre Liedtexte hin –, musste sie doch auch wissen, dass sie sich persönlich mit einem Mord an Ruya Urfa keinen Gefallen tat. »Es sei denn«, sagte er laut, »dass Tansu ihre Liedtexte gar nicht selbst schreibt, sondern ein anderes Mitglied ihres Gefolges.«

Süleyman blickte verwirrt auf, da er nicht in İkmens Gedankengang eingeweiht war. »Was meinst du damit?«

»Ich meine, wenn Tansu ihre verbitterten Lieder tatsächlich selbst geschrieben hat, hieße das, dass sie über Erols Zugehörigkeit zu den Jesiden Bescheid wusste.«

»O nein, nicht das schon wieder.«

»Nein, lass mich bitte ausreden«, erwiderte der Alte mit erhobener Hand. »Wenn Tansu diese Texte geschrieben hat, wusste sie vermutlich, dass er zu einer Sekte gehört und sie ihn niemals würde heiraten können. Damit hätte sie kein Motiv mehr. Doch wenn sie keine sehr gebildete Frau ist, was ich vermute, dann hat sie sich vielleicht jemanden gesucht, der Lieder für sie schreibt. Jemanden, der möglicherweise über Erols Herkunft Bescheid weiß.«

»Oder jemanden, der eine besondere Vorliebe für Pfauen hat«, entgegnete Süleyman zynisch.

»Ja schon, aber …«

»Was du sagst, bedeutet, dass Tansu immer noch ein Motiv hätte«, unterbrach ihn Süleyman. »Wenn die Lieder von jemand anderem geschrieben worden sind. Doch da Cengiz Temiz sie nicht identifizieren konnte …«

»… Kommen wir zwangsläufig wieder auf ihre ach so ähnliche Schwester zurück.«

»Die weder auffällig humpelt noch, meiner Meinung nach, ein logisches Motiv hätte«, erinnerte ihn Süleyman.

»Es sei denn, um Erol für ihre Schwester frei zu machen. Sie hängen doch fürchterlich dicht aufeinander, diese Emins, oder nicht? Ich meine, Tansu hält sie sich doch in gewisser Weise geradezu wie Sklaven.«

»Ja, aber wenn wir annehmen, dass Latife Ruya getötet hat, um Erol den Weg zu ihrer Schwester frei zu machen, dann kann sie nicht Tansus Liedtexte geschrieben haben, zumindest deiner Argumentation nach. Unter der Voraussetzung natürlich, dass dieses Jesidenzeug überhaupt etwas zu bedeuten hat, was ich aber nicht glaube.«

İkmen lächelte. »Du weißt, wie dieser Fall anmutet, nicht wahr, Mehmet?«

»Wie ein Alptraum?« Süleyman zuckte mit den Schultern. »Wie einer, bei dem ich so spektakulär versage, dass ich mir hinterher einen Job als Taxifahrer suchen muss?«

»Nein.« İkmen zog eine Zigarette aus seinem Päckchen und steckte sie sich in den Mund. »Es ist eine Arabeske.«

»Nun, der Fall dreht sich um diejenigen, die mit arabesker Musik zu tun haben, klar.«

»Nein, nicht arabeske Musik, sondern die Form der Arabeske.« İkmens Augen funkelten förmlich. »Die Arabeske ist ein von den Arabern entwickeltes und von unseren Vorfahren aufgegriffenes kompliziertes Muster aus Ornamenten oder Schriftzeichen. Eine Kunst, die ohne die Abbildung von Mensch oder Tier auskommt, denn die ist, wie wir wissen, allein Allah vorbehalten. Du weißt doch mit Sicherheit, was ich meine!«

»Ja, schon«, erwiderte Süleyman, »obwohl ich von allein nicht auf diesen Zusammenhang gekommen wäre. Einige Arabesken sind richtige Verwirrspiele, nicht wahr?«

»Angeblich hat man in Sanaa im Jemen das Gefühl, als würden sich die Dächer mit den Ranken und komplexen Ornamenten förmlich bewegen.« Einen Moment lang schwiegen die beiden Männer, dann fragte İkmen: »Und wie wirst du dein Verwirrspiel lösen, Mehmet?«

Doch bevor Süleyman antworten konnte, klopfte es an der Tür.

İsak Çöktins vertraute Gesichtszüge blickten ins Büro. »Ich habe den Bericht über das Zyanid geschrieben, um den Sie mich gebeten haben«, erklärte er und legte ein Bündel Papiere auf Süleymans Schreibtisch.

»Danke.«

»Außerdem habe ich Frau Latife Emin nach ihrem Gärtner befragt«, fuhr Çöktin fort.

»Oh?« Süleyman schaute interessiert auf. »Und?«

»Nun, er heißt Reşat und pflegt eine ganze Menge großer Gärten in und um Yeniköy.«

Süleyman lächelte. »Einschließlich des Gartens von Herrn und Frau Ertürk, da bin ich sicher«, sagte er und klang dabei recht zufrieden. »Denn falls dieser Reşat tatsächlich der gleiche ist wie der, der bei den Ertürks arbeitet, dann benutzt er Zyanid, um Ratten zu töten.«

»Woher weißt du das alles, Mehmet?«, fragte İkmen, sichtlich erstaunt über die plötzlichen Erkenntnisse des Jüngeren.

»Das ist eine lange Geschichte, die mit zwei ausgeflippten jungen Mädchen zu tun hat.«

»Oh?«

»Aber dafür habe ich jetzt wirklich keine Zeit.« Während er sprach, blätterte er die Akte erneut durch, bis er ein kleines Stück Papier fand, das er Çöktin reichte. »Hier, das ist die Telefonnummer von Herrn Kemal Ertürk. Ich möchte, dass Sie ihn anrufen und herausfinden, wo dieser Reşat wohnt. Ich denke, ich sollte mich dringend mal mit ihm unterhalten.«

»Ja, Herr Inspektor.« Çöktin nahm das Papier mit zu seinem Schreibtisch und wählte die angegebene Telefonnummer.

İkmen und Süleyman schwiegen, bis sich jemand am anderen Ende der Leitung meldete. Doch sobald die Verbindung hergestellt war, setzten sie ihr Gespräch leise fort, um Çöktin nicht zu stören. »Ich habe das Gefühl beziehungsweise ich habe vorhin unten den Eindruck gewonnen, dass Tansu Hanim weiß, wer die Schuldige sein könnte. Das wurde ihr plötzlich klar, als Cengiz das Humpeln nachahmte«, meinte İkmen.

Süleyman versuchte, diese Behauptung zu verdauen, bis das Klicken des Telefonhörers signalisierte, dass Çöktin das Gespräch beendet hatte.

»Reşat wohnt in Beşiktaş, 22/3 Misir Bahçe«, erklärte er und schaute dabei auf das Blatt Papier in seiner Hand. »Möchten Sie, dass ich dorthin fahre, Herr Inspektor?«

»Nein.« Süleyman lehnte sich zurück und zündete sich eine Zigarette an. »Ich möchte, dass Sie und Tepe Tansu Hanims Haus observieren und diskret überwachen, wer dort kommt und geht.«

»Aber ich dachte, dass sie …«

»Ja, Mickey Çöktin«, erwiderte İkmen lächelnd. »Tansu ist mit ihrem Gefolge tatsächlich gerade erst fortgeschickt worden, aber wir hegen immer noch gewisse Zweifel, daher wäre es gut, wenn Sie und Tepe aufmerksam blieben.«

»Und ich möchte wirklich über alles unterrichtet werden«, fügte Süleyman streng hinzu. »Auch wenn Erol dort auftaucht.«

»Oh, aber das ist jetzt nicht sehr wahrscheinlich, Herr Inspektor«, entfuhr es Çöktin, bevor er seine Worte bedacht hatte.

Süleyman runzelte die Stirn. »Ach, und warum nicht?«

Çöktin spürte, dass er puterrot geworden war. Wenn er sich selbst retten wollte, musste er schnell antworten. Falls Süleyman ihn verdächtigte, mit Erol geredet zu haben – nun, darüber durfte er gar nicht nachdenken. »Nun, äh, ich dachte, das sei allgemein bekannt«, erwiderte er zögernd.

»Ach?«, wiederholte Süleyman misstrauisch. »Und woher stammt dieses Wissen?«

»Das ist so Geschwätz in den Bazaren, wissen Sie«, erklärte Çöktin nervös lachend. »Soll ich losgehen und Tepe holen und …«

»Sollte ich herausfinden, dass Sie mit Erol gesprochen haben, droht Ihnen ein Disziplinarverfahren, das wissen Sie?«, fragte Süleyman ernst.

»Ja.«

Eine Sekunde lang starrte Süleyman Çöktin direkt in die Augen, dann befahl er: »Dann machen Sie sich jetzt mal auf den Weg.«

»In Ordnung.« Mit diesen Worten verließ Çöktin das Zimmer.

Als İkmen sicher war, dass Çöktin ihn nicht mehr hören konnte, fragte er: »Glaubst du ihm?«

»Nicht im Geringsten.«

İkmen schüttelte den Kopf. »Es ist eine Schande, er ist ein guter Mann.«

»Der sich völlig verändert hat, seit er Kontakt zu Erol Urfa hat.«

»Nun, es könnte gut so sein, wie ich gesagt habe«, erläuterte İkmen. »Sie könnten der gleichen Sekte angehören. Bei anderen kurdischen Verdächtigen hat er sich nie so verhalten.«

»Schon möglich, aber jetzt muss ich gehen und mich mit diesem Reşat unterhalten«, erklärte Süleyman, während er aufstand und seine Zigarette im Aschenbecher ausdrückte.

»Über seine Arbeit und sein Zyanid?«

Süleyman lächelte. »Ja, und auch über Wespen. Wenn ich mich recht entsinne, hatten die Emins vor einiger Zeit ein Problem mit Wespen.«

»Hm. Und da, wie uns Belkıs berichtet hat, Frau Latife so gerne gärtnert ...«

»Ach, ja«, sagte Süleyman, nahm seine Wagenschlüssel vom Schreibtisch und steckte sie in die Tasche, »stimmt, das hat sie gesagt, nicht wahr? Da fragt man sich doch, ob sich ihr gärtnerisches Interesse auch auf die Schädlingsbekämpfung erstreckt, oder?«

Tansu war auf der Rückfahrt nach Yeniköy für ihre Verhältnisse ungewöhnlich schweigsam gewesen. Yılmaz hatte es für sehr wahrscheinlich gehalten, dass sie ihn, trotz der Anwesenheit des Anwalts, weiter beschimpfen würde, doch sie tat nichts dergleichen. Vielleicht hatte sie sich mit der Tatsache abgefunden, dass Erol sie verlassen hatte – oder vielleicht war das Verhör so schrecklich gewesen, dass es ihr die Sprache verschlagen hatte. Er hatte immer noch ein schlechtes Gewissen, dass er die Tortur auf der Polizeiwache verursacht hatte. Die Emins waren stets aufrichtig und treu zueinander gewesen – bis jetzt –, und er bezweifelte nicht, dass irgendwann gegenseitige Beschuldigungen folgen würden. Doch in diesem Augenblick lehnte er sich einfach zurück und genoss die untergehende Sonne und die etwas kühlere Abendluft. Der Bosporus war zu dieser Tageszeit am schönsten, dachte er, wenn die sanften Kupfertöne des Sonnenuntergangs seine blauweiße Farbe berührten. Wenn er doch nur die kleine Belkıs noch hätte, um solche Momente mit ihr teilen zu können.

Latife und Ferhat Göktepe betraten die Eingangshalle und wurden dort von einem angespannt wirkenden Galip erwartet.

Immer noch schweigend ging auch Tansu auf das Haus zu, gefolgt von Yılmaz und Adnan Öz. Den Letzteren verabschiedete sie sofort.

»Sie können jetzt zurück in Ihr Büro fahren, Adnan«, meinte die Sängerin, während sie die zur Haustür führenden Stufen hochstieg. »Ich muss mit meiner Familie allein sein.«

»Ja, aber …«

»Ich rufe Sie an, wenn ich Sie brauche!«, erklärte Tansu im Befehlston, machte auf dem Absatz kehrt und betrat das Haus.

Yılmaz warf dem erstaunten Anwalt einen hilflosen Blick zu und folgte seiner Schwester in die Eingangshalle, wo sie gerade etwas ähnlich Lautendes zu Ferhat Göktepe sagte.

»Aber Tansu, mein Schätzchen«, erwiderte der Manager. »Wenn du irgendetwas brauchst, irgendetwas, dann ruf mich bitte, bitte an.«

»Ja, ja.« Yılmaz schien es, als sei sie mit den Gedanken ganz woanders, als sie dem Manager den Arm tätschelte und ihm ein kurzes Lächeln schenkte. »Aber jetzt geh bitte, Ferhat, ich muss allein sein, um …«

»Ja, selbstverständlich, mein Herz«, erwiderte er und küsste mehrmals ihre Hände. »Das verstehe ich, ich …«

»Ferhat, bitte!«

»Ich gehe ja schon! Ich bin schon auf dem Weg!« Und mit diesen Worten und unzähligen Küssen, die er seinem lukrativsten Star durch die Luft zuwarf, verließ er das Haus.

Gefolgt von Yılmaz, betrat Tansu das riesige, helle Wohnzimmer, in dem Galip und Latife schon auf sie warteten. Tansu durchschritt den Raum, um sich einen Drink zu holen, ging dann zurück und schmiss die Tür schwungvoll zu, um die Außenwelt auszusperren.

Auch wenn Süleyman İkmen nicht offiziell weggeschickt hatte, so hatte er ihn auch nicht gebeten, ihn nach Beşiktaş zu begleiten. Mochte es İkmen auch drehen und wenden, wie er wollte, er wusste nicht, wie er sich bei den neuerlichen Aktivitäten einbringen sollte. Und abgesehen davon musste er auch noch Fatma zufrieden stellen; sie war gewiss sehr wütend darüber, dass er sich den Anweisungen des Arztes einfach widersetzt hatte. Und dann war da auch noch Madame Kleopatra Polycarpous Beerdigung am nächsten Morgen. Irgendwie musste er versuchen, seine zornige Frau oder sogar eine seiner launischen Töchter zu überreden, ihm für diesen Anlass seinen besten Anzug zu bügeln. Im Gegensatz zu Cohen, der auch anwesend sein würde, genoss er nicht mehr den Luxus einer Dienstuniform.

Als İkmen hinunter in den Empfangsbereich ging, dachte er wieder einmal darüber nach, warum Madame wohl ihren Ehemann, den Eunuchen, getötet hatte. Sexuelle Eifersucht konnte als Motiv ausgeschlossen werden, und auch Gewalt in der Ehe, ein weiterer beliebter Grund für Tötungsdelikte, schien eher unwahrscheinlich. Murad Ağa hatte stets völlig unter Madames Pantoffel gestanden, zumindest, soweit er sich erinnerte. Auf jeden Fall war der Eunuch stets voller Bewunderung für sie gewesen. Vielleicht hatten finanzielle Probleme dahinter gesteckt. Durchaus eine Möglichkeit, wenn man bedachte, dass die Leute immer erzählt hatten, dass der Hamam ursprünglich Madames Ehemann gehört hatte, und man nun wusste, dass dies Murad Ağa gewesen war. Doch da nun alle Beteiligten dieses kleinen Dramas endgültig tot waren, grübelte İkmen mehr aus reiner Neugier als aus tatsächlichem Aufklärungswillen darüber nach. Und überhaupt gab es momentan drängendere

Sorgen. Die zweite Zigarettenschachtel, die er nicht an Cengiz Temiz ausgehändigt hatte, war restlos leer – eine Situation, um die man sich dringend kümmern musste.

An der Empfangspforte wurde İkmen jedoch etwas gewahr, was im Hinblick auf die laufenden Ermittlungen viel interessanter war. Erol Urfa, begleitet von der kleinen Merih im Babysitz und jemandem, der aussah wie ein Alkoholabhängiger, sprach aufgeregt mit dem Dienst habenden Beamten, in diesem Fall mit Kaya.

»Also, wie lange ist Inspektor Süleyman vermutlich außer Haus?«, fragte Erol, als sich İkmen der kleinen Versammlung näherte.

»Das weiß ich nicht. Möchten Sie vielleicht auf ihn warten?«, erwiderte Kaya.

Erol schnaubte verächtlich in Richtung der Zigarettenrauchwolke, die ein ebenfalls wartender Mann mit einer Stoffmütze ausstieß, und meinte: »Nun, lieber nicht. Nicht mit dem Baby ...«

»Sehr richtig«, stimmte ihm der Betrunkene neben ihm redselig zu. »Keine gute Idee, mein lieber Erol.«

»Mir wäre es sehr recht, wenn du den Mund halten würdest, İbrahim«, erklärte der Sänger und wandte sich mit strengem Blick zu seinem Begleiter um.

Nachdem İkmen herangetreten war, versuchte er zunächst einen Blickkontakt zu Kaya herzustellen, bevor er sich einmischte. »Gibt es irgendetwas, was ich für Sie tun kann?«

Einen Moment lang starrte Erol Urfa İkmen einfach nur fragend an, als sei der Inspektor ein seltenes Tier, das der Sänger bislang noch nicht gesehen hatte.

Schließlich fragte Erol: »Wer sind Sie?«

»Ich bin Inspektor İkmen und arbeite mit Inspektor Süleyman zusammen.« İkmen lächelte. »Sie sind natürlich Erol Urfa, nicht wahr?«

»Ja.«

İkmen streckte die Hand aus, die Erol kurz ergriff.

»Kann ich Ihnen irgendwie weiterhelfen?«

»Nun, ich hatte gehofft, Inspektor Süleyman hier anzutreffen«, sagte Erol und schaute dabei auf das Kind hinab, das unruhig wurde.

İkmen seufzte. »Nun, er wird vermutlich eine Weile außer Haus sein. Ich bitte Sie natürlich gerne in mein Büro, wenn Sie möchten.«

»Oh, ich glaube nicht, dass wir das möchten, oder, Erol?«, fragte der Betrunkene unsicher. »Ich meine …«

»Nun, wenn es dir nicht passt, musst du ja nicht bleiben, İbrahim«, entgegnete Erol mit angespanntem Gesichtsausdruck. »Ich jedoch ziehe es vor …«

»Du weißt, dass du gerade einen verdammten beruflichen Selbstmord begehst, nicht wahr?« Der Mann schrie jetzt beinah. »In meiner …«

»Und ich glaube, Sie sind viel zu betrunken, um sich an einem Ort wie diesem aufzuhalten«, mischte sich İkmen erneut ein, ergriff den Arm des Mannes und wollte ihn zur Tür führen.

»Hey! Erol ist mein …«

»Erol und das Baby sind bei mir gut aufgehoben«, erklärte İkmen bestimmt und schob ihn weiter vor sich her. »Sie gehen jetzt am besten und schlafen irgendwo ihren Rausch aus, verstanden?«

»Ich warte im Auto auf dich, Erol!«, rief er über İkmens Schulter hinweg. »Sag nichts Dummes, kapiert?«

»Ich bin sicher, dass er das nicht tun wird«, meinte İkmen lächelnd.

Inzwischen stand der Mann auf der Straße und schwankte zunächst hin und her, bevor er sich schließlich auf eine Richtung festlegte.

Als İkmen von der Tür zurückkam, erklärte Erol entschuldigend: »Er meint es gut.«

»Da bin ich sicher.« İkmen beugte sich über das erwachende Baby und lächelte es an. »Kommen Sie, wir gehen in mein Büro.«

İkmen ging durch den Empfangsbereich und über die zwei Treppen zu den Büroräumen voran. Während sie die zweite Treppe hinaufstiegen, wurde İkmens Husten von Merihs Gewimmer übertönt.

»Sie hat vermutlich Hunger und müsste gefüttert werden«, sagte Erol.

»Uh«, erwiderte İkmen. Dieses Grunzen war das einzige Geräusch, das seine geplagten Lungen derzeit zustande brachten.

Während İkmen am oberen Treppenabsatz nach Luft rang, schloss Doktor Irfan Akkale die Tür zum Flur hinter sich und wollte die Treppen hinabgehen. Bis er İkmen erblickte. Nachdem er das grünlich weiße Gesicht des Inspektors genauer betrachtet hatte, fragte er: »Was machen Sie hier, İkmen? Falls Sie hier einen Herzinfarkt erleiden, während Sie eigentlich zu Hause sein sollten, übernehme ich dafür keine Verantwortung.«

»Ja, Doktor ...« İkmen rang immer noch nach Luft.

»Sie sind sehr leichtsinnig!« Akkale murmelte noch ein kurzes »Guten Abend« in Erol Urfas Richtung und verschwand dann die Treppen hinab.

Als sie schließlich İkmens Büro erreicht hatten, erkundigte sich Erol: »Sie sind also demnach eigentlich krank, Herr Inspektor?«

İkmen atmete tief ein und antwortete dann, während er ausatmete: »Ich habe ein Magengeschwür, aber das stört mich nicht besonders.«

Erol stellte Merihs Babysitz auf einen der Stühle vor İkmens

Schreibtisch und durchwühlte die Tasche, die er über der Schulter getragen hatte, bis er ein Milchfläschchen fand. Merih trank sofort gierig.

»Sie sahen gerade wirklich nicht besonders gut aus«, meinte Erol, während er das Kind fütterte und dabei zu İkmen sah. »Ich hoffe, Sie verzeihen mir diese Bemerkung.«

İkmen lächelte. »Ich habe einfach ab und zu ein paar Probleme mit den Treppen«, erklärte er und schob dabei diverse große Papierstapel quer über seinen staubigen geliebten Schreibtisch. All dies hatte er so schmerzlich vermisst – die Unordnung, den Geruch, das Jagdfieber ...

Zufrieden sank er in seinen abgewetzten Ledersessel und beobachtete über die Papierberge hinweg, wie der junge Mann das Kind fütterte. Auch wenn ihm in diesem Augenblick nicht bewusst war, dass diese Kombination aus Kindern und Arbeit sein eigenes, privates Paradies darstellte, so waren doch dieser Anblick und diese Gerüche einfach eine Bestätigung für das, was er war. Und das fühlte sich gut an. Wenn er jetzt noch eine Zigarette hätte oder zwei ...

»Gab es denn einen bestimmten Anlass, weswegen Sie Inspektor Süleyman sprechen wollten?«, begann er schließlich von neuem und legte die Füße auf den Schreibtisch.

Erol seufzte. »Ja, aber ...«

»Oh, Sie müssen mir nichts darüber erzählen«, erklärte İkmen, als interessiere ihn das alles gar nicht. »Die Bemerkung Ihres Begleiters hat mich lediglich, wie Sie sich sicherlich vorstellen können, etwas neugierig werden lassen.«

»Sie meinen İbrahim, meinen Manager?«

»Falls dieser ziemlich betrunkene Herr Ihr ...«

»Ja.«

İkmen zuckte mit den Schultern. »Er sprach von beruflichem Selbstmord. Hat mich nur so interessiert, aber das spielt ja keine Rolle.«

Eine Weile saßen sie sich schweigend gegenüber, lediglich das leise Schmatzen des Kindes und die entfernten Klänge arabesker Musik von der Straße durchbrachen die Stille. Doch Erol Urfa schien so unter Spannung zu stehen, dass İkmen seinen Widerwillen, aber zugleich auch sein dringendes Bedürfnis zu reden förmlich spürte. Schließlich fand es der Polizist an der Zeit, das Schweigen zu brechen.

»Also, wenn Sie mir die Frage erlauben, sind sich Ihre verstorbene Frau und Tansu Hanim je begegnet?«

»Ja, einmal. Bei einer Party.«

»Ach?«

»Vor etwa einem Jahr«, erklärte Erol und blickte, wie İkmen fand, sehr traurig auf sein nun mutterloses Kind. »Um ehrlich zu sein, sie haben kaum miteinander gesprochen. Aber das ist ja auch verständlich, oder?«

İkmen lächelte. »Ich schätze schon.«

»Aber Latife, Tansus Schwester, war sehr freundlich zu Ruya, das muss ich schon sagen. Sie setzte sich zu ihr und unterhielt sich eine ganze Weile mit ihr. Ruya war sehr ... sehr unbeholfen in Gesellschaft.« Er lächelte erneut sein Kind an und gurrte ihm leise etwas zu.

»Haben Tansu oder ihre Schwester Ihre Frau je wiedergesehen?«

»Nein. Von da an war Ruya allein, es sei denn, ich war bei ihr.«

Auf dem Land war das eben so, dachte İkmen bei sich und erinnerte sich dabei an all die kleinen Dörfer, die er als junger Mann besucht hatte. Dörfer weit draußen im Osten, die einzig und allein von Tee trinkenden und Zigaretten rauchenden Männern bevölkert waren. Was ihn wiederum daran erinnerte ...

Weder das Aussehen noch die Wohnung von Reşat Soylu überraschten Süleyman. Soylu war um die fünfzig, trug eine flache Kappe, rauchte ununterbrochen und hatte die braun gebrannte Haut eines Landarbeiters. Und auch wenn man sich vielleicht etwas mehr materiellen Wohlstand gewünscht hätte, so war doch die Dreizimmerwohnung, die er mit seiner verschleierten Frau und der ernst dreinblickenden Tochter bewohnte, sauber und gemütlich. Abgesehen von der Vielzahl der Pflanzen, die in alten Blechdosen auf dem Balkon wuchsen, und einem reich verzierten Kronleuchter im Wohnzimmer hatte die Wohnung eine gewisse Ähnlichkeit mit Cohens Heim.

Nachdem Süleyman Herrn Soylu mehrfach versichert hatte, dass er in keiner Weise Schwierigkeiten zu befürchten hätte, ließ der Gärtner Tee bringen, und Süleyman setzte sich auf den einzigen richtigen Stuhl im Wohnzimmer. Dieser stand genau unter dem Kronleuchter, von dem der Gärtner voller Stolz erzählte, dass er ihn aus München hatte kommen lassen. Nachdem Frau Soylu den Tee serviert und sich wieder zurückgezogen hatte, begann Süleyman ihren Mann zu befragen.

»Soweit ich weiß, betreuen Sie einige Gärten in Yeniköy, einschließlich der Gärten von Herrn und Frau Ertürk und dem der Emins.«

»Ja, ich habe die Ehre«, erwiderte der Gärtner. »Allah hat meinen armen Händen in seiner großen Güte immer ausreichend Arbeit geschenkt.«

Ein wenig verlegen aufgrund dieses Ausbruchs religiöser Ergebenheit, trank Süleyman einen Schluck Tee und sagte lediglich: »Gut.«

Herr Soylu schien erfreut darüber, dass Süleyman offensichtlich eine gute Meinung von ihm hatte, und versank daher, wie es für viele Bauern typisch ist, in zufriedenes Schweigen. Mit seiner kleinen Gebetsschnur aus Plastik in den Händen hätte er genauso gut unter einem Baum auf Zypern oder in der Nische eines Kaffeehauses im weit entfernten Erzurum sitzen können.

»Ich habe gehört«, bemühte sich Süleyman die ungemütliche Stille um seinen Gastgeber zu durchbrechen, »dass Sie bei Herrn und Frau Ertürk einige Ratten vergiftet haben. Stimmt das?«

»Ja.«

Seine gänzlich in Schleier und Tücher gehüllte Frau schaute kurz ins Zimmer, doch der langsame, echsenartige Blick ihres Mannes verscheuchte sie wieder.

»Könnten Sie mir des Weiteren sagen, Herr Soylu«, hakte Süleyman nach, »welches Gift Sie zu diesem Zweck verwendet haben?«

»Zyanid.«

Er hätte genauso gut über Tee, Ayran oder über irgendeine andere harmlose Substanz reden können, zumindest spiegelte Reşat Soylus flaches braunes Gesicht nicht die geringste Gefühlsregung wider.

»Und woher haben Sie dieses sehr gefährliche Gift?«

Zum ersten Mal lächelte der Gärtner. Um seine Augen herum und die Wangen herab zogen sich große Falten, die ein wenig den trockenen Furchen in der Erde ähnelten, die nach einem Erdbeben entstehen. »Von meinem Bruder aus Deutschland«, sagte er und ergänzte erstaunlich ausführlich: »Genau wie den Kronleuchter. Deutschland ist ein großartiger Bazar für all die guten Dinge. Ich war noch nie da, doch mein Bruder lebt dort schon seit mittlerweile zehn Jahren.« Er schüttelte den Kopf, als könne er es gar nicht glauben, fügte jedoch noch hinzu: »Er fährt einen BMW und hat eine deutsche Frau. Aber ihre Familie spricht nicht mit meinem Bruder.«

»Ach.« Süleyman schien diese knappe Antwort zum derzeitigen Zeitpunkt das Sicherste zu sein. Seit vielen, vielen Jahren arbeiteten Türkinnen und Türken in Deutschland und waren daher auch seitdem mit hochwertigen Konsumgütern und gelegentlich mit blonden Ehefrauen oder -männern heimgekehrt.

Auch wenn diese selbst nicht immer auf ihre türkischen Gatten herabschauten, so übernahmen ihre Familien oft diese Rolle – Leute, für die die Türken sowohl primitiv als auch rückständig waren. Süleymans Standpunkt, dass nämlich die Osmanen bereits Badehäuser hatten und höfische Lyrik verfassten, als die Vorfahren der vielen »Hermanns« und »Dieters« noch schlammverkrustete Vasallen des Heiligen Römischen Reiches waren, schien der derzeitigen Situation nicht angemessen, zumal Menschen wie Herr Soylu dafür meistens wenig Verständnis zeigten.

»Und woher hat ihr Bruder diese Substanz?«, fragte Süleyman endlich, in der Hoffnung, Herr Soylu würde aus seinen bayrischen Träumen erwachen.

»Er arbeitet in einem Stahlwerk«, erklärte Soylu voller Stolz, »im Ruhrgebiet. Er hat es mitgebracht, weil ich ihn darum gebeten habe. Deutsches Zyanid ist viel besser als unseres.«

»Das stimmt.« Süleyman hatte keine Lust, weiter über diesen Aspekt der deutschen Überlegenheit zu diskutieren und hakte daher nach: »Und hilft es auch gegen anderes Ungeziefer?«

»Ich habe es benutzt, um Wespen auszurotten.«

»Waren Sie es, der ein Wespennest auf dem Anwesen der Emins beseitigt hat?«

Soylu lächelte. »Ja. Es war ein gewaltiges Nest. Aber ich habe es vernichtet. Tansu Hanim war sehr dankbar.«

Süleyman trank einen weiteren Schluck Tee und stellte das Glas anschließend auf den kleinen Tisch neben sich. »Wenn Sie dieses Ungeziefer vernichtet haben, hatten Sie hinterher manchmal noch Gift übrig?«

»Ja.«

»Und was haben Sie damit gemacht? Haben Sie es wieder mit nach Hause genommen?«

Soylu lächelte erneut, stand dann auf und ging in die Küche. Währenddessen betrachtete Süleyman mit fast feindseligem

Blick die Poster der Rheinburgen, die sämtliche Wände schmückten. Wenn sich diese Leute doch nur ein wenig für ihre eigene noble Vergangenheit interessierten, vielleicht könnten sie sich dann aus dem, seiner Meinung nach, schlimmsten Joch kultureller Unterwerfung befreien.

Als Soylu zurückkam, brachte er einen großen Glasbehälter mit, der aussah, als könne man ihn zum Bierbrauen verwenden. Er enthielt eine dunkelgelbe Flüssigkeit.

»Ich habe hier genug«, verkündete er und hielt die Flasche hoch.

Der Polizist erhob sich, ging zu dem Gärtner, zog den Korken aus der Flasche und roch an deren Inhalt. Zweifellos Bittermandelgeruch.

»Ich nehme an«, fragte er, während er die Flasche wieder gut verschloss, »dass Sie dieses Gefäß nicht zu ihren verschiedenen Arbeitsplätzen mitnehmen?«

»Nein. Ich fülle etwas davon in kleinere Flaschen ab. Rakiflaschen eignen sich am besten.«

Süleyman setzte sich wieder hin, während Herr Soylu das Zyanid, das ausreichte, um die meisten Bewohner dieses Stadtviertels zu töten, auf dem Boden abstellte.

»Wenn Sie also Ratten oder Wespen oder was auch immer vernichtet haben, und von dem Gift ist noch ein wenig übrig …«

»Dann lasse ich es da stehen«, erklärte Soylu schlicht. »Alle meine Arbeitgeber haben Gewächshäuser. Da stelle ich es dann rein.«

»In alten Rakiflaschen?«

»Ja.«

Süleyman schaute ungläubig zur Decke. »Befürchten Sie nicht, jemand könne es aus Versehen für ein Getränk halten?«

Soylu zuckte mit den Schultern. »Ich verstecke es gut, und auf der Flasche bei den Emins steht sogar drauf, was es ist.«

Süleyman runzelte die Stirn. »Nur im Haushalt der Emins? Warum nur dort?«

Auch wenn Soylu sein Geständnis offensichtlich nicht sonderlich störte, blickte er, wenn auch nur kurz, verschämt zu Boden. »Ich kann weder lesen noch schreiben, daher schreibt Fräulein Emin die Etiketten für mich. Keiner meiner anderen Arbeitgeber interessiert sich so sehr für den Garten wie sie.«

Süleyman spürte, dass sich seine Nackenhaare aufstellten. »Ich nehme an, Sie sprechen von Fräulein Latife Emin, nicht von ihrer Schwester Tansu?«

Soylu grinste. »Ja, sie liebt es einfach, sich um die Pflanzen und Bäume zu kümmern. Ein richtiges Mädchen vom Lande.«

Süleyman konnte nicht umhin, bei der nächsten Frage sehr ernst auszusehen. »Und befindet sich jetzt noch etwas von dem Zyanid bei den Emins?«

»O ja. Genug, um ein weiteres Nest zu vernichten, falls das nötig sein sollte. Sie haben eine ganze Menge Probleme mit Wespen, daher ist das keineswegs ausgeschlossen.« Er zündete sich eine Zigarette an und warf das abgebrannte Streichholz neben das Gefäß mit dem Zyanid. »Lohnt sich nicht, es wieder mit zurückzubringen, wo ich doch hier noch so viel davon habe, nicht wahr?«, erklärte er, während er das unheimliche Gefäß tätschelte.

Fasziniert beobachtete Süleyman, wie der knorrige Gärtner sanft seinen todbringenden See streichelte.

Orhan Tepe hatte zwar nichts gegen seinen Kollegen İsak Çöktin, doch sie waren auch nicht gerade gute Freunde. Und obwohl er es keineswegs unangenehm fand, mit Çöktin den Tag zu verbringen, so war es doch nicht leicht, mit ihm in dem heißen Auto eingesperrt zu sein.

Als die Sonne langsam über dem weit entfernten Fischerdorf Rumeli Kavağı unterging und die beiden Männer mit einer langen gemeinsamen Nacht rechneten, erstarb die Unterhaltung schließlich ganz.

Es war unmöglich, irgendwelche Schlüsse aus Çöktins starrem, ausdruckslosem Gesicht zu ziehen, während Tepes sehr viel lebhafteres Mienenspiel die Qualen und die Langeweile zahlloser langer Observierungen deutlich zeigte. Wenn diejenigen, die überwacht wurden, sich rührten, hieß das für die Beamten meist, dass sie ebenfalls aktiv werden mussten. Häufig bedeutete das, eine Verfolgung aufzunehmen oder das nun leere Haus zu durchsuchen. Dieses Mal war es jedoch nicht so. Die Aufgabe bestand darin, das Anwesen zu beobachten und sich alles zu notieren, was sich draußen vor dem Haus oder auf dem Grundstück rührte beziehungsweise ungewöhnlich erschien. Die Aufgabe eintönig zu nennen wäre untertrieben. Schließlich sahen sie einzig und allein auf eine alte osmanische Toreinfahrt und auf ein dahinter liegendes hässliches Haus.

»Wie ist denn Tansu Hanim eigentlich so?«, fragte Tepe, weil ihm nichts Besseres einfiel.

Çöktins Blick blieb auf der Toreinfahrt haften, während er mit den Schultern zuckte. »Weiß ich nicht.«

»Nun, du bist ihr doch schon begegnet, oder nicht?«

»Na und?«

Ein wenig verärgert über die knappen, desinteressierten Antworten seines Kollegen, fragte Tepe leicht aggressiv zurück: »Also?«

Çöktin wandte sich kurz um und blickte den dunklen, verdrossenen Mann neben sich an. »Sie ist eine Frau mittleren Alters, die einen jungen Liebhaber hat. Was soll ich darüber groß sagen?«

»Ich habe gehört, dass sie sehr launisch ist und versucht, alles zu kontrollieren.«

»Ich habe sie nur kurz getroffen«, erwiderte Çöktin. »Was soll ich da schon wissen?« Er klang so eingeschnappt, dass Tepe schließlich lauter als gewöhnlich sprach. »Ich weiß gar nicht, warum du deswegen so feindselig reagierst!«

»Ich bin nicht feindselig!«, entgegnete Çöktin und wandte seinem Kollegen gleichzeitig ein äußerst feindseliges Gesicht zu. »Ich bin genauso müde und gelangweilt wie du! Hinzu kommt, dass wir Tansu Hanim entlassen haben, weil wir nichts gegen sie in der Hand haben. Also verstehe ich nicht, was wir hier suchen.«

»Aber wenn Süleyman es doch befohlen hat ...«

»Er hat es auf İkmens Geheiß angeordnet, und wir alle wissen«, Çöktin schaute jetzt äußerst düster drein, »wie der ist.«

Tepe runzelte die Stirn. »Was meinst du damit?«

»Ich meine, er folgt einfach einer persönlichen Eingebung.«

»Die sich häufig als sehr wertvoll herausstellt. Und falls ich je mit ihm zusammenarbeite, werde ich mich sehr geehrt fühlen.« Tepe schaute Çöktin aus nächster Nähe an. »Aber ich dachte, du magst ihn. Ich dachte, ihr kämt gut miteinander klar.«

»Ich mag ihn auch.« Er zündete sich eine Zigarette an und nahm ein paar kräftige Züge. »Manchmal verstehe ich nur nicht, was er gerade denkt.«

Tepe lachte. »Das ist es also. Er ist ein wandelndes Rätsel. Ihm gefällt das, es gehört zu den Legenden, die sich um ihn ranken.«

»Ich finde es irritierend«, erklärte Çöktin fast schaudernd.

»Wenn du etwas zu verbergen hast, dann ist es das vermutlich auch«, erwiderte Tepe und beendete damit unwissentlich jede weitere Diskussion dieses besonderen Themas.

Çöktin räusperte sich, während er beobachtete, dass vor dem Haus der Emins zahlreiche Lichter angingen. Für alle Bewohner war es ein langer Tag gewesen, und er fragte sich im Hinblick auf die jüngsten Ereignisse, ob Erol nun an Tansus Seite geeilt war. Dass er sie liebte, war nur allzu offensichtlich. Doch es war nicht klar, ob er seinen Schwur halten konnte und eine Weile auf Distanz zu ihr bleiben würde. Çöktin konnte zwar Erols Auto nicht sehen, aber schließlich war es möglich, dass es auf dem hinteren Teil des Grundstücks geparkt war.

»Hast du denn irgendeine Idee, wer diese Frau Urfa umgebracht haben könnte?«, fragte Tepe und schaltete die Klimaanlage etwas höher.

»Nein. Und du?«

Tepe zuckte mit den Schultern. »Ich setze immer noch auf Tansu.«

Çöktin drehte sich um und sah seinen Kollegen an. »Warum?«

»Weibliche Rivalität. Meiner Meinung nach geben sich die meisten Frauen mit einem Mann zufrieden.« Er lächelte. »Sie sind nicht wie wir. Ich meine, Männer haben Jahrhunderte lang glücklich und zufrieden mit ihren Harems gelebt. Es waren immer die Frauen, die sich gezankt und sich gegenseitig bekämpft haben. Sie können nicht gut teilen, und normalerweise kommen sie auch gar nicht auf die Idee, sich woanders umzuschauen.«

»Wenn sie das tun, nennen wir sie Nutten.«

»Das sind sie dann ja auch.« Er hörte auf zu sprechen und starrte intensiv auf die lange Einfahrt, die zu Tansus Haus führte. »Irgendwo bei der Garage hat sich etwas bewegt oder ...«

Auch Çöktin blickte in die angegebene Richtung und nickte kaum merklich. »Ja.«

»Kannst du denn erkennen, wer es ist?«

Aus dieser Entfernung war es beinah unmöglich, einzelne Personen auszumachen oder mehr als einzelne Punkte zu erkennen.

»Nein. Nur dass es zwei sind.«

»Das Auto sieht aus wie ein ...« Tepe überlegte ganz kurz, wie viele verschiedene flache, leuchtend rote Sportwagen es wohl gab, dann sagte er: »... ein Ferrari, glaube ich.«

»Hm.«

Die beiden Polizisten beobachteten, wie jemand die Scheinwerfer einschaltete und einen kurzen Augenblick später losfuhr.

»Nun, irgendwer will irgendwohin«, sagte Tepe, schaltete die eigenen Autoscheinwerfer ein und drehte den Zündschlüssel um.

Çöktin beobachtete nun wachsam das mit enormer Geschwindigkeit näher kommende Fahrzeug und stellte fest, dass der Fahrer des Ferraris, es offenbar sehr eilig hatte. Obwohl der Motor ihres eigenen Wagens laut dröhnte, konnten die beiden Beamten nur allzu gut das Gebrüll des Sportwagens hören. Tepes Gesichtsausdruck verriet, wie beeindruckt er war.

Das Fahrzeug bremste scharf vor dem Haupttor. Bei laufendem Motor stieg jemand auf der Fahrerseite aus und ließ die Tür offen stehen – ganz offensichtlich eine Frau.

»Tansu«, meinte Tepe beim Anblick der weißblonden Haare und des gewaltigen Fellmantels. Eine Einschätzung, der Çöktin nichts entgegenzusetzen hatte.

Hektisch, als müsse sie sich unglaublich beeilen, fummelte die Frau an dem Vorhängeschloss des Tores herum, bis es ihr gelang, es von den schmiedeeisernen Stäben zu lösen. Sie drückte das Tor nur so weit auf, dass ihr Wagen gerade dazwischenpasste, und rannte mit dem Schloss in der Hand zurück zu dem Ferrari. Der Motor heulte fürchterlich auf, als sie ihn auf Touren brachte. Nachdem sie die Bremse gelöst hatte, schoss der Wagen hinaus auf die Straße.

»Du wirst dich ziemlich beeilen müssen, wenn du da dranbleiben willst«, meinte Çöktin, während Tepe einen Gang einlegte und die Handbremse löste.

»Ich hoffe, das sollte keine Kritik an meinem Fahrstil sein.«

»Das würde ich nie wagen!«, erwiderte Çöktin, der nur allzu

gut wusste, welch enge Beziehung zwischen türkischen Männern und ihren Autos bestand.

Tepes Fuß hatte gerade erst das Gaspedal berührt, als der Ferrari mit einem widerlich lauten Krachen zum Stehen kam. Offensichtlich hatte er einen Lastwagen gerammt, denn der Fahrer war bereits laut schreiend aus seinem Führerhaus gesprungen.

Doch im Innern des zerbeulten Ferraris rührte sich nichts.

Auf seinem Weg vom Kiosk zurück in sein Büro rauchte İkmen drei Zigaretten hintereinander. Vielen Leuten, darunter auch Erol, war es nicht recht, wenn in Gegenwart ihrer kleinen Kinder zu viel geraucht wurde, daher musste er sichergehen, dass er genug Nikotin getankt hatte, bevor er wieder zu seinem Besucher zurückkehrte. Außerdem hatte er das Gefühl, sich etwas stärken zu müssen. Es gab einige Fragen, die er mit dem jungen Urfa besprechen wollte, und das würde nicht einfach werden, vor allem wenn Süleyman, dem Erol bis zu einem gewissen Grade zu vertrauen schien, noch nicht wieder aufgetaucht war.

Als İkmen die Wache betrat, war ihm sofort klar, dass Süleyman noch immer nicht zurückgekehrt war. Er ging in sein Büro und erblickte das schlafende Kind und den am Fenster stehenden Mann, der den Sonnenuntergang zu betrachten schien. Von draußen drang die verschlungene Melodie der Muezzins, die von den Minaretten der Stadt zum Abendgebet riefen, zur Wache herein und streckte ihre feinen Fangarme nach den Menschen dort aus.

İkmen setzte sich hinter seinen Schreibtisch und betrachtete den jungen Mann, der hinaus auf die letzten Strahlen der untergehenden Sonne blickte.

»Ich nehme an, Sie sind kein religiöser Mensch, Herr Urfa«, sagte İkmen.

»Nein.« Erol rührte sich nicht und ließ auch sonst nicht erkennen, dass er dem, was İkmen sagte, große Aufmerksamkeit zollte.

»Genau wie ich.« Der Polizeibeamte lächelte. »Zwar ist in meinem Personalausweis unter Religionszugehörigkeit Muslim eingetragen, doch das ist eine reine Formsache.«

Langsam drehte sich Erol Urfa ein wenig um und stand nun im schrägen Winkel zu dem Polizisten. İkmen beobachtete interessiert, dass er nun zwar leichter mit ihm reden, ihm aber immer noch nicht in die Augen schauen konnte.

»Und was sind Sie dann in Wirklichkeit, Herr Inspektor?«, fragte der Sänger.

»Oh, in Bezug auf Religion bin ich absolut nichts. Doch ich akzeptiere, dass andere gläubig sind, und kümmere mich nicht groß darum, welchem Glauben sie anhängen, solange sie nicht Straftaten im Namen ihres Gottes begehen. Für mich ist es ein und dasselbe, ob man nun Allah, einen Baum oder einen großen Vogel mit leuchtenden Schwanzfedern anbetet.«

İkmen würde nie erfahren, ob Angst oder Erleichterung Erol Urfa für einen kurzen Moment völlig erstarren ließ. Äußerlich unbewegt, ließ Erol allein durch seine Worte erkennen, dass er die Bedeutung dessen, was er gerade gehört hatte, erfasst und verstanden hatte.

»Woher wissen Sie das?«, fragte er und schaute dabei immer noch aus dem Fenster. Es sah aus, als lausche er weiterhin den Ermahnungen der zahlreichen Muezzins von den unzähligen herrlichen und prachtvollen Minaretten des alten Stambul.

»Dass so kleine Kinder wie Ihre Tochter nachweislich gegen Huhn und Bohnen allergisch sind, ist eher ungewöhnlich. Ich nehme an, dass Sie als gläubiger Mensch dieses Risiko in Kauf nehmen mussten. Doch eigentlich waren Sie ja gekommen, um, ihrem Manager zufolge, bei Inspektor Süleyman ›beruflichen Selbstmord‹ zu begehen, oder nicht?«

»Ja. Als ich gehört hatte, dass Tansu gar nicht mehr hier ist, habe ich noch einmal kurz darüber nachgedacht, aber …«

»Welche Rolle spielt Frau Emin dabei?«, fragte İkmen stirnrunzelnd.

Erol Urfa lächelte traurig. »Ich habe Ruya nur geheiratet, weil meine Religion es so vorschreibt. Wir heiraten nie außerhalb unserer Gemeinschaft. Wenn Tansu sie also umgebracht haben sollte, dann bin ich teilweise schuld daran. Ich wollte zwei Frauen, und das ist nicht richtig.«

»Wusste denn Tansu von ihrer Religionszugehörigkeit?«

Erol zuckte mit den Schultern. »Ich bin mir nicht sicher. Ich selbst habe ihr nie davon erzählt.«

»Und dennoch scheinen einige ihrer Liedtexte …«

»Ja.« Erol drehte sich jetzt so weit um, dass er İkmen direkt ins Gesicht schauen konnte, und der Alte bemerkte Tränen in den Augen des Sängers. »Die Pfauen, die Verbitterung ihnen gegenüber … Ich habe sie danach gefragt, wenn auch nur selten. Sie hat immer nur gesagt, dass ihr das Bild gefällt. Das ist alles.«

»Hat sie denn diese Liedtexte wirklich selbst geschrieben?«, wollte İkmen wissen.

»Sie behauptet es und außerdem steht ihr Name darunter.«

»Aber wenn sie sie tatsächlich selbst geschrieben hat und die Gründe für Ihre Beziehung zu Ruya geahnt hat, dann weiß sie doch mit Sicherheit genug, um zu erkennen, dass Sie niemals eine Frau heiraten würden, die keine Jesidin ist – ich gehe natürlich davon aus, dass sie dieser Religionsgemeinschaft nicht angehört.«

»Nein. Sie ist Kurdin, aber keine …« Er biss sich nachdenklich auf die Unterlippe und durchquerte den Raum, bis er vor İkmens Schreibtisch stand.

İkmen seufzte. »Wer, außer Ihrem Manager, kennt Ihre Religionszugehörigkeit? Ich meine, hier in der Stadt?«

Erol setzte sich auf den Stuhl vor İkmens Schreibtisch. »Ich habe es İbrahim erst heute erzählt. Außerdem weiß es mein Freund Ali Mardin und ...« Er brach seinen Satz ganz plötzlich ab.

İkmen rieb sich das Kinn und dachte sorgfältig nach, bevor er sprach. »İsak Çöktin«, sagte er schließlich und schaute Erol dabei geradewegs an, »hat seine Karriere aufs Spiel gesetzt, indem er sich weiterhin mit Ihnen getroffen hat, obwohl es ihm Inspektor Süleyman ausdrücklich untersagt hatte. Ich könnte daraus natürlich gewisse Schlüsse ziehen.«

»Dazu habe ich nichts zu sagen.«

İkmen zog kurz in Betracht, weiter nachzuhaken, kam aber zu der Ansicht, dass es vermutlich den Ärger nicht wert sei. Zudem hatte ihm Erols Weigerung, über Çöktin zu reden, alles gesagt, was er über diese Angelegenheit wissen musste.

»Doch so interessant Ihre Enthüllung auch sein mag«, sagte er daraufhin, »Sie wissen, sollte Tansu Hanim des Mordes überführt werden, ändert sich dadurch nichts für Sie.«

»Dann steht sie immer noch unter Verdacht? Auch wenn Sie sie haben gehen lassen?«

»Ja. Wir hegen immer noch gewisse Zweifel, die Sie, wie ich vermute, mit uns teilen.« İkmen lächelte. »Warum sonst hätten Sie Inspektor Süleyman Ihr Geheimnis anvertrauen sollen? Ein Geheimnis, das Ihnen und der kleinen Merih in vielerlei Hinsicht schaden kann.«

Erol senkte den Kopf, als werde er von einer schrecklichen Last niedergedrückt. Er holte tief Luft und seufzte. »Sie werden mich natürlich wegen der falschen Angaben in meinem Personalausweis anzeigen.«

»Oh, ich habe nur mit Mordfällen zu tun«, erklärte İkmen und versuchte Normalität vorzutäuschen, indem er Papiere auf seinem Schreibtisch hin und her schob. »Alles, was Politisches betrifft, geht mich nichts an.«

»Aber Sie werden anderen davon berichten, die wiederum …«

İkmen lächelte. »Ich neige dazu, Informationen, die keinen Einfluss auf den Fall haben, an dem ich gerade arbeite, nicht weiter zu beachten. Mir ist aus zuverlässiger Quelle berichtet worden, dass Ihre Glaubensbrüder, im Gegensatz zum allgemeinen Volksglauben, keineswegs nackt um die Leichen muslimischer Jungfrauen herumtanzen, daher habe ich keinerlei Probleme mit Ihnen. In gewisser Weise unterscheiden Sie sich gar nicht sonderlich von mir. Auf meinem Personalausweis steht Muslim, doch das ist eine zum Himmel schreiende Lüge. Daher sind wir uns in diesem Punkt doch wohl sehr ähnlich, oder nicht?«

»Wissen Sie, wo ich herkomme, sind die Polizisten nicht so wie Sie.«

»Nicht? Einige würden behaupten, das sei auch gut so.«

»Ich nicht«, erwiderte der Sänger und schaute den Polizisten dabei eindringlich an. »Ich würde eher sagen, Sie sind einer der anständigsten Männer, die ich je das Glück hatte, kennen lernen zu dürfen.«

Obwohl İkmen sich nicht so leicht in Verlegenheit bringen ließ, fühlte er sich nun fast ein wenig unbeholfen und murmelte ein knappes Dankeschön, während er seinen Blick und seine ganze Aufmerksamkeit wieder der Unordnung auf seinem Schreibtisch zuwandte. Bevor Erol jedoch in noch überschwänglichere Lobeshymnen ausbrechen konnte, klopfte es an der Bürotür.

»Herein!«

Die Tür ging auf und gab den Blick auf einen sehr aufgeregt wirkenden Süleyman frei. İkmen kam es irgendwie unpassend vor, dass sein Kollege ein großes, mit einer dunkelgelben Flüssigkeit gefülltes Glasgefäß bei sich trug.

»Oh, Çetin, ich habe von draußen Licht gesehen und äh …« Er schaute überrascht auf Erol Urfa. »Oh, Herr Urfa, ich …«

»Herr Urfa ist gekommen, um dir einige Informationen zukommen zu lassen, die seiner Ansicht nach zweckdienlich sein könnten«, erklärte İkmen und freute sich insgeheim schon darauf, Süleyman mitteilen zu können, dass sich seine Vermutungen bezüglich des Sängers als richtig herausgestellt hatten.

»Aha …«

»Ich habe Herrn Inspektor İkmen gerade alles erzählt«, sagte Erol und fragte, an İkmen gewandt: »Muss ich das alles mit Herrn Inspektor Süleyman noch einmal durchgehen?«

»Nein«, erwiderte İkmen. »Ich werde ihm alles berichten, und, wie ich bereits gesagt habe, sollte sich herausstellen, dass diese Informationen in Bezug auf den Fall keine Rolle spielen …«

Süleymans Handy ließ die neuste Melodie, die er ausgewählt hatte, erklingen, die ersten Takte von Beethovens Fünfter. Er hatte immer noch keine Ahnung, was sich zwischen İkmen und Erol Urfa abgespielt hatte, und so stellte er zunächst das Gefäß auf den Boden und wandte sich ab, um das Gespräch anzunehmen.

Nach einem kurzen Blick auf die schlafende Merih erhob sich Erol. »Ich bringe mein Kind jetzt besser nach Hause, wenn Ihnen das recht ist, Inspektor İkmen.«

»Selbstverständlich«, erwiderte der Alte lächelnd, obwohl seine Aufmerksamkeit jetzt durch die anscheinend dringliche Unterhaltung zwischen Süleyman und jemand anders abgelenkt war.

Erol hob den Babysitz hoch und wollte gehen.

»In Ordnung«, sprach Süleyman in sein Telefon. »Ich treffe Sie dort. Sobald Sie etwas Neues wissen, unterrichten Sie mich davon. Ja. Ja.«

Als sich Erol auf die Tür zubewegte, hob Süleyman eine Hand, um ihn aufzuhalten.

»In Ordnung, okay«, wiederholte er, bevor er das Telefon ausschaltete und wieder in seine Jackentasche steckte.

»Was ist los?«, fragte İkmen, als er bemerkte, wie ernst Süleyman Erol Urfa anschaute.

»Nun, es besteht kein Grund zur Panik«, erklärte Süleyman. »Aber ich muss Ihnen mitteilen, dass Tansu Hanim und ihre Schwester in einen kleineren Verkehrsunfall verwickelt wurden.«

Erol wurde leichenblass, und İkmen beeilte sich, dem Sänger das Kind aus dem Arm zu nehmen.

»Keine der beiden Frauen ist ernsthaft verletzt, dennoch werden sie zur Beobachtung und Schockbehandlung ins Krankenhaus gebracht.«

»Ich muss zu ihr.«

»Das würde ich momentan für keine sehr gute Idee halten«, meinte Süleyman. »Wie ich Ihnen bereits gesagt habe, wurde sie nicht verletzt. Das Beste, was Sie tun können, Herr Urfa, ist, nach Hause zu fahren. Wenn Sie es wünschen, können wir Frau Emins Familie bitten, Sie anzurufen. Sind Sie mit dem Auto hier?«

»Ja«, warf İkmen ein, erinnerte sich in diesem Moment jedoch wieder an den betrunkenen Manager, der gesagt hatte, er wolle im Wagen auf Erol warten, und sagte daher: »Obwohl es unter den gegebenen Umständen vielleicht besser wäre, Herrn Urfa einen Fahrer zu stellen.«

Süleyman stimmte zu, dass ein Fahrer in Anbetracht von Erols Zustand ratsam sei. Und so wurden der zitternde Sänger und sein Kind nach ein paar Anrufen bei der entsprechenden Dienststelle schließlich aus dem Büro geführt und der Obhut eines uniformierten Fahrers übergeben.

Sobald er weg war, stellte Süleyman das Gefäß mit der Flüssigkeit auf den Schreibtisch und sagte als einzige Erklärung: »Reşats Zyanid.«

İkmen zog eine Augenbraue hoch, wechselte jedoch das Thema. »Irgendeine Idee, wohin Tansu und ihre Schwester wollten?«

»Nein.« Süleyman holte die Autoschlüssel aus seiner Tasche und sah İkmen erwartungsvoll an. »Kommst du mit?«

»Warum? Es ist doch nur eine Verkehrssache …«

»Ja schon, aber mit einem kleinen Haken.« Süleyman bewegte sich bereits auf die Bürotür zu. »Tepe sagte, dass er und Çöktin sofort losgelaufen seien, um zu helfen, nachdem das Auto in ein anderes Fahrzeug hineingefahren war. Als sie näher kamen, sahen sie Tansu und hörten deutlich, wie sie ihrer Schwester ›Lauf!‹ zurief.«

»Und?«

»Nun, Latife Emin versuchte auf Geheiß ihrer Schwester hin tatsächlich wegzulaufen, doch Tepe zufolge hinkte sie so stark, dass sie nicht sonderlich weit kam.«

İkmen zuckte mit den Schultern. »Aber wenn sie gerade verletzt worden war …«

»Natürlich, ich stimme dir vollständig zu.« Süleyman hielt seinem älteren Kollegen die Tür auf. »Aber das können wir nur sicher wissen, wenn wir hinfahren und es überprüfen, oder nicht?«

»In welches Krankenhaus wurden sie denn gebracht?«, fragte der Alte.

Süleyman seufzte. »Tepe sagt, dass die beiden Frauen momentan jegliche ärztliche Betreuung verweigern.«

»Ach. Und was sollen wir da machen?«

»Nun, ich will einfach mit meinen Leuten reden.«

»Hm.« İkmen blieb reglos im Türrahmen stehen und führte nachdenklich einen Finger an die Lippen. »Aber sie sollten wirklich ärztlich betreut werden.«

»Oh, ja, da stimme ich dir zu, aber …«

»Nein, ich meine, sie sollten *wirklich* ärztlich betreut werden, Mehmet«, meinte İkmen mit funkelnden Augen. »Vielleicht sollten wir dafür gleich an Ort und Stelle sorgen.«

Süleyman runzelte die Stirn.

»Schau, wenn wir eine Ärztin mitnehmen«, erläuterte İkmen, »dann hat sie die perfekte Entschuldigung, sich Latifes Bein nackt und ohne Schuhwerk anzuschauen.«

»Sie?«

»Nun, auch Psychiater müssen doch ein normales Anatomiestudium durchlaufen, bevor sie sich spezialisieren, oder nicht?« İkmen trat auf den Flur. »Und vielleicht kann Frau Doktor Halman auch noch in anderer Hinsicht nützlich sein, falls dort irgendwelche unerklärlichen Dinge geschehen sollten.«

»Ja, aber ...«

»Hol einfach dein Telefon raus und ruf sie an«, riet ihm der Alte freundlich. »Die Nummer ist gespeichert, es dürfte also keine allzu große Mühe für dich sein, oder?«

Während İkmen auf den oberen Treppenabsatz zuging, drückte Süleyman eine Taste und wartete auf den Rufton. Sein Gesicht wirkte angespannt.

15. Kapitel

Doktor Babur Halman schaute seine intelligente blonde Tochter über den Tisch hinweg an und nickte. Sie war sechsundvierzig Jahre alt und seiner Meinung nach mit einem irischen Dickschädel ausgestattet, und sie gehörte definitiv nicht zu den Frauen, mit denen sich gebrechliche alte Türken gerne auseinander setzen. Das zeigte sich schon bei ihrem freundlichen, aber sehr bestimmten Umgang mit ihren demenzkranken Patienten. Trotzdem war sie immer noch seine Tochter, und da er wusste, dass sie erst kürzlich mit dem jungen Mann, der vor einer halben Stunde angerufen hatte, eine unruhige Zeit durchlebt hatte, fühlte sich Babur verpflichtet, mit ihr zu reden.

»Du gehst also nur wegen einer Polizeiangelegenheit aus dem Haus, stimmt das?«, fragte er, während er sein Besteck auf dem Teller ablegte.

»Ja.« Dass sie sich dabei von ihm abwandte, erschien Babur jedoch höchst vielsagend.

»Also nicht, um …«

»Vater, wie du nur allzu gut weißt, berate ich sie ab und zu.«

Babur zuckte mit den Schultern. »Ja, aber …«

Sie legte ihre Hände auf den Tisch und neigte sich zu dem alten Mann. »Der einzige Grund, warum ich nicht nach Dublin zurückkehre, bist du und nur du«, sagte sie nachdrücklich.

»Aber ich würde mitkommen, falls …«

»Ach, ja? Und wo sollen wir leben, bis ich eine neue Arbeit gefunden habe, hm? Es sei denn, wir würden dieses Haus verkaufen, aber ich weiß, dass du das nicht willst. Ansonsten müssten wir zumindest für die erste Zeit bei Onkel Frank wohnen, und du weißt, was das heißt, oder?«

Babur seufzte. »Ja.«

»Nonnen, die jeden Tag ein und aus gehen, ganz zu schweigen von den Gemeindemitgliedern, die dich anstarren würden, als seist du der Teufel in Person. Und seine Haushälterin, nun …«

Babur lächelte. »Die entzückende Frau Reynolds.«

»Mit ihrer entsetzlichen Küche«, ereiferte sich seine Tochter, »für die Waschpulver oder irgendwelche Reinigungsmittel etwas völlig Unbekanntes sind!«

»Was für eine blumige Ausdrucksweise«, lobte ihr Vater sie anerkennend. »Aber du bist ja auch in dem Land geboren, das Yeats, Wilde und Behan hervorgebracht hat.«

Er sagte es so liebevoll und bewundernd, dass es Zelfa für einen Moment die Sprache verschlug. Seufzend setzte sie sich zurück an den Tisch. »Und du bist der klügste Mann, den ich kenne, daher sollte ich nicht einmal versuchen, dir etwas vorzumachen. Ich täte nichts lieber, als jetzt nach Hause zu fahren …«

»Aber?«

Sie lächelte traurig. »Aber wie du weißt, gibt es hier noch etwas zu berücksichtigen.«

»Einen jungen Mann.« Babur ergriff ihre Hand.

»Viel zu jung für mich«, sagte sie und senkte den Blick, um ihrem Vater nicht in die Augen sehen zu müssen.

»Vielleicht. Aber andererseits können wir auch nicht wählen, wen wir lieben, oder etwa doch? Viele Leute haben mir gesagt, ich wäre verrückt, deine Mutter zu heiraten …«

»Nun, und am Ende habt ihr euch scheiden lassen«, unterbrach ihn seine Tochter.

»Das stimmt. Aber zumindest haben wir es versucht, deine

Mutter und ich. Wir waren verliebt, wir haben der Liebe eine Chance gegeben und ...« Er zuckte mit den Schultern. »Nun, es hat nicht funktioniert, aber hätten wir es nicht wenigstens versucht, hätten wir das nie gewusst; und außerdem gäbe es dich dann nicht, dabei bist du ein reiner Segen für mich.«

Sie beugte sich vor und küsste ihren Vater zärtlich auf die Stirn. »Oh, Vater, warum in aller Welt benehme ich mich immer noch wie eine Sechzehnjährige, obwohl ich schon sechsundvierzig bin?«

»Du bist die Psychiaterin«, erwiderte ihr Vater grinsend. »Vielleicht hat dich das katholische Schuldgefühl bei romantischen Gefühlen zu einer Spätentwicklerin werden lassen, oder ...«

Seine Tochter war erleichtert, als Baburs Rede durch ein Klopfen an der Tür unterbrochen wurde. Auch wenn Babur religiöses Schubladendenken völlig fern lag, so wusste seine Tochter doch, dass er über ihre Erziehung in einem Kloster nicht sehr glücklich gewesen war. Es war einer der Nägel an dem Sarg gewesen, in dem ihre Eltern schließlich ihre Ehe begraben hatten.

»Ich muss jetzt los«, erklärte Zelfa. Sie nahm ihren bereits mit allem Notwendigen gepackten Arztkoffer und stand auf.

Babur seufzte zunächst, lächelte dann jedoch. »Nun, pass gut auf dich auf. In vielerlei Hinsicht.«

»Ich bin inzwischen ein großes Mädchen«, erwiderte seine Tochter, hauchte ihm im Gehen noch einen Kuss zu und verließ das Zimmer.

Babur schaute auf seinen Teller und murmelte: »Nein, das bist du nicht«, bevor er noch einmal auf den leeren Platz seiner Tochter blickte und anfing, den Tisch abzuräumen.

Falls sich die Mitarbeiter des Alman-Krankenhauses, in das Tansu und ihre Schwester nach dem Unfall eigentlich hätten gebracht werden sollen, Ruhm und Ehre von der Behandlung eines der bekanntesten Arabesk-Stars versprochen hatten, so wurden sie ziemlich enttäuscht. Weder Tansu noch ihre Schwester stimmten irgendeiner ärztlichen Versorgung zu. Stattdessen schrie Tansu İsak Çöktin an, er möge seinen »Freund« Erol Urfa für sie anrufen.

»Aber Madame«, bat sie der Polizist und zeigte dabei auf eine größere Schnittverletzung an der Wade der Sängerin. »Sie bluten.«

»Ja, und ich werde erst aufhören zu bluten, wenn Sie Erol für mich herschaffen!«

Tepe stand mit wesentlich gleichgültigerem Gesichtsausdruck hinter seinem Kollegen und fügte hinzu: »Wenn die Verletzung nicht versorgt wird, entzündet sich die Wunde womöglich.«

»Das ist mir egal!«

»Ich könnte sie zunächst selbst säubern ...«

»Wenn ich von Ihren schmutzigen Händen angefasst werden wollte, würde ich Ihnen das schon sagen!«, fauchte ihn Tansu an und rutschte in die hinterste Sofaecke.

»Wie Sie wünschen.«

Galip Emin, der zuvor mit seiner Schwester Latife nach oben verschwunden war, kehrte mit düsterem Gesicht in den Raum zurück.

»Was wollen die denn immer noch hier?«, fragte er und machte eine missmutige Kopfbewegung in Richtung Çöktin und Tepe.

»Nun, wenn dieser hier«, sagte Tansu und zeigte mit dem Finger auf Çöktin, »nicht endlich Erol für mich anruft, dann weiß ich es auch nicht!«

»Warum Sie überhaupt vor unserem Haus waren, ist mir ein Rätsel«, erklärte Galip und baute sich vor dem viel größeren Tepe auf. »Als ob meine Familie nicht schon genug unter Ihrer

Inkompetenz gelitten hätte.« Er wandte sich von Tepes unbewegtem Gesicht ab, blickte zu Çöktin und spottete: »Und was dich betrifft, kurdischer Bruder …«

»Ist mit Frau Latife alles in Ordnung?«, warf Tepe ein, bevor das Gespräch einen unheilvollen Verlauf nehmen konnte.

»Sie wird schon überleben«, erwiderte Galip mit unbarmherzig bohrendem Blick auf Çöktin.

»Ich weiß, dass Sie Erols neue Telefonnummer kennen!«, schrie Tansu. »Und Sie schimpfen sich selbst Kurde …«

»Wahrlich ein guter Spruch von dem größten Liebling der Türkei, der die Streitkräfte umwirbt, die unsere Dörfer mit unserem Blut rot färben!«, gab Çöktin überraschend heftig zurück.

Çöktin wandte sich von Galip ab, starrte Tansu wütend an und sorgte für kurze Zeit bei allen Beteiligten, zumindest kam es dem besorgten Tepe so vor, für eine angespannte Stille. Während die antike französische Standuhr im Hintergrund gewichtig weitertickte, überlegte Tepe, ob er wohl als Einziger vermutete, dass Çöktins Position bei der Polizei sehr gefährdet war. Er wusste, dass diese Möglichkeit durchaus bestand, auch wenn er die Zusammenhänge immer noch nicht ganz durchschaute. Bis sich die Sängerin wieder zu Wort meldete, fühlte sich Tepe in der unerfreulichen Situation ziemlich hilflos.

»Ich möchte, dass Sie jetzt sofort mein Haus verlassen.« Tansus Stimme klang gepresst, so sehr bemühte sie sich, sie unter Kontrolle zu halten.

Çöktin ließ sie nicht eine Sekunde aus den Augen. »Aber Sie benötigen eine ärztliche Versorgung.«

»Wenn ich sterben möchte, dann ist das meine Sache.«

»Aber …«

»Ihr Bericht darüber, sollte es dazu kommen, würde sich sicherlich um einiges interessanter lesen, nicht wahr?«

Çöktin war so getroffen, dass er sichtlich überreagierte. »Das ist doch wohl völlig lächerlich! Sterben, um mir eins auszuwischen, das ist doch …«

»Perfekt!«, schrie die Frau. Vor Wut heulend warf sie sich auf den Boden und kreischte: »Ohne Erol bin ich sowieso tot!«

Galip und Yılmaz, der bis jetzt geschwiegen hatte, stürzten zu ihrer Schwester.

»Ich g-g-glaube, S-Sie gehen jetzt b-besser!«, riet Yılmaz den beiden Polizisten, während er sich bemühte, Tansus Kopf unter dem Teetisch hervorzuholen.

»Ja, aber …«

»Komm schon, lass uns gehen«, meinte Tepe und legte entschlossen eine Hand auf Çöktins Schulter. »Das hat doch keinen Zweck.«

Seufzend wandte sich Çöktin ihm zu, drehte sich jedoch genauso schnell wieder um. »Aber …«

»Komm schon!«

Tepe ergriff Çöktins Arm und führte ihn, gegen seinen leichten Widerstand, hinaus in die rosa- und goldfarbene Halle. Nachdem sie die Familie Emin hinter sich gelassen hatten, ließ sich Çöktin ohne weitere Gegenwehr bis zur vorderen Haustür führen. Und obwohl es Tepe gereizt hätte, ihn zu fragen, was er gerade vor Tansu und den anderen hatte beweisen wollen, beschloss er darauf zu verzichten, um seine Ruhe zu haben.

Als er jedoch die Tür von Tansus Villa öffnete, wurde diese Ruhe durch zwei Dinge gestört. Süleyman und zwei weitere Personen, die Tepe in der Dunkelheit nicht genau erkennen konnte, stiegen draußen aus dem unverwechselbaren weißen BMW des Ersteren, und zur gleichen Zeit trat Latife Emin aus einem der Badezimmer in die Eingangshalle.

»D-du m-musst wirklich versuchen, d-dich wieder zu b-beruhigen, Tansu«, erklärte Yılmaz, während er das verschwitzte Gesicht seiner Schwester mit einem Taschentuch abwischte.

»Sind diese Hunde schon weg, oder …«

»Ja, ja, ja!« Galip ließ sich erschöpft neben Tansu fallen und ergriff ihre Hand.

»Aber sie werden zurückkommen, nicht wahr?«, fragte die Sängerin düster und griff nach einem der auf dem Tisch liegenden Zigarettenpäckchen. »Ich meine, warum waren sie da draußen, wenn sie es nicht *wussten*?«

»Keine Ahnung.«

»Du weißt nie etwas!«, keifte sie ihren erschöpften Bruder an. »Du bist zu nichts zu gebrauchen!«

»Ja.« Für einen Außenstehenden klang seine Antwort, als habe er jede Widerstandskraft und jegliche Hoffnung schon seit langem verloren.

»W-wir bemühen uns, w-weißt d-du, Tansu.« Yılmaz schien seinen wahren Gefühlen in dieser Angelegenheit Ausdruck verleihen zu wollen. »W-wir bemühen …«

»Wenn ihr euch bemühen müsst, seid ihr mir keinerlei Hilfe, oder?«, schimpfte die Sängerin.

Und fügte, wie so oft ihren Bruder nachäffend, hinzu: »Wenn d-du mir Erols T-Telefonnummer b-besorgen k-könntest, wärst du n-nicht g-ganz so nutzlos, Y-Yılmaz!« Und lachte ihn anschließend aus.

»Der Klang fröhlichen Gelächters«, ließ sich eine unbekannte Stimme plötzlich vernehmen, »lässt mich hoffen, dass Sie, meine liebe Tansu Hanim, vielleicht doch nicht so schwer verletzt sind.«

Zeitgleich drehten sich Tansu, Galip und Yılmaz zu der unbekannten Stimme um, die offensichtlich zu einer kleinen, etwas ungepflegten Person gehörte, die in der geöffneten Tür stand.

»Welch ein zauberhaftes Haus«, log İkmen, »welch ein wundervolles Beispiel für den Bauhausstil.« Er trat einen Schritt zur Seite, um den Blick auf Süleyman freizugeben, und fügte hinzu: »Ich nehme an, dass ich Ihnen Herrn Inspektor Süleyman nicht mehr vorzustellen brauche, oder?«

»Wer *sind* Sie?«, wollte Galip wissen, dessen Augen beim Anblick des Fremden zu schmalen Schlitzen geworden waren.

İkmen grinste unschuldig. »Oh, habe ich mich nicht vorgestellt? Wie unhöflich von mir. Ich bin Inspektor İkmen, ein Kollege von Inspektor Süleyman.« Er streckte Galip freundlich die Hand hin. »Und Sie sind?«

»Galip Em…«

»Ich dachte, ich hätte deutlich gemacht, dass ich keine Polizisten mehr sehen will!«, schrie Tansu außer sich. »Ich habe gerade erst zwei Ihrer Männer aus diesem Haus rausgeschmissen und …«

»Ja.« İkmen ging auf die auf dem Sofa kauernde Frau zu und ergriff ihre Hand. »Die Polizeimeister Çöktin und Tepe. Es tut mir Leid, sollten sie Ihnen Ärger verursacht haben. Aber jetzt sind Inspektor Süleyman und ich ja gekommen, um Ihre Sorgen zu lindern, meine liebe Tansu Hanim.« Er küsste ihre Hand und spürte, dass eine Welle von Abscheu durch ihren ganzen Körper lief. Doch ihre Stimme klang jetzt ruhiger.

»Meine Sorgen zu lindern?«

İkmen schob Galip etwas grob zur Seite und setzte sich. »Polizeimeister Tepe hat uns darüber informiert, dass Sie es abgelehnt haben, sich im Krankenhaus behandeln zu lassen.«

Tansu beäugte ihn misstrauisch. »Ja?«

»Nun, als Vertreter einer verantwortungsvollen Behörde können wir es kaum dulden, dass der größte Star der Türkei ein solches Risiko eingeht«, erklärte er lächelnd. »Und daher habe ich Ihnen einen unserer eigenen Mediziner mitgebracht. Da ich Sie und Ihr gesamtes Werk so unendlich verehre, konnte ich gar nicht anders.«

Süleyman räusperte sich nervös, da er fürchtete, İkmen habe vielleicht etwas zu dick aufgetragen.

Eine ganze Weile starrte Tansu mit echsenartig lauerndem Blick İkmen direkt in die Augen, dann wurden ihre Gesichtszüge langsam etwas sanfter. »Sie mögen meine Musik?«

»Ich liebe sie«, sagte İkmen begeistert und beugte sich vor, um die Zigarette anzuzünden, die immer noch zwischen Tansus Fingern baumelte.

»Was gefällt Ihnen denn an meiner Musik?«, fragte die Sängerin argwöhnisch.

»Ich bewundere Ihre Leidenschaft.« İkmen schloss die Augen, als gerate er allein bei dem Gedanken an die Musik schon in Verzückung.

»Meine Leidenschaft?«

»Oh, in Liedern wie *Ich will nichts von dir* oder *Hass ist mein einziger Freund* oder *Der blaugrüne Vogel blutet* – ich könnte noch viele aufzählen!«

»Wirklich?«

»Ja.«

»Und wo ist der Arzt, den Sie mitgebracht haben?«

Alle Augen richteten sich nun auf Galip, der İkmen feindselig anstarrte, seit dieser ihn vom Sofa verdrängt hatte.

»Der Arzt wäscht sich gerade in Ihrem Bad«, erklärte İkmen lächelnd.

Galips Blick wurde misstrauischer. »Und woher weiß er, wo unser Badezimmer ist?«

»Ihre Schwester, Fräulein Latife, hat ihr den Weg gezeigt. Der Arzt ist nämlich eine Sie. Frau Doktor Halman«, meldete sich Süleyman zu Wort.

»Wir hatten das Gefühl, eine Ärztin sei angemessener für die Situation, nicht wahr, Herr Inspektor?«

»Oh, ja, natürlich.«

»Aber w-wo ist d-die Ä-Ärztin?«, fragte Yılmaz mit sehr verängstigtem Gesichtsausdruck.

İkmen wandte sich kurz von Tansus verheultem Gesicht ab

und sagte lächelnd: »Wie ich bereits sagte, Frau Doktor Halman wäscht sich gerade.«

»Haben Sie eine Vorstellung davon, wie sauber die Hände eines Arztes sein müssen, bevor er einen Patienten berührt?«, fügte Süleyman hinzu.

»Ich schon«, sagte Tansu hastig. »Ich brauchte viele Operationen, um, nun, äh, Probleme, Schmerzen und schlimme Sachen und … Aber keiner von diesen beiden«, sagte sie und zeigte dabei vage auf ihre Brüder, »war je im Krankenhaus.«

»Ja, aber …«

»Du bist ein dummer Bauer, Galip!«, rief sie harsch. »Ärzte brauchen lange, um sich vorzubereiten. Ich weiß das. Ich habe gelitten, ich habe es durchlebt!«

»Das haben Sie, in der Tat«, warf İkmen ein und täuschte das falscheste Lächeln seiner ganzen Berufslaufbahn vor, »und sobald die Ärztin mit dem Waschen fertig ist und sich kurz Ihre Schwester angesehen hat, wird sie sich um Sie kümmern.«

Tansu errötete. »Meine Schwester …«

»Ja«, erwiderte İkmen, »sie war doch schließlich auch in den Unfall verwickelt, oder etwa nicht?«

»Ja.«

»Dann ist eine Ärztin vermutlich genau die Person, die jetzt nach ihr schauen sollte«, meinte İkmen lächelnd. »Nichts, worüber Sie sich Sorgen machen sollten, da bin ich sicher.«

Gerade als sich Tansu zu ihren Brüdern umdrehte, ging die Tür auf und hinter einer kleinen, molligen, blonden Frau wieder zu. Alle starrten in ihre Richtung. İkmen und Süleyman erhoben sich sogar.

»Ach, Frau Doktor!«, rief Ersterer begeistert und zeigte auf Tansu. »Ihre hoch geschätzte Patientin.«

»Ach.«

Die beiden Männer gingen auf die Ärztin zu und sie flüsterte İkmen im Vorübergehen etwas ins Ohr. Obwohl keiner der

Emins auch nur ein Wort verstehen konnte, beobachteten sie sich während dieses Wortwechsels äußerst wachsam.

Plötzlich verzog sich İkmens Gesicht zu einem breiten Grinsen.

»Darf ich bitten?«, fragte Süleyman und schaute dabei die äußerst nervös wirkenden Brüder an.

»Nun, es ist ja nur das Bein«, wandte Galip ein.

»Das denken Sie«, erklärte Frau Doktor Halman, während sie sehr geschäftig auf ihre Patientin zuging. »Aber ich muss auch untersuchen, ob Frau Emin nicht am Ende doch innere Verletzungen davongetragen hat, und daher wird es notwendig sein, dass sie ihre Kleider ablegt.«

Galip schaute zu Yılmaz und meinte in gespreiztem Ton: »Das gefällt mir nicht.« Sein Bruder zuckte jedoch lediglich mit den Schultern und stand auf.

Lächelnd forderte Süleyman sie erneut auf. »Meine Herren?«

Yılmaz durchquerte langsam den Raum und sein Bruder folgte ihm noch schleppender nach draußen.

»Nun«, bat Frau Doktor Halman und setzte sich neben ihre Patientin, »lassen Sie mich erst mal einen Blick auf Ihr Bein werfen.«

16. Kapitel

Sie stand in der Eingangshalle, als die kleine Gesellschaft aus dem Wohnzimmer kam, und hatte ihren Blick starr auf die Polizeimeister Çöktin und Tepe gerichtet, die am unteren Treppenabsatz standen. İkmen achtete jedoch gar nicht auf die Augen von Latife Emin, sondern vielmehr auf ihre stabilen »vernünftigen« Schuhe. Da Frau Doktor Halman ihn gerade darauf hingewiesen hatte, sah er deutlich, dass der linke Schuh eine dickere Sohle hatte als der rechte. Yılmaz, dem es offensichtlich die Sprache verschlagen hatte, stand rechts neben İkmen und schnappte lediglich kurz nach Luft, ob überrascht oder ängstlich, ließ sich nicht sagen.

»Ich dachte, sie wären längst weg …«, rief sein redegewandterer Bruder.

»Die Kollegen Çöktin und Tepe werden sich erst mal um Sie kümmern«, erklärte İkmen und lächelte die beiden leichenblassen Männer an.

»Nein!«, wollte Galip einwenden, doch Süleyman ergriff seinen Arm und drehte ihn schmerzhaft auf seinen Rücken.

»Doch, ich denke schon«, sagte er mit Nachdruck.

»Ich schlage vor, Sie suchen sich ein hübsches kleines Zimmer und warten dort mit diesen Herren«, sagte İkmen an die Polizeimeister gewandt, die nach Galips kleinem Ausbruch allen Beteiligten deutlich gezeigt hatten, dass sie bewaffnet waren. »Natürlich nur, wenn Sie hier in dieser Anhäufung von Scheußlichkeiten etwas Passendes finden können«, fügte er grinsend hinzu.

Süleyman schob die beiden Brüder vor sich her und übergab sie den beiden jüngeren Beamten.

»Herr Inspektor.«

Anschließend wandte sich İkmen um und betrachtete Latife Emin. Ihr Gesicht war genauso weiß wie ihre zarte Leinenbluse.

»Sie wissen, dass Sie auf einem so wunderbaren Parkettboden wie diesem nicht so schwere Schuhe tragen sollten«, sagte İkmen und ergriff dabei ihren Arm. »Sie könnten großen Schaden anrichten. Warum ziehen Sie sie nicht aus?«

Latife Emin schob die Marilyn-Monroe-Biographie zur Seite, an der sie in letzter Zeit so viel Spaß gehabt hatte, und setzte sich auf einen Stuhl neben dem Tisch.

»Aha«, meinte İkmen, während er ihr beim Hinsetzen zuschaute, »Sie mögen Marilyn, nicht wahr?«

»Ja.«

»Eine Frau, deren wahre Talente stets verkannt wurden.« İkmen nahm das Buch zur Hand und drehte es um. »Und Sie können Englisch lesen, Frau Emin?«

»Ich komme damit zurecht«, erwiderte sie und bedeutete den beiden Männern, sich zu setzen.

İkmen, der stets eine besonders gute Beobachtungsgabe hatte, wenn es um Rauchutensilien ging, sah erfreut auf die zahlreichen Aschenbecher. »Ich nehme an, Sie haben nichts dagegen, wenn wir rauchen?«, fragte er und bot zugleich Süleyman eine Zigarette aus seinem Päckchen an.

»Selbstverständlich nicht«, erwiderte die Frau und strich sich geistesabwesend eine platinblonde Haarsträhne aus dem Gesicht.

Die beiden Männer setzten sich und zündeten ihre Zigaretten an. Kurze Zeit verharrten sie schweigend, so dass man nur das entfernte Bellen eines Hundes hören konnte.

»Also, warum haben Sie Ruya Urfa umgebracht?«, fragte İkmen, nachdem seiner Meinung nach genug Zeit verstrichen war.

»Ich war es nicht.« Es klang sehr nüchtern, wie eine simple Tatsachendarlegung.

İkmen lächelte. »Ach? Sie waren es nicht?«

»Nein.«

»Warum hat Ihre Schwester Ihnen dann nach dem Autounfall zugerufen, sie sollten weglaufen?«, mischte sich Süleyman ein und versuchte dabei ohne Erfolg, Latife Emins ausweichenden Blick einzufangen.

»Weil sie dachte, der Benzintank könnte explodieren.« Sie schaute fragend auf, als suche sie Anerkennung für diese ausgesprochen logische Erklärung.

»Ja, schon gut«, meinte İkmen, »sehr klug. Und Ihr Bein?«

Sie runzelte die Stirn. »Wie bitte?«

»Unsere Ärztin hat uns versichert, dass Ihre Beine unterschiedlich lang sind. Wenn ich mir Ihre Schuhe richtig angeschaut habe, dann ist Ihr linkes Bein kürzer.«

»Ich bin mit dieser Behinderung geboren worden, aber normalerweise hinke ich nicht. Ich kompensiere es, indem ich auf dem Fußballen laufe. Nur seit diesem Unfall ...«

»Ach, kommen Sie, Latife!« Ein leises glucksendes Lachen begleitete İkmens Worte. »Ich mag zwar nur ein gewöhnlicher Istanbuler Polizist sein, dennoch möchte ich Sie bitten, meine Intelligenz nicht zu beleidigen.« Er beugte sich vor und studierte intensiv Latifes Schuhwerk. »Selbst ein Idiot sieht, dass dieser linke Schuh so gearbeitet wurde, dass er Ihre Behinderung ausgleicht.« İkmen zeigte auf die hohe, recht modische Plateausohle und den Keilabsatz. »Ein äußerst professionell gearbeiteter Schuh, Frau Emin, aber bitte ...«

»Ich trage meine Schuhe immer! Tansu hasst es, wenn die Leute mich ohne Schuhe sehen. Ich würde niemals ...«

»Habe ich gesagt, Sie seien jemals ohne Schuhe gelaufen, Frau Emin?«, fragte İkmen und blickte dabei ganz kurz zu Süleyman. »Ich glaube nicht. Und selbst wenn, wüsste ich nicht, was das bedeuten soll. Sie etwa?« Er lehnte sich wieder zurück und konzentrierte sich einen Moment lang einzig auf seine Zigarette. Latife Emin studierte derweil mit gesenktem Blick die Platte des kleinen Tisches an ihrer Seite.

»Wo waren Sie in der Nacht, in der Ruya Urfa ermordet wurde?«, fragte Süleyman.

»Ich war hier in meinem Bett.«

»Während Ihre Schwester entweder bei Ihnen war oder in einer Bar in der Stadt, je nachdem, für welche Geschichte Sie sich entscheiden.«

İkmen beugte sich zu Latife vor. »Sehen Sie, Madame, wenn Sie uns Lügen erzählen, verwirren Sie uns völlig.«

Sie schaute auf und die beiden Polizisten sahen die Angst in ihren Augen. »Ich war hier«, beharrte sie. »Tansu war aus, um was weiß ich nicht zu tun.«

»Und kann irgendjemand bestätigen, dass Sie zu Hause waren?«

»Natürlich von Ihren beiden Brüdern einmal abgesehen?«, setzte İkmen lächelnd hinzu.

»Nein.« Latifes Blick war wieder ganz auf die Tischplatte gerichtet.

Erneut legte sich eine bleierne Stille wie ein dicker Teppich über die Anwesenden.

»Wir können von mir aus gerne den ganzen Abend so weitermachen«, meinte İkmen schließlich, während er seine Zigarette im Aschenbecher ausdrückte und sich sofort eine neue anzündete. »Wir stellen Behauptungen auf und Sie widerlegen sie, aber ...«

»Aber?«

»Aber ich denke, wir kommen ein bisschen schneller voran,

wenn Ihnen Inspektor Süleyman jetzt erst einmal die ganze Geschichte erzählt.« Er schaute zu Süleyman und fragte: »Was halten Sie davon, Inspektor?«

»Ich halte das für eine hervorragende Idee.« Süleyman betrachtete Latifes Profil und lächelte. »Ruya Urfa wurde mit einem Stück Mandelhalva vergiftet, das Zyanid enthielt. Eine schlaue Idee, denn das tarnte den Bittermandelgeruch. Zudem wurde die Tat zu einem Zeitpunkt begangen, da die ganze Stadt ein Fußballspiel verfolgte.«

»Die einzige Person, die wir direkt mit dem Tatort in Verbindung bringen konnten«, fuhr İkmen fort, »ist ein Mann mittleren Alters mit Down-Syndrom. Eine Frau, die so klug ist wie Sie, wird sicherlich verstehen, dass dieser Mann unmöglich ein derart komplexes Verbrechen erdacht haben kann.«

»Genau«, stimmte ihm Süleyman zu und beobachtete, dass sich Latifes Gesicht zunehmend grau verfärbte. »Die Fingerabdrücke dieses Mannes wurden auf der Leiche von Frau Urfa gefunden, und außerdem hat er das Kind, die kleine Merih Urfa, vom Tatort entführt.« Er beugte sich vor und versuchte erneut, Latife in die Augen zu schauen. »Er hat ausgesagt, dass er das Kind mitgenommen habe, weil er fürchtete, die Mörderin, eine Frau, auf die Ihre Beschreibung passt, könnte zurückkommen und dem Kind möglicherweise etwas antun.«

»Und natürlich glaubt die Istanbuler Polizei einem Mann, der von Geburt an blöd ist.« Es klang mehr wie eine Feststellung denn wie eine Frage.

İkmen lächelte. »Auch wenn Herr Temiz etwas langsamer denkt, so ist er noch lange nicht blöd. Er besitzt zwei gut funktionierende Augen, und wenn er Angst verspürt, dann ist ihm das durchaus bewusst.«

»Und die Beschreibung der Frau, die er in Urfas Apartment gesehen hat, war gut«, erklärte Süleyman. »Blonde Haare und ein Pelzmantel, von dem wir einige Haare gefunden haben.«

»Sie haben meine Schwester deswegen befragt, meine Schwester, die den ganzen Abend außer Haus war.«

»Ja, das haben wir«, sagte İkmen, »und jetzt wissen Sie, warum in diesem Zusammenhang Ihre unglückselige Behinderung und der daraus resultierende hinkende Gang eine so große Rolle spielen.«

»Hinkender Gang? Was meinen Sie damit?«

»Der Gang, den Herr Temiz vor den Augen Ihrer Schwester nachgeahmt hat.«

»Weil er nämlich Ihre Schwester zunächst für die Täterin hielt, bis sie auf ihn zukam. Aber das wissen Sie doch schon, nicht wahr?«, fügte İkmen an.

»Aber ich habe überhaupt keinen hinkenden Gang, wie Sie es nennen!«, rief Latife mit leicht gerötetem Gesicht. »Ich habe Ihnen doch gesagt, wenn ich barfuß gehe, kompensiere ich es immer, indem ich …«

»Indem Sie auf den Fußballen auftreten«, ergänzte İkmen. »Ja, das verstehe ich. Und ich nehme an, unter normalen Umständen tun Sie das auch. Aber in der Hitze des Gefechts, zum Beispiel, wenn sie gestört werden …«

»Doch wenn ich tatsächlich, wie Sie annehmen, in jener Nacht aus irgendeinem Grund zu Frau Urfas Wohnung gegangen wäre, warum sollte ich das ohne meine Schuhe getan haben? Wie ich bereits gesagt habe, ich trage sie immer.«

Süleyman lächelte. »Es sei denn, es wäre dumm, sie zu tragen. Und in Anbetracht der Größe und Schwere Ihrer Schuhe gehe ich davon aus, dass sie auf dem Marmorboden der İzzet-Paşa-Apartments mehr Krach gemacht hätten, als Ihnen lieb gewesen wäre. Trotz des Fußballspiels hätte Sie jemand hören können. Das Risiko konnten Sie nicht eingehen.«

Latife Emin lehnte sich zurück und schaute die beiden Männer scharf an. »Wenn ich irgendwo ohne Schuhe hinginge, sähe ich mit Sicherheit dumm aus und würde Aufmerksamkeit auf mich lenken. Und überhaupt, wenn meine Schuhe so viel Krach machen, warum haben Sie das bis jetzt nicht bemerkt?«

»Das, wonach man nicht sucht oder was man für unbedeutend hält, übersieht man gelegentlich«, entgegnete İkmen ernst. »Und wenn Sie in der Mordnacht einen der schönen langen Pelzmäntel Ihrer Schwester trugen und Sie, wie Sie selbst gesagt haben, normalerweise Ihre Behinderung kompensieren, müssen Sie doch ganz normal ausgesehen haben, nicht wahr?«

Und während sich erneut Stille zwischen den Glaswänden der Veranda ausbreitete, starrte Latife Emin kurz auf ihre Füße hinab, bevor sie ihren scharfen Blick wieder auf die Gesichter der Männer richtete, die sie verhörten.

»Ihre Ärztin hält sich schon sehr lange bei meiner Schwester auf«, bemerkte Latife Emin, während sie versuchte, sich etwas bequemer hinzusetzen.

»Vielleicht hat Ihre Schwester Verletzungen erlitten, von denen sie zunächst nichts gemerkt hat«, antwortete İkmen ruhig. »Oder vielleicht verabreicht ihr Frau Doktor Halman gerade ein Beruhigungsmittel.«

»Um sie ruhig zu stellen, während Sie mich hier verhören?«, fragte Latife lächelnd. »Ich schätze, ich muss Sie nicht darauf hinweisen, dass es sich bei allem, was Sie mir gerade erzählt haben, um reine Spekulationen handelt.«

»Dann haben Sie nicht nur Englisch, sondern auch Jura studiert, Frau Emin?«, meinte İkmen sarkastisch. »Sie sind eine kluge Frau. Ich frage mich, welche Fähigkeiten Sie noch besitzen.«

Sie wandte sich ab und schaute durch die Glasscheibe hinaus in den Garten.

»Da wir uns mit Ihrem Gärtner Reşat unterhalten haben«, erklärte Süleyman, »wissen wir, dass sich hier auf dem Gelände eine Flasche mit dem Gift befindet, mit dem Frau Urfa umgebracht wurde.«

»Ja, im Gewächshaus«, entgegnete sie ruhig. »Möchten Sie sie sehen?«

»Noch nicht.«

»Soweit ich weiß, haben Sie sogar ein Etikett für ihn geschrieben.«

»Ja, Reşat kann weder lesen noch schreiben.«

»Aber Sie machen das gerne für ihn, nicht wahr?«, fragte İkmen und zündete sich eine weitere Zigarette an. »Sie mögen es, die Dinge richtig zu etikettieren und Reşat zu zeigen, dass Sie dazu in der Lage sind.«

Latife Emin strich ihre dicken Haare zurück und schaute auf ihre Uhr. »Ihnen ist hoffentlich klar, dass Ihrem so genannten Zeugen einiges blüht. Unser Anwalt kann schon geistig normale Menschen ganz schön in die Mangel nehmen, aber mit einem Idioten …«

»Oh, Herr Temiz ist geistig ganz gesund, das kann ich Ihnen versichern«, entgegnete İkmen und fügte dann stirnrunzelnd hinzu: »Und abgesehen davon, warum sollte Herr Öz Herrn Temiz in die Mangel nehmen wollen, wenn er, und das unterstellen Sie ja, nicht die Wahrheit sagt? Ein ›Idiot‹, ob man ihn nun in die Mangel nimmt oder nicht, wird durch einen Gerichtsprozess sowieso sehr schnell eingeschüchtert und verwirrt. Und falls Herr Temiz nicht die Wahrheit gesagt hat, dann wird es sich in diesem Stadium von ganz allein zeigen.«

»Ich muss allerdings sagen«, warf Süleyman ein, eher an İkmen als an Latife gewandt, »dass es immer von Vorteil ist, wenn die wirklichen Umstände vor dem Prozess bekannt sind.«

»Ja«, erwiderte sein Kollege, »dann kann die Verteidigung in Ruhe über mildernde Umstände nachdenken und den Angeklagten auch auf alle Eventualitäten vorbereiten.«

Latife Emin lachte herzlich, was viel angenehmer klang als bei ihrer Schwester, da sie nicht zwischendurch vom Raucherhusten geschüttelt wurde.

»Oh, nicht schlecht, meine Herren, doch ich weiß nur zu gut, dass ich längst bei Ihnen auf der Wache wäre und nicht mehr gemütlich hier in meinen eigenen vier Wänden sitzen würde, wenn Sie irgendwelche überzeugenden gerichtsmedizinischen Beweise hätten.« Latife erhob sich. »Wenn Sie mich also jetzt entschuldigen würden …«

Süleyman schaute zu İkmen, wobei sein Blick leichte Panik verriet. İkmen hingegen blieb gelassen sitzen.

»Sie können natürlich jetzt gehen, Madame. Wenn Sie allerdings so unschuldig sind, wie Sie behaupten, macht es Ihnen doch sicherlich nichts aus, sich anzuziehen und uns für eine Gegenüberstellung mit Herrn Temiz auf die Wache zu begleiten.« Er lächelte. »Nur um alles aufzuklären, Sie wissen schon. Ich meine, angesichts der Tatsache, dass Herr Temiz überzeugt war, Ihre Schwester sei die Täterin gewesen, bis er ihren Gang bemerkt hat, und wenn man bedenkt, wie ähnlich Sie beide sich sehen …«

»Bis wir dort ankommen, dürfen Sie natürlich Ihre Schuhe tragen, doch dann würden wir Sie bitten, sie auszuziehen«, fügte Süleyman hinzu. »Das verstehen Sie doch, nicht wahr?«

Bevor sie antwortete, blickte sie die beiden Männer eine geraume Zeit abwechselnd an. »Dann mache ich mich fertig«, sagte sie entschieden. »Lassen Sie uns die Angelegenheit so schnell wie möglich aufklären, nicht wahr?«

Als sie die Veranda verließ, warf Süleyman seinem Kollegen einen nervösen Blick zu.

»Ich glaube, ich sollte jetzt Frau Doktor Halman helfen, Tansu Hanim auf ihr Zimmer zu bringen«, flüsterte der ältere Mann geheimnisvoll in Süleymans Ohr.

Tepe, der bereits wieder etwas entspannter war als während der schweigsamen Wache mit Çöktin bei den Emin-Brüdern, bot an, seinen Vorgesetzten, die Ärztin und Tansus Schwester zurück zur Polizeiwache zu chauffieren. Er fuhr Süleymans Auto sehr gerne, denn wenn man Gas gab, ging es richtig ab. Natürlich würde er dieses Mal mit dem BMW nicht rasen. Çöktin dagegen fuhr allein in Tepes Wagen. Man brauchte kein Genie zu sein, um zu bemerken, dass er recht unglücklich über die Ereignisse dieses Abends war. Für ihn war alles viel zu persönlich geworden – vor allem, als die Sängerin und ihr Bruder etwas verzweifelt an seine Loyalität als Kurde appelliert hatten. Als Çöktin die Auffahrt hinabfuhr, sah er im Rückspiegel zwei blasse Gesichter hinter einem der Fenster im Erdgeschoss. Die Brüder.

Gleich nach der Abfahrt wandte sich Latife Emin, die zwischen Süleyman und Frau Doktor Halman auf der Rückbank saß, an die Psychiaterin und fragte: »Wird meine Schwester bald wieder in Ordnung sein?«

»Ja. Sie hat einen üblen Schock, aber ich habe ihr etwas zum Schlafen gegeben, das außerdem ihren Blutdruck senkt.«

»Hat sie denn hohen Blutdruck?« In Latifes Stimme schwang jetzt aufrichtige Besorgnis, wenn nicht leichte Panik mit.

Die Ärztin zuckte mit den Schultern. »Häufig eine Begleiterscheinung von Stress. Ich glaube nicht, dass es ein dauerhafter Zustand ist.«

Während das Auto durch die malerischen Viertel İstinye und Emirgan fuhr, in denen jetzt nach Sonnenuntergang typischerweise die wohlhabenden, modisch gekleideten Bewohner aus ihren Häusern traten, um essen zu gehen oder um sich einfach an der kühleren Abendluft zu erfrischen, herrschte Schweigen im Inneren des BMW. Süleyman schaute ab und zu aus dem Fenster auf die bunten Szenen, die draußen an ihm vorbeizogen, doch gelegentlich blickte er auch verstohlen zu Latife Emin, deren Gesicht mit Ausnahme ihrer stechenden Augen sehr ruhig wirkte. Aber warum, dachte er, sollte es auch anders sein? Vorhin im Haus war sie völlig im Recht gewesen. Falls Cengiz Temiz sie nicht identifizieren würde, hätten sie nichts gegen sie in der Hand. Und davon abgesehen, konnte er sich nicht vorstellen, welches Motiv Latife gehabt haben sollte, Ruya Urfa umzubringen, vor allem, wenn İkmen Recht hatte und sie über Erols Religion Bescheid wusste. Nun gut, soweit er wusste, war Latife bei einer Gelegenheit Ruya näher gekommen als die meisten Menschen, doch ob sie wirklich herausgefunden hatte, dass die Urfas Jesiden waren, ließ sich nicht sagen. Und vor allem, falls Latife wirklich so schlau war, wie İkmen anscheinend annahm, dann hätte sie Ruya nicht umgebracht, damit Erol für ihre Schwester wieder frei wäre. Sie hätte gewusst, dass er Tansu niemals heiraten würde. Wenn also Latife Ruya getötet hatte, dann musste es ein anderes Motiv geben, oder nicht?

Nachdem der Wagen erst einmal die gewaltige Hängekonstruktion der Fatih-Brücke im Süden erreicht hatte, näherten sie sich schnell und sicher ihrem Ziel. İkmen, der vorn neben Tepe saß, betrachtete im Rückspiegel interessiert Latife Emins Gesicht. Nicht ein Augenzucken. Er musste zugeben, dass sie sehr nervenstark wirkte, und überlegte daher, wie lange sie wohl noch so durchhalten würde, vor allem angesichts der Gegenüberstellung mit Cengiz Temiz. Schließlich war dieser bei Tansus Anblick beinah zusammengebrochen – ein Sachverhalt, den Latife sicherlich erfahren hatte.

Eine halbe Stunde später, als der Wagen auf den Parkplatz der Polizeiwache einbog, erhielt İkmen die Antwort.

Seit wann die Einwohner Istanbuls in so erdrückender Angst vor Polizei und Militär leben, lässt sich schwer sagen. Waren es die unruhigen siebziger Jahre, in denen die Politik gefährlicher und polarisierender wurde, oder die ruhigeren achtziger Jahre, in denen das ganze Land unter dem Joch des Kriegsrechts lebte? Vielleicht, obwohl İkmen persönlich das Gefühl hatte, dieses Phänomen sei viel früher entstanden, schon damals, als unter der despotischen Regentschaft des Sultans Abdul Hamid Männer wie Frauen in der Furcht lebten, sich durch ein unabsichtlich geäußertes falsches Wort strafbar zu machen.

Hätte Abdul Hamid nicht regiert, ließe sich vermutlich schwer sagen, wann die Republik entstanden wäre. Vielleicht hätte es sogar bis 1923 gedauert, doch sein langieriges, despotisches Regime war sicherlich der nötige Antrieb für die leidende Nation, sich nach Veränderung zu sehnen. Es wird behauptet, dass Abdul Hamid mehr Spione besaß, die seine paranoiden Ängste nährten, als jeder andere moderne Monarch. Es waren Tausende und er las tagtäglich die Berichte jedes Einzelnen.

Latife Emin stieg ruhig und bereitwillig aus dem Auto aus. Sie schritt sogar, ohne Hilfe zu benötigen, entschlossen auf den Hintereingang zu.

»Sie werden Ihre Schuhe ausziehen müssen und anschließend vor Herrn Temiz auf und ab gehen«, erklärte İkmen und stellte dabei eine große Einkaufstüte vor ihr ab, die er gerade aus dem Kofferraum geholt hatte. »Und natürlich müssen Sie dabei das hier anziehen«, fügte er hinzu.

Am Ende war es der Geruch, der sie zusammenbrechen ließ.

Als Süleyman die Tür zu dem langen, jetzt in den Abendstunden schwach beleuchteten Gang öffnete, der zwischen den Zellen hindurchführte, schlug ihnen ein warmer Mief entgegen. Der Geruch trauriger, ungewaschener Gestalten. Vielleicht war es aber auch der Anblick des weißen Pelzmantels in der Tüte. Latife Emin umklammerte auf einmal die Türpfosten und stemmte sich gegen den Eingang. Für İkmen ähnelte sie von hinten dem ans Kreuz genagelten Christus.

Sie sprach nur ein einziges Wort: »Nein.«

»Da wir schon so weit gekommen sind, müssen wir jetzt

auch weitermachen«, meinte İkmen und legte ihr dabei behutsam eine Hand auf die Schulter. »Herr Temiz ist bereits auf Ihren Besuch vorbereitet.«

»Nein!«

»Frau Emin ...«

»Und wenn er mich identifiziert?«

İkmen schaute zu Süleyman und dann wieder in ihre im Schatten tiefschwarz wirkenden Augen.

»Dann werden wir Ihnen noch ein paar weitere Fragen stellen.«

Ihr Gesicht verzog sich derart, dass İkmen, wüsste er es nicht besser, es leicht für die Maske eines weiblichen Teufels hätte halten können.

Freundlich, aber bestimmt fasste Frau Doktor Halman Latife Emin um die Hüfte und versuchte sie in das Gebäude hineinzuführen. »Kommen Sie, die Angelegenheit muss ...«, begann sie.

»Nein! Nein, ich kann nicht.«

»Aber warum sind Sie dann ...«

»Ich erzähle Ihnen alles, in Ordnung?«, heulte Latife, wobei ihr aus Verzweiflung große Tränen die Wangen hinabliefen. »Bringen Sie mich nur irgendwohin, wo es zivilisiert ist, und ich erzähle Ihnen alles, was Sie hören wollen! Und hier«, sie trat mit aller Kraft die Tüte mit dem Pelzmantel von sich weg, »nehmen Sie das Ding hier weg! Sofort!«

17. Kapitel

Inspektor İkmens Bitte, das Vernehmungszimmer Nummer drei gründlich zu reinigen, bevor er und Inspektor Süleyman schließlich die kleine, platinblonde Frau hineinführten, war höchst ungewöhnlich. Die beiden jungen, mit dieser Aufgabe betrauten Beamten konnten sich den Grund dafür jedenfalls nicht erklären. Aber İkmen konnte gelegentlich recht merkwürdig sein, und daher kamen die Polizeianwärter seinen Anweisungen, wenn auch recht gemächlich, nach, obwohl sie wussten, dass er offiziell gar nicht im Dienst war. Sie waren sich darüber einig, dass eine Weigerung keine gute Idee wäre.

Nachdem Latife Emin auf ihrem Stuhl Platz genommen hatte, sprach sie deutlich Namen und Geburtsdatum ins Aufnahmegerät. Als sie ihr Alter mit zweiundfünfzig angab, spekulierte İkmen in Gedanken kurz über das wahre Alter ihrer älteren Schwester Tansu.

Süleyman setzte sich Latife genau gegenüber und begann sofort mit dem Verhör. »Wann sind Sie Ruya Urfa zum ersten Mal begegnet, Frau Emin?«

»Vor einem Jahr etwa, vielleicht ist es auch schon ein bisschen länger her«, erwiderte sie. »Sie war damals schwanger. Süßes Mädchen.«

»Haben Sie mit ihr gesprochen?«

»Ja. Meine Schwester ignorierte sie vollkommen. Mir tat sie Leid.«

»Worüber haben Sie sich unterhalten?«, fragte İkmen, nachdem er in Anbetracht der zunehmenden Hitze in diesem Raum sein Jackett ausgezogen hatte. »Gibt es irgendetwas, worüber sich Erols Frau und die Schwester seiner Geliebten unterhalten können?«

Latife lächelte. »Wir haben uns über Bildung unterhalten. Ruya machte sich Sorgen, sie könne Erol und das ungeborene Kind enttäuschen.«

»Warum? Warum sollte sie sie enttäuschen?«

»Sie konnte weder lesen noch schreiben.«

Süleyman schaute İkmen vielsagend an und fragte seinerseits: »Haben Sie sie je wiedergetroffen?«

Latife Emin zuckte mit den Schultern. »Sie sagte, sie wolle lesen und schreiben lernen, und ich habe angeboten, ihr dabei zu helfen. Es war ihre Idee, die Stunden vor Erol geheim zu halten. Sie wollte ihn überraschen. Er war selten zu Hause bei ihr und deshalb trafen wir uns manchmal in ihrer Wohnung, manchmal aber auch in einem Park oder in einer Konditorei.«

»Sie mochten sie?« İkmen biss sich auf die Lippe und runzelte die Stirn.

»Ja«, antwortete sie schlicht.

»Und wann«, Süleyman holte eine Zigarettenschachtel aus der Tasche und zündete sich eine Zigarette an, »schlug ihre Freundschaft zu Ruya Urfa in Feindseligkeit um?«

»Nie. Ich mochte sie immer gern. Sie war lieb.«

»Und daher …«

»Erst als ich die letzten Puzzlesteine zusammengesetzt hatte, die einen von mir lang gehegten Verdacht bestätigten, habe ich beschlossen, äh …« Sie schaute zu Boden, bis sie sich wieder in der Gewalt hatte. »Ich wusste, dass Ruya am Abend des Fußballspiels allein zu Hause sein würde. Ich schlug ihr diese Zeit für eine Unterrichtsstunde vor und sie war einverstanden. Ich hatte Zugang zu Reşats Zyanid und träufelte etwas davon auf ein Stück Mandelhalva, denn ich wusste, dass man so das Gift nicht würde riechen können.« Sie schaute İkmen direkt in die

Augen, als sie weitersprach. »Ihr Todeskampf schien Stunden zu dauern, obwohl es nur wenige Augenblicke gewesen sein können. Ich hatte nicht die Absicht, sie leiden zu lassen.«

Latife hatte dies alles so kühl wie eine Sprechübung heruntergebetet. İkmen fiel es schwer, das eben Gehörte zu verdauen, und wäre sie nicht gleich fortgefahren mit ihrer Schilderung, hätten die beiden Männer sicherlich noch eine ganze Weile kein Wort herausgebracht.

»Nachdem es vorbei war, bin ich gegangen. Ich nahm die restliche Halva mit, zog meine Schuhe aus, um auf der Treppe keinen Krach zu machen, und ging los.«

»Aber?«

»Aber gerade als ich die Tür öffnete, fiel mir Ruyas Stift ein. Jeder, der Ruya kannte, wusste, dass sie nie solch ein Ding benutzte, daher bin ich zurück in die Küche geeilt, um ihn zu holen. Wenn ich nicht auf halbem Wege diesen Dummkopf hinter mir gehört hätte, hätte ich ihn auch noch geholt. Doch er hat mich so erschreckt, dass ich einfach weggelaufen bin.«

»Und den Stift und Cengiz in der Wohnung gelassen haben.«

»Und Merih, ja.«

»Dann müssen Sie also die Eingangstür offen gelassen haben, denn nur so konnte Cengiz …«

»Ja. Ich dachte, ich hätte genug Zeit und niemand wäre in der Nähe.« Sie zuckte mit den Schultern. »Ich hatte natürlich beabsichtigt, ungesehen zu bleiben. Schicksal, vielleicht.«

»Und wie ist es Ihnen gelungen, vom Haus Ihrer Schwester zur İstiklâl Caddesi zu gelangen, ohne gesehen zu werden?«, fragte Süleyman, der immer äußerst pedantisch war, wenn es um Details ging.

Latife Emin seufzte. »Wenn man hinten ums Haus herum geht und sich dann links durch die Bäume schleicht, wird man nicht so leicht gesehen, vor allem, wenn man schwarz gekleidet ist und seinen Kopf verhüllt. Der Grund, warum ich gerade diesen Pelzmantel von Tansu wählte. Erstens ist er so lang, dass er meine Füße bedeckt, und außerdem ist er schwarz gefüttert. Zwischen den Bäumen trug ich ihn umgekehrt und zusätzlich ein schwarzes Tuch. Normalerweise würde ich so ein Ding niemals tragen. Wie ich weiß, haben Sie ja bereits herausgefunden, dass unsere Überwachungskameras keine Bänder enthalten, und zudem würde aus unserem Haushalt niemand je nach einer Person Ausschau halten, die zu Fuß geht. Meine Brüder durchqueren höchstens mal ein kleines Zimmer, ohne ein Auto zu benutzen.«

»Aber Sie sind im Herzen ein Mädchen vom Lande, nicht wahr, Frau Emin?«, hakte İkmen nach.

»Ja.« Sie lächelte. »Ich liebe den Garten und das Gewächshaus. Ich gehe gern vom Haus bis vor zur Straße, um ein Taxi in die Stadt zu nehmen.«

»Sogar barfuß?« Allein der Gedanke ließ İkmen zusammenzucken.

»Ja. Als ich klein war, besaßen Schuhe Seltenheitswert.«

Ihr Lächeln, das wie eine Maske auf ihrem Gesicht lag, versetzte die beiden Männer einen Augenblick lang in einen tranceartigen Zustand. Keiner von beiden konnte sagen, ob es freundlich oder arglistig oder etwas von beidem war. Sie wussten nur, dass sie für einen kurzen Moment das ungemein Fesselnde an Latifes Persönlichkeit gespürt hatten, mochte es auch sonst meist versteckt sein. Latife hatte beide Männer stärker in ihren Bann gezogen, als es ihrer älteren Schwester je, nicht einmal in zehn Leben, möglich wäre.

»Dann wissen wir jetzt also, dass Sie Frau Urfa umgebracht haben, wenn ich auch immer noch nicht verstehe, warum«, sagte İkmen langsam, nachdem er endlich wieder aus seiner Verzauberung erwacht war.

»Genau«, stimmte ihm Süleyman zu. »Das müssen Sie uns noch erzählen, nicht wahr, Frau Emin?«

»Ja.«
İkmen zuckte mit den Schultern. »Also?«
»Das ist kompliziert.«
»Ich habe das Gefühl, Sie sind überhaupt ein kompliziertes Wesen«, meinte İkmen. »Vielleicht ähneln sie Marilyn Monroe in dieser Hinsicht sogar, Frau Emin.«
Sie lächelte. »Genau wie ich besaß Marilyn Talente, die unerkannt blieben, ja.« Sie schaute wieder zu Boden und murmelte: »Wir hätten so viel lernen können, Marilyn und ich. Arme Frau.«
Süleyman neigte seinen Kopf zu Latife, um ihr in die Augen blicken und so zurück zum eigentlichen Thema kommen zu können. »Frau Emin?«
»Ja.« Der Anblick seiner Augen, die ihren so nahe waren, ließ Latife wieder zu sich kommen. Sie schaute auf und lehnte sich zurück. »Ruya. Ja.« Sie wischte sich etwas Schweiß von der Stirn und fuhr fort. »Um zu verstehen, warum ich … es getan habe, müssen Sie wissen, wie es mit meiner Schwester ist. Tansu ist zwar sehr großzügig, kann es allerdings nicht gut vertragen, wenn man etwas tut, was sie selbst nicht gutheißt. Weil sie es so will, gehen wir zum Beispiel zum gleichen Frisör, zum gleichen Schneider und zum gleichen Schönheitschirurgen. Wenn einer meiner Brüder ein Auto haben will, kann er eins haben, vorausgesetzt, es handelt sich um eins, das Tansu akzeptiert. Wenn einer von uns irgendeine Beziehung eingeht, dann muss Tansu damit einverstanden sein. Mag sie die Person nicht, muss diese Person wieder verschwinden.«
Süleyman sah aus, als könne er dies alles nicht glauben. Stirnrunzelnd fragte er: »Aber warum?«
»Weil sie die Kontrolle über das gesamte Geld hat«, erwiderte Latife schlicht. »Sie hat immer beabsichtigt, uns glücklich zu machen, aber, Allah möge ihr verzeihen, sie kann es nur auf eine Art tun, die ihr gefällt und die sie versteht. Sie ist in dieser

Hinsicht wie ein Mann, ein Vater, wissen Sie? Passt man sich nicht an, wird man mittellos hinaus in die Welt gestoßen. Und wir alle haben als Kinder solche Armut erlebt ...«

»Aber wenn Ihnen Ihre Schwester etwas versagt hat, was Sie sich sehnlichst wünschten, dann war doch Ihr Mord an Ruya Urfa keine Bestrafung für Tansu«, meinte İkmen. »Sie hasste dieses Mädchen.«

»Ja. Wie ich bereits sagte, um zu verstehen, was passiert ist, müssen Sie meine Schwester und meine Familie verstehen. Und Sie müssen verstehen, wie klug ich bin. Ich hoffe, dass Sie viel Zeit haben, meine Herren.«

»Meine Eltern lebten in Adana, in der tiefsten türkischen Provinz, als wir geboren wurden. Mein Vater arbeitete als Pflücker. Wir waren sehr, sehr arme Kurden. Und dann, als ich zwölf Jahre alt war, starb mein Vater, kurz nach Yılmaz' Geburt, und wir wurden noch ärmer.

Zu dieser Zeit, genauer gesagt schon seit ein paar Jahren, bekam meine damals sechzehnjährige Schwester Tansu Gesangsunterricht von einer alten Armenierin, die an der Ulu Cami wohnte. Meine Mutter behauptete immer, man habe Tansus Talent schon kurz nach ihrer Geburt erahnen können. Angeblich kam, noch bevor ich geboren wurde, ein Aşik in unser Viertel, um Volkslieder zu singen und zu spielen, und hat meiner Schwester, nachdem er ihre Stimme gehört hatte, eine große Zukunft vorausgesagt. Daher waren die Gesangsstunden von großer Bedeutung, auch wenn wir nach dem Tod meines Vaters völlig mittellos waren. Der Gesangsunterricht musste weitergehen.

Meine Mutter begann auf den Feldern zu arbeiten, um den Unterricht zu unterstützen. Sie brauchte zwei Stunden, um zu Fuß zur Arbeit zu kommen, und dann noch mal zwei Stunden für den Heimweg. Galip, der damals etwa acht Jahre alt war, verließ die Schule, um Schuhe zu putzen. Auch ich verließ die

Schule. Plötzlich hörten all die Mathematik-, Türkisch- und Geschichtsstunden, die ich so geliebt hatte, und all der andere Unterricht auf, damit ich mich zu Hause um meinen Bruder Yılmaz kümmern konnte. Doch der Gesangsunterricht ging weiter. Am Ende jeder Woche gaben Mutter, Galip und Tansu, die mittlerweile gelegentlich in recht dubiosen Lokalen auftrat, all ihr verdientes Geld in eine Tasse und nahmen wieder heraus, was nötig war, um die anfallenden Kosten zu decken. Das Geld für die Gesanglehrerin, Frau Nisanyan, wurde immer zuerst herausgenommen.

Doch einige Monate später wären die Hoffnungen meiner Mutter auf eine glänzende Karriere ihrer Tochter beinah wie eine Seifenblase zerplatzt. Tansu hatte sich in einen verheirateten Mann verguckt, den sie bei einem ihrer Auftritte kennen gelernt hatte, und wurde schwanger. Ich nehme an, Sie haben von ihrem Sohn gehört. Sie dachte, sie hätte ihn vor Jahren bereits ausbezahlt. Aber ... Also ging ich auf den Feldern arbeiten, während meine Mutter sich um das Baby kümmerte. Tansu machte weiter wie bisher.

Ohne Geld für eine Mitgift für eine von uns, ganz zu schweigen von dem Verlust der Jungfräulichkeit meiner Schwester, war die Vorstellung, dass eine von uns heiraten könnte, zunächst geradezu lächerlich. Doch als Tansu in Adana immer bekannter wurde und ihre Auftritte mehr und mehr Geld einbrachten, begann sich die Lage für uns langsam zu verbessern. Da ich als einziges Familienmitglied lesen und schreiben konnte, verfasste ich sogar einige Liedtexte für sie, in der Hoffnung, sie würde vielleicht einen ihrer Musikerfreunde bitten, sie zu vertonen. Was sie allerdings nie tat. Als sie 1970 nach Istanbul kam, war sie natürlich eher eine Prostituierte als eine Sängerin. Ihren Manager Ferhat Göktepe hat sie in irgendeinem Bordell in Karaköy kennen gelernt. Nicht dass er nicht stets einen guten Riecher gehabt hätte. Kaum hatte er sie singen gehört, verlagerte er seine Aufmerksamkeit von ihrem Körper auf ihre Kehle, und von da an war die Tansu-Legende geboren.

Als Tansu ein Jahr darauf genug Geld verdient hatte, ließ sie Mutter und uns nachkommen, bis auf ihren Sohn natürlich. Eine meiner Tanten übernahm von da an seine Erziehung. Damals besaß Tansu nur eine kleine Wohnung in Beşiktaş, aber für uns war das der reinste Palast. Sie hatte sogar ein Radio, so konnte ich immer BBC hören. Dadurch und indem ich mich mit Kindern aus der Nachbarschaft unterhielt, die Englischunterricht bekamen, lernte ich die Sprache recht gut. Ich hatte sogar gedacht, ich könnte eines Tages vielleicht Privatstunden nehmen und mich irgendwo an einer Universität einschreiben – Tansu hatte immer gesagt, wenn sie je reich wäre, würde sie uns alles geben, was wir wollten. Schließlich hatten wir auch alle für sie Opfer gebracht.

Doch je steiler es mit ihrer Karriere aufwärts ging, desto mehr Verpflichtungen hatte sie auch. Aufnahmen, Radiointerviews, Fernsehen, Filme, Tourneen. Wir zogen in das Haus in Yeniköy um, wo sie sich selbst in jenen Tagen nur selten aufhielt, bei all den Terminen und Liebhabern. Doch was uns betraf, so zahlte sie alles. Wenn einer meiner Brüder neue Kleidung haben wollte, ließ sie einen Schneider kommen, der Maß nahm, und ein paar Tage später waren die neuen Anzüge fertig. Immer wenn sie sich selbst etwas zum Anziehen kaufte, erstand sie das Gleiche für mich. Sie war sehr, sehr großzügig, uns fehlte es an nichts. Es ging so weit, dass ich mich ein paar Jahre lang gar nicht traute, sie um Privatunterricht zu bitten, damit ich zur Universität hätte gehen können. Es erschien mir so undankbar, nach allem, was sie für uns getan hatte.

Und dann feierte ich eines Tages meinen dreißigsten Geburtstag. Dreißig Jahre alt und immer noch so wissensdurstig wie ein Kind. Ich las und las und las, um mich zu bilden – und war mir dabei meiner eigenen Unzulänglichkeiten schmerzlich bewusst. Aber ohne eigenes Geld hatte ich keine andere Wahl, als Tansu zu bitten, mich in meinen Ambitionen zu unterstützen. Ich war sicher, dass sie mir helfen würde.

Ich hatte mich getäuscht.

›Wenn du in deinem Alter zur Universität gehst, wird dich jeder auslachen, und mich dazu‹, sagte sie, als ich sie das erste und einzige Mal darum bat. ›Und davon abgesehen, brauchst du doch auch gar nichts zu wissen, solange ich dich aushalte, oder?‹

›Aber Tansu‹, antwortete ich. ›Ich will etwas mit meinem Leben anfangen. Ich will etwas erreichen …‹

›Nun, warum schreibst du nicht ein paar hübsche neue Lieder für mich?‹, fragte meine Schwester und brachte mich damit zu meiner Bestimmung. ›Damit erreichst du doch etwas in deinem Leben.‹

Und genau das tat ich. Ich hasste und liebte meine Schwester dafür, und so rächte ich mich auch gelegentlich an ihr, indem ich Wörter benutzte, von denen ich wusste, dass sie sie nicht verstand. Allerdings war die Interpretation der Texte sowieso nie ihre besondere Stärke. Eine liebliche Stimme und große Brüste, das war es, was Tansu Hanim stets ausgezeichnet hat. Und die Lieder wurden sowieso immer ihr zugeschrieben.

Die Jahre kamen und gingen, und als die Karriere meiner Schwester langsam zu verblassen begann, sanken auch meine Chancen, je die große Liebe meines Lebens zu finden. Yılmaz war in den achtziger Jahren kurz verheiratet gewesen, doch Tansu und seine Frau haben sich nie sonderlich gut verstanden, daher währte die Ehe nur kurze Zeit. Zu dem Zeitpunkt, da Erol Urfa in das Leben meiner Schwester trat, waren meine Brüder und ich träge, ungebildet und wertlos. Wir glichen gefügigen, schläfrigen Haremssklavinnen. Dieser frisch vom Lande kommende junge Mann weckte mich auf eine belebende Art auf, die er selbst sich wohl nie vorstellen könnte.

Zurückblickend glaube ich, dass ich selbst ein wenig in Erol verliebt war. Vielleicht repräsentierte er den Typ Mann, den ich hätte haben können, wären die Dinge ein wenig anders gelaufen. Tansu war natürlich sehr dankbar und behandelte ihn manchmal wie einen Sultan, manchmal aber auch wie ihren persönlichen Sklaven. Gelegentlich gabelte sie immer noch junge Kerle auf der Straße auf, wie in jener Nacht, in der Ruya starb. Nicht dass sie je dabei erwischt worden wäre. Ich hingegen beschäftigte mich in der Zwischenzeit melancholisch und altjüngferlich zum Beispiel damit, dass ich auf einer Karte nachschaute, woher Erol stammte – aus einer gottverlassenen Gegend oben in der Nähe zur iranischen Grenze. Ich habe mich immer sehr für mein Land interessiert, aber diese Region schien wenig Anziehendes zu besitzen. Außer den Teufelsanbetern.

Ich habe vieles über sie gelesen, einiges entsprach der Wahrheit, anderes war so an den Haaren herbeigezogen, dass mir manchmal der Kopf davon brummte. In einigen Büchern wurden die Jesiden beschuldigt, Menschenopfer darzubringen, Frauen zu vergewaltigen und Kinder zu ermorden, während andere Texte behaupteten, sie seien lediglich eine verkannte Religionsgemeinschaft, die eine Gottheit verehre, die sie Pfauenengel nennen. Sie sind Kurden wie ich, aber Kurden, die kein Hühnerfleisch essen, nichts Blaues tragen und nur ihresgleichen heiraten. Kurden, die ihre Augen zum Himmel erheben, nicht um Allah zu preisen, sondern um die untergehende Sonne anzubeten. Und kurz darauf sah ich zum ersten Mal Erol mit hoch erhobenen Armen in dem Wäldchen neben dem Haus stehen, um die große, goldene Kugel über dem Bosporus zu ehren.

Ich begann darüber nachzudenken und ihn zu beobachten. Und tatsächlich, Erol aß kein Hühnerfleisch und trug niemals etwas Blaues, aber ... Damals fing ich an, Anspielungen auf den Pfauen als Liebhaber in die Liedtexte einzuflechten, die Tansu ja als ihre eigenen ausgab. Sein Gesichtsausdruck, als sie diese Worte naiv und ohne sich darüber Gedanken zu machen sang … Ihm war klar, dass sie nichts darüber wissen konnte, aber ihre unbesonnenen Texte verwirrten und bestürzten ihn.

Ich schwieg. Wenn Tansu schrie, dass Erol sie sofort heiraten würde, wenn es Ruya nicht gäbe, dachte ich nur, wie kindisch meine Schwester geworden war – und wie vernichtend es für sie wäre, wenn Ruya etwas zustoßen sollte und Erol sie dennoch nicht heiraten würde. Es ist bekannt, dass es äußerst gefährlich ist, als Teufelsanbeter entlarvt zu werden, daher war mir völlig klar, dass Erol Tansu niemals sagen würde, warum er in sein Dorf zurückkehren müsste und nicht sie , sondern eine weitere Kindfrau heiraten würde. Tansu würde, scheinbar aus einer Laune Erols heraus, einfach das verwehrt bleiben, was sie sich am sehnlichsten wünschte. Genau so, wie es mir ergangen war. Und dann würde sie selbst die Rolle dieser traurigen, alten Haremssklavin spielen müssen, die so viele Jahre allein mir vorbehalten war. Und dann würde ich zufrieden sein, und das bin ich auch.«

Eine kurze Zeit herrschte verdutztes Schweigen, bevor İkmen schließlich fragte: »Aber hat Ihre Schwester nicht versucht, Sie im Auto aus der Stadt zu bringen, nachdem sie wusste, dass Sie für Ruya Urfas Tod verantwortlich waren?«

Latife Emin lächelte. »Oh, ja. Sie liebt mich. Sie war bereit, Sie meinetwegen zu täuschen. Sie dachte, ich hätte Ruya umgebracht, damit Erol für sie frei ist. Sie war sehr dankbar.«

»Aber …«

»Sie wird wirklich sehr tief verletzt sein, wenn sie die Wahrheit erfährt.« Und wieder lächelte Latife zufrieden.

18. Kapitel

Am folgenden Morgen konnte weder İkmen noch Süleyman die aufgehende Sonne über dem glitzernden Wasser des Bosporus bewundern, denn der Ältere half dem Jüngeren den Bericht über die Emin-Affäre zu verfassen. Während die Hitze des Tages stetig zunahm, kehrten die Gedanken der beiden Männer immer wieder zu der verbitterten Frau zurück, die nun tief unter ihren Büros in einer der Zellen einsaß und die genau wie die einstigen Haremssklavinnen, auf die sie sich so häufig bezogen hatte, den Rest ihres Lebens zwischen anderen ebenso hilflosen und einsamen Frauen verbringen würde.

»Heute beerdigen wir Kleopatra Polycarpou«, erklärte İkmen, während er sich müde über das Gesicht strich.

»Nicht gerade erfreulich nach dem, was wir letzte Nacht durchgemacht haben«, bemerkte sein gleichermaßen erschöpfter Kollege.

»Nein. Ich wollte Sinan bitten, mich zu begleiten, aber jetzt bin ich mir nicht mehr so sicher.« İkmen kaute nachdenklich auf seiner Unterlippe herum. »In Anbetracht dessen, was wir über die Emin-Schwestern erfahren haben, überlege ich, ob ich stattdessen nicht lieber Bülent mitnehme. Um ihm zu zeigen, dass ich weiß, dass es ihn gibt.«

Süleyman lächelte. »Ein Versuch zu verhindern, dass in Zukunft irgendwelche Gemeinheiten zwischen deinen beiden Jungs passieren könnten?«

»Hätte mir nicht Zelfa Halman vor einiger Zeit etwas Derartiges nahe gelegt, hätte ich die Emins nur als irgendeinen Fall abgehandelt, aber so hat sie mich zum Nachdenken gebracht. Ist sie eigentlich noch irgendwo hier im Haus?«

»Wer? Frau Doktor Halman?«

»Ja.«

»Nein. Aber wenn ich mit Çöktin gesprochen habe, treffe ich mich mit ihr zum Essen.« Süleyman schaute auf seine Uhr. »In etwa einer Stunde. Du kannst uns gerne begleiten.«

»Danke, aber lieber nicht.« İkmen seufzte. »Ich muss mich wirklich erst mal waschen und für die Beerdigung umziehen.«

Ihre Unterhaltung wurde durch ein Klopfen an der Tür unterbrochen.

»Herein«, rief Süleyman, worauf ein sehr verwirrt aussehender İsak Çöktin das Zimmer betrat.

»Ach, möchtest du, dass ich …«, wollte İkmen wissen, als er den jungen Mann erblickt hatte.

Süleyman hob eine Hand. »Nein, deine Anwesenheit könnte hier sehr wertvoll sein.« Er wandte sich an Çöktin und bat ihn, sich zu setzen.

Çöktin ergriff einen Stuhl, der hinten an der Wand gestanden hatte, rückte ihn vor Süleymans Schreibtisch und nahm Platz. İkmen, der eigentlich an Çöktins Schreibtisch saß, legte den Stift nieder und blickte hinüber zu dem jungen Mann.

»Die Ereignisse der letzten Nacht haben, wie Sie wissen, für einige der Beteiligten an diesem Fall sehr schwierige Fragen aufgeworfen«, begann Süleyman ernst.

»Ja, Herr Inspektor.«

»Obwohl Frau Emin inzwischen gestanden hat, Ruya Urfa umgebracht zu haben, hat sie gewisse Dinge angesprochen, die ihre Verteidiger sicherlich öffentlich machen wollen, um jene, denen sie geschadet hat, bis zu einem gewissen Grad zu diskreditieren.«

»Zum Beispiel?«, fragte Çöktin mit bleichem Gesicht und blickte dabei unverwandt zu Boden.

»Zum Beispiel die Tatsache, dass Herr Urfa und seine verstorbene Frau Jesiden sind«, erklärte İkmen mit einer Offenheit, die Süleyman niemals in den Sinn gekommen wäre.

Çöktin drehte sich um und sah ihn an. »Aber warum erzählen Sie das mir, Herr Inspektor?«

»Ach, kommen Sie, Mickey!« İkmen kicherte leise, wenn auch mit gereiztem Unterton. »Sie waren noch nie so vertraut mit jemandem wie mit Urfa. Ich will Ihre besonderen Kenntnisse bezüglich Eunuchen in arabischen Ländern gar nicht weiter erwähnen, es reicht doch wohl, dass Frau Doktor Halman die einzige mir bekannte Person war, die auch darüber Bescheid wusste, und immerhin studiert sie Religion, wenn auch nur zum Vergnügen. Also, kommen Sie!«

Çöktin senkte seinen Kopf bis fast auf die Brust und räusperte sich.

Süleyman schaute zu seinem Kollegen und seufzte. »Hören Sie, Çöktin«, erklärte er. »Sollte Frau Latife Emin nichts über Sie wissen, bleibt das hier unter uns.«

»Sie weiß nichts, weil es gar nichts gibt, was sie wissen könnte!«

Çöktin war plötzlich auf das heftigste erregt. Er griff in die Brusttasche seines Jacketts, holte seinen Personalausweis hervor und hielt ihn so hoch, dass beide Männer ihn sehen konnten. »Schauen Sie«, schrie er. »Religion: Moslem. Ganz offiziell in meinem Ausweis. Was wollen Sie noch mehr?«

»Çöktin ...«

»Auf Erols Ausweis steht genau dasselbe.« İkmen zuckte mit den Schultern. »Wir alle wissen, wie einfach es ist ...«

»Wenn Herr Urfa behauptet, seine Angaben seien falsch, so ist das seine Sache.« Çöktin hielt immer noch seinen Ausweis hoch. »Aber meine sind richtig. Und abgesehen davon, warum glauben Sie, einer dieser Teufelsanbeter wollte zur Polizei gehören? Das kann ich mir nicht vorstellen. Wenn man den Teufel verehrt, dann ist man eine geächtete Person, die im Konflikt mit den Gesetzen steht.«

»Oberflächlich betrachtet, ja«, stimmte ihm İkmen zu. »Aber wenn sie gar nicht so furchtbar sind, sondern nur missverstanden werden ...« Er zuckte erneut mit den Schultern. »Aber ich werde Ihre Einwände notieren, auch wenn Sie sie, wie uns allen ja wohl klar ist, viel zu unbeherrscht vorgebracht haben.«

»Sie können uns glauben oder nicht, aber wir meinen es nur gut mit Ihnen, Çöktin«, versuchte es Süleyman.

»Mir persönlich ist es völlig egal, welcher Religion jemand angehört«, fügte İkmen hinzu. »Ich habe ja selbst keine und daher ...«

»Aber den meisten ist es nicht egal.«

»Sie haben einen ausgezeichneten Ruf.« Süleyman versuchte, dem jüngeren Mann dabei so gut er konnte in die Augen zu schauen. »Sie brauchen weder eine Disziplinarmaßnahme noch eine Entlassung zu befürchten. Es geht einfach darum, dass, falls Latife Emin davon ...«

»Sie weiß überhaupt nichts über mich, ich habe ja kaum mit ihr gesprochen.«

»Und Erol? Könnte er mit ihr über Sie gesprochen haben?«

Çöktin rutschte unruhig auf dem Stuhl hin und her und knetete dabei nervös seine Finger. »Nicht über meine Religion. Warum sollte jemand wie er mit einer muslimischen Frau über einen muslimischen Mann reden wollen, den sie kaum kennt?«

İkmen lächelte. »Nun, dann ist ja alles in Ordnung, nicht wahr?«

»Ja«, stimmte ihm Süleyman zu und zwang sich dabei ebenfalls zu einem Lächeln. »Ich schätze, ich sollte Sie jetzt nach Hause schicken, damit Sie sich etwas erholen können. Sie müssen ja völlig erschöpft sein.«

»Ja. Danke, Herr Inspektor.« Çöktin sprang auf die Füße. Es war nicht zu übersehen, dass er darauf brannte zu gehen.

»Dann bis morgen«, sagte Süleyman, als Çöktin auf die Tür zuging.

»Ja, Herr Inspektor.«

»Auf Wiedersehen, Mickey Çöktin«, rief İkmen dem jungen Mann nach, als dieser gerade die Tür schloss.

Und dann herrschte Stille. İkmen blickte hinüber zu Süleyman, der zwar eifrig Papiere hin und her schob, jedoch offensichtlich darauf wartete, dass sein Kollege mit einer Diskussion über das gerade Geschehene begann. İkmen gehorchte.

Mit seinem fleckigen Hemdsärmel wischte er sich den Schweiß von der Stirn und fragte anschließend: »Glaubst du ihm?«

»Ich weiß nicht«, erwiderte Süleyman. »Du etwa?«

»Nein. Aber angesichts der Tatsache, dass Erol Latife Emin nie wirklich gestanden hat, wer er ist, erscheint es recht unwahrscheinlich, dass er mit ihr über Çöktin gesprochen haben sollte. Und da Mickey Çöktin seine alten Eltern und eine unverheiratete Schwester unterstützen muss, war es vermutlich nur vernünftig von ihm, hierher zu kommen und uns anzulügen. Ich meine, wie würdest du dich fühlen, wenn andere Menschen glauben würden, dass du um Mitternacht nackt herumrennst und das Fleisch neugeborener Babys verspeist?«

Süleyman lächelte. »Ich wäre nicht sehr glücklich darüber.«

»Genau. Und vermutlich sind diese ganzen unheimlichen Geschichten über die Jesiden purer Unsinn.«

»Aber es gibt, was sie betrifft, immer noch alle möglichen Vorurteile.« Süleyman warf İkmen eine Zigarette zu und zündete sich selbst eine an. »Und ich muss gestehen, es ist schon ein merkwürdiges Gefühl zu wissen, dass einer meiner Männer ein Jeside ist.«

»Nicht merkwürdiger, als mit jemandem zusammenzuarbeiten, dessen Mutter die Zukunft vorhersagen konnte«, entgegnete İkmen und lächelte zynisch bei dieser Anspielung auf sich selbst. »Was mich daran erinnert, dass ich losmuss, um die letzte Kundin meiner Mutter von dieser Welt zu verabschieden.«

»Schon irgendeine Ahnung, auf welche Art und Weise Madame ihren Eunuchen umgebracht haben könnte?«

»Doktor Sarkissian glaubt, er könnte erstochen worden sein.« İkmen erhob sich langsam, streckte seine Arme und gähnte. »Allerdings werden wir vermutlich nie erfahren, warum sie dieser bedauernswerten entmannten Person so etwas angetan hat.«

»Vielleicht hatte der Eunuch noch auf eine andere Frau einen Blick geworfen«, sagte Süleyman lächelnd.

»Nun, ich kann mir nicht vorstellen, dass das Kleopatra gestört haben sollte«, erwiderte İkmen schroff.

Süleyman spreizte seine langen Finger über den Schreibtisch, als versuche er, sich selbst von dem Thema abzulenken. »Du weißt, dass man früher behauptete, ein Eunuch könne eine Frau anders befriedigen, so wie es kein normaler Mann jemals zustande brächte?«

»Was?« İkmen runzelte verwirrt die Stirn und versuchte vergeblich, den abschweifenden Blick seines Kollegen zu erhaschen. »Was meinst …«

»Jede weitere Bemerkung zu diesem Thema würde mir die Schamesröte ins Gesicht treiben, also sage ich dazu nichts mehr, Çetin.« Der jüngere Mann rutschte unruhig auf seinem Stuhl hin und her. »Ich bin sicher, wenn du nur ein Weilchen darüber nachdenkst, wird es dir selbst dämmern.«

»Oh, wird es das?« Doch da İkmen tatsächlich schnell einiges klarer wurde, errötete er leicht und murmelte nur: »Ach ja, natürlich, hm …«

»Sehe ich dich später noch?«, fragte Süleyman, während er zuschaute, wie İkmen ein wenig schüchtern sein Jackett von Çöktins Stuhllehne nahm.

»Ja, heute Nachmittag.«

»Gut.« Süleyman lächelte. »Du weißt, dass ich diesen Fall ohne dich nicht hätte lösen können.«

»Doch, das hättest du.« İkmen ging auf die Bürotür seines Kollegen zu. »Du hättest etwas länger dafür gebraucht, aber du hättest es geschafft.«

Lächelnd zog er die Tür hinter sich zu.

Fast alle Tische im Gartenlokal des Hippodroms waren besetzt, als Zelfa Halman dort zu ihrer recht losen Verabredung mit Mehmet Süleyman eintraf. In ihrem auffälligen rotschwarzen Kleid, sah die Psychiaterin aus wie eine Frau, die extra nach Hause gefahren war, um ihre Kleidung sehr sorgfältig auszuwählen. Jedenfalls war das Orhan Tepes Eindruck. Er konnte sich nicht vorstellen, dass sie sehr viel Schlaf gehabt hatte, und als sie auf ihn zukam, nachdem er sie erkannt und ihr zugewinkt hatte, sah er die dunklen Ringe unter ihren Augen.

»Ich finde es schrecklich, wenn es so heiß ist wie heute.« Sie ließ sich gegenüber von Tepe auf einen Stuhl fallen, an einem Tisch mit Blick auf das Hippodrom. »Wo soll das noch enden – wann wird wohl mein Blut in den Venen anfangen zu kochen?«

»Frau Emin wird sich unten in den Zellen sicherlich sehr unwohl fühlen«, sagte Tepe, während er einen der Kellner an ihren Tisch winkte.

»Was möchten Sie trinken, Frau Doktor?«

»Eine Cola, bitte.«

Er bestellte ihr Getränk und einen Pfirsichtee für sich selbst, bevor er wieder auf Latife Emin zurückkam. »Also, ich meine, äh, werden Sie Frau Emin aus beruflichen Gründen treffen müssen, Frau Doktor, oder ...« Obwohl Tepe die Ärztin mochte, musste er stets an seine ganze Verwandtschaft und deren zweifelhaften Ruf denken und fühlte sich daher in ihrer Gegenwart immer etwas unsicher.

»Nein.« Sie steckte sich eine Zigarette zwischen die Lippen

und zündete sie an. »Nein, nicht nach dem, was ich von ihr gesehen habe. Man muss nicht verrückt sein, um eine böse Tat zu verüben.«

Tepe runzelte die Stirn. »Ja, aber die meisten Menschen bringen nicht einfach aus Bösartigkeit unschuldige Leute um, oder?«

»Nein, aber ich schätze, einige von uns würden es gerne tun.« Sie lächelte. »Und abgesehen davon denke ich, dass sie eine enorme Selbstbeherrschung an den Tag gelegt hat, solange damit zu warten.«

»Wie meinen Sie das?«

»Ich an ihrer Stelle hätte die liebenswerte Tansu vermutlich schon vor Jahren erstochen und in den Bosporus geworfen.«

»Oh.« Tepe lachte kurz auf, wurde aber sofort wieder ernst. »Nun ja, das würde ich verstehen. Aber Ruya Urfa umzubringen, nur um sich an seiner Schwester zu rächen ...«

»Latife Emin ist eine clevere Frau«, meinte die Ärztin und lächelte dabei dem Kellner entgegen, der ihre Getränke brachte. »Erol ist ... war – wie auch immer – vermutlich Tansus letzte Chance, an einen jüngeren Mann zu kommen. Wenn es also Latife gelungen wäre, ihre Schwester gegen ihn aufzuhetzen, dann hätte das Tansu vermutlich für den Rest ihres Lebens verletzt. Wäre Latifes Tat nicht aufgedeckt worden, dann hätte Tansu schließlich nie verstanden, warum Erol sie nicht heiraten konnte, und das hätte sie unendlich getroffen.«

»Aber sie wird ihn trotzdem nicht heiraten können, oder?« Tepe beugte sich vor und fuhr flüsternd fort: »Wenn er doch einer von denen ist, dann ...«

»Nein. Jesiden heiraten nur ihresgleichen. Es wird auch für Erols Karriere nicht förderlich sein.«

Orhan Tepe rümpfte die Nase. »Nun, wenn er einer von denen ist, verdient er überhaupt keine Karriere. Diese Leute tun abscheuliche Sachen.«

»Oh, so ein Mist!« Zelfa Halman explodierte geradezu und verfiel dabei kurz in ihre Muttersprache. »Jesiden vergewaltigen weder alles, was ihnen vor die Nase kommt, noch essen sie ihre eigenen Babys, kapiert! Sie sind weder teuflisch noch ...«

»Aber sie verehren den Satan!«

Zelfa Halman trank einen großen Schluck von ihrer Cola, bevor sie fortfuhr. »Ihre eigene Vorstellung von ihm, ja. Aber nach ihrem Verständnis ist der Teufel von Gott wieder zum Guten bekehrt worden, und daher ist es völlig widersinnig zu behaupten, sie seien teuflisch. Überhaupt wissen wir nicht, ob die Leute es ihm verübeln werden. Ich wünschte mir, die türkische Öffentlichkeit wäre etwas aufgeklärter.«

»Mir gefällt es dennoch nicht«, meinte Tepe finster. »Ich fühle mich unwohl, wenn ich daran denke.«

»Nun, das ist Ihr Problem.« Als die Ärztin sich zurücklehnte, um sich etwas Luft zuzufächeln, erblickte sie Süleyman und winkte ihm zu.

Der müde junge Inspektor kam lächelnd auf ihren Tisch zu. »Ich hatte bis jetzt gar nicht bemerkt, dass es so heiß ist.« Er versuchte seinem Körper mit den Schößen seines Jacketts frische Luft zuzuwedeln.

Zelfa Halman reichte ihm mit angedeutetem Lächeln ihr Glas.

Tepe, der wie viele seiner Kollegen einen heimlichen Verdacht über das Verhältnis der beiden hegte, erhob sich und bewegte sich von seinem Stuhl fort.

»Oh, gehen Sie schon?«, fragte Zelfa.

»Ja, ich mache mich besser auf den Weg.« Tepe schaute hinüber zu Süleyman. »Herr Inspektor.«

»Sie brauchen nicht zu gehen, Tepe.«

»Also, ich denke, es ist besser so«, erwiderte der junge Mann. »Berichte und ...«

»Nun, dann kümmern Sie sich wenigstens nicht noch um die

Rechnung. Ich werde Ihren Tee übernehmen«, erklärte Zelfa lächelnd.

»Oh, äh, vielen Dank, das ...«

»Schon gut.«

Während Tepe sich seinen Weg durch das Gartenlokal bahnte, setzte sich Süleyman auf seinen Platz. »Hallo«, begrüßte er Zelfa, die ihm nun gegenübersaß.

»Hallo.«

Obwohl sie erschöpft wirkte, strahlte ihr Gesicht recht gute Laune aus. Süleyman lächelte sie an.

»Ich bin nicht gekommen, um zu betteln«, erklärte er, während er das Glas wieder vorsichtig vor ihr abstellte, »aber falls du dich entschieden hast, doch nicht nach Irland zurückzukehren ...«

Zelfa Halman beugte sich mit fragendem Gesichtsausdruck vor. »Ja?«

Süleyman seufzte etwas gequält. »Nun, dann würde ich gerne, also ...«

»Ich werde dir dabei nicht helfen, Mehmet.« Ihre Augen funkelten ein wenig. »Wenn du etwas von mir willst, wirst du mich darum bitten müssen.«

»Nun ...«

»Ja?«

Er beugte sich über den Tisch, ergriff ihre Hand und hielt es für ein gutes Zeichen, dass sie sie nicht sofort zurückzog.

»Nun, da Cengiz Temiz wieder zu seiner Familie zurückkehren konnte und ...«

Süleyman war erschrocken, wie schnell sich Zelfas Gesichtsausdruck änderte und wie grob sie ihre Hand zurückzog. »Wenn es um meinen Bericht geht ...«

»Nein, nein, nein! Nein!« Er klang völlig verzweifelt. »Es geht um, nun, es geht um dich und mich und um, äh ...«

»Mehmet.« Langsam schob sie ihre Finger wieder unter die

seinen. »Falls es darum geht, dass du mich zum Essen ausführen willst, wir Unmengen Alkohol zu uns nehmen und tanzen ...«

»Ja.«

Sie lächelte. »Nun, dann könnte ich darüber nachdenken.«

»Oh.« Süleyman senkte seine Stimme und gleichzeitig seinen Blick. Offensichtlich tief enttäuscht, starrte er auf die Tischplatte.

Zelfa Halman betrachtete ihn mit schief gelegtem Kopf. Was für ein Kind konnte ihr fescher Prinz doch manchmal sein. Und wie köstlich wäre es, ihre Folter noch ein klein wenig auszudehnen. Doch vielleicht, weil sie Zelfa und nicht Latife hieß, konnte sie es nicht länger zulassen, sich von ihrer Boshaftigkeit leiten zu lassen.

»Also, okay dann, ja«, meinte sie und wedelte dabei mit der Hand, als betrachte sie die Sache als erledigt.

Die Worte rissen ihn förmlich aus seinen Grübeleien und er hob hastig seinen Kopf. »Wirklich?« Er ähnelte jetzt noch mehr einem kleinen Jungen als eben.

Sie lachte. »Ja, wirklich, es ist mein Ernst.«

Trotz der vielen Leute um sie herum, griff Mehmet Süleyman über den Tisch, zog ihr Gesicht ganz dicht an seines heran und küsste sie auf die Lippen. Als er sie schließlich freigab, sah er, dass sie lächelte.

»Also«, sagte sie nach einer kurzen atemlosen Pause. »Um auf Cengiz Temiz zurückzukommen ...«

»Nun, er ist wieder bei seinen Eltern, wie ich schon sagte. Aber wenn der Fall vor Gericht geht, wird er natürlich als Zeuge aussagen müssen«, erwiderte Süleyman, wobei sein eben noch verzücktes Gesicht von einem leichten Stirnrunzeln bewölkt wurde. »Schließlich hat er Urfas Baby mitgenommen, das ist eine ungesetzliche Tat.«

»Aber sein mangelnder logischer Verstand wird ihn doch sicherlich vor einer strafrechtlichen Verfolgung schützen, oder?«

Süleyman seufzte. »Ich schätze schon, schließlich hat er die kleine Merih dabei ja auch nicht verletzt, nicht wahr? Und mit Sevan Avedykian an seiner Seite sollte er da keine Schwierigkeiten haben. Viel weniger sicher bin ich mir, ob ihn seine Eltern je wieder allein ausgehen lassen.«

Zelfa blickte auf die Tischplatte hinab und murmelte: »Armer Cengiz. Alles, was er in Wahrheit wollte, war ein bisschen Liebe.« Sie schaute auf und lächelte.

Süleyman erwiderte ihr Lächeln. »Da geht's uns besser, nicht wahr?«, fragte er sanft.

Sie ergriff seine Hand und drückte sie fest. »Willst du damit sagen ...«

»Dass ich dich liebe? Ja. Ja, ich glaube schon. Und du? Was fühlst du?«

Zelfa schaute sich kurz um und sagte dann: »Nun, ich glaube, in meiner Seele steckt weit mehr Leidenschaft als bei denen da, meinst du nicht?«

»Ja, aber das beantwortet nicht meine Frage, oder?«

»Nein.«

Stirnrunzelnd fragte er erneut: »Und du, deine Gefühle?«

Sie seufzte, bevor sie erneut zögernd lächelte. »Oh, ich liebe dich ziemlich heftig, Mehmet. Auch wenn es mir eine Heidenangst einjagt.«

Plötzlich zog sie ungewöhnlich hastig ein Taschentuch hervor und tupfte sich die feuchten Augenwinkel ab.

Während Cohen die Truyada-Kilisesi-Kirche direkt nach der Beerdigung von Kleopatra Polycarpou verließ, blieben İkmen und Bülent, der ihn, wenn auch übellaunig, tatsächlich begleitet hatte, allein zurück, um sich mit dem Priester der alten Frau, Vater Yiannis, zu unterhalten.

»Kleopatra war nie eine pflegeleichte Frau, Herr İkmen«, meinte der Geistliche, während er mit dem Türken und dessen

Sohn auf die Eingangspforte zuschritt. »Und offen gesagt, ich wusste, dass sie mit Murad Ağa Schwierigkeiten hatte, bevor er damals vor all den Jahren verschwand. Natürlich habe ich mir jedoch nie vorstellen können, dass sie ihn umgebracht hat.«

»Was für Schwierigkeiten?« İkmen zündete sich die Zigarette an, die er längst zwischen den Lippen stecken hatte.

Vater Yiannis seufzte. »Nun, offensichtlich war ihr der Eunuch untreu, zumindest hat sie mir das erzählt. Ich weiß, das klingt etwas ungewöhnlich, aber ...«

İkmen lächelte. »Nicht so merkwürdig, wie Sie vielleicht denken, Vater.« Er senkte seine Stimme, um zu verhindern, dass sein Sohn ihn hörte. »Ein Freund von mir, der aus einer alten osmanischen Familie stammt, hat mir versichert, dass diese Leute, na ja, wie soll man sagen, im Schlafzimmer durchaus über Talente verfügen.«

»Oh.« Der Priester errötete. »Oh, ich verstehe, äh ... Das könnte, denke ich, durchaus eine Erklärung dafür ...«

»Genau.«

»Nun ja. Trotzdem tragisch. Und da dieser arme Mann so weit entfernt von seinem Heimatland gestorben ist«, er seufzte, »wird es niemanden geben, der ihn jetzt heimholen will.«

İkmen runzelte die Stirn. »Aber ich dachte, Murad sei Türke gewesen. Zumindest habe ich das stets angenommen.«

»Nein, eigentlich gehörte er zum gleichen Volk wie Ihre Mutter«, erklärte der Priester ernst. »Er war Albaner. Als er vor all diesen Jahren ›verschwand‹, glaubte ich, er sei nach Albanien zurückgekehrt.« Und mit verbittertem Tonfall fügte er hinzu: »Die osmanischen Sultane haben nie ihre eigenen Landsleute entmannt. Ihr osmanischer Freund hätte zumindest das wissen müssen.«

İkmen zuckte mit den Schultern. »Dann nehme ich an, dass meine Mutter ihn gekannt hat.«

»Das denke ich auch. Aber all das trug sich vor langer Zeit

zu, Herr İkmen.« Vater Yiannis wies mit dem Kopf in Bülents Richtung. »Wir müssen in die Zukunft schauen, vor allem für die jungen Leute.«

İkmen bemerkte, dass Bülent aufgrund der grellen Sonne blinzeln musste, und reichte ihm daher wortlos seine Sonnenbrille.

»Ja, das ist wahr, Vater«, wandte er sich dann mit einem Lächeln dem Priester zu.

»Sie wissen natürlich, dass Frau Arda den Hamam geerbt hat?«

»Semra?« İkmen zuckte mit den Schultern. »Nun, das ist gut. Egal ob sie ihn verkauft oder wieder in Betrieb nimmt, auf jeden Fall kann sie mit dem Geld ihre Tochter von der Straße holen.«

Der Priester runzelte die Stirn. »Soweit ich weiß, sitzt Mina immer noch in einer Ihrer Zellen ein. Stimmt das, Herr İkmen?«

»Ja.« İkmen klang ernst. »Wir können nicht einfach über versuchte Kindesentführung hinwegsehen. Schließlich wollte sie es behalten, auch nachdem sie die Identität des Kindes herausgefunden hatte. Außerdem wird sie des Drogenbesitzes beschuldigt, und darin ist auch noch ihr Zuhälter verwickelt, der eine ausländische Staatsangehörigkeit besitzt. Das ist alles sehr kompliziert.«

»Immerhin hat sie einen Platz, wo sie hingehen kann, wenn sie entlassen wird«, meinte der Priester.

»Ja, das ist gut.« İkmen lächelte.

»Ja«, stimmte ihm Vater Yiannis zu. Er schüttelte İkmen und Bülent die Hände und kehrte wieder in seine Kirche zurück. Die İkmens hingegen gingen gemeinsam das kurze Stück bis zur İstiklâl Caddesi und wandten sich dann nach links.

»Möchtest du Tee trinken gehen, bevor wir nach Hause zurückkehren?«, fragte İkmen seinen Sohn, während sie hinter der Straßenbahn herliefen, die zum Taksim-Platz fuhr.

»Nein, ich will diesen Anzug endlich ausziehen«, murmelte Bülent auf seine übliche undeutliche Art.

»Er steht dir aber gut. Schick«, bemerkte sein Vater.

»Er gehört Orhan.«

»Ja, aber wenn du gerne einen eigenen hättest …«

»Anzüge sind nicht wirklich mein Ding.«

Damit war die Unterhaltung beendet, und die beiden gingen schweigend weiter, wobei der große Sohn mit hängenden Schultern vor seinem viel kleineren Vater hermarschierte. İkmen bemühte sich, die Laune seines Sohnes zu übersehen, indem er im Vorübergehen die Schaufenster der Geschäfte und Restaurants betrachtete, doch schließlich hatte er das Gefühl, dass er zumindest versuchen musste, das Gespräch wieder in Gang zu bringen. Trotz der Hitze und seines jämmerlichen Gesundheitszustandes holte İkmen seinen Sohn ein und musste sich gehörig anstrengen, um mit diesem Schritt halten zu können.

»Was hast du für ein Problem, Bülent?«, fragte er und versuchte dabei vergeblich, einen Blick seines Sohnes zu erhaschen.

»Wie meinst du das?«

»Ich meine, warum kannst du dich in Gegenwart von anderen so gut benehmen, wie jetzt gerade in der Kirche, aber was mich und deine Mutter und eigentlich jede Autoritätsperson betrifft …«

»Darüber will ich nicht reden.«

»Nein, das willst du nie.«

»Hör zu.« Der Junge blickte seinen Vater wütend an. »Du bist nicht im Dienst, also fang nicht an, mir wie ein Polizist zu kommen, okay?«

»Das tue ich ja gar nicht.«

»Doch, das tust du.«

İkmen widerstand dem Drang, seinen Sohn zornig auf seine

Autorität hinzuweisen – eine Taktik, mit der er bislang keinen Erfolg gehabt hatte –, sondern holte stattdessen tief Luft und versuchte sich zu beruhigen, bevor er weitersprach.

»Dann liegt es also an meiner Arbeit? Stört es dich, dass ich Polizist bin? Liegt es daran, dass ich den Staat repräsentiere?«

Der Junge zuckte lediglich mit den Schultern.

»Ich meine, das würde erklären, warum du trinkst und ...«

»Nein.«

»Dann liegt es an deinen älteren Geschwistern?«, fragte İkmen, der mittlerweile wirklich fast verzweifelt darauf hoffte, sein Sohn würde ihm irgendeine Erklärung liefern. »Bist du eifersüchtig auf ihre Erfolge? Hast du das Gefühl, du müsstest versuchen, mit ihnen gleichzuziehen?«

»Was, Arzt werden?«, schnaubte Bülent. »Wohl kaum!«

»Nun, was ist es dann?«

»Ich habe keine Lust, darüber zu reden.« Bülent bohrte die Hände tief in die Taschen des Anzugs und ging schnellen Schrittes davon.

»Bülent!«

Erneut jagte İkmen atemlos hinter diesem unglücklichen Jungen her – ein Junge, der, wenn er nicht aufpasste, bei seinem Vater noch einen Herzinfarkt verursachen würde.

»Bülent!«

Der Junge blieb stehen und drehte sich derart feindselig zu seinem Vater um, dass es İkmen zunächst die Sprache verschlug.

»Was?«

»Bülent ...« Doch dann sah er unterhalb der Sonnenbrille, die er seinem Sohn gegeben hatte, etwas Feuchtes glitzern. »Bülent, weinst du ...«

»Nein!« Er wandte sich hastig ab, um sich, wie İkmen unschwer erkennen konnte, die Tränen wegzuwischen.

»O doch, das tust du«, sagte İkmen und ging zu einer viel älteren Strategie über. Energisch ergriff er den Arm seines Sohnes und lenkte ihn in eine kleine, schattige Seitenstraße.

»Also, was ist los, Bülent?«, fragte er streng. »Keine Spielchen mehr, kein Rätselraten mehr. Sag mir einfach, was in deinem Kopf vorgeht, und vor allem, sag es mir jetzt auf der Stelle.«

»Ich kann nicht.«

»Doch, du *kannst*!«, erklärte sein Vater, während er eine kleine Gruppe verschleierter Frauen auf der anderen Straßenseite beobachtete und hoffte, selbst nicht so viel Aufmerksamkeit zu erregen.

»Warum hast du solche Probleme mit der Autorität? Warum wechselst du ständig die Arbeitsstelle? Du bist nicht dumm! Warum trinkst du?«

»Nun, warum sollte ich nicht, wenn ich bald sterben werde!«

Einen Moment lang schien für İkmen die Welt und alles um ihn herum stillzustehen, dann versuchte er die Worte seines Sohnes zu begreifen.

»Sterben?«

»Nun, ich muss demnächst zur Armee, oder nicht?« Bülent spie verächtlich aus. »Das ist doch alles das Gleiche!« Er senkte seine Stimme. »Und wenn ich nicht getötet werde, dann drehe ich durch wie Yusuf Cohen, und davor habe ich eine Scheißangst. Als ich das gehört habe, war für mich alles aus, verstehst du? Nicht, dass ich Angst davor hätte zu kämpfen, das ganz bestimmt nicht. Aber ich will keine Menschen töten. Einige Familien meiner Freunde kommen aus dem Osten. Warum sollte ich die töten wollen?«

»Bülent, du weißt doch noch gar nicht, wohin man dich schickt. Und außerdem sind es doch nur zwei Jahre. Vielleicht wirst du nicht …«

»Vater, ich fange doch nicht als Offizier an. Jungs wie ich sind einfach Kanonenfutter.«

İkmen legte seinem Sohn eine Hand auf die Schulter und führte ihn sanft zu einem kleinen Tischchen, das vor einer winzigen Kebabci stand. »Komm, wir trinken ein bisschen Ayran, um uns abzukühlen.«

Nachdem er Bülent auf einen Stuhl verfrachtet hatte, ging İkmen zum offenen Ausschank und kaufte die Getränke. Als er zurückkehrte, schaute sein Sohn verzweifelt zu Boden.

»Bülent«, sagte İkmen und setzte sich dabei seinem Sohn gegenüber. »Ich fürchte, der Militärdienst gehört einfach zu unserem Leben. Ich war in der Armee, dein Bruder Sinan hat gedient ...«

»Sinan wurde als Offizier eingezogen.«

»Weil er einen Universitätsabschluss hat, ja.«

Bülent trank den Ayran in einem Schluck aus. »Manche Jungs werden freigekauft. Ich hatte schon daran gedacht, Onkel Halil darum zu bitten, aber dann fand ich es unfair. Er ist immer der Geldesel für die ganze Familie. Und außerdem würde er mich für einen Feigling halten. Andere tauchen im Ausland unter, aber ... aber das konnte ich nicht tun, wegen deines Berufes. Wie sähe es aus, wenn sich der Sohn eines höheren Polizeibeamten vor seiner Pflicht drückt?«

İkmen seufzte. Das war es also. Dieser ganze Ärger nur, weil Bülent ein wenig leben wollte, bevor er starb – falls er starb. İkmen durfte nicht mal an eine einfache Lösung für Bülents Probleme denken. Der Junge hatte Recht: Falls er desertierte, würde İkmen ziemlich schlecht dastehen, und bei all den Mäulern, die er zu stopfen hatte, war das wirklich keine Aussicht, der er ins Auge blicken wollte. Natürlich würde er das seinem Sohn niemals sagen. Zudem vertrat İkmen die gleiche Meinung wie sein Sohn über diese jahrelangen wütenden Gefechte in den östlichen Provinzen, die sich nicht mal als Krieg bezeichnen ließen. Auch wenn İkmen das niemals öffentlich ausgesprochen hätte und trotz der Tatsache, dass er viele der PKK-

Kämpfer für ganz gewöhnliche Mörder hielt, kannte auch er viele Kurden, konnte einige von ihnen gut leiden und war sowieso grundsätzlich gegen das Töten. Doch das alles würde seinem Sohn keine Hilfe sein.

Er stellte sein halb leeres Glas Ayran zurück auf den Tisch. »Ich weiß nicht, ob es ein Trost ist, aber ich halte dich nicht für einen Feigling. Ich finde, deine Aversion gegen das Töten von anderen Menschen ist sehr lobenswert.« Er lächelte. »Ich weiß, dass ich aufgrund meiner schlechten Angewohnheiten nie ein gutes Vorbild für dich war, ich habe dich losgeschickt, um Alkohol für mich zu kaufen und … Aber deine Mutter und ich müssen doch irgendetwas richtig gemacht haben, wenn du jetzt so denkst. Wenn du jemanden umbringst, und sei es nur, um dein Land zu verteidigen, dann wirst du mit dieser Erfahrung für den Rest deines Lebens leben müssen, und das ist nicht einfach.«

Zum ersten Mal an diesem Tag lächelte Bülent. »Danke, dass du mich verstehst, Vater.«

»Auch wenn ich dir nicht helfen kann.« İkmen zuckte mit den Schultern. »Ich kann es nicht.«

»Wenn ich sicher wäre, dass ich zum Wehrdienst nach Zypern käme, dann wäre es okay.« Bülent schaute wieder stirnrunzelnd zu Boden.

»Wie du weißt, Sohn, bin ich kein religiöser Mensch«, sagte İkmen und legte dabei eine warme Hand auf die Schulter seines Sohnes, »aber vielleicht sollten wir dieses eine Mal einfach Allah, oder wer auch immer das Universum lenkt, vertrauen. Wir können nichts tun außer abwarten, und, wie deine Mutter sagen würde, wenn Allah will, wirst du nach Zypern kommen.«

»Ja.« Bülent holte seine Zigaretten aus der Tasche und bot seinem Vater eine davon an. »Sinan sagt, wir Türken stehen nicht gut da in dieser Welt. Unsere Lebensweise ähnelt jetzt sehr der anderer Europäer, vor allem in der Stadt, und trotzdem verlangen wir immer noch Keuschheit von unseren Frauen und ziehen immer noch los, um, wie Sinan es nennt, unsere Stammesfehden auszutragen.«

İkmen lehnte aus Prinzip die Zigaretten seines minderjährigen Sohns zugunsten seiner eigenen ab, zündete sich eine an und lächelte. »Sinan hat Recht und auch wieder nicht. Selbst im zivilisierten England tragen sie Stammesfehden gegen Nordirland aus. Frau Doktor Halman kann dir einiges darüber erzählen, wenn du willst. Es gibt keine Vollkommenheit, Bülent, Vollkommenheit ist etwas Unmögliches. In dieser so genannten türkischen Stadt leben wir mit vielem, was von der Norm abweicht. Ein angeblicher Feind kann Mitglied der Polizei werden und das Gesetz vertreten, und eine Griechin kann ein kastriertes Relikt des alten osmanischen Systems heiraten.«

»Und es dann umbringen.«

»Ja, auch wenn sie dafür aus ihrer Sicht Gründe hatte. Aber die menschliche Natur ist überall gleich, unabhängig davon, ob man nun türkischer, amerikanischer, griechischer oder welcher Nationalität auch immer angehört. Und wenn dein Einberufungsbefehl kommt, musst du – und zwar du allein – eine Entscheidung fällen. Und du wirst sie treffen müssen, ohne dich auf mich oder deine Familie und noch nicht einmal auf dein Land berufen zu können. Es ist dein Leben, Bülent, und alles, was zählt, sind die Werte tief im Innern deiner Seele. Egal welche Entscheidung du triffst, ich werde dich immer lieben, genau wie mein Vater mich geliebt hat, auch nachdem ich den, wie er sich ausdrückte, ›verfluchten Bullen‹ beigetreten bin.«

Bülent erwiderte nichts. Eine kleine Brise wehte vom Bosporus herüber, und er hatte seine Augen geschlossen, um die kleine Erfrischung voll und ganz genießen zu können. Schließlich war es das, was ihn mit der restlichen Menschheit verband: der Wunsch nach Frieden.

»Oh«, sagte Mehmet Süleyman, als er sich seiner Bürotür näherte und Erol Urfa davorstehen sah. »Tansu Hanim ist unten, sind Sie deswegen …«

»Tansu will mich derzeit nicht sehen.« Der Sänger lächelte traurig.

»Ach, ich verstehe.«

»Nein, das können Sie nicht.« Erol zuckte mit den Schultern. »Aber warum sollten Sie auch.«

Über seinen offensichtlichen Fauxpas beschämt, öffnete Süleyman die Bürotür und bat seinen Gast einzutreten.

»Ich bin nur gekommen, um Ihnen zu versichern, dass ich, sobald ich Ruya beerdigt habe, zurück in die Stadt kommen werde.« Er legte ein kleines, mit kindlicher Handschrift beschriebenes Stück Papier auf Süleymans Schreibtisch. »Hier ist meine Adresse.«

Süleyman nahm das Papier und warf einen Blick darauf. »Sie werden sich bei der Polizeiwache in Hakkari melden müssen. Wenn Sie mir sagen, wann Sie abreisen, werde ich die Behörde dort davon in Kenntnis setzen.«

»Ja.«

Draußen auf der Straße schwoll der Lärm hupender Autos an, während die Männer in der Wache schwiegen. Schließlich sagte Erol: »Wenn der Prozess vorbei ist, werde ich mit Merih, meinen Eltern und Schwestern nach Deutschland gehen.«

Süleyman runzelte die Stirn.

»Man hat mir gesagt, der Satan habe dort eine andere Gestalt.« Die Stimme des Sängers klang eher traurig als verbittert.

»Werden Sie dort auch singen?«

»Ich habe in den letzten drei Jahren mehr Geld verdient als die meisten Menschen in ihrem ganzen Leben, und Ruhm ist für mich … schwierig geworden.«

»Ich verstehe.«

»Wir verlassen jetzt alle unsere angestammte Heimat, ob sie

nun in diesem Land, im Irak oder in Syrien ist, Herr Inspektor.« Er stand auf und trat gedankenverloren ans Fenster. »Meinesgleichen. Wir müssen dorthin, wo Pfauen für die Menschen keine Bedeutung haben, wo man allein das Geld verehrt.«

»Haben Sie keine Angst, in diesen Ländern als seltsam angesehen zu werden? Glauben Sie nicht, dass Sie dort noch viel stärker missverstanden werden?«

Erol drehte sich um und im Gegenlicht war sein Gesicht nur noch als Schatten zu erkennen. »Ich lebe in der Hoffnung, dass Fragen nach der Religion eines Menschen Fragen sind, die die Europäer nicht stellen.«

Süleyman verzog zweifelnd das Gesicht.

»Ich glaube schon, dass sie danach fragen, Herr Urfa. Ich glaube, dass solche fundamentalen Unterschiede für sie trotz ihres offen zur Schau getragenen Materialismus eine große Bedeutung haben. Schließlich war die Inquisition eine Erfindung der Europäer.«

Erol runzelte die Stirn. »Die was?«

»Vor vielen hundert Jahren erfanden die Christen in Europa eine Art Gericht, das diejenigen verurteilte, die verdächtigt wurden, mit Dämonen im Bunde zu stehen. Sie folterten, verbrannten und hängten mehr als zehntausend Menschen«, erklärte Süleyman.

»Aber heute nicht mehr. Heute tun sie das nicht mehr.«

»Nein.« Süleyman lächelte. »Nein, das tun sie nicht mehr. Ich wollte Ihnen nur klar machen, dass sie es getan haben, Herr Urfa. Genau wie wir haben sie eine Geschichte der Angst und Vorurteile gegen alles, was sie nicht verstehen. Und nur weil sie das heute nicht mehr tun, heißt das nicht, dass das für alle Zukunft so bleibt. Die Dinge ändern sich.«

»Wollen Sie damit sagen, dass ich niemals sicher sein werde, egal wohin ich gehe?«

»Da der kulturelle Boden unter unseren Füßen, bildlich gesprochen, ständig und ohne Unterlass bebt, wer kann da überhaupt sicher sein?« Süleyman lächelte. »Meine Familie hat einst riesige Armeen kommandiert. Wir waren Osmanen, wir haben über die anderen geherrscht.« Er seufzte. »Doch nun bin ich ein Türke wie alle anderen, und genau wie jeder Türke muss ich an manchen Tagen entscheiden, ob ich etwas esse oder nur ein paar Zigaretten rauche. Niemand ist vor Veränderungen sicher, niemand, Herr Urfa.«

Tansu Hanim stand schweigend vor dem Eingang zu den Zellen, während Orhan Tepe die Zeit, 15.15 Uhr, und das Datum, den 16. August, notierte.

»Wurde Latife Hanim über ihren Besuch in Kenntnis gesetzt?«, fragte er den Dienst habenden Beamten, der aufgrund der extremen Hitze kaum ansprechbar zu sein schien.

»Ja.«

»In Ordnung.« Tepe drehte sich zu der leichenblassen Frau um und forderte sie auf: »Wenn Sie mir bitte hier entlang folgen würden, Madame.«

Die in ein sehr schlichtes, schwarzes Kleid gekleidete und fast ungeschminkte Frau ging wortlos hinter ihm her. Hätte Orhan Tepe nicht gewusst, dass diese Besucherin der Liebling der gesamten Nation war, so wäre er nie darauf gekommen. Sie war nicht nur viel einfacher gekleidet als am vergangenen Abend, sondern sie sah auch wesentlich älter aus.

Zwei große Schlösser mussten geöffnet werden, um bis zu der stinkenden Betonzelle vorzudringen, in der Latife Emin jetzt eingesperrt war. Durch das kleine Fensterchen in der Tür überprüfte Tepe, ob die seiner Obhut Anvertraute für ihren Besuch bereit war, bevor er erst das obere und dann das untere Schloss öffnete.

»Ich warte draußen«, erklärte er und führte die schwarzgekleidete Frau zu ihrem grauen Gegenstück.

»Das wird nicht nötig sein«, sagte die Sängerin, während sie den Blick starr auf ihre Schwester gerichtet hatte.

Tepe schloss die Tür hinter den beiden Frauen, die sich schweigend gegenüberstanden. Ihre Wut ließ die Luft derart knistern, dass man es zu hören glaubte. Doch Tepe ließ sie trotzdem allein, lehnte sich draußen an die Wand, zündete sich eine Zigarette an und betrachtete die tristen Zellenwände von oben bis unten.

Als er zehn Minuten später wieder die Zelle betrat, um Tansu zu sagen, dass ihre Zeit vorbei sei, standen die beiden Frauen immer noch genauso da, wie er sie verlassen hatte. Schweigend, versteinert und so hasserfüllt, dass Tepe das Gefühl beschlich, die beiden Frauen würden von der gespannten Atmosphäre erdrückt und auch er selbst würde ihr zum Opfer fallen, wenn er nicht bald dort herauskam.

Doch was sich zwischen den beiden abgespielt hatte, würden weder Tepe noch sonst jemand je erfahren. Oder überhaupt erfahren wollen.